I0694263

KASEY MICHAELS

Secretos prohibidos

Editado por Harlequin Ibérica.
Una división de HarperCollins Ibérica, S.A.
Núñez de Balboa, 56
28001 Madrid

© 2012 Kathryn Seidick
© 2014 Harlequin Ibérica, S.A.
Secretos prohibidos, n.º 60 - 1.6.14
Título original: Much Ado About Rogues
Publicada originalmente por HQN™ Books

Todos los derechos están reservados incluidos los de reproducción, total o parcial. Esta edición ha sido publicada con autorización de Harlequin Books S.A.
Esta es una obra de ficción. Nombres, caracteres, lugares, y situaciones son producto de la imaginación del autor o son utilizados ficticiamente, y cualquier parecido con personas, vivas o muertas, establecimientos de negocios (comerciales), hechos o situaciones son pura coincidencia.
® Harlequin, HQN y logotipo Harlequin son marcas registradas por Harlequin Enterprises Limited.
® y ™ son marcas registradas por Harlequin Enterprises Limited y sus filiales, utilizadas con licencia. Las marcas que lleven ® están registradas en la Oficina Española de Patentes y Marcas y en otros países.
Imagen de cubierta utilizada con permiso de Harlequin Enterprises Limited. Todos los derechos están reservados.

I.S.B.N.: 978-84-687-4160-4
Depósito legal: M-3490-2014

Querida lectora,

Siempre me entristece un poco tener que despedirme de personajes con los que me he encariñado, pero fui yo quien hizo que los hermanos Blackthorn emprendieran sus respectivos viajes y ha sido fantástico verles alcanzar su destino.

Con ellos me ha pasado lo mismo que con todos los libros que escribo: mi «gente» toma la iniciativa. Van a sitios a los que no pensaba enviarles, hacen cosas que me sorprenden y me dejan atónita, y me hacen reír y llorar con lo que dicen.

Jack Blackthorn y su Tess, por ejemplo, me tuvieron tan preocupada que me hicieron pasar noches en vela. Se trata de dos personas que podrían haberse convertido en víctimas de no ser por su fuerte carácter, su determinación y el amor que sienten el uno por el otro... incluso cuando discuten.

En los tres libros de esta serie hay multitud de luchas externas, peligros por superar y problemas por resolver, pero el núcleo de estas historias son Beau, Puck y Jack... qué clase de hombres son, en qué clase de hombres se han convertido... y, por supuesto, las mujeres que tienen la valentía de amarles.

¡Espero que disfrutes leyendo este libro!

Kasey Michaels

Para Marcia Evanick, una de las mejores amigas que
se pueden tener, una escritora maravillosa y la mujer más
valiente que conozco.
¡Te quiero, Marci!

Hablad bajo si habéis de hablar de amor.

William Shakespeare
Mucho ruido y pocas nueces

Prólogo

Dickie Carstairs, hombre de cuerpo regordete y placentera mirada vacía, estaba demasiado cerca del círculo amarillo de luz que proyectaba la farola situada enfrente de la posada Duck and Wattle como para pasar desapercibido. Esa era su tarea, ser detectado, y la realizaba con tanta brillantez que el agente gubernamental Miles Duncan no solo se sentía confiado, sino que estaba sonriendo al salir con sigilo por la puerta trasera mientras Dickie vigilaba la delantera de forma tan obvia.

Su sonrisa se desvaneció de golpe cuando una mano le agarró con firmeza del hombro y un fuerte tirón le arrebató el morral que llevaba a cuestas.

–Buenas noches, señor Duncan. ¿Vais a algún sitio?, ¿os importa que os acompañemos?

Sí, sí que le importaba, pero no por mucho tiempo. Todas las preocupaciones terrenales de Miles Duncan quedaron en el olvido cuando se desplomó casi con gracilidad en el fétido charco creado por el contenido de varios orinales que se habían vaciado poco antes desde una ventana. Pobre Miles Duncan, otra víctima más de la oleada de crímenes violentos que afectaba a ciertos barrios de Londres.

Will Browning sacó con calma el cuchillo de los restos mortales de Duncan y limpió la hoja en el abrigo del muerto; después de volver a meterse el arma en la bota, le quitó el monedero y el barato alfiler de corbata adornado con granates para que pareciera que el robo había sido el móvil del asesinato.

–¿Por qué te has ofrecido a acompañarle, Jack? Teniendo en cuenta adónde ha ido, yo prefiero no ir con él.

Don John Blackthorn, más conocido como Black Jack, estaba abriendo el morral para asegurarse de que los documentos robados que debían recuperar por orden del Primer Ministro estuvieran dentro.

–De acuerdo, la próxima vez hablas tú y yo empuño el cuchillo.

–¡Ja! ¡Siempre quieres encargarte de la parte divertida!

Jack hizo caso omiso de aquel comentario, ya que sabía que Will Browning usaba su cuchillo y su espada sin conciencia ni reparos. Era una suerte que hubiera entrado a trabajar para el Gobierno, porque, de no ser así, seguro que a esas alturas ya habría sido ejecutado en la horca.

Formaban un extraño trío de granujas. Dickie, el tercer hijo de un conde, era socialmente inepto y se le consideraba agradable aunque bastante corto de entendederas, pero era uno de los hombres más valientes que Jack había conocido en toda su vida. Exponerse constantemente, hacerse pasar por el objetivo más visible y vulnerable, no era algo que pudiera hacer cualquiera. El de Dickie era el rostro público que hacía posible que los demás pudieran trabajar.

Will era el arma: apuesto, adinerado, refinado, un privilegiado de la alta sociedad que vestía de forma impecable y siempre tenía a punto una palabra cortés y una sonrisa. Pero tenía un criterio propio y bastante singular respecto al bien y el mal, podría decirse que había en él una especie de locura civilizada. Aunque uno fuera consciente de que no llegaba a ser amigo de Will exactamente, lo que estaba claro era que jamás querría tenerlo como enemigo.

Y por último estaba Jack, el cerebro y líder, en teoría, del trío. Jack, que nunca había encajado del todo en ningún sitio. Era hijo ilegítimo del marqués de Blackthorn y nunca se había sentido a gusto del todo en la finca familiar, con sus hermanos, ni con el mundo en general. Era diferente, y se había percatado de esa diferencia desde muy joven. Tenía un fuego en su interior, una necesidad que no podía articular ni contener y que había hecho que fuera un joven ingobernable e impulsivo, y la vida le había enseñado por las malas algunas duras lecciones.

Convertirse en uno de los mejores agentes secretos del Gobierno había alimentado ese fuego durante un tiempo, pero empezaba a cansarse de estar siempre al margen de la vida, de ser un observador, de no participar nunca de verdad. En una ocasión había creído que había encontrado la respuesta, el camino para alcanzar aquella aceptación sin nombre que siempre había estado buscando, que había hallado el único sitio en el que sabía que iba a encajar, pero entonces se había quedado sin rumbo, había perdido lo único por lo que le merecía la pena vivir, y sabía que nunca iba a recuperarlo... no, nunca iba a recuperarla, y en ese momento se limitaba a existir entre misión y misión.

—¿Está todo?

Fue Will quien le hizo la pregunta. Dickie llegó en ese preciso momento y los dos se inclinaron un poco hacia delante con curiosidad, pero Jack volvió a meterlo todo en el morral y se limitó a contestar:

—No se me facilitó un inventario, pero creo que lord Liverpool se dará por satisfecho con todo esto y que de ahora en adelante será más diligente a la hora de elegir a quién le confía los asuntos de la Corona; en cualquier caso, seremos bien recompensados por nuestra labor de esta noche y eso es lo que importa, caballeros —tras vacilar por un instante, volvió a sacar uno de los documentos y vio un nombre que reconoció—. ¡Maldición!

–No deberías leer eso, Jack –le dijo Dickie–. Si sabemos demasiado podríamos acabar como nuestro amigo aquí presente, y no me apetece irme al otro barrio como él.

–No te está escuchando, Dickie –comentó Will–. Estás más ceñudo que de costumbre, Jack. ¿Hay algún problema?

Jack aún seguía leyendo.

–Algo así. Parece ser que el marqués de Fontaine ha desaparecido.

–¿Ah, sí? Hacía bastante que no oía ese nombre. Fue tu mercenario mentor en las artes oscuras durante la guerra, ¿verdad? Y creo recordar que tuviste algo que ver con su hija... Tess, creo que se llama. Nunca has mencionado el tema, pero supongo que el asunto acabó mal.

Al ver que Jack se limitaba a guardar el documento de nuevo y a cerrar el zurrón sin contestar, Dickie le dijo a Will en voz baja:

–No, nunca habla de eso.

Will asintió y comentó con naturalidad:

–En cualquier caso, la guerra ha terminado... por desgracia, ya que, de no ser así, aún estaríamos persiguiendo a adversarios más merecedores de nuestro tiempo que chupatintas demasiado codiciosos... y a de Fontaine le han eliminado con veneno, o como sea. No sé lo que hacemos con los mercenarios que ya no nos resultan útiles. ¿Qué más le da a Liverpool que el tipo haya desaparecido?

Dickie pasó con cuidado por encima del difunto y codicioso Miles Duncan y siguió a Jack hacia la entrada de la callejuela.

–A Liverpool debe de darle igual si un secreto es viejo o nuevo. ¿Qué opinas tú, Jack?

–Los gobiernos nunca quieren desvelar sus secretos –le contestó él con sequedad.

Oír mencionar a Tess y ver escrito el nombre del padre

de esta había desatado un aluvión de recuerdos, recuerdos que prefería que siguieran contenidos tras el muro que había construido para ellos en su mente.

–¿Qué van a hacer respecto a la desaparición del marqués? –le preguntó Will mientras subían al carruaje sin marcas distintivas que les esperaba a la entrada de la callejuela.

–Quieren encontrarle. El mensaje de Liverpool a su secretario detalla mi próximo trabajito para la Corona. Se ha decidido que, como yo conocía bien a Sinjon, voy a ser el encargado de encontrarlo.

–Liverpool quiere averiguar lo que Sinjon se trae entre manos después de que le dieran la patada, ¿no? Me parece razonable –comentó Will, mientras se acomodaba en el asiento.

–Sí, es razonable. Hay que encontrarle e interrogarle –Jack empezó a darle vueltas al anillo de oro y ónice que llevaba en el dedo índice de la mano derecha mientras el rostro triste y hermoso de Tess parecía flotar frente a él en el oscuro interior del carruaje–. Y entonces, por el bien del rey y del país, hay que eliminarle.

Capítulo 1

Lady Thessaly Fonteneau estaba sentada en el asiento de la ventana, y su esbelta figura y su indomable y rubia melena rizada quedaban silueteadas por el sol que entraba tras ella por los cristales.

Sus largas piernas estaban enfundadas en unas botas de cuero color marrón oscuro y unos pantalones de piel de ante, y tenía los pies apoyados en un escabel con forma de montura de camello. Estaba ligeramente inclinada hacia delante y tenía los brazos en jarras, las palmas de las manos apoyadas en los muslos y el rostro bañado en sombras. La camisa de batista blanca de manga larga que vestía se había confeccionado para alguien más voluminoso, le quedaba muy ancha por encima de la cintura y el profundo escote de pico dejaba expuesta la parte superior de los senos bajo el raído chaleco de cuero marrón.

Justo encima de dichos senos colgaba de una fina cadena dorada el medallón ovalado de oro que contenía dos retratos, uno viejo y uno más nuevo, ambos pintados por el marqués. El medallón había colgado de una cinta de terciopelo negro hasta que su padre le había advertido que nunca había que llevar algo que pudiera servirle de arma al enemigo; una fina cadena podía romperse, pero una cinta de terciopelo podía utilizarse a modo de garrote.

Tess poseía esa clase de belleza clásica que los artistas

ansiaban plasmar en sus lienzos. Tenía un porte aristocrático, huesos finos; era gala hasta la médula, pero a la vez había un potente aire de sensualidad en ella, en aquellos pómulos elevados, en su nariz delgada y recta, en la ancha y tentadora boca, en aquellos ojos castaños de espesas pestañas.

Ojos que en ese momento estaban inundados de unas lágrimas que se negaba a derramar.

–¿Dónde, papá? –susurró, mientras contemplaba el caos que la rodeaba.

El otrora pulcro despacho del marqués de Fontaine había quedado a un paso de la destrucción total después de otro registro más. La rabia, la frustración y el miedo creciente que la embargaban se reflejaban en el resultado de su última búsqueda infructuosa, aquel desorden la incriminaba tanto como si la hubieran encontrado junto a un cadáver con un cuchillo ensangrentado en la mano.

–Tiene que haber algo, seguro que me dejaste alguna pista.

Había iniciado el registro de la modesta casita una semana atrás, al día siguiente de la desaparición de su padre. Había buscado sin prisa, de forma ordenada y metódica, tal y como le habían enseñado.

Había empezado por los criados, pero una de dos: o no sabían nada, o preferían guardar silencio. Nunca se podía estar seguro de a quién le guardaban lealtad, y eso, suponiendo que le guardaran lealtad a alguien. Su padre nunca mantenía a su servicio a nadie durante demasiado tiempo, ya que la familiaridad contribuía a que uno bajara la guardia. Un papel que se quedaba por descuido fuera de un cajón cerrado, un comentario que se escapaba sin querer durante la comida mientras aún había algún criado en el comedor... «Siempre tienes que dar por hecho que estás rodeada de enemigos, es más seguro que relajarse en compañía de los que crees que son tus amigos», le había advertido él.

Su padre había sido traicionado años atrás por un criado de su confianza y había sido su amada esposa, Marie Louise, la que había acabado pagando un terrible precio por la indiscreción de su marido.

No, los criados no sabían nada, exceptuando al que había informado de la desaparición del marqués a las autoridades londinenses. Ella no se había enterado de eso hasta días después, cuando había ido al pueblo para pedirles a los comerciantes que siguieran vendiéndole de fiado hasta finales del trimestre y había regresado a casa con un agente del Gobierno siguiéndola con una ineptitud pasmosa.

No había habido motivo alguno para despedir a los criados ni para molestarse en averiguar cuál de ellos había sido el que le había dado la información a Liverpool; contratara a quien contratara, siempre habría alguien infiltrado para espiarla. La única que estaba libre de toda sospecha era Emilie, que ya estaba con ellos cuando habían huido de París años atrás. Gracias a Dios que contaba con ella.

Tampoco tenía motivo alguno para ocultar el hecho de que no sabía ni dónde estaba su padre, ni por qué se había marchado, ni si iba a regresar; de hecho, era de vital importancia que todo el mundo se diera cuenta de que ella no tenía ni idea de lo que su padre estaba planeando o haciendo en ese momento. Su seguridad dependía de su ignorancia, y por eso no había encontrado ninguna nota ni había recibido aviso alguno: su padre lo había hecho así para protegerla.

—Pero me habría dejado algo, lo que fuera, para decirme que está bien —dijo en voz alta, antes de apartar a un lado el escabel y de ponerse de pie en un arranque de energía renovada—. Lo que pasa es que no lo veo.

Se sacó una llave del bolsillo del chaleco, y la metió en la cerradura de la vitrina especial que su padre había hecho construir a medida para su despacho. Abrió las puertas de cristal y contempló los estantes llenos de artefactos que su padre había comprado u obtenido mediante trueques durante las últimas dos décadas, y que para él eran sus tesoros. Algunos eran romanos, otros griegos, y la mayoría egipcios. Había fragmentos de roca, cuencos de cerámica desconchados, una pequeña imagen tallada de algún dios olvidado siglos atrás, una vieja pipa con el caño roto. Eran las preciadas posesiones de un hombre que había dejado a un lado su amor por las antigüedades y había centrado su mente y sus talentos en la venganza, un hombre al que al final, de todo lo que había tenido, lo único que le había quedado eran aquellas reliquias de inferior valor. Unas reliquias que eran una prueba visible de lo poco que aquella pequeña familia podía permitirse a pesar de que, tiempo atrás, el marqués de Fontaine había sido el dueño de una de las principales colecciones de antigüedades de Francia.

Ella no había tocado ninguno de aquellos preciados objetos en las búsquedas anteriores, pero eran lo único que le quedaba por examinar. Su última oportunidad.

Fue agarrando los objetos uno a uno, los examinó desde todos los ángulos posibles antes de dejarlos sobre el escritorio, y su frustración fue acrecentándose hasta que tuvo que hacer un esfuerzo titánico para contener las ganas de lanzar a la chimenea el último que quedaba, la pipa rota.

No había nada, nada en absoluto. Posó las palmas de las manos en el estante inferior y apoyó la frente en el borde de otro en un gesto de abyecta derrota.

—Segundo estante, al final de todo. Levántalo, hay un botón. Apriétalo, cierra las puertas de la vitrina y retrocede un poco.

Aquella voz inesperada la dejó sin aliento. Todos y cada uno de los músculos de su cuerpo se quedaron como petrificados, pesados e inmóviles; se le secó la boca, su corazón se detuvo antes de ponerse en marcha de nuevo con latidos que dolían, que dolían en lo más hondo. Era una voz que hacía casi cuatro años que no oía, pero que jamás olvidaría. Sería imposible que la olvidara, ya que la oía cada noche en sus sueños... «Te amo, Tess. Que Dios me ayude, te amo. Deja que te ame...».

–¿Te han enviado a ti?, ¿precisamente a ti? –le preguntó sin moverse–. Podría ser incluso gracioso, Jack. Mandan al alumno para que encuentre al maestro y tú has venido, has accedido a hacerlo a pesar de saber lo que eso podría suponer al final para alguno de vosotros dos –se dio la vuelta poco a poco y apoyó las manos en el resistente estante que tenía a su espalda. Sabía que, de no hacerlo, corría el riesgo de caer de rodillas y romper a llorar–. Tenías que ser justamente tú.

Él permaneció donde estaba y a Tess le pareció increíble no haberle oído, no haber notado su presencia ni haberle olido al tenerlo a metros de distancia. *Jésus doux*, seguía dejándola sin aliento con una sola mirada. Conocía cada centímetro del cuerpo de aquel hombre, le había tocado y saboreado, le había tenido en su interior, se le había entregado mientras él se le entregaba a su vez. Había sido una pasión compleja, demasiado intensa y potente, demasiado efímera. Como un fuego que ardía pero que no podía mantenerse encendido.

Su amante oscuro... oscuro de pelo, de alma, de mente y corazón. Incluso sus ojos verdes eran oscuros, intensos bajo aquellas cejas negras e inescrutables. Cabría pensar que un magistral artista había cincelado a partir de una cálida roca aquel cuerpo esbelto y musculoso que era pura perfección y que, cuando le habían dejado en la tierra junto al común de los mortales, una diosa traviesa había insuflado aliento en aquella boca hermosa y a veces cruel.

La boca en cuestión se abrió en ese momento, y Tess contempló cautivada aquellos labios que se curvaron en una breve sonrisa.

–Precioso atuendo, Tess. Dudo mucho que esos pantalones le quedaran la mitad de bien a su anterior dueño.

Aquellas palabras la arrancaron de su ensimismamiento, y las aprovechó para lanzarle su propio dardo envenenado.

—No sabría decirlo, eran de René.

Él frunció el ceño al oírla mencionar a René y la observó con una intensidad perturbadora.

—¿Qué pasa?, ¿has ocupado el lugar de tu hermano? Harías lo que fuera por complacer a tu padre, ¿verdad? ¿Lo has logrado alguna vez?

—No, no tanto como tú.

Otro dardo que dio en la diana. Los que no conocían a Jack, los que no habían estado en su piel, no se darían cuenta, pero ella sí. Se alegró de haberle herido, así sufrían los dos.

Él avanzó un paso antes de decir:

—Estoy aquí para ayudarte, Tess, no para volver a sacar a la luz un asunto que ya está muy trillado. Tu hermano está muerto. Tú y yo nunca fuimos lo que creíamos ser, nunca tuvimos lo que creíamos tener, y todo eso ha quedado en el pasado. No sabes dónde está Sinjon, ¿verdad? Te ha dejado aquí sola, a sabiendas de que tendrías que lidiar conmigo.

—No, él no tenía forma de saber que... —Tess se interrumpió de golpe—. Sí, claro que lo sabía. He sido una necia al no darme cuenta de que te enviarían a ti, nadie le conoce mejor que tú.

—Parece ser que no lo suficientemente bien. Te preguntaría si es cierto que no sabes dónde está, lo que se propone hacer, pero salta a la vista que no tienes ni idea. ¿Qué estabas buscando?

Tess se pasó los dedos por el pelo y cerró los puños al llegar a la altura de la nuca. El gesto despeinó aún más la enmarañada melena, pero le dio igual.

—No lo sé. ¿Cómo ha podido hacerme esto a mí, Jack? ¿Cómo...? ¿Cómo ha sido capaz de dejarme sin nada?

—Estoy aquí —alargó una mano hacia ella, pero para indicarle que se apartara a un lado. Se acercó a la vitrina antes de añadir–: Tu padre sabía que yo vendría, que me enviarían a mí, y eso le convierte en un genio o en un necio. Vamos a ver qué es lo que se trae entre manos.

Pasó la mano por debajo del segundo estante de la vitrina y alzó ligeramente el extremo izquierdo; cuando se oyó un pequeño chasquido, retrocedió un poco y cerró las puertas del mueble, que empezó a deslizarse hacia delante y giró hasta quedar de lado y dejar al descubierto la entrada a lo que fuera que se ocultaba detrás.

Tess contempló atónita la abertura mientras él encendía las velas de un candelabro, y al final alcanzó a admitir:

–No... no tenía ni idea... mi padre te reveló a ti este secreto, pero a mí, su propia hija, no me dijo nada.

–¿Ahora vamos a empezar a llevar la cuenta?

Cruzó el misterioso umbral y se volvió hacia ella para ofrecerle la mano, pero Tess negó con la cabeza y dijo con firmeza:

–Puedo arreglármelas sola.

Él la recorrió de arriba abajo con la mirada, desde las piernas enfundadas en pantalones hasta la camisa de batista.

–Sí, cualquier tonto se daría cuenta de eso. Enciérrate en ti misma, Tess. No te abras a nadie.

–¿Cómo te atreves? ¡No fui yo la que...!

Él ya se había esfumado, dio la impresión de que desaparecía de la vista sin más llevando consigo el candelabro. Escaleras... detrás de la vitrina había un tramo de escaleras. Tess lanzó una mirada hacia la puerta abierta que daba al pasillo, consciente de que, si salía del estudio, Jack querría saber por qué no le había seguido. Iba a tener que confiar en Emilie, que seguro que a aquellas alturas ya estaba enterada de la llegada de Jack y sabría actuar en consecuencia.

Después de rezar para que, por una vez al menos, la

suerte estuviera de su lado, encendió una vela a toda prisa y descendió tras él.

Cuando Jack se había marchado años atrás, Tess era una joven que aún no se había convertido del todo en mujer, pero las cosas habían cambiado.

No había tenido ni idea de lo que iba a pasar cuando volvieran a verse, de cómo iban a reaccionar tanto ella como él mismo, y verla había resultado ser tanto mejor como peor de lo que había imaginado.

Había visto reflejado en sus ojos el dolor de antaño, un dolor que seguro que se había intensificado por la desaparición de su padre y por el hecho de que dicho padre no la hubiera hecho partícipe de sus planes. Esto último era una herida abierta que venía de lejos, pero ella misma le había confesado que entendía a su padre. Sinjon Fonteneau no era un hombre efusivo y le incomodaban las muestras de afecto. Quería a su hija, por supuesto que sí, pero las palabras de aprobación no afloraban con facilidad a sus labios. Ella lo entendía, pero entender una cosa no era sinónimo de aceptarla. Estaba claro que Tess aún intentaba complacer a su padre, que quería hacerle admitir en voz alta que se sentía orgulloso de ella.

Llevaba puestos unos pantalones de René. ¿Porque se sentía menos constreñida vestida así mientras destrozaba las habitaciones en su búsqueda?, ¿porque se había acostumbrado a vestir siempre así? ¿Qué demonios había pasado en aquella casa durante los últimos cuatro años?

La familiaridad que le otorgaba el haber estado en aquella sala subterránea tantas veces en el pasado le allanó el camino, y fue encendiendo con el candelabro las doce velas que iluminaron aquel lugar frío y húmedo.

—Maldición —masculló, tras dar una vuelta completa y ver lo que estaba presente y lo que faltaba.

Al oír a Tess bajando por la escalera de piedra se apresuró a borrar toda expresión de su rostro, y permaneció impertérrito mientras ella cruzaba la sala hacia él.

–Me he preguntado a menudo dónde guardaba mi padre... –ella se calló por un instante antes de preguntar–: ¿Lo sabía René?

Jack asintió. No quería hablar del hecho de que, aunque el hermano mellizo de Tess había sido informado de la existencia de aquel sacrosanto escondrijo secreto, a ella se la había mantenido al margen incluso después de la muerte de René.

–Sinjon lo guardaba todo aquí –admitió, mientras seguía haciendo el inventario mentalmente–. Los disfraces, el maquillaje y los polvos, las pelucas... –se acercó a una rudimentaria muleta de madera que estaba apoyada en una de las mesas–. Me acuerdo de cuando usó esto, llegó a atarse la pierna bajo el abrigo para que su papel de veterano lisiado fuera más creíble; de hecho, el teniente francés al que le rebanó el pescuezo acababa de darle una moneda. Yo estaba en contra de ese disfraz porque me parecía que un hombre con una sola pierna era vulnerable, pero tendría que haber sabido que tu padre lograría su cometido.

–Solo mataba cuando era necesario. Siempre se ha limitado a hacer lo que cree necesario –Tess lo dijo con firmeza, con una fe ciega en los motivos que hubiera podido tener su padre.

Jack volvió a dejar la muleta en su lugar y se volvió a mirarla.

–Sí, claro, el marqués de Fontaine es un santo. ¿Puede saberse qué es lo que cree necesario ahora? La guerra ha terminado, le han recompensado por su servicio a la Corona y le han dado total libertad para que viva seguro y en paz. Eso era lo único que quería, ¿no? Según él, eso era lo que quería para todos vosotros.

–Para los dos –le corrigió ella, mientras se acercaba al voluminoso escritorio y abría el cajón central–. En el fondo, nunca quiso que René fuera como él.

Jack se acercó y cerró de golpe el cajón.

–Vale, vamos a hablar del tema de una vez por todas para dejarlo zanjado. Tu hermano era joven, insensato, y estaba equivocado. Sinjon nunca me dio preferencia a mí por encima de su propio hijo. René no tenía que demostrar nada aquella noche, nada en absoluto.

Los ojos de Tess relampaguearon bajo la luz de las velas.

–¡Eso no es cierto! Tenía que demostrar su valía ante mi padre... ¡ante ti! Te idolatraba, anhelaba ser como tú. El gran Jack, tan valeroso e inteligente. «Fíjate en cómo lo hace Jack, René. Observa y aprende, René, Jack te enseñará cómo se hace. Jack, que se mete con tanta valentía en el avispero. Jack, que es acero puro hasta la médula, que tiene una mente endiablada y las habilidades de un ejército entero. Obsérvale aunque no puedas ni soñar con estar a su altura. Es único, no le teme a nada».

–Dios... –masculló él, antes de acercarse al otro extremo del escritorio–. No le temía a nada porque todo me daba igual, porque mi vida era lo único que tenía por perder –«hasta que te tuve a ti», añadió para sus adentros.

–Pero no fuiste tú el que perdió la vida, ¿verdad?

–¿Acaso crees que eres la única que llora su pérdida? ¡René era mi amigo!

–¡No, nunca lo fue! Tú no tienes amigos, te esfuerzas por no tenerlos. Yo le conocía mejor que nadie. René estaba hecho para vivir rodeado de libros y belleza, no para morir desangrado en aquella callejuela de Whitechapel –se golpeó el pecho con un puño y exclamó–: ¡Tendría que haber sido yo, Jack! ¡Yo tendría que haber estado allí!

–¿Para morir en su lugar? –le preguntó, con voz dura y gélida.

–¡Maldita sea...! Ninguno de los dos habríais estado en aquella callejuela si hubierais seguido el plan original que ideamos mi padre y yo, y lo sabes. René no habría corrido ningún peligro. Todos sabíamos que estaba ansioso por complaceros a papá y a ti, demasiado ansioso como para recordar su falta de experiencia si surgía la oportunidad de... de...

–¿De bravuconear? ¿Por fin estáis dispuestos a admitirlo Sinjon y tú, o tengo que seguir cargando con la culpa?

–Convenciste a papá de que cambiara el plan y me dejara a mí al margen.

Jack sintió cómo se desmoronaba su compostura. Él nunca había querido que Tess estuviera implicada en las misiones. Había sido Sinjon el que había decidido utilizar a sus propios hijos, el que había cometido ese error.

–¡Porque estaba enamorado de ti! –lo gritó con tanta fuerza que el eco de sus palabras resonó entre las paredes de piedra–. ¡Porque no podía soportar la idea de perderte! –consiguió recobrar la compostura, aunque no sin esfuerzo, y añadió con voz queda–: Y te perdí de todas formas...

Tess no dijo nada. El silencio se alargó hasta volverse casi insoportable, y dio la impresión de que el espacio físico que les separaba se convertía en un abismo que se extendía a lo largo de los años perdidos.

–Dondequiera que esté tu padre, está bien armado.

Jack miró hacia la vitrina con la parte frontal acristalada que solía estar repleta de armas tanto letales como únicas, las herramientas propias del oficio. Había dirigido la mirada hacia aquel mueble antes de nada al llegar a la sala, consciente de que su contenido sería muy revelador. Un hombre no se llevaba un montón de armas si lo único que quería era volarse los sesos. Estaba claro que lo que Sinjon tenía en mente al desaparecer era destruir algo, pero no solo a sí mismo.

Oyó que Tess volvía a abrir el cajón de antes. Parecía estar tan deseosa como él de dejar atrás la confrontación previa, porque se limitó a decir:

–Mira esto. El cíngaro no ha actuado en Inglaterra desde hace años, desde... desde lo de René. ¿Por qué crees que mi padre guardó esto?

Jack se acercó y agarró la tarjeta de visita que ella acababa de dejar sobre el escritorio. Era gruesa y negra, y tenía impreso en el centro un ojo dorado con la pupila enrojecida.

—Teatralidad barata —dijo con frialdad, antes de devolvérsela—. Eso es algo en lo que nunca estuve de acuerdo con Sinjon.

—Según papá, el Gobierno cree que el hombre es un cíngaro y el símbolo del ojo es el *querret*, el buscador. Por eso le pusieron ese nombre... es el buscador, el que desea alcanzar algún propósito elevado.

Jack negó con la cabeza. Era hijo de una actriz, así que se creía más que capaz de reconocer a un teatrero.

—Lo que ese tipo desea, lo que siempre ha deseado, es llenarse los bolsillos. Trabajando para los franceses, para cualquiera que le pague, y ocupando el resto del tiempo trabajando para sí mismo. Quienquiera que sea, quienquiera que fuese en el pasado, ahora es un ladrón y un asesino, y dejar estas tarjetas a su paso es su forma de burlarse de los que quieren detenerle. Es un actor que está interpretando un papel, y los que le perseguimos somos su público. Cada vez que deja esa tarjeta sobre un nuevo cadáver, sobre el cojín donde descansaba algún tesoro momentos antes, está inclinándose ante su público. Empezábamos a darle por muerto, pero encontramos una de sus tarjetas hace poco más de un mes tras el robo de varias piezas muy valiosas del Museo Real Británico.

Ella le contempló en silencio durante un largo momento antes de decir:

—Así que ha vuelto y tú estás dándole caza, ¿no? Por René, por... por todo —tuvo una súbita idea que hizo que abriera los ojos de par en par—. No... no creerás que...

—No lo sé, Tess. Sinjon tendría que estar loco para intentar encontrarle por su cuenta. ¿Suele hablarte del cíngaro?

Ella se sentó en la silla que tenía a su espalda y empezó a abrir y cerrar las manos sobre los brazos del mueble. Saltaba a la vista que estaba nerviosa, parecía una potrilla a punto de echar a correr de un momento a otro. ¿A qué se debía su actitud? Tendría que estar registrando la sala, ansiosa por ver todo lo que había allí. A lo mejor estaba así por él, ¿tan difícil le resultaba tenerle cerca?

—No, no había vuelto a mencionarle ni una sola vez desde la muerte de René. Todo acabó ahí, tal y como tú mismo has dicho. La guerra, las misiones, la razón por la que luchar. Mamá seguía estando muerta, eso era algo que no había cambiado ni con todas las venganzas que él llevó a cabo durante veinte años. Se le concedió una pequeña pensión y le dijeron que ya no se requerían sus servicios. Siguió instruyéndome, pero el hecho de que no me permitiera ver esta sala indica que nunca llegó a confiar en mí —alzó la mirada hacia él—. Aunque eso es algo que tú ya sabías, ¿verdad? Nunca volvió a ser el mismo tras la muerte de René, después de que tú te marcharas. Envejeció de golpe, se sentía derrotado.

—Tú me dejaste muy claro que no me quedaba razón alguna para permanecer aquí, y salta a la vista que no ha cambiado nada en ese sentido.

—Para ti no, desde luego. Sigues trabajando para la Corona, sigues estando a sus órdenes. Y eso nos lleva de nuevo al porqué de tu presencia aquí; a juzgar por lo que has dicho, papá poco menos que te emplazó a venir con su desaparición. Creo saber lo que la Corona te ha pedido que hagas cuando le encuentres, pero ¿qué es lo que quiere papá de ti?

—Se lo preguntaré cuando le encuentre —le contestó él con sequedad. De repente sentía la imperiosa necesidad de salir de allí, de respirar aire fresco, de alejarse de Tess y de sus incisivas preguntas.

—No voy a ayudarte. No soy tonta, sé que no puedo detenerte, pero no voy a ayudarte —se levantó de la silla antes de añadir—: En otras palabras, Jack... para ti y para mí, todo termina aquí. He visto tu truquito con la vitrina y te lo agradezco, pero quiero que te marches de inmediato. No eres bienvenido en esta casa.

Él la contempló en silencio. Estaba magnífica, plantándole cara con firmeza. Sí, estaba asustada, pero lo ocultaba de maravilla, como siempre. La deseaba tanto que hasta le dolía.

Cuando ella intentó pasar por su lado, la agarró de la muñeca y la obligó a volverse hacia él. No la soltó y quedaron pecho contra pecho bajo la luz titilante de las velas, con los brazos doblados apretados entre los dos. Ella alzó la barbilla y le miró desafiante sin acobardarse, sin resistirse ni parpadear.

Jack quería hacerla parpadear.

—Conozco bien esta sala, Tess. Si crees que solo tiene una entrada, es que no eres tan inteligente como yo pensaba. Conozco todos los secretos de esta casa, y está claro que tú no. Si quiero estar aquí, estaré con o sin tu permiso. Iré a donde me plazca y cuando me plazca, me adueñaré de lo que me plazca.

Se adueñó de su boca mientras la sujetaba por la nuca, la mantuvo apretada contra su cuerpo mientras deslizaba la lengua entre sus labios y una pierna entre sus muslos. Cuatro años de anhelos, de deseo, de frustración contenida se combinaron en aquel beso, le despojaron de aquella capacidad para ocultar todas sus emociones que tanto le había costado obtener.

Ella subió la mano libre por su brazo y le aferró el hombro con firmeza y dulzura, aplicando una suave presión con los dedos. Jack sintió que por un instante se le entregaba, que se abría a él; por un instante, volvieron a ser fuego puro... pero el momento terminó en un abrir de ojos, porque Tess hundió los dedos en su hombro y empujó hacia abajo con fuerza con la mano mientras alzaba la rodilla de golpe.

Aquello le tomó totalmente desprevenido, le flaquearon las rodillas y la soltó. Ella se marchó a toda prisa y le dejó allí solo, doblado hacia delante con las manos en los muslos y luchando por no perder la consciencia ni vomitar.

—Eso se lo enseñé yo —alcanzó a decir al fin, aunque estaba hablando para las paredes de piedra; al cabo de un instante, por increíble que pudiera parecer, su rostro se iluminó con una sonrisa—. Dios, no sé si he estado vivo durante estos últimos cuatro años.

Se volvió hacia la pared del fondo, fue hacia allí y presionó una piedra en concreto. Ya era hora de averiguar qué más se traía entre manos Sinjon, cuántas cosas más brillaban por su ausencia.

Capítulo 2

Aunque estaba ansiosa por ir a cierto lugar en concreto, Tess se contuvo porque sabía que era posible que Jack la siguiera hasta allí. No podía correr ese riesgo, aunque lo cierto era que no estaba a salvo en ninguna parte.

Según él, la sala secreta de su padre tenía más de una entrada. Pero incluso suponiendo que ella consiguiera encontrar una segunda entrada en el sótano o una tercera al otro lado de los muros de la casa y las bloqueara, no serviría de nada.

Jack tenía razón. Conocía la casa mejor que ella, que se había criado allí, y también conocía mejor a su padre; de hecho, la forma en que la había besado parecía indicar que incluso la conocía mejor de lo que ella se conocía a sí misma, porque había estado a un suspiro de rendirse, de arrancarle la ropa, de morderle y suplicarle que la tumbara sobre el escritorio, de rodearle las caderas con las piernas y dejar que llenara el vacío de su interior una y otra vez...

Al oír sus pasos en los escalones de piedra se apresuró a salir del despacho, pero apretó la espalda contra la pared del pasillo para poder oírle sin que la viera. No iba a poder impedirle que registrara el despacho, pero no estaba dispuesta a marcharse a tejer o a entretenerse con lo que fuera que habría estado haciendo si hubiera nacido en otra época con otros padres, si se hubiera criado en un mundo distinto y menos peligroso.

Jack no salió de inmediato del despacho, pero no alcanzó a oír nada en los largos minutos que permaneció aguzando el oído. Si estaba registrando el lugar, lo estaba haciendo con un sigilo que le habría parecido admirable en otras circunstancias.

La espera empezó a impacientarla, la enloquecía no saber qué era lo que él estaba haciendo allí dentro. ¿Acaso había más escondrijos de su padre que ella desconocía? Deseaba con todas sus fuerzas asomarse para ver qué era lo que estaba haciendo, pero eso sería como admitir que su padre no le había confiado sus secretos más ocultos y que necesitaba su ayuda. Maldito fuera... ¡Malditos fueran los dos, su padre y él!

—¡Buuu!

Se llevó un susto de muerte cuando la cabeza y los hombros de Jack aparecieron de golpe por la puerta. Luchó por recobrar el aliento, y al final alcanzó a decir:

—¡No tiene gracia!

—No deberías ponerte ese delicioso perfume si quieres intentar ocultar tu presencia —le contestó él, al salir al pasillo—. Encárgate de que me preparen un dormitorio. El mío de siempre... a menos que prefieras que comparta el tuyo, claro. Seguro que podrías convencerme si me lo pidieras con dulzura.

—¡Vete al demonio, bastardo!

Le gritó aquellas palabras mientras él se alejaba, intentando infligirle el máximo daño de forma deliberada, pero él siguió andando con paso firme sin inmutarse. En cuanto se quedó sola, volvió a entrar en el despacho y se sentó tras el escritorio. Se tapó la cara con las manos mientras le daba vueltas y más vueltas a la situación.

Llevaba una semana, una semana entera, buscando alguna pista que revelara el paradero de su padre. Se había devanado los sesos intentando recordar conversaciones pasadas para ver si lograba acordarse de algo que él hubiera dicho, cualquier comentario que pudiera ayudarla a entender por qué se había marchado, a dónde se dirigía y lo que planeaba hacer cuando llegara allí.

Todo había sido en vano. De no ser porque faltaban algunas prendas de ropa de su armario, cabría pensar que su padre se había internado en el bosque y se había perdido, que a lo mejor estaba tirado en algún sitio con un tobillo roto o algo peor. En los últimos tiempos había empezado a dar paseos cada vez más largos, e incluso había llegado a pasar tardes enteras fuera. Ella había pasado medio día creyendo que él había ido al pueblo y había perdido la noción del tiempo, y media noche buscándole por los alrededores hasta que al final se había dado cuenta de que se había ido. Se había ido sin más, sin avisarla ni dejar el dinero suficiente para aguantar hasta que les abonaran la pensión al final del trimestre.

«Tu padre sabía que yo vendría»... Jack tenía razón. No había duda de que su padre era consciente de que estaban vigilándolo, ya que la Corona nunca había llegado a confiar del todo en él a pesar de lo valioso que había demostrado ser para el país en multitud de ocasiones. Seguro que sabía que, si él desaparecía de improviso, las autoridades no tardarían en enterarse, al igual que sabía que el elegido para buscar al mercenario perdido sería el hombre que mejor le conocía.

Fuera como fuese, no entendía cómo era posible que su padre la hubiera expuesto a ella, que hubiera cometido semejante crueldad. Él sabía lo que sentía respecto a Jack y todo lo demás; de hecho, él mismo había culpado en gran medida a Jack por la muerte de René, ¿no?

—Papá le entrenó y sabe de lo que es capaz. Le necesita para algo, pero su orgullo le impide pedirle ayuda. Sí, tiene que ser eso. Confía en que Jack le encuentre y decida ayudarle. Le damos igual los que somos de su propia sangre, la misión lo es todo. Todos somos sus títeres, siempre ha sido así. Nunca le ha importado nadie de verdad desde lo de mamá, ¿cuándo voy a aceptarlo?

Empezó a abrir y cerrar los cajones del escritorio llena de rabia. Aunque era la décima vez que los revisaba, aún tenía la esperanza de encontrar algo que se le hubiera pasado por alto en las nueve búsquedas anteriores, pero lo que encontró fue un espacio vacío en el del centro que antes no estaba. Echó la silla hacia atrás por si se le había caído algo durante su última búsqueda desesperada, pero en el suelo no había nada.

Fijó la mirada de nuevo en el espacio vacío del cajón... ¿qué era lo que faltaba? Cerró los ojos con fuerza y se obligó a respirar con calma, tenía que concentrarse. Visualizó mentalmente el contenido del cajón... el libro de cuentas, un cuchillito para afilar lápices, cera para sellar, el anillo funerario que se había forjado tras la muerte de René y que su padre llevaba meses sin poder ponerse porque cada vez tenía los dedos peor a causa de la vejez y el desgaste.

¡El periódico! Sí, un ejemplar doblado del *London Times*. No estaba allí, ¿por qué se había llevado Jack un periódico que tenía más de un mes de antigüedad?

¿Un mes?

Recordó de repente lo que Jack había dicho: «Encontramos una de sus tarjetas hace poco más de un mes tras el robo de varias piezas muy valiosas del Museo Real Británico»... ¡Exacto!, ¡eso tenía que ser! En el periódico había un artículo sobre el robo, aunque ella no lo había leído. ¿Era el cíngaro el autor del robo? Sí, eso era lo que había dicho Jack. Seguro que se arrepentía de haberse ido de la lengua, que quería eliminar cualquier cosa relacionada con su indiscreto comentario antes de que ella viera el periódico y lo recordara... pero eso había sido un error de su parte.

Ella había dejado el contenido del despacho patas arriba durante la última busca y eso le había llevado a tomarla por una descuidada y una inepta, insistía en verla como a una mera aficionada aunque solo fuera para no tener remordimientos. Pero a pesar de que cada vez estaba más frustrada había procurado memorizar todo lo que había y dónde estaba, tal y como le habían enseñado.

Intentó recordar si en el artículo se mencionaba una tarjeta de visita negra impresa con un ojo dorado con la pupila roja. Seguro que sí, eso explicaría por qué había guardado el periódico su padre.

Se apresuró a cerrar el cajón al oír el sonido de pasos que se acercaban.

–¿Lady Thessaly? Solicitan vuestra presencia en la planta superior.

Tess miró sonriente a su vieja niñera y, siguiendo su ejemplo, le contestó en francés. Aunque Emilie había aprendido a regañadientes el suficiente inglés para arreglárselas en las dos décadas que llevaba viviendo en aquella húmeda isla, lo consideraba un idioma desagradable y «sin musicalidad» y lo evitaba siempre que podía.

–Sí, Emilie, gracias.

–Pero debéis quitaros esos pantalones, el marqués es un insensato al permitir que los utilicéis cuando salís a montar con ese engendro del demonio por el que tanto afecto sentís. No hay que someter al señor Jack a semejante despliegue de inmodestia.

–Ya es muy tarde para que muestre modestia ante él, Emilie –le recordó, mientras se ponía de pie. De repente se sintió tan vieja como el mismísimo tiempo, décadas por delante de los veinticinco años que tenía en realidad–. Que Arnette ordene que suban la tina en una hora y que prepare mi vestido de seda blanco, por favor. Creo que el señor Jack va a quedarse a cenar.

–¿El blanco, mi señora? Hace años que no os lo ponéis, habrá que airearlo –el avejentado rostro de Emilie se iluminó con una sonrisa cómplice–. Ah, ya me acuerdo... al igual que vos, y seguro que él también. Se hará tal y como pedís.

–Gracias, Emilie.

Tess volvió a sentarse cuando la niñera se fue, y el recuerdo de la última vez que se había puesto aquel vestido se adueñó de su mente. «Cielos, qué hermosa estás. Eres la luz en mi oscuridad, el bendito día en mi solitaria noche. Te amo, Tess. Que Dios me ayude, te amo. Deja que te ame...».

Cerró los ojos y se rodeó con los brazos mientras sentía la mirada ardiente y llena de deseo de Jack buscándola a través de los años de vacío, mientras empezaba a florecer de nuevo al recordar cómo la acariciaba y propiciaba encuentros cada vez más atrevidos que la habían hecho arder de deseo. Aún podía saborear el terror y la excitación que la habían embargado cuando el vestido de seda blanca había ido bajando por su cuerpo hasta quedar a sus pies antes de que él la alzara en brazos, la llevara a la cama y se tumbara junto a ella sobre la colcha de satén.

Lo que había sucedido después había sido una iniciación de los sentidos, una lección tan íntima y concienzuda que había despejado cualquier duda que pudiera haber sobre las razones que había tenido Dios para crearlos a Jack y a ella tal y como eran y para unirlos.

Él le había enseñado secretos que ella desconocía sobre sí misma y después la había alentado a que le explorara a su vez. Se habían acariciado y saboreado, la había llevado al límite una y otra vez con la boca y las manos, la había tomado de la mano y la había instado a que aprendiera a darse placer, la había ayudado a descubrir lo que la complacía para que él, a su vez, pudiera acariciarla de igual forma.

Habían descubierto juntos los ritmos exactos que la deshacían de placer, que le arrancaban suaves susurros y gemidos de la garganta, que la habían dejado tan preparada para él que apenas había notado el fugaz dolor que había desaparecido en un instante, un dolor que había dado paso a una plenitud que la había hecho arquear las caderas y rogarle que la llevara hasta el final, que la dejara volar libre de aquel tormento glorioso.

Se llevó una mano al pecho y notó los latidos acelerados de su propio corazón. Fue bajando la otra mano hasta la entrepierna y presionó los dedos contra la dolorosa sensación que iba creciendo allí, aquel anhelo que amenazaba con destruirla. Necesitaba alcanzar el clímax, ansiaba con todas sus fuerzas aquel estallido tan, pero tan dulce. Sabía cómo encontrar un alivio temporal en la oscuridad de la noche cuando los recuerdos y el deseo la abrumaban, pero nunca, ni durante aquellos largos años ni en ese mismo momento, había llegado a encontrar la satisfacción plena. Jack era el único que podía dársela.

Aun así, no le bastaba con un mero alivio temporal. Necesitaba partes de Jack que él no le había entregado nunca, que nunca le entregaría. Sentía la necesidad de ser la prioridad para alguien, de estar por delante de la Corona, del deber, de la venganza, del odio, de la excitación de una pelea. Necesitaba a un hombre que no se fuera nunca, ni siquiera cuando ella le pidiera que lo hiciera.

Estaba decidida a no volver a pasar de nuevo por lo mismo. Se habían destruido el uno al otro una vez, y con esa era más que suficiente. Ya era toda una mujer, tenía responsabilidades y en su vida no había cabida para lo que podría haber sido y no fue. Sabía que tenía pocas armas en su arsenal contra Jack, pero el vestido blanco iba a servirle a modo de coraza. Él también iba a recordar el pasado, y no era de los que volvían a cometer el mismo error una segunda vez.

Enfadada consigo misma por aquella muestra temporal de flaqueza, se puso de pie y salió de la habitación. Tenía muchas cosas por hacer antes de que Jack regresara.

Jack entró en el saloncito privado de la posada Castle Inn y saludó con la cabeza a Will y a Dickie antes de sentarse en una silla; mientras el segundo le servía un vaso de vino, el primero cortó un pedacito de queso con la punta de una daga y se lo comió antes de preguntar:

—¿Has averiguado algo?

—Sí, que a veces tienes unos modales deplorables en la mesa —antes de nada quería oír lo que ellos habían logrado averiguar mientras él estaba en casa de Tess, así que tomó un trago de vino y se limitó a decir—: ¿Dickie?

El aludido contestó, en tono de broma:

—Tienes razón en lo de sus modales, aunque eso ya lo sabíamos de antes... ah, quieres saber lo que hemos averiguado, ¿no? De acuerdo. Tu mentor se fue de este plácido pueblo hace ocho días en el carruaje público que va hacia el norte. Llevaba un baúl bastante grande que compró aquella misma mañana, y un bolso de tela bastante abultado que no quiso dejar con el resto de equipaje; de hecho, le compró un pasaje para poder llevarlo junto a él dentro del vehículo. Aunque es una persona muy conocida en la zona, los pueblerinos con los que he hablado no se dieron cuenta de que el que subía al carruaje era el marqués.

—¿Por qué?

Jack solo hizo la pregunta para que Dickie siguiera hablando, porque ya sabía hacia dónde se encaminaba el relato; al fin y al cabo, él mismo había aprendido cómo pasar desapercibido ante las miradas de los aldeanos que le habían visto casi a diario durante cerca de un año.

—Resulta que el pasajero al que vieron parecía un miembro del clero... ya sabes, uno de esos fantoches extranjeros que predican hasta desgañitarse. Iba vestido con una túnica, llevaba atado a la cintura un cordón con cuentas del que colgaba una gran cruz, y le cubría la capucha un sombrero tan plano y grande como un plato. El tipo intentaba bendecir a todo el que se le acercaba, así que las buenas gentes del pueblo optaron por bajar la mirada y mantener las distancias para evitar llamar su atención. No hay duda de que se trataba de un disfraz.

–Y uno bueno si le permitió pasearse sin más por un lugar donde le habrían reconocido de inmediato –comentó Jack. Al revisar la colección de disfraces de la sala secreta se había dado cuenta de que el de monje era uno de los que faltaban–. Sigue.

Mantuvo la mirada fija en su vaso de vino mientras Dickie explicaba que el supuesto monje se había alojado en aquella misma posada dos semanas atrás. Al ver que aparecía y desaparecía sin regularidad alguna, la gente del lugar había supuesto que iba de un lado a otro salvando almas. Siempre daba propinas generosas, y había solicitado que se respetara su privacidad para que no se le molestara mientras rezaba. Nadie sabía si había dormido o no en su cama. Se trataba de una persona callada que no había dado problemas, que iba y venía a su antojo y que siempre llevaba consigo la mencionada bolsa de tela.

–Iba trayéndose poco a poco lo que necesitaba de su casa, tanto en la bolsa como debajo del hábito de monje –concluyó Dickie–. No le convenía que en su casa le vieran marchándose con un baúl, no quería levantar sospechas, así que fue llevándoselo todo lentamente y en secreto. Nadie sospechó nada, es un tipo listo.

Will cortó otra porción de queso antes de comentar:

–Lo bastante listo como para bajar en el siguiente pueblo, alquilar un vehículo para el equipaje, y marcharse hacia el oeste. Antes de que Dickie alargue el relato en demasía, baste decir que una anciana llegó entonces al pueblo siguiente conduciendo un carro y se marchó después hacia el sur en el coche del correo. Su baúl se colocó sobre el vehículo con el resto del equipaje, pero no se separó de una voluminosa bolsa de tela que llevaba. Tuvo que volver a pagar un asiento extra para ella, y por eso la gente la recuerda. Se dirigía a Londres, Jack. Seguro que ya está allí.

Dickie alzó su vaso de vino antes de afirmar:

–Es como si estuviera en la otra punta de la luna, no va

a haber forma de encontrarlo en la ciudad. Puede estar en cualquier parte, hacerse pasar por cualquiera. No hay duda de que está tramando algo. A Liverpool no va a complacerle lo más mínimo enterarse de que se nos ha escapado.

—No se nos ha escapado, lo que pasa es que aún no le hemos encontrado —le corrigió Jack—. Sabíamos de antemano que un hombre como Sinjon no iba a ponérnoslo fácil. Tess dice que ella no sabe nada, y yo me inclino a creerla por el secretismo que usó su padre a la hora de ir sacando lo que necesitaba de la casa.

Will se puso de pie después de guardar la daga en su bota.

—De acuerdo, regresemos a Londres. No me seducía demasiado la idea de pasar la noche en este bendito lugar, nos esperan en Mayfair los placeres de la temporada social y un sinfín de invitaciones... bueno, a ti no, Jack. Mil disculpas.

—Disculpas aceptadas —le contestó, antes de levantarse también—, a los bastardos no nos suelen invitar a los eventos sociales. En cualquier caso, no voy a marcharme con vosotros. Nos veremos en Half Moon Street dentro de dos días, usaré la señal de siempre para indicar que estoy en casa.

—La gente suele limitarse a poner la aldaba en la puerta para indicar su presencia en la ciudad —comentó Dickie—. Lo de subir y cerrar persianas es absurdo, uno podría confundirse.

—Nuestro Black Jack no pregona a los cuatro vientos sus asuntos —afirmó Will, antes de darle un empujoncito hacia la puerta—. ¿Vas a ir de nuevo a por la hija de Sinjon, Jack? ¿Vas a acostarte con ella por el bien de la Corona, o por pasar un buen rato? Sea como sea, disfruta.

—Perdona, Jack. Will es un tipo atractivo, pero sus modales en la mesa no son su único rasgo deplorable. Anda, Will, vámonos antes de que Jack te rompa la nariz por meterla donde no te llaman.

Jack había hecho caso omiso de los maliciosos comentarios de Will. A lo largo de sus veintiocho años de vida había aprendido a ignorar muchas cosas; de no ser así, se habría visto obligado a pasar media vida peleando. Para cuando había alcanzado la mayoría de edad se había metido en líos lo bastante a menudo como para llamar la atención del marqués de Fontaine, que le había enseñado una forma alternativa de canalizar tanto su aguda mente como su naturaleza agresiva y con ello le había salvado la vida.

–No hace falta que os diga que empecéis por el Bull and Mouth. El principal problema de Sinjon es la falta de fondos, por eso tuvo que llevarse sus herramientas en vez de comprarlas en el lugar al que se dirige; además, tiene una desventaja añadida que no es mental, sino física. Alguien del Bull and Mouth ha tenido que ayudarle con el baúl, está claro que no ha podido transportarlo por la ciudad por sí solo. Nos ha dejado un rastro, caballeros, un rastro que seguro que ya ha borrado en Londres usando la misma táctica de trasladar sus pertenencias poco a poco sin el baúl. A estas alturas ya estará bien oculto, pero empezad por el baúl. Encontrad ese rastro y volveremos a estar tras su pista.

–De acuerdo, Jack. ¿Qué hacemos si le encontramos mientras tú aún estás jugueteando con la hi...? –Will se apresuró a corregirse–. ¿Mientras aún estás buscando pistas aquí? ¿Vamos a por él, o te esperamos? Me gustaría tenerlo en el salón de tu casa con un enorme lazo alrededor del cuello para cuando regreses. El baile de lady Sefton es este mismo viernes, y entre unas cosas y otras ya me he perdido casi la mitad de las fiestas. Si por mí fuera, Liverpool y su marqués fugitivo podrían irse al infierno. Nos prometieron un respiro después de nuestro último éxito.

Jack estaba acostumbrado a sus quejas. No había nada que le gustara más a Will que una pelea, pero le hastiaba la búsqueda en sí, los entresijos necesarios de una investigación, sobre todo si al final no iba a haber un enfrentamiento. Un anciano al que había que capturar, ya fuera para obligarlo a seguir jubilado o para mandarlo al infierno en un abrir y cerrar de ojos... para alguien como Will, era una misión de lo más aburrida.

–Vosotros podéis limitaros a encontrarlo, caballeros, o a encontrar algún rastro al menos, y dejadme el resto a mí; al fin y al cabo, las damas deben de echaros mucho de menos –les dijo, mientras les acompañaba al patio de la posada y esperaban a que les prepararan las monturas.

–Solo a Will –le respondió Dickie, pesaroso–. Me temo que un tipo regordete y pobretón como yo no tiene grandes expectativas.

–Dickie, amigo mío, tú permanece a mi lado y te lanzaré mis sobras –le dijo Will en tono de broma.

Siguieron bromeando hasta que les llevaron los caballos ensillados, y Jack permaneció donde estaba hasta que montaron y se marcharon. Aunque había disimulado, había esperado con impaciencia a que se fueran. Durante los últimos cuatro años habían sido un verdadero cuarteto de granujas... un cuarteto que, lamentablemente, había pasado a ser un trío... y él había sido el líder indiscutible. Al principio no había habido problema alguno. Will afirmaba que le fatigaba pensar y no le había importado dejar en sus manos la tarea de idear las estrategias a seguir, pero últimamente había notado un descontento creciente en él, una emergente ansia de violencia, un vacío creado por el cese de hostilidades en Francia.

Tras la muerte de Henry, el propio Jack se sentía cada vez más desasosegado. El barón Henry Sutton había sido lo más parecido a un verdadero amigo que se había permitido el lujo de tener, y su muerte había dejado un vacío que no ansiaba llenar. Con Henry no había sido nunca el hijo bastardo del marqués de Blackthorn, sino un hombre sin más, con tanta valía como cualquier otro. Dickie era un tipo afable, pero no era alguien con quien uno pudiera conversar hasta la madrugada de todo tipo de temas, desde literatura y religión hasta la eterna cuestión del porqué de la existencia, por qué estaban en el mundo en ese preciso momento y con qué propósito.

Le había contado a Henry cosas sobre los años que había pasado con Sinjon, con Tess, que no le había confiado a nadie más. Echaba de menos ese compañerismo y esa comprensión serena, aunque se había sorprendido al descubrir después que con sus hermanos, Beau y Puck, existían vínculos que desconocía y que, de hecho, siempre había procurado evitar que se forjaran.

Y, de repente, Sinjon y Tess regresaban de improviso a su vida... el mentor, la amante.

Se sentía descentrado, inseguro. Empezaba a cuestionarse lo que había hecho con su vida, y a pensar en el futuro. Nunca antes había pensado en el futuro, siempre se había centrado en el presente. Nunca le había importado el mañana, gracias a eso se le daba tan bien su trabajo.

Pero Beau sí que le importaba, y Puck también. Después de prometerse a sí mismo que había aprendido a no mezclar los sentimientos con una misión tras el error que había cometido con Tess, había abierto las puertas de su corazón a sus hermanos y había estado a punto de perder a uno de ellos. Había perdido a Henry.

Había llegado el momento de terminar con todo aquello, ya no era apto para aquel trabajo. Dickie disfrutaba de las emociones fuertes y necesitaba el dinero que la Corona ofrecía por sus servicios, y a Will le gustaba poner a prueba su habilidad a la hora de impartir justicia con la afilada hoja de un cuchillo; de hecho, le gustaba casi demasiado.

Pero él, tras el final de la guerra, tenía la sensación creciente de que su pequeña banda de granujas no era más que una banda de asesinos a sueldo que libraban a la Corona de potenciales estorbos... estorbos como Sinjon, que sabía demasiado como para que Liverpool o cualquier alto cargo del Gobierno durmiera tranquilo sabiendo que estaba merodeando a sus anchas.

Sí, quería dejar aquella vida, al igual que Henry. Habían hablado del tema muchas veces y siempre habían llegado a la conclusión de que, cuando uno estaba a las órdenes de la Corona, no existía la posibilidad de dejar el trabajo sin más. Sinjon era prueba de ello. Se había convertido en poco menos que un prisionero en su propia casa, estaba vigilado y se informaba de todos sus movimientos. Aunque no era más que un anciano con el espíritu quebrantado y que ya no les servía de utilidad, seguía siendo un marqués, un miembro de la nobleza, y por eso no le habían matado. Si un hijo bastardo, al que casi nadie conocía y por cuya muerte muy pocos llorarían, intentaba desvincularse sin más, no dudarían en eliminarlo.

Si alguna vez llegaba ese momento, estaba casi seguro de saber a quién usaría la Corona para llevar a cabo ese trabajito. Después de lanzar una última mirada hacia el desierto camino, volvió a entrar en la posada para tomarse otro vaso de vino y poder pensar a solas.

Capítulo 3

Tess empezó a pasear con nerviosismo por el saloncito mientras movía entre las manos el vaso de vino que se había servido. Jack estaba retrasándose, y siempre había sido muy puntual. Seguro que estaba haciéndolo a propósito, que estaba retrasando su llegada para ponerla nerviosa y dejarle claro que la tenía a su merced en todos los sentidos... y así era, incluso más de lo que él podía imaginar.

No le había olvidado jamás, veía su rostro cada día. Siempre estaba junto a ella.

Había dado por hecho que él no iba a regresar jamás. Black Jack Blackthorn no se postraba ni se doblegaba ante nadie, nunca suplicaría. Ella le había devuelto su anillo, el que había llevado en el cuello colgado de una fina cinta para que su padre no lo viera hasta que finalizara aquella última misión, y lo había sustituido por el medallón que contenía los retratos de su madre y su hermano. Había sustituido un sueño perdido por dos almas perdidas.

Jack llevaba puesto el anillo en el índice de la mano derecha. Se trataba de una pieza de oro macizo con un ónice que tenía grabada una «B», y él le había confesado que la joya se la había regalado su madre y no sabía si la letra grabada era por «Blackthorn» o por «bastardo». Ella había intentado que le aclarara aquel extraño comentario, pero él la había distraído a base de besos y no había vuelto a mencionar a su madre. No había habido tiempo para ello. Habían discutido cuando Jack le había revelado lo del cambio de planes que iba a dejarla en un segundo plano y a salvo de cualquier posible peligro, se había llevado a cabo la misión... y después no les había quedado nada más que el funeral y la despedida.

Deseó que hubiera alguna forma de volver atrás, de cambiar el pasado, pero no la había, y eso quería decir que el futuro tampoco podía cambiarse. Lo único que existía era el presente, la misión, encontrar a su padre antes de que hiciera algo irreversible o irreparable. En esa ocasión no iba a permitir que la dejaran a un lado, no iba a quedarse esperando, preocupada, hasta tener que llorar la pérdida de un ser querido.

Echaba de menos a René con toda su alma. Habían estado juntos en el vientre de su madre, habían compartido sus vidas, siempre habían estado juntos y unidos. Se habían aferrado el uno al otro durante las frecuentes ausencias de su padre, y habían competido por ganarse su atención cuando regresaba a casa.

Aunque Emilie tan solo hablaba en francés, su padre había insistido en que René y ella hablaran siempre en inglés cuando él estuviera presente. No se les permitía salir de los terrenos de la finca y solo se tenían el uno al otro. Su única compañía era la de Rupert, su tutor inglés, que impartía las lecciones con la ayuda de una vara de abedul que había blandido sobre todo contra René... hasta el día en que ella se había lanzado contra él, se le había subido a la espalda y había estado a punto de arrancarle la oreja con los dientes antes de que pudiera quitársela de encima.

En aquel entonces tenía diez años. Su padre la había felicitado por primera vez en toda su vida al enterarse del incidente, pero también había regañado a René de aquella forma serena pero destructiva que solía usar con él. Le había recriminado que hubiera permitido que le azotaran con la vara y también el hecho de que ella se hubiera visto obligada a defenderlo, con lo que la felicidad que la embargaba por aquella victoria se había desvanecido; después de eso, su padre había contratado a un tutor que era el doble de estricto que Rupert, y ella había pasado a estar en manos de una serie de institutrices inglesas.

El sustituto de Rupert había sido despedido el día en que René le había doblado el brazo hacia atrás para impedir que siguiera azotándole con la vara y le había lanzado de cabeza contra la sólida puerta de roble de la sala de estudios. En aquel entonces tenía quince años, y su padre no había dudado en señalar que había tardado cinco largos años en mostrar la valentía que su hermana había tenido a los diez.

Era inútil intentar ganarse la aprobación del marqués. Si uno le fallaba, se enfrentaba a aquella serena desaprobación que era diez veces peor que una paliza; si uno hacía algo bien, una de dos: o no recibía comentario alguno o recibía una pequeña alabanza seguida de alguna crítica hiriente sobre cualquier pequeño error.

A pesar de todo, René y ella se desvivían por intentar complacerle. René fingió interesarse por las clases que su padre empezó a impartirle después de despedir al tutor, pero fue ella la que mostró una mayor aptitud cuando su hermano le contaba lo que había aprendido. Mientras que su hermano prefería leer poesía, ella prefería sujetar un libro sobre tácticas militares ante un espejo para aprender a leer al revés. A René le gustaba tocar la flauta; ella, por su parte, había practicado durante horas con las finas herramientas que él le prestaba hasta que había sido capaz de abrir con facilidad todas las cerraduras de la casa. Después de pasar una hora en clase con su padre, René pasaba dos con ella enseñándole todo lo que había aprendido hasta que no solo aprendía lo que él le explicaba, sino que incluso llegaba a superarle.

El marqués había acabado por descubrir lo que sucedía el día en que René la había herido sin querer mientras practicaban con los floretes y el botón de seguridad del suyo se había caído sin que ninguno de los dos se percatara.

Esa había sido la segunda vez que el marqués la había mirado con algo cercano a la aprobación, mientras le vendaba el brazo con un pañuelo. Entonces le había dicho que se pusiera unos pantalones y una camisa de René y que la esperaba en el jardín, y le había devuelto su florete antes de tomar uno a su vez.

Había sido una alumna brillante, lo sabía a pesar de que su padre no había reconocido nunca ninguna de las nuevas habilidades que había ido aprendiendo a lo largo de los años; aun así, había perdido una parte de su hermano por culpa de ese éxito y del fuerte deseo de ambos de complacer a su padre. René no se había quejado jamás, nunca había dicho nada al respecto, pero ella sabía lo que pasaba.

Él lo había intentado con todas sus fuerzas, pero no había nacido para disfrutar de la emoción de saltar una valla de cinco tablas a lomos de un caballo, ni para acertar en el centro de una diana al lanzar un cuchillo. Carecía de artificio, tanto en sus acciones como en su mente. Él era digno hijo de su madre, amable y de buen corazón; ella era digna hija de su padre... tenía una mente aguda, le fascinaba la intriga y todo lo que eso conllevaba.

Pero era más que el mero amor por aquel emocionante juego, más incluso que el deseo de complacer a su padre. René no lo sabía, pero ella siempre había sentido que era responsabilidad suya protegerle, tal y como había hecho años atrás al defenderle de Rupert. Había ido sustituyéndole, ocupando su lugar en un número creciente de pequeñas misiones, e incluso había sido incluida en la planificación de las misiones en las que iban a participar los tres. René siempre acababa desempeñando un papel secundario, permanecía a salvo en un segundo plano.

Pero todo había cambiado con la llegada de Jack. El marqués había conseguido por fin el pupilo perfecto: alguien con talento, y varón. Ella le detestaba, le consideraba un intruso. Se había crispado al ver que él dominaba en cuestión de meses lo que ella había tardado años en aprender, y que después emulaba lo que ella misma había hecho con René: superar al maestro con su ingenio y su pericia. Había sentido envidia de la confianza que el marqués había depositado en él, había sufrido en silencio al ver que René parecía convertir a su sucesor en una especie de héroe al que había que admirar e imitar.

Había luchado contra Jack durante más de un año, hasta que la fascinación que sentía por aquel hombre tan especial había eclipsado el resentimiento que la embargaba al ver cómo le arrebataba la atención de su padre. Había sido entonces cuando había empezado a observarle sin envidia, con un interés creciente por él como hombre. Era tan misterioso, tan atractivo... sus escasas sonrisas la hacían sentir algo extraño y delicioso, y él también había empezado a observarla cada vez más. Habían pasado meses con aquel tira y afloja, siendo conscientes de que entre ellos había algo latente, un deseo creciente que habría que saciar tarde o temprano.

Dios, no había duda de que habían quedado bien saciados...

Tomó otro trago de vino para intentar tranquilizarse. La tarde se le había hecho interminable, y en aquellas horas había cambiado de opinión respecto al vestido blanco de seda. No tenía sentido castigar a Jack ni a sí misma.

Se detuvo frente al espejo que había encima de la mesa rinconera, y observó su propio reflejo a la luz de las velas. El vestido que se había puesto sería un ejemplo de sencillez, incluso de recato, de no ser porque la pálida seda delineaba sus senos y sus curvas, y al andar se ajustaba al contorno de su trasero y revelaba el hecho de que no llevaba ropa interior; por otro lado, las mangas cortas

de la prenda podrían considerarse recatadas si no estuvieran hechas de una gasa casi transparente. De todos los
vestidos que tenía, aquel era uno de los que más la cubría,
pero una mirada perspicaz se percataría de que estaba
prácticamente desnuda... y Jack tenía una mirada muy,
pero que muy perspicaz.

Se había puesto también un collar de tres vueltas con
cristales, y su melena rubia le caía suelta sobre los hombros. A él siempre le había gustado hundir el rostro en su
pelo, a veces se lo agarraba con el puño y la instaba a
echar la cabeza hacia atrás mientras empezaba a mordisquearle la base del cuello, mientras iba descendiendo más
y más...

Estaba poniéndoselo muy fácil, lo único que faltaba
era una invitación escrita. No podía mantener a Jack a
distancia y convencerle a la vez de que la necesitaba a su
lado cuando partiera en busca de su padre; no, lo que necesitaba incluso más que encontrar a su padre era lograr
que Jack se marchara cuanto antes, alejarse con él de la
casa lo más rápido posible.

Había puesto en orden sus prioridades y se había dado
cuenta de que no podía sumarle a la situación la complicación añadida de luchar contra Jack, lo principal era lo-
calizar a su padre y estar presente cuando eso sucediera.
No sabía hasta qué punto había podido cambiar su amante
en aquellos cuatro años, no sabía si él sería capaz de eje-
cutar a su antiguo mentor por orden de la Corona, pero lo
sorprendente era que no tenía ni idea de lo que iba a hacer
si él intentaba llevar a cabo el asesinato. Ni ella misma sabía lo que sentía a aquellas alturas por su padre.

Lo único que tenía claro era que no podía dejar que
Jack se fuera por su cuenta. Iba a acompañarle o a seguirle fuera como fuese y él lo sabía, así que lo más lógico
era que viajaran juntos.

Estaba dispuesta a compensarle por ello. Jack la deseaba, eso era lo único que no había cambiado en aquellos

cuatro años. Esa noche pensaba darle lo que él deseaba, y él a su vez le devolvería el favor al día siguiente al permitir que le acompañara.

Debido a lo reducida que era la pensión que el Gobierno le había concedido a su padre, hacía mucho que se habían visto obligados a renunciar a los costosos servicios de un mayordomo; como Jack no llamaba nunca a la puerta y se movía con el sigilo de un gato a la caza de un conejo, se vio obligada a disimular el sobresalto que se llevó al verle aparecer de improviso en el saloncito.

Esperaba que llegara ataviado con su habitual vestimenta impecable y hecha a medida, pero en esa ocasión no se había molestado en ponerse ropa formal; no, Jack era en ese momento el misterioso y peligroso pirata al que ella había visto tantas veces antes... vestido de negro, sin sobrecuello y con una camisa ligeramente fruncida de manga larga y cuello abierto. Los pantalones enfatizaban la estrechez de cintura y caderas, y delineaban los músculos de sus largas piernas.

–¿Por qué estás vestido así?, ¿piensas entrar en casa de algún hacendado de la zona para recobrar algún secreto de la Corona? Quizás tienes intención de arrebatarles sus pertenencias a los viajeros que pasen por el camino, tal y como hacías cuando mi padre te encontró, aunque solo sea para no perder facultades.

Él se le acercó sin decir palabra y dio una vuelta entera a su alrededor antes de detenerse ante ella, a escasos centímetros de distancia. Tess notó que se le endurecían los pezones bajo su ardiente mirada; aunque no estaba tocándola, le pareció notar el contacto de sus manos en la piel.

–¿Y qué me dices de ti, Tess? También pareces estar lista para una cabalgata nocturna. ¿Vamos a saltarnos la cena?

Tuvo ganas de abofetear aquel rostro tan apuesto y sonriente, pero sabía que era comprensible que él intentara resarcirse después de la forma en que le había tratado cuando la había besado. Le puso la mano en la entrepierna con atrevimiento antes de contestar:

—Sí, supongo que sí. Ya conoces el camino.

Se sintió satisfecha al ver cómo se le oscurecían los ojos, y deslizó la mano por su vientre y su cadera al pasar junto a él. Fue hacia la escalera con la boca seca y el corazón acelerado. Sabía que Jack no la perdonaría jamás si descubría sus intenciones... pero seguro que nunca llegaría a enterarse. Tenía que conseguir que se marchara de allí y que no regresara jamás. Cuando ella le rechazara, cuando le echara de su lado por segunda vez en cuanto encontraran a su padre, cuando se encarara con él y le dijera que había estado utilizándole, se marcharía decidido a no regresar en toda su vida. Jack era más orgulloso de lo que la gente creía. Cuando todo aquello llegara a su fin, lo que había entre los dos también acabaría de nuevo.

Eso era lo que iba a suceder, lo que tenía que suceder. No estaba dispuesta a perder a nadie más por culpa de Black Jack Blackthorn... tan solo a sí misma.

Dejó la puerta abierta al entrar en su dormitorio, y se detuvo a medio camino de la cama a la espera de que Jack llegara y tomara lo que deseaba... lo que ella deseaba también, eso era innegable. Tenía la respiración acelerada, su cuerpo esperaba anhelante las caricias de aquel hombre. Estaba así por su culpa. Él le había enseñado placeres que nunca había imaginado, la había llevado a cimas a las que no había regresado desde entonces y que ansiaba volver a visitar.

Respiró hondo cuando la puerta del dormitorio se cerró de golpe a su espalda.

Jack se acercó a ella por atrás, la tomó de los hombros y la obligó a girar con brusquedad para que estuvieran cara a cara.

—¿Crees que me he vuelto estúpido, Tess? ¿Me tomas por un jovenzuelo que se deja cegar por el deseo? Ven a mi alcoba, acuéstate conmigo, cae presa de mi hechizo, acata mis deseos... ¿es eso lo único que había entre nosotros?, ¿lo único que recuerdas de mí? Dios del Cielo, mujer, ¿acaso estás tan desesperada?

Ella alzó la barbilla en un gesto desafiante.

—Creía que esta tarde habías dejado muy claro lo que querías de mí. No lo consideres una capitulación por parte de ninguno de los dos, Jack, sino un simple intercambio. Yo te doy lo que tú quieres, y viceversa.

Él le soltó los hombros y bajó las manos.

—¿Qué es lo que quieres, Tess? ¿Qué ganas tú con el intercambio?

—Ir contigo. Puedo ayudarte —afirmó, mientras le miraba a los ojos para intentar ver cómo reaccionaba a sus palabras.

—¿Ayudarme? La verdad, lo dudo mucho. No he olvidado que eras el monito amaestrado de Sinjon, un monito tolerablemente eficiente. Estoy buscando a tu padre y no estoy dispuesto a desperdiciar gran parte de mi tiempo en tener que guardarme las espaldas, ni siquiera a cambio del placer de abrirte de piernas.

Ella hizo caso omiso de aquella grosería deliberada.

—No le matarías ni aunque te lo ordenaran tus superiores.

—¿Ah, no? ¿Estás segura de eso? Perfecto. En ese caso, quédate aquí y espera a que le traiga de vuelta.

Tess se apartó de él y se apoyó en el lateral de la cama mientras decidía utilizar otro argumento.

—Mira, vamos a poner las cartas sobre la mesa. Recuerdo lo que ponía en el periódico que te has llevado esta tarde. Mi padre está persiguiendo al cíngaro y tú también, pero no sois los únicos que tenéis cuentas pendientes con ese monstruo. Asesinó a mi hermano.

Él se tensó al oír aquello y sus ojos se oscurecieron.

—¿En serio? Yo creía que tanto Sinjon como tú me culpabais a mí de la muerte de René, ¿he sido absuelto? Qué alivio. Adiós, Tess. Gracias por tu amable ofrecimiento, al demonio con tus mentiras.

Ella dio un paso hacia él. Si Jack partía antes de que pudiera seguirle, corría el riesgo de no encontrarle jamás, de no encontrar jamás a su padre. Sí, le urgía que él se fuera de allí, pero no solo.

–¡Muy bien, Jack, márchate! ¡Es lo único que se te da bien!

Él ya se había vuelto hacia la puerta, pero sus palabras le detuvieron en seco. Tess se dio cuenta de que se había excedido y retrocedió hasta topar con el borde de la cama.

–¡Me marché porque tú me dejaste muy claro que aquí no tenía nada que hacer! ¡Me marché porque tú me echaste de tu lado!, ¡porque esperabas que me fuera!

–¿Que yo esperaba que...? ¿Qué quieres decir con eso?

Jack se acercó hasta quedar frente a ella, hasta dejarla arrinconada sin llegar a tocarla.

–Nunca creíste que lo nuestro tuviera un futuro, ¿verdad? Por eso insististe en ocultarles nuestra relación tanto a Sinjon como a René. Estabas convencida de que acabaría por marcharme tarde o temprano, creías que encontraría algún defecto o que me desilusionaría de ti de alguna forma. Cuando René murió, tuviste por fin una excusa para echarme antes de que yo me fuera por mi cuenta... y puede que tu padre también, aunque Dios sabe que él tenía sus propias razones para hacerlo. No podía permitir que me quedara porque le había fallado, ¿verdad? No conseguí atrapar al cíngaro, y tampoco protegí a René. Toda la culpa recayó sobre mis hombros y no tuve más remedio que marcharme. Admítelo, Tess, aunque solo sea ante ti misma.

–Eso... eso no es verdad, yo te amaba.

–Y yo a ti –lo dijo más calmado, casi con ternura–. Pero en aquel entonces lo que necesitabas no era mi amor, ¿verdad? Aún seguías luchando por conseguir la aprobación de Sinjon, necesitabas que se sintiera orgulloso de ti. Tenías que ganarte su amor antes de estar lista para aceptar el mío, para creer en mí, y eso es algo que no ha cambiado, ¿verdad? Aún sigues anhelando una palmadita de aprobación, un elogio, que tu padre admita de alguna forma tus logros, pero él no te confió nunca sus secretos, ni siquiera lo hizo tras la muerte de René. No te confió los detalles de esta condenada misión en la que se ha embarcado. Eras buena, pero nunca lo suficiente. Eso es lo que crees, ¿verdad?

Tess no le contestó, no le hacía falta decir ni una sola palabra para darle la razón.

—Mírame, Tess —insistió, mientras la instaba a alzar la barbilla—. ¡Mírame! Sinjon es un hombre duro, de eso no hay duda... es exigente, difícil de complacer, imposible de comprender. Soy consciente de que René y tú sufristeis por ello, pero ahora eres una mujer hecha y derecha. ¿Por cuánto tiempo vas a seguir culpándote a ti misma por las carencias de tu padre? Son sus carencias, Tess, no las tuyas.

—No me ha dejado nada —admitió ella con voz queda—. Sabiendo lo que sabe, no nos ha dejado nada. ¿Cómo ha podido hacer algo así?

—Ya te lo he dicho, él sabía que yo vendría.

—No lo entiendes...

Se calló al darse cuenta de que ya era demasiado tarde, de que aquella explicación llegaba con años de retraso. Había guardado silencio porque su padre le había asegurado que eso era lo mejor, y en aquel entonces estaba tan destrozada que había sido incapaz de pensar con claridad.

—Llévame contigo, Jack. No vuelvas a dejarme atrás. Tengo que verle y hablar con él, tengo que saber el porqué.

Él la contempló en silencio durante un largo momento antes de asentir.

—Puede que ya sea hora de que averigües quién es en realidad Sinjon Fonteneau. Vamos abajo, hay algo que debo mostrarte.

Tess estuvo a punto de abrazarle, pero se contuvo a tiempo.

–Gracias, Jack.

–No me lo agradezcas, lo que vas a ver no va a gustarte. Estoy a punto de convertir a tu caballero de reluciente armadura en un granuja.

Jack la condujo al despacho de Sinjon. Le había mostrado la sala oculta, pero no le había revelado todos los secretos que esta contenía. Le entregó un candelabro y abrió las puertas acristaladas de la vitrina que contenía las escasas antigüedades que el marqués tenía a la vista. Era la colección de un hombre que no podía darse el lujo de satisfacer su afición tal y como había hecho años atrás en Francia... al menos, eso era lo que la gente creía. Lo cierto era que el marqués de Fontaine jamás le había mostrado al mundo su verdadera cara.

El propio Jack se había enterado de la verdad un par de semanas antes de la muerte de René. Había encontrado a Sinjon en su despacho pasada la medianoche, borracho y gimoteando de forma lastimera porque era el vigésimo aniversario de la muerte de su esposa; al principio se había sentido intrigado a la vez que halagado cuando le había indicado que se sentara en una silla y había empezado a hablar, y al final se había sentido horrorizado.

Estaba casi seguro de que ni Tess ni René estaban enterados de lo que había ocurrido en realidad, de quién era y quién había sido realmente su padre, del porqué de la muerte de su madre, de la razón por la que habían tenido que marcharse a Inglaterra y lo que había llevado a Sinjon a ofrecerle sus servicios a la Corona en contra de Francia.

El marqués de Fontaine era un hombre de variados intereses y con una miríada de talentos, un hombre que se vanagloriaba de sus conocimientos sobre antigüedades griegas, romanas y egipcias. Había dedicado cerca de los cincuenta primeros años de su vida a crear su colección y había viajado al Continente en busca de nuevas piezas, pero las cosas habían cambiado para él cuando había conocido a su Marie Louise. El nacimiento de los mellizos le había desconcertado en cierta medida, le había costado entender a qué se debía tanto alboroto, pero Marie parecía estar encantada con los niños y él quedaba libre para retomar lo que denominaba «sus estudios»... por no hablar de sus otras actividades.

Había sido en 1797 cuando Sinjon, cuya lealtad, una lealtad flexible que parecía cambiar según soplara el viento, le había mantenido milagrosamente a salvo en Lyon, se había enfrentado a la posible pérdida de su estilo de vida. Aunque lo peor del Terror había quedado atrás, el ejército revolucionario estaba ganando demasiado poder gracias al éxito del general Louis Hoche y a un corso oportunista llamado Bonaparte. Sinjon había empezado a colaborar en secreto con otros monárquicos para reinstaurar el *Ancien Régime*, para conservar los privilegios inherentes a su rango antes de que fuera demasiado tarde.

Al final había resultado ser demasiado tarde. Sinjon tendría que haber visto las señales que así lo indicaban, tendría que haber puesto en orden sus prioridades y haber puesto a salvo a su esposa y a sus hijos, pero había optado por desafiar y presionar al *Directoire* junto con sus aliados una y otra vez; de hecho, había ideado un plan con el que habían estado a punto de lograr asesinar a varios líderes de dicho *Directoire*.

Sinjon consideraba que ese había sido su gran error. El *Directoire* había contraatacado con todos los medios que tenía a su alcance, había perseguido a los miembros de la oposición y había conseguido que se desperdigaran. Mientras Sinjon y sus hombres se escondían en sótanos sin saber lo que ocurría, su adorada Marie Louise se había convertido en una de las víctimas de su insensatez.

Sinjon se había echado a llorar al contarle aquello. Mientras su mentor sollozaba, ebrio y roto de dolor, él había permanecido sentado en silencio, consciente de que no había palabras que pudieran reconfortarle ni aliviar su culpabilidad y su pérdida. En ese momento habría hecho todo lo que Sinjon le hubiera pedido, porque estaba ante un hombre viejo y derrotado que lo había perdido todo, desde su esposa y su país hasta su fortuna. En Inglaterra vivía como un caballero empobrecido en una casa vieja y a las órdenes de la Corona, que nunca había llegado a depositar toda su confianza en él.

Un caballero empobrecido obligado a idear tramas y a menudo incluso a asesinar, y no solo para hacer justicia por todo lo que había perdido y liberar al mundo del oportunista de Bonaparte, sino también para salvar al Primer Ministro de algún escándalo, para encontrar la forma de desprestigiar a los parlamentarios que no estaban de acuerdo con alguna decisión de la Corona. Sinjon había tenido que usar sus habilidades para solucionar los problemas que los que ostentaban el poder generaban con regularidad, no había tenido otra alternativa... ¿o sí?

Sí, claro que la había tenido, la había tenido siempre. ¿Hasta qué punto llegaba su sufrimiento?, ¿era cierto que había estado ahogando sus penas y su culpa en el alcohol?

Jack era consciente de que nunca iba a saber a ciencia cierta qué parte de la actuación de Sinjon había sido cierta y qué parte pura ficción aquella noche, tan solo tenía la certeza de lo que había presenciado; al fin y al cabo, había sido un mero espectador que se había conmovido ante un hombre patético y destrozado. Lo que había sucedido después, cuando su mentor le había mostrado la segunda sala oculta y le había revelado la vida secreta que llevaba, había cambiado para siempre la opinión que tenía de él.

Estaba a punto de mostrarle a Tess quién era en realidad su padre, iba a enseñarle pruebas que le condenaban y que eran tangibles. Una dosis de realidad no iba a lastimarla más que la ficción que ella misma había creado sobre su padre, la ficción que el propio Sinjon había alentado con tanta astucia.

–Dame el candelabro y sígueme.

La condujo escalera abajo hasta la sala secreta y, una vez allí, se acercó a la piedra que había localizado antes y la presionó.

–¿Queda algo más por ver? –le preguntó ella.

A modo de respuesta, Jack alzó el candelabro a la altura del hombro mientras la vitrina que contenía el arsenal de Sinjon se deslizaba hacia un lado y dejaba al descubierto un pequeño cuarto.

–Ven a ver lo que hay y lo que no está, falta una pieza importante.

Se mantuvo a un lado mientras ella entraba en el cuartito. En tres de las paredes había estantes que abarcaban desde el suelo hasta el techo, y el único mueble era una silla colocada justo en el centro en la que Sinjon solía sentarse a admirar su propia genialidad.

–A tu izquierda, los objetos griegos; a tu derecha, los romanos; justo delante de ti están los egipcios, y lo más interesante de todo es que uno de ellos no está. Estás viendo los tesoros de tu padre... mejor dicho: tus competidores. Lo que Sinjon ama más en este mundo. Supongo que no sería descabellado pensar que por ellos puso en peligro a su familia, perdió a su esposa y sacrificó la infancia de sus hijos, ¿no? A mí no me cabe ninguna duda de ello.

Tess fue girando poco a poco mientras contemplaba lo que la rodeaba. La luz de las velas proyectaba extrañas formas sobre las hileras de artefactos, se reflejaba en escudos y corazas de la antigua Roma, hacía relucir cuencos incrustados de piedras preciosas, iluminaba bustos, yelmos, brazaletes, collares... y se reflejaba en las lágrimas que le inundaban los ojos.

Habría bastado con vender algunas piezas pequeñas para conseguir dinero de sobra para pagar a los vendedores del pueblo, reparar la casa, educar a René en las mejores escuelas de Inglaterra, comprar una mansión en Mayfair y presentarla a ella en sociedad.

Pero, para eso, Sinjon tendría que haber sido capaz de renunciar a alguno de sus tesoros, y estaba claro que la idea de venderlos era un suplicio para él.

—No sabía... no puedo... ¿cómo es posible, Jack? ¿Por qué?

—Volvamos arriba —le quitó el candelabro, y al tomarla de la mano para conducirla de vuelta al despacho notó que tenía los dedos helados.

Cuando llegaron al despacho, le sirvió un vaso de vino mientras ella se sentaba en un sillón de cuero muy rígida y con la mirada perdida; se acercó para entregárselo, pero, al ver que se negaba a aceptarlo, se lo bebió él mismo antes de apoyarse en el borde delantero del escritorio.

De haber podido, le habría ahorrado todo aquello, pero ella no le había dejado otra alternativa... y Sinjon tampoco. Sinjon, el hombre por el que Tess sentía tanta admiración y al que tanto ansiaba complacer. Su maravilloso, perfecto y heroico padre. Estaba por ver cuánto tardaría Tess en entender las implicaciones de lo que acababa de ver.

Tuvo la respuesta a esa cuestión mucho antes de lo que esperaba, pero eso no le sorprendió; al fin y al cabo, ella siempre había sido muy inteligente.

—Es un ladrón, ¿verdad? Mi padre es un ladrón.

—Yo mismo llegué a esa conclusión equivocada y fui corregido de inmediato. Él se considera un coleccionista privado. Un ladrón roba para conseguir un beneficio, pero Sinjon siempre fue muy selectivo. Él solo se apropiaba de los mejores artefactos y se los quedaba para su propio disfrute. Ellos son tus competidores, Tess, los verdaderos amores de tu padre.

Ella inclinó la cabeza y se masajeó con fuerza las sienes.

—Dios, Dios del Cielo...

Jack se apartó del escritorio y se sentó ante ella. Le hizo bajar las manos hasta su regazo, y se las sostuvo apoyadas contra la falda del vestido al decir:

–En Francia le resultaba fácil, porque contaba con la protección de su título nobiliario. Todos creían que los tesoros que llevaba a casa tras sus viajes eran las compras de un hombre adinerado, nadie sospechaba otra cosa. Podía exhibir abiertamente muchos de ellos y mantenía ocultos los que pudieran ser reconocidos para poder disfrutar de ellos en soledad. Era un hombre admirado al que se acudía para hablar de antigüedades, un experto reconocido, el fascinante marqués de Fontaine. Nadie sabía la verdad, Tess, ni siquiera tu madre. Eso es lo que estaba intentando proteger cuando se alió con los monárquicos: su estilo de vida, sus tesoros. El nuevo Gobierno francés se quedó al final con casi todo, así que optó por venir a Inglaterra y empezó de cero.

–¿Cómo que empezó de cero? Pero... ¡pero si estaba trabajando para la Corona!

–Esa era la mejor excusa para viajar según su conveniencia, utilizar canales secretos de transporte, tener acceso a barcos y a los planos de las mansiones de gente adinerada, de museos y palacios. Estábamos en guerra, en todas partes desaparecían tesoros por los motivos que fueran. Dicen que Bonaparte se llevó consigo medio Egipto al regresar a Francia y yo creo que el odio que Sinjon le tenía era por eso, porque el Emperador poseía todos esos tesoros. Debo admitir que tu padre también cumplía con su tarea, Tess, y que lo hacía de maravilla; una vez completada la misión, se premiaba añadiendo a su colección una nueva pieza. Lo que pasa es que fue envejeciendo y, aunque podía seguir eligiendo el premio deseado y formulando los planes, no tardó en darse cuenta de que necesitaba que alguien más los llevara a cabo.

Tess había estado escuchándole con la respiración acelerada. Tomó una gran bocanada de aire que se asemejó a un jadeo mientras intentaba recobrar la compostura, y al final alcanzó a preguntar:

–¿René...? ¿Estaba enterado?

–Yo creo que no; en cualquier caso, no había resultado ser tan hábil como Sinjon esperaba. Tú, por el contrario, superaste sus expectativas y tenía intención de enseñarte la sala subterránea, pero cambió de idea cuando me conoció. ¿Quieres un elogio procedente de ese hombre? En una ocasión me dijo que tú tendrías que haber sido su hijo varón.

Ella esbozó una pesarosa sonrisa.

–Qué típico en él, todos sus elogios tienen al final un anzuelo afilado que se te clava en la carne. Me elogiaba a mí, pero a expensas de mi hermano. René y yo estábamos inmersos en una competición, ¿verdad? Una competición que había creado nuestro padre, y en la que el ganador sería premiado con el honor de conseguir nuevas adquisiciones para él. Me dan ganas de vomitar –se le ocurrió una posibilidad que hizo que se tensara de golpe–. ¿Tú robaste con él?

Ella sabía a qué se dedicaba antes de que Sinjon le conociera. Sabía que había jugado a las cartas y a ser salteador de caminos, que había jugado a todo lo habido y por haber a su antojo, lleno de rabia. En aquel entonces buscaba algo a lo que ni él mismo habría sabido dar nombre, ni siquiera sabía si corría hacia algo o si estaba huyendo de sí mismo.

Jack Blackthorn era un bastardo que no encajaba en ningún lugar, y seguro que para Sinjon había sido como un regalo caído del cielo.

–No. Me dijo que yo aún no estaba listo, que asaltar unos cuantos carruajes por diversión no era lo mismo que lo que él necesitaba de mí. Me aseguró que me embargaría una felicidad como ninguna otra cuando mi objetivo fuera algo mucho más valioso que el vulgar collar de diamantes de alguna dama; según él, el tesoro en sí era valioso y merecía la pena correr cualquier riesgo por conseguirlo, pero lo mejor de todo era la felicidad que se sentía por el hecho de haberlo adquirido, por saber que lo que uno tenía en su mano era suyo y de nadie más. Me dijo que, antes de nada, yo debía adquirir algunos conocimientos básicos sobre antigüedades, que tenía que aprender a valorarlas para tratarlas con el cuidado que se merecían cuando las... obtuviera.

Jack hizo una pequeña pausa y respiró hondo. Ya se lo había contado casi todo, pero aún quedaba algo más.

—Creí haber encontrado un hogar, Tess. Creí que trabajar para el Gobierno le daba un propósito real a mi vida. Sinjon me había salvado de mí mismo, y tú me diste una razón para creer que no tenía por qué estar solo. Cuando me contó su secreto, me di cuenta de que mi deber era entregarlo a la Corona, pero sabía que eso os destruiría a René y a ti. Fui egoísta y decidí aplazar mi decisión hasta que se completara la misión de Whitechapel. No tendría que haber esperado, eso es algo por lo que nunca me perdonaré.

—Whitechapel... René murió allí y yo te eché de mi lado, pero no informaste a la Corona acerca de lo de papá. ¿Por qué?

—Sinjon ya tenía unos setenta años... puede que incluso más, aunque él no lo admitiera... así que ya no tenía edad para colarse en casas ajenas por la ventana ni para lograr huir en una persecución. Sin mí, sin alguien como yo, sus días de adquirir nuevos objetos habían llegado a su fin. Tu padre había perdido, Tess. Había perdido su juventud, a su hijo, y, cuando yo me fui, su última oportunidad para vengarse. Le prometí por ti que no le entregaría, pero le advertí que el trato quedaría roto si retomaba sus anteriores actividades. También le dije que, si intentaba reclutarte a ti, me enteraría y le mataría. Le quedó muy claro que estaba hablando en serio, te lo aseguro.

—No dudo que te creyera, yo lo habría hecho —admitió ella, con voz suave.

—Tu padre era un hombre derrotado cuando me marché, Tess. Me gustaría pensar que se había dado cuenta por fin de sus errores y del precio que había pagado por ellos, pero parece ser que la sed de venganza ha estado carcomiéndole desde entonces.

—¿Venganza contra quién?, ¿contra Francia por lo que le sucedió a mi madre? Eso fue hace mucho tiempo.

Jack se dio cuenta de que había llegado el momento que más temía. Habría deseado que ella no se enterara jamás de aquella verdad en concreto.

—No, Tess. No me refiero a nada relacionado con Francia, ni con la guerra, ni con un intento de reinstaurar la monarquía. Dudo que alguna vez fuera eso lo que motivaba a tu padre, su verdadera motivación siempre fue ampliar su colección. Recuerda que ya tenía más de cincuenta años cuando vino a Inglaterra, yo no fui el primer pupilo al que adiestró para tenerlo a su servicio. Hubo otro antes que yo, un pupilo extremadamente apto y entusiasta que tenía mucha ambición. Trabajaron juntos durante años, hasta que el estudiante vio beneficios donde Sinjon veía belleza y acabó traicionándolo actuando por su cuenta, poniendo sus peculiares habilidades al servicio de cualquier misión, cualquier gobierno, y apropiándose de su propio botín. Tú no le conoces, aunque a lo mejor le viste aquí años atrás; en cualquier caso, tienes en tu poder su tarjeta de visita. Llevo cuatro años siguiéndole la pista, desde que Sinjon me dijo de quién se trataba.

Ella le miró estupefacta.

—¡El cíngaro! Te refieres a él, ¿verdad? El cíngaro, el hombre que asesinó a René. ¿Papá le adiestró? Y ahora ha ido tras él...

Capítulo 4

Tess pasó las horas siguientes alternando entre el llanto y la furia, caminando de un extremo al otro de su dormitorio en bata y camisón, sentándose de golpe en la silla que había frente a la chimenea, cayendo de rodillas en el centro de la habitación, rodeándose fuertemente con los brazos y meciéndose mientras se debatía contra la angustia y el dolor.

Jack se lo había contado todo, ella le había presionado hasta enterarse de todos los detalles.

Una mentira, la vida de su padre era una mentira. La imagen que tenía de él, lo que creía saber de él, era mentira. Su propia vida era una mentira. La muerte de René había sido por culpa de una mentira, al igual que la de su madre. Por codicia, por un puñado de objetos.

René y ella siempre habían creído que no estaban a la altura, que no eran lo bastante buenos, que no tenían la inteligencia ni la habilidad suficientes, que no eran merecedores del amor de su padre. Creían que habían fallado a su maravilloso y heroico padre, que habían sido una decepción para él... pero la realidad era otra.

Cosas. A su padre no le importaban lo más mínimo las personas, para él no eran más que los peones que necesitaba para que le consiguieran cosas. Puede que su madre hubiera sido la excepción, pero ni siquiera ella había podido apartarle de su principal amor, su verdadera pasión: cosas, cosas guardadas en una fría sala subterránea de piedra. Cosas... la búsqueda para obtenerlas, el momento de conseguirlas, el hecho de saber que habían pasado a pertenecerle a él, que era el único que las veía y las tocaba.

Su hermano y ella le consideraban un héroe consagrado al servicio de su país adoptivo, un héroe que se esforzaba por conseguir liberar a Francia del odiado Bonaparte y reinstaurar la monarquía. Lo único que querían era ayudarle, conseguir que se sintiera orgulloso de ellos.

Y para él no habían sido más que dos instrumentos que podía usar a su antojo, unos instrumentos defectuosos.

¿Y ella había renunciado a su única oportunidad de ser feliz por alguien así, por aquel padre desnaturalizado? Había apartado a Jack de su vida de forma tan efectiva que, incluso suponiendo que él aún la amara, nunca podría perdonarla por lo que había hecho... lo que había hecho porque el marqués de Fontaine le había dicho que era mejor que Jack no supiera nunca la verdad.

Ese había sido el castigo contra Jack, un castigo que se había vuelto contra ella.

—Tess...

Estaba sentada en la alfombra frente a la chimenea, con la mirada fija en el mortecino fuego, y ni siquiera se volvió al oír que la llamaba.

—Estoy bien, Jack —le contestó con voz queda.

Permaneció en silencio mientras él se sentaba a su lado; al ver que se rodeaba las rodillas con los brazos, se preguntó si lo hacía para contener las ganas de tocarla. ¿Acaso seguía deseándola a pesar de todo?

—No es ningún pecado que te sientas mal. Lo que has averiguado esta noche ha debido de ser un duro golpe para ti, ojalá hubiera habido otra forma de...

—No, me alegra que me lo hayas contado. Ojalá lo hubiera sabido años atrás, cuando René estaba vivo. Así podríamos habernos marchado de aquí, podríamos haber dejado a mi padre con su querida colección; al fin y al cabo, nunca nos necesitó de verdad, ¿no? ¿Crees que mi madre estaba enterada?, ¿murió sabiendo lo poco importante que había sido para su marido?

–Puede que a estas alturas ya se haya arrepentido de la vida que ha llevado, de todo lo que ha perdido. Seguro que tú misma le has dado vueltas al asunto. Sinjon entrenó al hombre que más tarde asesinó a René. Estamos hablando de un viejo al que nadie considera de utilidad, al que apartan de la vida activa mientras el demonio que él mismo creó campa a sus anchas. Un hombre así tiene mucho tiempo para pensar, para reflexionar sobre el pasado e intentar corregir al menos un error.

Ella siguió con la mirada fija en el fuego.

–¿Crees que se ha arrepentido? ¡Vaya ridiculez! Quieres que le perdone, ¿no? ¿De verdad me consideras tan generosa? No puedo hacerlo, Jack.

–No, supongo que no, al menos de momento. Seguro que Sinjon es consciente de ello. Pero tú eres su legado, Tess, lo único que le queda. Ha perdido a todos los demás. Los objetos que lleva coleccionando durante toda su vida no significan nada en comparación con el amor de un hijo, con el recuerdo que dejará tras de sí cuando muera.

Tess se volvió a mirarlo al fin, consciente de que sabía algo que él ignoraba.

–¿De verdad crees que le importa el recuerdo que me quede de él?

–Cuando una persona ve que cada vez está más cerca el momento de su muerte, empieza a tomar conciencia de la necesidad de ser recordado, de que se llore su ausencia. Tu padre sabía que, en cuanto me enterara de su muerte, habría que vaciar la sala subterránea y devolverles los objetos a sus legítimos dueños, o como mínimo entregárselos a la Corona. Esta tarde te he mentido. Esa sala solo tiene una entrada, así que ibas a acabar enterándote de la verdad tarde o temprano; además, ten en cuenta que Sinjon aún tiene asuntos pendientes.

–Sí, el cíngaro –Tess apretó los puños con fuerza al mencionar a aquel hombre.

–¿Has leído *Frankenstein*? –al verla negar con la cabeza, añadió–: Deberías hacerlo. Está en boca de todos en Londres, se ha formado casi tanto revuelo como con el *Don Juan* de Byron.

–No entiendo lo que tiene que ver un libro con...

–Espera, déjame acabar. *Frankenstein* es una obra con moraleja. El doctor Frankenstein anhela crear la perfección, y al final acaba por dar vida a un monstruo. El cíngaro es obra de tu padre y, por ahora, su legado. Creo que ha decidido que tiene el deber de destruir al monstruo... no, permite que me corrija: su intención es conducirme a mí hasta el cíngaro para que yo destruya al monstruo frente a él. Frente a ti.

–Todo lo que hace tiene un anzuelo oculto en alguna parte, ¿verdad? –le dijo, mientras una única lágrima le caía por la mejilla.

Apoyó la cabeza en su hombro, y él la rodeó con el brazo. Fue como regresar al hogar. Era un sentimiento que no iba a durar, era imposible que así fuera. Había cosas que podían explicarse y ser perdonadas, pero lo que ella le había hecho a Jack no entraba en esa categoría. Había elegido a su padre por encima de él. Había creído en la versión que su padre le había dado sobre lo que había sucedido aquella noche en Whitechapel y había echado de su vida a Jack sin darle la oportunidad de que se explicara. Si eso fuera todo, quizás habría alguna forma de arreglar las cosas, pero había más, mucho más, y se trataba de algo imperdonable.

–Te deseo, Tess –admitió él con suavidad–. Ya sé que no podemos recuperar lo que teníamos antes..., mejor dicho, lo que creíamos tener..., pero lo que tuvimos estuvo muy bien mientras duró, ¿verdad? Puedo ayudarte a olvidar al resto del mundo, aunque solo sea por esta noche. Sé lo que necesitas, porque yo también lo necesito.

Él estaba ofreciéndole un desahogo, nada más. Lo que creían tener en el pasado nunca había existido en realidad; de haber sido real, no habrían pasado los últimos cuatro años separados.

Vaciló cuando él se levantó y le ofreció la mano, no sabía si atreverse a aceptar lo que le ofrecía. Su vida llevaba años vacía, no sabía si iba a poder soportarlo cuando él volviera a marcharse; por otro lado, Jack no estaba ofreciéndole una eternidad, sino una sola noche. La cuestión era si no bastaba con una noche... o si era demasiado.

Jack Blackthorn era un hombre orgulloso y complejo, seguro que no le haría aquel ofrecimiento una segunda vez.

Alzó la mirada hacia su moreno y apuesto rostro, y aceptó la mano que él le ofrecía.

Tess era distinta a como la recordaba. Había iniciado a una joven cuatro años atrás, pero en esa ocasión tenía a una mujer entre sus brazos. Aunque seguía estando delgada, parecía más curvilínea, tenía unas caderas más voluptuosas. Sus senos eran más grandes y los pezones habían dejado de ser los de una joven, tenían un tono rosado más oscuro del que recordaba y eran más sensibles, se endurecieron de inmediato con sus caricias.

Primero la llevó al éxtasis con la mano, la penetró con los dedos mientras ella se arqueaba contra él y gritaba de placer. Se inclinó sobre ella sin dejar de acariciarla y contempló su rostro conforme la pasión iba en aumento, mientras ella se tensaba enfebrecida hasta que el placer la inundó de golpe en oleadas que dejaron a su paso una dulce plenitud.

Fue entonces cuando la besó, cuando ella le abrazó y le devolvió el beso mientras se apretaba contra su cuerpo... piel contra piel, corazón con corazón. Fue entonces cuando se atrevió a amarla tal y como deseaba hacerlo: con lentitud, con un cuidado infinito, redescubriéndola, aunque en realidad nunca la había olvidado.

Había estado con otras mujeres desde que se había alejado de ella. Cuatro años era mucho tiempo y tenía necesidades físicas, pero no habían sido nada más que eso. Nadie había sido como Tess, con nadie había tenido lo que había compartido con ella. Ella era la única con la que sentía aquella necesidad de descubrir, con la que vivía aquel viaje de descubrimiento eterno que hacía que cada vez fuera como la primera. Sus suaves suspiros, sus gemidos ahogados de placer, la forma en que le acariciaba, cómo le conocía, cómo le excitaba... sentía que su corazón estaba a punto de estallar de felicidad al saber que la había satisfecho, su propio placer se intensificaba por el hecho de darle placer a ella. Oírla susurrar su nombre cuando la hacía llegar al éxtasis era una experiencia inigualable que le arrebataba el control.

Besó cada terso y fragante centímetro de su piel, fue relajándola y excitándola para que en su mente solo tuviera cabida el placer que estaba dándole. Deslizó la mano por su vientre y sus caderas, bajó hasta colocarse entre sus muslos y la alzó para saborear su esencia de mujer.

La cubrió con su cuerpo al cabo de un largo momento y, con los brazos apoyados en la cama, la penetró poco a poco con la mirada fija en su rostro. Ella le rodeó con brazos y piernas y se aferró a él con fuerza, tenía la respiración acelerada y se le habían oscurecido los ojos en una reacción que él reconoció de antaño. Sí, esos ojos hablaban sin necesidad de palabras... «Tuya, Jack. Toda tuya. Hazme tuya, toma todo lo que tengo para darte mientras yo tomo todo lo que me das. Adelante».

Sabía cuáles eran los ritmos que la enloquecían, y ella

le conocía igual de bien. Sabía que todo lo demás había servido para llegar a aquellos efímeros momentos, a aquella fusión tan íntima de cuerpo y alma.

Empezó a moverse mientras se miraban en silencio, mientras una parte de su ser repetía una y otra vez en su interior dos únicas palabras: «Te amo, te amo, te amo, te amo, te amo...».

Jack vio aparecer la luz del amanecer tras las cortinas mientras revivía las últimas horas con Tess durmiendo entre sus brazos. Las palabras que habían resonado en su mente le atormentaban y le impedían conciliar el sueño.

Tiempo atrás había creído que lo que sentía era amor, había tenido la certeza de que lo era. La sonrisa de Tess, la forma en que se mordía el labio inferior cuando estaba dándole vueltas a un problema, aquel aroma tan suyo que le cautivaba... le bastaba con pensar en ella para que el mundo que le rodeaba le pareciera nuevo, limpio, lleno de esperanza. La forma en que lo miraba le hacía sentir que era un hombre mejor.

Los meses que habían pasado juntos habían sido maravillosos.

No se había dado cuenta de que les faltaba algo, de que carecían de una pieza fundamental que era la que les habría mantenido juntos durante los momentos difíciles.

Él había pasado toda su vida solo, incluso de niño. Siempre se había sentido al margen de los demás, nunca había encajado en ninguna parte. Sí, él era un bastardo; en cierto sentido, incluso más que sus hermanos, ya que siempre se había sentido diferente a ellos. Pero nunca había sabido lo que era estar realmente solo hasta que había perdido a Tess.

En ese momento la tenía entre sus brazos, y habría saboreado la plenitud que le embargaba de no ser porque tenía la sensación de que se trataba de un momento efímero; con la llegada del amanecer, la gloriosa noche había terminado y todo seguía como antes. No podía cambiar nada hasta que encontraran a Sinjon, hasta que Tess lograra reconciliarse en cierta medida con lo que sentía por su padre y conseguir una merecida paz.

Él era el hijo bastardo de su madre, así que entendía incluso mejor que ella esa necesidad de reconciliación; en cualquier caso, no era momento de volver a recorrer ese camino tan trillado. Su madre era una mujer compleja, quizás incluso más que Sinjon, y lo que la motivaba era un verdadero misterio. Él lo único que podía hacer, al igual que Tess, era aprender a vivir la vida que le había tocado en suerte y jugar con las cartas que había recibido.

Salió de la cama con cuidado de no despertarla y se vistió. Salió del dormitorio con la camisa por fuera del pantalón y los zapatos en la mano mientras pensaba ya en el siguiente paso que iba a dar: partir rumbo a Londres con Tess. Con un poco de suerte, Will y Dickie habrían encontrado el rastro de Sinjon y eso facilitaría las cosas, pero sabía que no podía contar con ello.

Se apoyó en la pared para ponerse los zapatos y decidió bajar a la sala secreta. Sinjon se había llevado muchas cosas de allí, pero aún quedaban muchas otras que podrían ser de utilidad.

En ese momento oyó risas y el sonido de pasos que se acercaban a la carrera, y se volvió justo a tiempo de ver emerger por el descansillo de la segunda planta a un niñito de pelo oscuro. Le seguía Emilie, que tenía el rostro acalorado por bajar corriendo la escalera tras él.

—Jacques! Vous coquin, reviens ici! Jacques, viens à moi cet instant. Jacques... Oh, Jésus, Mary et Joseph, c'est toi!

El niño se detuvo de golpe y contempló al alto desconocido que estaba parado en medio del pasillo y le bloqueaba el paso.

—Maman!

El pequeño tenía unos ojazos verdes, su rostro de querubín estaba enmarcado por unos espesos rizos tan negros como la noche, y tenía las mejillas sonrosadas por la excitación de haber logrado huir de la niñera. Una sonrisa iluminó de repente su rostro, y echó a correr de nuevo.

–*Maman!*

Jack se volvió y vio que Tess se arrodillaba en la alfombra y abría los brazos mientras el niño corría hacia ella, la vio abrazar con fuerza al pequeño contra su cuerpo y ponerle una mano protectora en la nuca antes de alzar los ojos hacia él. La vio mirarle con expresión suplicante, como pidiéndole... ¿el qué? Solo Dios sabía lo que ella estaba pensando en ese momento.

–Jack...

Supuso que estaba pidiéndole comprensión, pero no se quedó a escucharla; después de lanzarle una última mirada de incredulidad al niño, dio media vuelta y bajó como una exhalación al vestíbulo, abrió la puerta principal con tanta fuerza que estuvo a punto de arrancarla de sus goznes, y la dejó abierta mientras se alejaba a ciegas por el camino de grava.

No sabía hacia dónde se dirigía. Lo único que quería era alejarse, tenía que alejarse de allí. Irse a algún lugar donde Tess no pudiera encontrarle, donde no pudiera darse cuenta del daño que le había hecho.

Era padre, tenía un hijo. ¡Un hijo!

Capítulo 5

Tess se arregló a toda prisa mientras Jacques parloteaba y bailaba por el dormitorio, ajeno a lo que pasaba; Emilie, por su parte, permanecía a un lado llena de ansiedad, ya que se sentía culpable por haberse descuidado por un instante a pesar de saber que el niño estaba decidido a ir al dormitorio de su *maman* como cada mañana.

La aparición del hombre alto no había afectado en nada al pequeño, pero había contribuido a que le preguntara de nuevo a Tess dónde estaba su adorado *grand-père*.

Jacques era la luz de la vida de su abuelo, lo había sido desde su nacimiento. El hombre que había ignorado en gran medida a sus propios hijos, unos hijos huérfanos de madre, se había convertido en aquel desconocido que pasaba horas y horas junto a la cama de Jacques, viéndole dormir. Todas sus sonrisas eran para el pequeño, le daba dulces, le hacía saltar sobre su rodilla y le contaba cuentos cuando creía que nadie más le oía.

Era Jacques el que gozaba de sus abrazos, el que recibía sus besos. Era él el que podía tomar la mano de su abuelo y salir de expedición con él al jardín, el que había conseguido ser más importante que una colección de objetos.

Jack tenía razón en cierto sentido, pero también se había equivocado: era Jacques quien iba a perpetuar el legado de su abuelo. Era a él al que Sinjon quería proteger, el que quería que le recordara y llorara su muerte. Iba a vivir o a morir como un héroe, siendo el hombre que había logrado detener al fin al cíngaro, pero no lo hacía por René ni por ella, sino por Jacques... y también por sí mismo. Con Sinjon Fonteneau siempre había un anzuelo oculto en alguna parte.

—No te preocupes, Emilie —le repitió de nuevo, mientras intentaba abrocharse los botones delanteros del vestido con dedos temblorosos—. Puede que sea mejor así. No era correcto que le ocultáramos la existencia de Jacques, hemos cometido muchas equivocaciones durante mucho tiempo.

La niñera se limitó a secarse las lágrimas con un pañuelo, y Tess alargó la mano hacia su hijo.

—Ven, cielo. Es mejor correr en el jardín, bajo el sol.

—¿Con mi pelota? —le preguntó el niño con entusiasmo, mientras bajaban la escalera.

Estaba tan entusiasmado que saltó los dos últimos escalones con valentía y corrió hacia la cocina en busca de su preciada pelota a rayas, que estaba guardada en un pequeño armario situado junto a la puerta que daba al jardín.

Tess le siguió y rechazó con un gesto la magdalena que le ofreció la cocinera. Los nervios le habían quitado el apetito, su mundo se había tambaleado el día anterior y se había puesto patas arriba aquella mañana. La vida nunca volvería a ser como antes y, de hecho, era posible que ni siquiera aquel pequeño ritual matutino volviera a ser igual, pero de momento y por el bien de Jacques iba a fingir que nada había cambiado.

—Por el sendero, Jacques —le recordó, al verle correr hacia la zona de césped que había al final del jardín—. El perejil es para comer, no hay que pisarlo.

Él se volvió y la miró sonriente, y en ese momento le pareció la viva estampa de Jack cuando este se acababa de levantar y estaba relajado y juguetón con ella.

El niño dio media vuelta de nuevo, le dio una patada a la pelota y echó a correr para alcanzarla. Siguió jugando así hasta que la pelota fue a parar justo delante de unas relucientes botas negras, y Tess tuvo la impresión de que se le paraba el corazón en el pecho.

Jack se agachó a por la pelota y permaneció de cuclillas al ofrecérsela a su hijo, que vaciló antes de alargar la mano y posarla sobre su juguete. Aquella imagen de padre e hijo embargó de emoción a Tess... dos pares de ojos verdes idénticos mirándose, una cabeza de cabello oscuro tan cerca de la otra.

–*Merci, monsieur* –Jacques hizo la reverencia que había aprendido a base de practicar duro y después, tal y como le habían enseñado, añadió–: Gracias, señor.

Jack alzó la otra mano como si quisiera acariciarle la mejilla, pero el momento se esfumó en un abrir y cerrar de ojos cuando el niño le dio una patada a la pelota y echó a correr tras ella.

Al ver que se incorporaba y se acercaba a ella, Tess tomó la palabra.

–Jack, puedo... no, la verdad es que no puedo explicártelo. Ni siquiera puedo pedirte que me perdones.

–No, no puedes –le espetó él, con la mirada fija en Jacques–. El niño tendría que tener un perro, para eso sirve lanzar una pelota. En Blackthorn hay muchos, pero podemos conseguirle un cachorro. Uno que no sea demasiado grande, así no podrá tirarle al suelo.

Ella le miró desconcertada, no entendía por qué estaba hablándole de perros.

–¿Qué? –seguro que le había entendido mal por culpa de los nervios.

Él siguió con la mirada puesta en el niño al contestar:

–Da igual, ya me encargo yo. Emilie está haciendo el equipaje del niño y he ordenado que enganchen los caballos al carruaje. Partirán en una hora, y deberían llegar a Blackthorn mañana por la tarde.

Tess miró a su hijo mientras luchaba por no dejarse arrastrar por el pánico.

–¡No puedes hacerlo! No puedes llevártelo, es mi hijo.

Él la miró por fin, pero solo fue por un instante. Se volvió de inmediato hacia su hijo y siguió cada uno de sus movimientos con una mirada voraz, anhelante.

–Tú y yo salimos rumbo a Londres esta misma mañana, ¿verdad?

Ella disimuló la sorpresa que sintió al ver que aún estaba dispuesto a dejar que le acompañara, y se limitó a asentir con cautela.

–En ese caso, mi hijo se quedaría aquí con Emilie como única vigilancia, y eso no voy a permitirlo –añadió él con firmeza.

–¿Por qué no? –estaba conteniendo a duras penas las ganas de correr hacia su hijo y estrecharlo entre sus brazos.

–Sinjon me mostró su sala del tesoro. No sabemos si también se la mostró al cíngaro, pero está claro que ese tipo está enterado de que la colección existe. Esos tesoros serían un impresionante incentivo para acceder a colaborar con tu padre.

–No lo entiendo –no podía pensar. Jack iba a arrebatarle a su hijo, que era todo lo que tenía.

–¿No te extraña que el cíngaro no haya intentado robar los tesoros de tu padre? Sabe que están aquí, él mismo ayudó a adquirir muchos de ellos y lo único que le separa de una fortuna es un anciano. Pero nunca lo ha intentado. ¿A qué crees que se debe eso?

Tess guardó silencio mientras Jacques sujetaba la pelota con los brazos extendidos hacia delante y empezaba a dar vueltas y más vueltas hasta caer riendo sobre la hierba. Qué extraño... el sol seguía brillando en el cielo, un niño seguía riendo... y, aun así, su mundo entero estaba desmoronándose. Tenía que concentrarse. Jack hablaba sin inflexión alguna en la voz, como si fuera un hombre carente de sentimientos. Siempre la había maravillado que tuviera una mente tan fría y analítica. Él había llegado a una conclusión y tenía un plan, un plan que incluía llevarse a Jacques de allí.

Rezó para que su intención no fuera alejar a su hijo de ella, sino llevárselo de aquella casa.

—No... no lo sé. No tiene sentido, ¿verdad?

—No, no lo tiene, pero recuerda que trabajaron juntos durante más de una década. A lo mejor se forjó algún vínculo entre tutor y pupilo, quizás había algo de honor entre ladrones. También es posible que el cíngaro prometiera no intentar robar la colección mientras Sinjon estuviera vivo, y este a su vez prometiera no perseguirle jamás. Solo ellos saben cómo y por qué llegaron a ese acuerdo, y por qué lo respetan.

Tess se preguntó a dónde quería llegar, a qué conclusiones le habían llevado sus razonamientos.

—Las razones de papá siempre ocultan un anzuelo, debe de haber algo que mantiene alejado al cíngaro.

—Muy cierto. Podría haber muchas razones, pero, de las dos posibilidades que se me han ocurrido hasta ahora, creo que la segunda es la que tiene más sentido. No existe el honor entre ladrones. A tu padre dejaron de gustarle los términos de su acuerdo con el cíngaro cuando me encontró, cuando tuvo la certeza de que yo colaboraría con sus planes de empezar a añadir otra vez nuevas piezas a su colección. Por eso intentó eliminarle en Whitechapel, pero ese error lo pagó con la vida de su hijo.

—Dios mío...

—Dudo mucho que Dios forme parte de esta ecuación. El monstruo que tu padre había creado dejó su tarjeta de visita sobre el pecho de René, Sinjon aceptó el castigo y volvieron al acuerdo inicial, pero las tarjetas del cíngaro han reaparecido en Inglaterra y anuncian su regreso tras cuatro años de ausencia, así que tu padre ha ido tras él. Si en esta ocasión fracasa, el cíngaro podría decidir venir a por sus tesoros o darle otra lección; sea como sea, mi hijo no va a verse involucrado, porque no va a estar aquí. Parte rumbo a Blackthorn hoy mismo.

Tess cerró los puños con fuerza.

—Nuestro hijo, y se llama Jacques. Todo esto no son más que suposiciones tuyas, Jack. Todo lo que has dicho desde tu llegada no han sido más que conjeturas, suposiciones. Todo, absolutamente todo lo que me has dicho podría ser mentira.

Ella misma era consciente de que era como un marinero que se aferraba a una tabla para no hundirse, pero Jack estaba utilizando lo que sabía para arrebatarle a su hijo.

—Tienes razón, todo lo que te he dicho podría ser mentira. También es posible que esté equivocado en todo y tu condenado padre resulte ser un santo que ha decidido pasar una temporada en Londres sin más —miró de nuevo a Jacques antes de añadir—: ¿Estás dispuesta a apostar por esa posibilidad y arriesgar la vida de nuestro hijo? Yo no.

—En ese caso, se viene a Londres con nosotros.

Al oír sus propias palabras se dio cuenta de que estaba admitiendo que su padre era un ladrón; que su padre, en caso de no lograr lo que se había propuesto, podría estar poniendo en peligro tanto a Jacques como a ella misma; de hecho, ni siquiera estaba segura de que él la hubiera tenido en cuenta. La horrorizó haber caído tan bajo como para pensar tan mal de su propio padre, pero en ese momento tenía un solo objetivo, una sola prioridad: proteger a Jacques. Estaba dispuesta a correr cualquier riesgo y a hacer lo que fuera necesario con tal de mantener a salvo a su hijo, incluso si eso suponía que Jack acabara arrebatándoselo. Su padre, por el mero hecho de desaparecer, había sido el causante de que Jack regresara.

Jacques eligió ese momento para acercarse a Jack con la pelota.

—¿*Jegas*?

Fue cosa del destino, la mano de Dios. Fueron los dados de la fortuna que, por una vez, la beneficiaron. Fuera como fuese, lo importante era que Jack estaba mirando a su hijo con el corazón en los ojos.

–Es juegas, Jacques, no *jegas*. Juega a la pelota conmigo, por favor. *Veuillez jeter la boule avec moi* –estaba dispuesta a correr cualquier riesgo, a hacer lo que fuera necesario–. Juega a la pelota conmigo, papá.

Ni que decir tenía que en los informes de la Corona no se mencionaba a ningún niño; al fin y al cabo, el pequeño carecía de importancia para las autoridades. Los agentes a los que se les había asignado vigilar a Sinjon a lo largo de los años no eran los de mayor rango, así que no habrían visto motivo alguno para mencionar que en la casa vivía un niño.

Aun así, eso no excusaba el hecho de que él debería haberlo sabido. Tendría que haber contratado a sus propios vigilantes, tendría que haber hecho comprobaciones periódicas él mismo durante aquellos cuatro años.

No lo había hecho por miedo a volver a ver a Tess, por miedo a perder la cabeza y albergar la absurda esperanza de que ella hubiera cambiado de opinión y estuviera dispuesta a darle otra oportunidad, por miedo a volver a actuar como un necio y abrir de nuevo una profunda herida que iba sanando poco a poco.

Por eso había optado por conformarse con los informes.

Había sido un cobarde, un verdadero cobarde. Se había protegido a sí mismo como un egoísta, había vuelto a las andadas y había hecho lo mismo que cuando su madre le había hecho su cruel confesión... «Vete, vete de aquí. No eres bienvenido, no encajas aquí».

En ese momento iba a caballo por delante del carruaje mientras el agente de la Corona les seguía a cierta distancia. Estaba claro que el tipo no iba a ser de demasiada utilidad, ya que no había tenido la iniciativa de informar de la existencia de un niño y ni siquiera había informado a sus superiores que el marqués se comportaba de forma extraña y llevaba un mes desapareciendo durante horas.

Sabía que no estaba haciendo lo correcto, que Jacques debería ir rumbo a Blackthorn junto con Tess, pero se había convencido a sí mismo de que Beau podría estar fuera inspeccionando alguna de las propiedades del marqués y a saber qué estaría haciendo Puck, su hermano menor, que tenía una finca propia de la que ocuparse. En su última carta, este último le hablaba con entusiasmo del ternero que había ayudado a nacer con sus propias manos y al que le había puesto el nombre de Black Jack porque, según él, tenía el pelaje oscuro y era testarudo.

Si descartaba a sus hermanos, solo quedaban el marqués y Adelaide, suponiendo que esta última se hubiera dignado a ir a Blackthorn. Lo más probable era que su madre se escandalizara al saber que había sido abuela, y no quería que el marqués empezara a hacer grandes planes ante la llegada de otro bastardo más.

De modo que, desde un punto de vista racional, podría deducirse que lo más aconsejable era que Jacques les acompañara a Londres. Era increíble la capacidad que podía llegar a tener un hombre para racionalizar algo hasta llegar egoístamente a una conclusión que le conviniera.

«Papá», Jacques le había llamado «papá»...

Aflojó un poco las riendas y, cuando el carruaje le alcanzó, mantuvo a su montura junto a la portezuela del vehículo y se inclinó un poco para ver el interior. Emilie estaba dormitando mientras Tess le leía un libro de aspecto avejentado al niño, que estaba acurrucado contra ella.

Verles así hizo que se le formara un nudo en la garganta, pero su emoción se acrecentó aún más cuando el niño le vio y se apartó de su madre para apretar las manos contra la ventanilla y decirle algo con una sonrisa de oreja a oreja.

Al ver que no podía oír a su hijo, le hizo un gesto a Tess para pedirle que bajara la ventanilla, pero ella negó con la cabeza.

–Ábrela ahora mismo –le ordenó, desafiante, vocalizando bien las palabras.

Tenía todo el derecho del mundo a saber lo que estaba diciéndole su hijo, y no estaba dispuesto a permitir que ella se inmiscuyera. Tess sabía que él tenía las de ganar, al igual que sabía que no dudaría en jugar sus cartas en caso de que fuera necesario. Le había ocultado la existencia de su hijo durante cerca de cuatro años, y esa era una deuda que no iba a saldarse con facilidad.

Ella bajó la ventanilla mientras intentaba sujetar al niño, que luchaba por soltarse, y le dijo en tono acusador:

–Estaba intentando que se durmiera, está claro que no has viajado nunca durante horas con un niño en un carruaje con mala amortiguación. Ya ha vomitado dos veces, aunque no parece importarle.

–¡Caballo! ¡Caballo! –gritó el niño, ajeno a las protestas de su madre.

Jack se dio cuenta de que ella parecía un poco... desaliñada. Estaba hermosa, sí, pero empezaba a acusar el cansancio tras cuatro horas de viaje. Su sombrero estaba medio aplastado en el asiento, y varios mechones de su rubia melena habían escapado de las horquillas. Estaba claro que Jacques era un niño revoltoso.

La idea le hizo sonreír. El pequeño era hijo suyo, ¡no era de extrañar que fuera travieso!

Después de indicarle al cochero que detuviera el vehículo, se inclinó y abrió la portezuela.

–Dámelo, lo que necesita es un poco de aire fresco.

Aunque en un primer momento dio la impresión de que ella iba a protestar, al cabo de un segundo esbozó una sonrisita que algunos habrían descrito como diabólica.

–Como quieras, aunque te advierto que no huele demasiado bien desde la última vez que ha vomitado. ¿Cuánto falta para llegar a Londres?

—No más de una hora. Montará conmigo hasta que lleguemos a la ciudad, después quiero que esté dentro del carruaje contigo con las cortinas echadas. ¿De acuerdo?

—Sí, me parece perfecto —le contestó ella, antes de entregarle al niño—. *Jacques, essayez ne pas cracher sur papa's bottes.*

¿Que procurara no escupir en las botas de papá?

—Qué gracioso, Tess. ¿Por qué no sigues el ejemplo de Emilie y duermes una siesta? A juzgar por tu aspecto, te vendrá bien descansar un poco. Anoche apenas dormiste.

Después de lanzarle aquel dardo envenenado, Jack alzó a Jacques y lo sentó entre sus piernas en la silla de montar. Tess cerró la portezuela del carruaje de un portazo, y el cochero lo tomó como una indicación para que retomara la marcha.

Era como en los viejos tiempos... las bromas, el tira y afloja, la frecuente competitividad... con la diferencia de que en ese momento había un niño entre ellos, además de muchas otras cosas.

Rodeó a su hijo con el brazo izquierdo para tenerlo bien sujeto y se inclinó a besar su suave pelo rizado. Aún no estaba acostumbrado a la oleada de intensos sentimientos que generaba en su interior el mero hecho de tenerle cerca. Suyo, era suyo... qué cosa tan increíble.

Había pasado de no tener futuro a tenerlo; antes no tenía esperanza, y en ese momento se sentía esperanzado; los finales felices no existían, pero a lo mejor podía haber uno.

Todo lo que se interponía entre Tess y él había quedado en el pasado, desde Sinjon y el cíngaro hasta René. La cuestión era si Tess no podía perdonarle a él por la muerte de René, o si en realidad no podía perdonarse a sí misma.

Jacques se aferró en ese momento a la crin del semental y empezó a dar botes mientras gritaba:

–¡Caballo! ¡Caballo! *Plus rapidement!* ¡Rápido!, ¡más rápido!

–¿Ah, sí? Quieres ir más rápido, ¿no? Tendría que haber sabido que no era la primera vez que montabas a caballo teniendo a Tess como *maman*. ¡De acuerdo, *mon enfant*, allá vamos!

Capítulo 6

–Buenas noches, señor.

El mayordomo de la mansión Blackthorn, situada en Grosvenor Square, abrió la puerta trasera con toda naturalidad, como si la llegada de Jack estuviera prevista. Era un hombre imperturbable, se mostraba impávido a pesar de que había tenido que bajar tres tramos de escalera a la carrera cuando le habían alertado de que el señor Blackthorn acababa de llegar a los establos que había detrás de la casa.

–Buenas noches, Wadsworth –Jack le entregó a Jacques, que estaba profundamente dormido, y añadió en el mismo tono sereno–: Si este niño sufre algún daño, me comeré tu hígado ante tus propios ojos. ¿Entendido?

–No esperaría menos de vos, señor. Buenas noches, señorita –le dijo a Tess, que entró en la cálida cocina mirando a su alrededor como intentando situarse.

–Lady Thessaly Fonteneau, Wadsworth. Encárgate de que suban sus pertenencias al dormitorio.

Wadsworth había sido soldado y jamás había llegado a dominar del todo las complejas funciones de un mayordomo, pero gracias a Beau y a Puck había tenido experiencia en aquellas cuestiones recientemente y no tuvo necesidad de preguntar en qué dormitorio había que dejar el equipaje de la dama; al fin y al cabo, no estaba ciego y estaba tan seguro de que el señor Blackthorn era el padre de aquel niño de pelo oscuro como de que el sol iba a salir al día siguiente.

—Sí, señor Blackthorn, se hará tal y como deseáis.

A Jack le pareció ver que el mayordomo le guiñaba el ojo, pero se olvidó del tema cuando Emilie irrumpió en la cocina como un general, soltó un par de frases en francés a toda velocidad, y le quitó el niño a Wadsworth antes de ordenarle que la llevara al cuarto del pequeño.

Tess alzó una mano como si quisiera impedir que el mayordomo y la niñera se llevaran a su hijo, pero volvió a bajarla cuando Jack le hizo un pequeño gesto de negación con la cabeza y comentó:

—Me han contado que el mayordomo de los Blackthorn derribó a diez miembros de la guardia privada de Bonaparte con un mero soplo. Supongo que se trata de una exageración, pero estoy dispuesto a confiarle a mi hijo y tú también deberías hacerlo. Ven, vamos al salón, seguro que allí nos espera una licorera llena de vino.

—Te agradecería que no me dieras órdenes, Jack. Lo único que consigues con eso es que me sienta rebelde y, teniendo en cuenta lo sedienta que estoy, acabaré saliendo perjudicada.

—Como quieras —le dijo, antes de ofrecerle el brazo—. Si os parece bien, mi señora, sugiero que vayamos a tomar un refresco al salón. ¿Os apetece una limonada?

Ella le miró de arriba abajo como buscando puntos débiles que atacar.

—Arrogancia además de condescendencia, y haces gala de ambas en menos de un minuto. Si mal no recuerdo, son dos de tus rasgos menos atractivos. Llévame a ese salón de una vez, quiero quitarme de la boca el sabor del polvo del camino.

Después de indicarle a la adormilada cocinera que acababa de aparecer en la cocina que les preparara un refrigerio, Jack condujo a Tess al salón y sirvió dos vasos de vino mientras ella se desplomaba sin contemplaciones en uno de los sofás de satén. Se acercó a darle uno de los vasos, y pensó para sus adentros que solo ella podía comportarse con tanta tosquedad y seguir siendo la mujer más hermosa y femenina que había visto en toda su vida.

Contuvo una sonrisa al verla beber el vaso entero de golpe, los franceses disfrutaban del vino desde la cuna. A veces se preguntaba si ella tenía más aguante con la bebida que él mismo.

–Ya me siento mucho mejor –le dijo ella, antes de ofrecerle el vaso para que se lo llenara de nuevo–. Por cierto, he tenido una idea...

–No hablemos de eso esta noche, Tess. Sinjon lleva más de una semana en Londres, una noche más no supone ninguna diferencia. O llegamos a tiempo o ya es demasiado tarde. Tenemos otros temas pendientes.

–Sí, pero no quiero hablar de ellos.

–Pues vamos a hacerlo.

Se colocó delante de la chimenea con un brazo apoyado en la repisa, justo debajo de un retrato del marqués de Blackthorn, pero se dio cuenta de que colocarse allí había sido un error cuando Tess dejó el vaso sobre la mesa, se puso en pie y se acercó a ver de cerca el cuadro. El marqués... apuesto, rubio, de piel clara y ojos azules... aparecía en él mucho más joven; de hecho, daba la impresión de que le habían hecho el retrato cuando tenía una edad parecida a la que tenía Jack en ese momento.

–¿Es tu padre? –le preguntó ella–. No os parecéis en nada, ¿tu madre es morena?

–No –le contestó él con sequedad.

–¿No? –Tess volvió a mirar el cuadro antes de volverse de nuevo hacia él–. ¿Es rubia, como yo?

–Adelaide no se parece en nada a ti, y viceversa; de lo contrario, ese niño que hay arriba no habría llegado a existir. Estamos aquí para hablar de Jacques y de por qué lo has mantenido alejado de mí.

No tendría que haberse molestado en intentar distraerla del tema de sus padres. Tess era como un perro con un hueso cuando se encontraba ante un enigma, se aferraba a él y se negaba a soltarlo.

—Tus hermanos se llaman Oliver LeBeau y Robin Goodfellow, y tú Don John. Son nombres sacados de las obras de Shakespeare por cortesía de tu madre, que era actriz. Don John era un bastardo, eso lo sé, aunque debo admitir que nunca he sido una entusiasta de Shakespeare. ¿Los otros dos personajes también son bastardos?

—No. Mis hermanos prefieren que les llamen Beau y Puck, al igual que yo prefiero Jack. ¿Por qué me lo ocultaste? Se trata de mi hijo, Tess. ¡Mi hijo!

Ella hizo caso omiso de aquellas últimas palabras.

—¿Beau y Puck también son morenos?

Jack se apartó de la chimenea y se acercó a la mesita donde estaban las bebidas para servirse otro vaso de vino. Tendría que haberla llevado a su casa de Half Moon Street, pero había optado por la mansión porque Jacques iba a estar más seguro allí.

—Ellos se parecen a sus padres. No vas a parar, ¿verdad? —le preguntó, mientras la miraba con ojos desafiantes.

Ella no se dejó amilanar.

—¿Tú lo harías? En una ocasión me dijiste que no encajabas en ningún sitio y yo creí que te referías al hecho de que eras un hijo ilegítimo. Seguro que para ti fue y sigue siendo difícil ser el hijo bastardo de un marqués. No ser ni carne ni pescado, no saber cuál es tu lugar ni si existe algún sitio donde puedas llegar a encajar. Pero estamos en la mansión de tu padre y es obvio que no es la primera vez que pisas este lugar, así que él parece ser generoso con sus hijos bastardos.

Iba encajando las piezas una a una, y Jack se lo permitió en gran medida porque sabía que no iba a poder detenerla.

—¿Es igual de generoso con tu madre?

—Supongo que eso tendrás que preguntárselo a ella. Mi padre ordenó que le construyeran una cabaña en la finca familiar, y ella se aloja allí cuando no está viajando con el grupo teatral que él le compró. Es una cabaña con el techo de paja, a mi madre le gusta interpretar el papel de campesina. Hay unas cuantas ovejas y ella se pone un vestido de pastorcilla que incluye un cayado con un gran lazo rosa, así que sí, supongo que se siente satisfecha con su vida.

—No te gusta su actitud, ¿verdad? No seas injusto, ella no tiene la culpa de que seas ilegítimo.

Él soltó una carcajada seca.

—Claro, pobre Adelaide. Está claro que simpatizas con ella porque las dos tenéis hijos bastardos.

Tess cruzó la sala como una exhalación y le propinó una bofetada.

—¡No llames así a nuestro hijo!

—Discúlpame, debo de haber olvidado nuestra boda —le contestó sin inmutarse.

Supuso que le dolía la palma de la mano al ver que se la frotaba. No le extrañó, ya que a él le ardía la mejilla por el bofetón.

—No es eso, Jack. No se trata de lo que has dicho, sino de cómo lo has hecho. Como... como si importara el hecho de ser ilegítimo.

—Es que sí que importa. Dios, mis hermanos y yo podemos dar fe de ello. Crecimos en la finca familiar, en aquella enorme mansión, y nos criaron para tener una posición social más elevada de la que nos correspondía. Se nos dio todo menos lo único que necesitábamos de verdad: ser legítimos. Ya he enviado un mensaje a Blackthorn. Se van a leer las amonestaciones en la iglesia del pueblo y tú y yo vamos a casarnos dentro de cuatro semanas sea como sea, aunque tenga que llevarte a la iglesia a cuestas como un fardo y narcotizada. Ese es el asunto que vamos a tratar esta noche.

Aquellas palabras sí que lograron captar por completo su atención y hacerla olvidar el tema de sus padres.

–Tú no quieres casarte conmigo, Jack.

–Tienes razón, no quiero. Quise casarme con la Tess a la que conocía, pero tú eres una desconocida para mí. La Tess de antes no me habría ocultado la existencia de mi hijo.

–Te has vuelto muy duro. Nunca me trataste así, tú tampoco eres el hombre al que recuerdo.

–Cuatro años son mucho tiempo, una verdadera eternidad cuando uno soporta una carga como la mía y sabe lo que sé yo.

–Te refieres a René –dijo ella con voz queda.

Jack decidió que había llegado el momento de que hablaran claro de aquello.

–Sí, René tiene mucho que ver. Cambié el plan, lo alteré para incluiros tanto a tu hermano como a ti y soy culpable de eso. Tendría que haberos excluido, y no me perdonaré nunca por no haberlo hecho. Sabía que tu hermano ansiaba complacer a Sinjon, impresionarle, demostrar su propia valía.

–No solo a papá. También quería que tú te sintieras orgulloso de él, te veneraba.

–De ser así, era un necio; en todo caso, tendría que haber habido otra vía y yo tendría que haberla encontrado. Ese es mi pecado, Tess, y admito que lo cometí, pero ahora ya sabes que detrás de todo eso hubo cosas que antes ignorabas.

–Papá puso en peligro a René para atrapar al cíngaro.

Él soltó una carcajada burlona.

–¿Ya está?, ¿crees que eso es lo único que se le puede echar en cara a Sinjon? Por el amor de Dios, qué ciega sigues estando.

Ella se cerró en banda al oír aquellas palabras.

–Me gustaría subir ya a mi dormitorio.

Al ver que daba media vuelta y se dirigía hacia la puerta, Jack le gritó:

–¿Cuál era el plan? ¡Piensa un poco, Tess! ¡Piensa en cuál era el plan!

Ella se detuvo y se le encorvaron los hombros. Se volvió a mirarlo con los ojos llenos de lágrimas y contestó con voz suave:

–Yo iba a ser el señuelo, la distracción. Tenía que permanecer bajo la luz de la farola que hay a la salida de Covent Garden, aferrando la bolsa que se suponía que contenía el dinero que había que pagar a cambio de los planes de batalla de Bonaparte. Tenía que dejarme ver, atraer la atención del hombre, distraerle y lograr que él se dejara ver para que papá y tú pudierais capturarle en cuanto se adueñara de la bolsa.

–Gracias –le dijo él, con una voz que destilaba veneno–. El señuelo ibas a ser tú, no René. Iba a ser en una zona despejada, no en una callejuela de Whitechapel. Sinjon era el único que sabía que la misión no era lo que nosotros creíamos, era el único que sabía que no nos enfrentábamos a un traidor francés inofensivo, sino al cíngaro, el monstruo al que él mismo le había enseñado todos los trucos de su arsenal.

Tess se humedeció los labios y asintió.

–Sí, no hay duda de que papá lo sabía. No era la primera vez que usaba esa estratagema.

–Admito que yo mismo la he usado desde entonces, y con éxito –admitió, pensando en Dickie Carstairs–. Tu padre sabía que el cíngaro la reconocería, que idearía un plan propio para contrarrestarla –se acercó a ella poco a poco para evitar que huyera, que intentara evadir la realidad, y añadió con voz suave–: ¿Por qué no poner a uno de sus hijos, a cualquiera de los dos, como señuelo? Entonces habría que esperar a que el cíngaro ignorara esa estratagema tan obvia, habría que esperar a que saliera de entre las sombras y fuera a por él; al fin y al cabo, el tipo conocía bien a Sinjon, seguro que no tardaba en adivinar el lugar justo donde este se ocultaba a la espera de atacar.

Pero las cosas no sucedieron así, ¿verdad? Sinjon ni siquiera estaba mirando a René cuando el monstruo le asesinó.

Tess se había rodeado con los brazos con fuerza y estaba meciéndose sin parar mientras las lágrimas le caían por las mejillas. Ella no había presenciado la muerte de su hermano, no había visto el rápido y salvaje asesinato, pero Jack sí. Él estaba en su puesto, listo para actuar, cuando una figura cubierta con una capa negra y capucha había cruzado el callejón y se había detenido apenas frente a René antes de desaparecer por una estrecha puerta de la que nadie se había percatado antes; para cuando su víctima había impactado contra el suelo, el encapuchado ya se había desvanecido y la puerta estaba cerrada.

Él había echado a correr hacia René, y ni siquiera recordaba cómo había saltado por encima de los barriles tras los que había permanecido oculto. Había llegado junto a él largos segundos antes que Sinjon, que se había arrodillado junto a su hijo y había acercado el oído a su boca. René había agarrado el brazo de su padre, le había dicho algo que Jack no había alcanzado a oír, y entonces su mano había caído inerte a un lado. Estaba muerto, tenía un cuchillo clavado en el pecho hasta la empuñadura y una extraña tarjeta de visita negra con un ojo dorado en el centro le sobresalía del bolsillo del chaleco.

El cíngaro no había ido a aquel callejón a vender secretos de los franceses a la Corona, tal y como le habían asegurado a Jack, sino a matar a alguien... y ese alguien no era Sinjon. El asesinato de René había sido una advertencia. Si Tess hubiera estado en el lugar de su hermano en aquel callejón, su muerte habría servido el mismo propósito.

—Papá creía que yo... que René estaría al margen, a salvo.

—¡Maldita sea, tanto él como tú tendríais que haber estado a salvo! Lo que pasó no fue por el bien de la Corona y el país, fue un asunto privado entre dos hombres enfrentados. ¿Y por qué? ¡Por esa condenada colección!

—Tendrías que haberme contado la verdad en aquel momento. Deberías haberme contado lo de la sala secreta, lo de la colección, todo. No tendrías que haber permitido que te culpara por lo sucedido, mi padre me dijo que...

—Sí, sé lo que te dijo. Que me quedé paralizado, que no fui lo bastante rápido, que yo estaba más cerca de René que él y tendría que haber sido capaz de impedir que le asesinaran. Que era mi misión más importante y fallé... y eso sí que es cierto. Tendría que haberlo cancelado todo antes de que nos internáramos en esa callejuela.

—No eras consciente de que nuestro objetivo era el cíngaro —le recordó ella, antes de ponerle una mano en el brazo—. René está muerto, eso es algo que ni tú ni yo podemos cambiar. Ojalá me hubieras contado la verdad, me gustaría creer que habría sido capaz de escucharte. Todo habría sido tan... tan distinto.

Jack la rodeó con los brazos y la apretó contra su pecho.

—Esta vez, el cíngaro va a morir. Eso te lo prometo.

Ella retrocedió un paso para poder ver cómo reaccionaba ante sus siguientes palabras.

—Y esta vez yo estaré presente para verle morir.

En esa ocasión fue él quien la observó con atención para verla reaccionar cuando contestó:

—¿Y qué pasa con Sinjon?

—No lo sé, Jack. No lo sé.

Tess le dio las gracias a la doncella que acababa de ayudarla a ponerse el camisón y la bata y le indicó que podía retirarse, la cama de la espaciosa habitación estaba lista y parecía de lo más tentadora. Había subido a ver a Jacques, y le había encontrado profundamente dormido en una camita con forma de cisne. Emilie estaba roncando en la habitación contigua a la del niño, y había dejado abierta la puerta que comunicaba ambos cuartos.

Su vida entera había cambiado en poco más de un día y una noche. Por primera vez en su vida sabía por experiencia propia lo que se sentía al verse a merced del más absoluto caos. Antes, cuando Jack la había abrazado en el salón, se había sentido en el séptimo cielo. Sabía que tenía que luchar contra ese sentimiento, ya que podía debilitarla y en ese momento no podía permitirse el lujo de ser débil.

Él quería que fuera la Tess que conocía cuatro años atrás, pero eso era imposible; de hecho, no estaba segura de querer ser de nuevo esa persona... una persona demasiado joven, demasiado confiada y ajena a la realidad que la rodeaba.

Ella siempre había adorado a su padre; teniendo en cuenta la vida que habían tenido, una vida llena de mentiras, aquella adoración no tenía sentido. Podía intentar justificarse alegando que en aquella época era joven, vulnerable, y fácilmente manejable por un maestro de la manipulación, pero eso no era una excusa válida. A diferencia de René, ella sí que había puesto en duda ciertas cosas y se había planteado algunas cuestiones, pero nunca había llegado a dar el paso de plantearle esas dudas y cuestiones a su padre.

Se había limitado a obedecerle. «Deja que Jack se vaya, Thessaly. No te merece. Él es el culpable de la muerte de René. Tu hermano aún no estaba listo, tendría que haberte hecho caso. Vamos a tener que vivir con ese dolor, pero no tenemos por qué soportar el dolor añadido de ver la cara de Jack a diario. Se ha acabado todo. A partir de hoy estaremos tú y yo solos, tal y como tendría que haber sido desde el principio».

No había duda de que era un experto manipulador. Había sabido encontrar las palabras precisas para manejarla a su antojo, unas palabras a las que no les faltaba un anzuelo afilado: «A partir de hoy estaremos tú y yo solos, tal y como tendría que haber sido desde el principio».

Después había nacido Jacques, y, con su llegada, su padre se había convertido en un benévolo desconocido que adoraba a su nieto. «Jack no debe enterarse jamás, te lo arrebataría. Perdimos a mi hijo, a tu hermano... no podemos perder también al niño. Piensa con la cabeza, Thessaly. Sabes bien que Jack se lo llevaría».

Pero su padre se había marchado para intentar atrapar al cíngaro, y lo había hecho a sabiendas de que sería Jack el enviado de la Corona. Sabía que sería él el encargado de buscarle... y que sería inevitable que descubriera la existencia del niño.

Ella no alcanzaba a entenderlo. Le daba vueltas y más vueltas al asunto, y no...

–¡Dios mío! ¡Oh, Dios mío! –la exclamación brotó de sus labios cuando se dio cuenta de lo que pasaba, tenía que hablar con Jack cuanto antes para explicárselo.

Vaciló por un instante al recordar que estaba en camisón, pero se dio cuenta de que daba igual cómo estuviera vestida; al fin y al cabo, él la había visto de todas las formas posibles, la había tocado por todas partes. El pudor virginal era para las vírgenes, no para las mujeres que tenían hijos con sus amantes.

Iba hacia la puerta cuando esta se abrió y Jack entró en la habitación. Se detuvo al verla, y enarcó la ceja en un gesto que hablaba por sí mismo.

–Vaya, Wadsworth debe de haberse confundido –comentó, antes de cerrar la puerta tras de sí–. Este es mi dormitorio cuando me alojo aquí, pero huelga decir que eres bienvenida. Esa bata que llevas puesta es casi tan efectiva como un cinturón de castidad, pero estoy seguro de que no es un obstáculo insalvable.

–Para ser un hombre que afirma que me detesta, da la impresión de que estás deseando...

–¿Arrancarte la bata y el camisón, tumbarte en la cama, colocarme entre tus piernas y hundirme hasta el fondo en tu cuerpo hasta que grites mi nombre enloquecida de placer? ¿Es eso lo que ibas a decir?

Tess tuvo ganas de abofetearle, y al mismo tiempo sintió el absurdo impulso de echarse a llorar. Con aquellas breves palabras, él acababa de convertir todo lo que habían compartido en algo sucio, bajo y autocomplaciente.

–Sí, creo que lo has expresado a la perfección, aunque yo añadiría entremedias algo así como «granuja libidinoso». Lo de anoche fue un error por mi parte, pero nunca cometo dos veces el mismo error.

–¿Cómo lo sabes? Podrías estar esperando otro hijo mío en este momento.

–No hay duda de que podría llegar a odiarte; de hecho, creo que ya es así.

Sí, le odiaba... igual que se odiaba a sí misma por el cálido deseo que la inundaba ante las sugerentes palabras que él le había metido en la cabeza, por el dolor que había sentido al oír su último comentario. Pero era francesa, era una persona práctica. Acostarse con Jack de forma continuada no tenía nada de práctico.

–Sé lo que planea mi padre.

–¿Ah, sí? –él se quitó el pañuelo que llevaba al cuello y lo lanzó hacia una silla cercana antes de empezar a quitarse la chaqueta.

–Sí. Va a sacrificarse para que tú puedas matar al cíngaro.

Él vaciló por un instante antes de contestar:

–Qué interesante. ¿Cómo piensa hacerlo?

–Va a ser el cebo, como René. Se dispone a morir para que el cíngaro se exponga y tú te encargues del resto. No piensa salir vivo de la misión, tal y como le pasó a René; al fin y al cabo, alguien tiene que pagar por el error que le costó la vida a mi hermano. Seguro que en el fondo no te culpa a ti, sino a sí mismo.

–No sé por qué, pero lo dudo –afirmó, antes de lanzar la chaqueta hacia la silla.

–Tú no le has visto en estos últimos años, Jacques era su única alegría. Está viejo, cansado... derrotado. Me dijiste que lo único que le importaba era la colección y creo que tenías razón, pero ahora es diferente. Jacques... no sé, yo creo que Jacques logró que cambiara algo en su interior. Mi padre era muy tierno con tu hijo, yo misma apenas le reconocía.

–Siempre le defiendes, incluso cuando está claro que es indefendible. Ver a Sinjon como un adorable ancianito con su nieto en el regazo sería como intentar imaginarse al demonio repartiendo helados en el infierno.

Tess intentó ocultar cuánto le dolió oír aquella comparación. Jack estaba en su derecho de tener su propia opinión, pero siempre y cuando estuviera dispuesto a oír la suya.

–Admito que no ha sido ni es un santo, pero fuiste tú quien llegó a la conclusión de que el cíngaro y él tenían algún acuerdo en lo relativo a la colección... por cierto, no sé por qué llamamos así a los objetos que mi padre robó. Se trata de su botín, su obsesión.

Él alzó una mano para silenciarla.

–No te desvíes del tema principal. Lo que estás argumentando es que Sinjon está avejentado, le queda poco tiempo de vida, y no quiere morir sin eliminar antes al cíngaro, que seguro que está esperando el momento de ir a por su colección. En eso ya estábamos de acuerdo, Tess. Por eso hemos traído aquí a Jacques.

–Sí, pero las cosas van más allá. Mi padre está conduciéndonos hasta el cíngaro. No es el rastreador, sino la cabra atada en medio del claro para atraer al lobo. Tú eres el ejecutor, el que va a acabar con el lobo cuando la fiera ataque y mate a la cabra. Mi padre está dispuesto a morir para salvar a nuestro hijo, Jack.

Él se sentó sobre la chaqueta y el pañuelo y alzó la

pierna hacia ella para indicarle que le ayudara a quitarse la bota. El gesto dejaba claro sin necesidad de palabras quién, según él, estaba al mando.

—Así que ahora es una mezcla de cabra y de chivo expiatorio, ¿no? Y entonces tú y yo, junto con nuestro hijo, tendremos la colección y la fortuna que podemos conseguir con ella, nos iremos de esta isla húmeda a la que Sinjon siempre detestó, zarparemos rumbo a América o a cualquier lugar que nos plazca, y pasaremos lo que nos quede de vida juntos y felices... eso sí, sabiendo que todo fue posible gracias a su noble sacrificio, con lo que su pasado quedaría perdonado y su nombre se recordaría con honor durante generaciones. ¿De verdad esperas que me crea eso?

Ella se alzó un poco el camisón para poder colocarse a horcajadas sobre su pierna, y empezó a quitarle la bota antes de admitir:

—No, dicho así, supongo que no. Solo quiero que te plantees esa posibilidad, a lo mejor se te ocurre cómo podemos evitar que cometa semejante estupidez. Apoya en mí el otro pie y empuja.

—Si insistes... —le dijo, antes de apoyar el pie en su trasero—. Sinjon no va a quedarse de brazos cruzados mientras el cíngaro le da una puñalada en el corazón, no es de los que se sacrifican.

La empujó con fuerza con el pie y ella estuvo a punto de caerse cuando la bota salió con fluidez, pero logró mantener el equilibrio.

—Quítate la otra tú mismo con el sacabotas —le espetó, mientras contenía las ganas de frotarse el trasero—. Estamos intentando llegar a un acuerdo, y no estoy dispuesta a capitular. Mi padre necesitará un cebo para atraer al cíngaro, y tú me dijiste que me fijara en lo que faltaba de la colección. ¿Qué fue lo que se llevó?

Esperó mientras él usaba el sacabotas que había en una esquina, y deseó para sus adentros que el cuero del calzado quedara irremediablemente dañado. A veces había que conformarse con los pequeños placeres de la vida.

–Él la llamaba la Máscara de Isis, una diosa egipcia.

Se acercó a ella de nuevo, y a esta le dio la sensación de que su mera presencia llenaba todo el dormitorio.

–Sí, la conozco. Era la madre del cielo y de la tierra, y también se le atribuyen otras cosas que ahora no recuerdo –se le aceleró el corazón al ver que se quitaba la camisa. Sabía que, si iba a pedirle que se fuera, tenía que hacerlo cuanto antes y con convicción, pero como lo que deseaba en el fondo era que él se quedara allí, se conformó con una pregunta absurda–. ¿Se trata de un objeto muy valioso?

–Sí, las cosas de oro macizo suelen serlo.

Tess se dio cuenta de repente de que él estaba desabrochándole la bata. No tuvo oportunidad de articular palabra alguna, porque él siguió hablando como si nada.

–Es una máscara del tamaño de un rostro, no un busto, aunque es muy pesada y no creo que se creara con la finalidad de llevarla puesta. Las facciones de la diosa están pintadas sobre la base de oro; al menos, eso es lo que me aseguró Sinjon, porque la pintura está bastante difuminada. Me explicó no sé qué de un tocado con forma de corona, o de un jeroglífico que significa «corona»... no sé. Me dejó tocarla y tenerla en mis manos. Supongo que lo hizo con la esperanza de que sintiera lo mismo que él, la satisfacción de poseer un objeto así. Noté lo pesada que era y supe que valía una fortuna. A lo mejor era eso lo que quería hacerme sentir, ya que él tenía la intención de convertirme en su ladrón.

A Tess le encantaba aquello... unir fuerzas con él mientras analizaban juntos un problema, una situación, hasta llegar a una solución. El proceso creaba una excitación casi sexual, y en más de una ocasión habían hecho el amor mientras planeaban los pormenores de alguna de las misiones que Sinjon y él habían llevado a cabo para la Corona. Jack y ella eran muy parecidos, a ninguno de los dos les gustaban las cosas simples ni las respuestas fáciles. Sí, el objetivo era conseguir resultados, pero el verdadero placer estaba en los giros inesperados, en lo imprevisto, en no hacer nunca lo obvio.

Aún guardaba el único regalo que él le había hecho: una cajita octogonal de palisandro compuesta por un sinfín de piezas perfectamente encajadas. Había tardado días en resolver aquel rompecabezas, y su recompensa había sido el pequeño medallón de oro que había oculto en el centro... un medallón que seguro que él le había regalado para que guardara allí el retrato de ambos, pero que en ese momento ocupaban su madre y su hermano.

Le había encantado recibir aquel medallón, se había sentido entusiasmada con la cajita de palisandro.

—Está claro que ese es el cebo que piensa usar ahora, tal y como hizo contigo. La Máscara Dorada de Isis.

—Creía que querías decirme algo que yo no había deducido ya por mi cuenta, Tess. Quizás sea hora de dar por terminada la conversación.

Deslizó las manos bajo la bata, le cubrió los senos por encima de la fina tela del camisón y empezó a acariciarle los rígidos pezones con los pulgares.

—Estás... distrayéndome.

—¿Ah, sí? Esperaba que fuera algo más que una mera distracción. Me gustan tus pechos así, son más grandes. ¿Amamantaste a mi hijo?

—Emilie ya no estaba en edad de hacer de nodriza —cerró los ojos mientras se rendía a la dulce seducción de sus caricias y sus palabras.

—¿Era tan ávido y glotón como su padre?, ¿alguna vez pensaste en mí mientras le sostenías contra tu pecho? —le preguntó, mientras le pellizcaba los pezones con suavidad.

Tess apenas podía respirar, no podía tragar saliva.

—Emilie me... me dijo que era normal que... que sintiera cosas. Me dijo que dar de mamar hacía que el vientre se agitara, que se tensara después de... de dar a luz. Pero no era como cuando tú... Jack. Jack, no... no me hagas esto...

Él ya estaba haciéndolo. Bajó la cabeza después de dejar un seno al descubierto y lo cubrió con su cálida y húmeda boca, empezó a chupar y succionar mientras seguía acariciándole y pellizcándole el otro seno a través del camisón.

Pero el juego limpio no estaba hecho para ellos. Si él veía una posible ventaja, la aprovechaba; si ella veía una brecha, la utilizaba. Esa era su naturaleza. Era como si estuvieran hechos para encajar el uno con el otro como las piezas de aquella caja de palisandro, encajar de forma tan perfecta que haría falta un ojo muy aguzado para alcanzar a ver las finas líneas divisorias por las que podrían ser separados.

Su padre había encontrado esas líneas y, haciendo gala de su destreza, había conseguido separarles. La cuestión era por qué había decidido unirles de nuevo.

Jack no creía su hipótesis de que Sinjon Fonteneau pensaba sacrificarse para proteger a Jacques y salvaguardar su futuro, o a modo de penitencia por haber puesto en peligro a René en aras de sus propios intereses; de hecho, ni ella misma estaba segura de creer esa teoría.

A lo mejor seguía sintiendo la necesidad de creer que su padre era un hombre bueno, un héroe, alguien digno de ser admirado y emulado. Le dolía demasiado verle como a un hombre que bajaba con un candelabro a su escondrijo y se sentaba en medio de una húmeda sala a admirar su colección, alguien capaz de arriesgarlo todo por un puñado de objetos que le importaban más que su propia familia.

Quizás había llegado el momento de ceder, de rendirse ante Jack y admitir que él tenía razón... aunque solo fuera por esa noche.

Arqueó el cuello y el torso en un gesto de total entrega. En su mente se arremolinaban un sinfín de pensamientos inconexos, la sangre le corría como un torrente de fuego por las venas mientras él la enloquecía con su boca y sus manos.

En ese momento estaban en perfecta sintonía. Cuando él la tocaba no había preguntas, tan solo respuestas. No había arrepentimiento que pudiera interponerse entre ellos cuando la pasión ardía entre los dos, cuando se deseaban con aquella fuerza desatada, cuando ellos eran lo único que existía en el mundo... las dos mitades del todo más perfecto que había en el mundo entero.

Se apretó contra su miembro endurecido y le dijo:

—Te deseo, tómame —era una orden, una súplica, un susurro, un grito al cielo—. Hazme tuya, Jack.

Él la alzó en brazos, la llevó a la cama y la sentó en el borde mientras se desnudaba a toda prisa. Le alzó el camisón y le abrió las piernas antes de atraerla hacia sí, la miró con ojos oscurecidos de deseo mientras se hundía en su interior y se inclinó hacia delante para adueñarse de su boca.

Ella le rodeó con fuerza con brazos y piernas mientras le sentía en lo más profundo de su cuerpo, mientras sus lenguas se enzarzaban en un apasionado duelo al ritmo de cada fuerte acometida.

Más tarde la amaría tal y como la había amado la noche anterior, y ella le satisfaría de la misma forma y disfrutaría al enloquecerle de pasión, al verle rendirse ante el placer que ella le daba con las manos y la boca. Sería después, cuando los dos estuvieran tan expuestos y vulnerables que no pudieran ocultarse nada, al menos en la oscuridad de la noche.

Sí, Jack le había hecho daño, pero ella también se lo había hecho a él. A los dos se les daba muy bien el trabajo que desempeñaban, sabían cómo infligirse mutuamente el máximo daño posible... y cómo darse el máximo placer.

Tarde o temprano, iban a tener que encontrar la forma de dejar de herirse el uno al otro. Iban a tener que aprender a perdonar y a confiar, pero de momento iban a limitarse a tomar lo que podían alcanzar con mayor facilidad.

Los años se interponían entre ellos, tal y como había pasado la noche anterior. Habían perdido mucho tiempo, había tanto deseo acumulado... aquello no era hacer el amor, era un apareamiento. Era algo puro, simple y primitivo, algo delicioso y tan...

—¡Jack!

Capítulo 7

Al día siguiente de su llegada a Londres, Jack entró a primera hora de la noche en una taberna de aspecto anodino situada en Bond Street y se sentó en la silla vacía de la mesa que compartían Dickie Carstairs y Will Browning.

–Buenas noches, caballeros. Qué agradable encontraros juntos, aunque predecible. ¿Aún es demasiado pronto para el teatro? ¿No has recibido ninguna invitación para esta noche, Will? No, me resisto a creerlo.

Dickie le miró sorprendido antes de contestar.

–Llevo todo el día merodeando por Half Moon Street, y no has dejado la señal acordada. Persiana subida, estás en casa; bajada, no estás. Medio subida... o medio bajada, como sea... nos vemos aquí. Hemos venido de todas formas aunque se suponía que ibas a dejarnos alguna indicación, dijiste que lo harías.

–¿No lo he hecho?, qué descuidado por mi parte. ¿Qué dices tú, Will? ¿También vas a darme una reprimenda?

–En otra ocasión, quizás. Estás alojado en la mansión de Grosvenor Square, ¿verdad? ¿Qué pasa, Jack? ¿Estás alardeando de la fortuna de tu familia ante la dama? Porque ella ha venido a Londres contigo, ¿no? Has sido incapaz de dejarla en su casita, que es donde debe estar, aunque supongo que no puedo echártelo en cara. Debo admitir que se trata de una pichoncita muy atractiva.

–Y yo que pensaba que tu disculpa del otro día era sincera –le contestó Jack con voz aterciopelada, mientras le hacía un gesto a la camarera para que le sirviera una copa–. Surgió una complicación.

–Y qué molestas pueden llegar a ser las complicaciones, ¿verdad? –le contestó Will, sin inflexión alguna en la voz.

Henry Sutton siempre había sido el mediador entre ellos. Jack y Will eran dos hombres con una elevada opinión de sí mismos en lo relativo a sus inusuales talentos, y a ninguno de los dos le gustaba ser considerado un segundón.

A Dickie no se le daba demasiado bien ser el mediador sustituto, pero al menos lo intentaba. Le sirvió él mismo un vaso de vino a Jack antes de volverse hacia Will.

–¿Lo ves?, hubo complicaciones. Ya te dije que seguro que había pasado algo, que tenía que haber algún motivo.

Jack asintió.

–En la casa había un niño. No sé qué es lo que planea hacer Sinjon ni si lo que se trae entre manos puede afectar a su hija y al niño, así que decidí que era mejor traer a madre e hijo a Londres hasta que sepamos qué es lo que sucede. Mi casa de Half Moon Street no nos habría servido. ¿Habéis logrado algún progreso aquí?

Will esbozó una sonrisita burlona que estuvo a punto de costarle la vida, pero se salvó porque la borró de inmediato y puso cara de preocupación.

–Bien hecho, Jack; al fin y al cabo, nuestro objetivo es el marqués, no su familia. En todo caso, un niño, un varoncito... qué buena noticia, ¿no? Hablo en general, claro. En cuanto a lo demás, sabemos que nuestra elusiva presa se bajó del carruaje justo donde imaginábamos, y que contrató a un hombre con un carro para transportar un baúl muy pesado. Localizamos tanto al hombre como el carro en cuestión, fuimos a la posada, y descubrimos que el marqués ya se había marchado después de pasar una semana allí. Registramos la habitación donde se había alojado y encontramos el baúl, pero estaba vacío.

Will le pasó la palabra a Dickie, que siguió con la explicación.

—En la posada seguía disfrazado de anciana, aunque nadie recordaba haberla visto marcharse de allí. En la habitación dejó una bolsita que contenía el dinero para pagar su estancia allí y, tal y como ha dicho Will, el baúl. Vacío. Por cierto, era un baúl de calidad. Ah, y el que se marchó de la posada fue el monje, así que ya ha usado ese disfraz dos veces. No creo que vuelva a hacerlo. Bueno, eso es todo lo que hemos averiguado. No sabemos cuál debería ser nuestro siguiente paso, Jack. ¿La hija tiene alguna idea?

Jack recordó la insistencia de Tess en afirmar que su padre pensaba sacrificar su vida para que él pudiera matar al cíngaro en su lugar. Eso supondría que ese tipo no sería arrestado, sino silenciado, con lo que la Corona no podría interrogarlo y no saldría a la luz ni el hecho de que robaba para Sinjon y tenía un doble juego ni dónde estaba oculta la colección; de no ser así, la Máscara de Isis y todo lo demás no podría usarse para asegurar el futuro de Jacques, ¿verdad? Estaba convencido de que Tess no se había planteado siquiera esa teoría, pero él sí.

—Unas cuantas, pero no le doy demasiado crédito a lo que ella piense. Su padre la engañó por completo, al igual que engañó al simplón vigilante de la Corona. Sinjon se esfumó delante de las narices de ambos, así que las dotes de observación de la dama no parecen ser demasiado buenas. Aunque ella cree que su padre es toda una eminencia, nosotros sabemos que no es así, ¿verdad?

Will soltó una carcajada burlona.

—Solo sabemos lo que tú nos cuentas, y quiero dejar constancia de que no me gusta nada tu secretismo. Trabajamos juntos, Jack, y no solo eso: trabajamos para la Corona, no para una hija preocupada porque ha perdido a su anciano padre.

—¿Estás cuestionando mi lealtad, Will?

—Por supuesto que no. Lo que cuestiono es lo que te cuelga entre las piernas, y agradecería oírte decir algo que disipe el temor que tengo de que tu cerebro también esté colgando ahí abajo en este momento. Aunque aún no las he oído, estoy convencido de que tus próximas palabras van a ser sobre agujas en pajares, sobre la conveniencia de que Dickie y yo nos salgamos del caso para que tú puedas encargarte de todo. Admítelo, estamos tan lejos de atrapar a ese anciano fugitivo como el primer día, y yo estoy perdiendo la paciencia con él... y contigo.

Dickie asintió.

—Estoy de acuerdo con Will... en lo de las agujas y los pajares, no en todo lo demás; en fin, así están las cosas, ¿no? ¿Qué hacemos ahora?, nos hemos quedado sin opciones.

—Gente de poca fe... y en tu caso, Will, de imaginación desbocada —Jack sonrió y alzó su vaso de vino en un brindis—. Estamos de acuerdo en que la hija no nos sirve de nada, ¿no? Yo, por mi parte, estoy convencido de ello. Pero no me habéis preguntado si se me ha ocurrido alguna idea a mí.

Dickie se echó hacia delante en la silla y miró a su alrededor como esperando ver a varios curiosos aguzando el oído para intentar oírles, aunque lo cierto era que lo único que lograba con aquella actitud tan suspicaz era llamar la atención.

—¡Desembucha de una vez, Jack! ¿Se te ha ocurrido algo?

—Pues resulta que sí —se sacó del chaleco una página doblada del *London Times* y la puso sobre la mesa—. Este anuncio... mejor dicho, aviso... ha salido publicado a diario durante los últimos cinco días, ya lo he comprobado.

Will agarró la página antes de que Dickie pudiera alargar la mano. La desdobló y, tras comprobar que en un lado tan solo había parte de un artículo, le dio la vuelta y preguntó con perplejidad:

–¿La sección de anuncios?

–Es un método muy trillado para comunicarse con alguien. Supuse que Sinjon podría usarlo para contactar con nosotros... o que al menos se le ocurriría que yo iba a plantearme esa posibilidad.

–Sí, tiene sentido –comentó Will, antes de leer el primer anuncio–. «Viudo de Devonshire busca mujer casta de excelente salud y no más de veinticinco años a la que concederle el honor de convertirla en su esposa, y que tendrá el placer de ser madre y educadora de sus ocho jóvenes hijos». Se menciona el nombre de un abogado con el que pueden contactar las interesadas, aunque no creo que ese abogado de Devonshire reciba una estampida de mujeres ni mucho menos; en cualquier caso, no es este el anuncio que nos interesa, ¿verdad?

–Lo dudo mucho –apostilló Dickie–. ¿Ocho hijos? No me extraña que la primera esposa muriera, seguro que la pobre estaba deseando disfrutar de algo de paz y tranquilidad. Apuesto a que no se atrevía a doblar las esquinas de su casa demasiado cerca de las paredes, por miedo a que el marido la agarrara y la pusiera contra ellas para intentar engendrar un noveno hijo.

Jack le miró sorprendido. No podía creer que Dickie imaginara tales cosas, y mucho menos que hablara de ellas.

–Disculpa, ¿has dicho lo que me ha parecido oír?

Dickie se puso rojo como un tomate.

–Es lo que le he oído decir a mi padre sobre mi tío Robert, que no tenía ni un penique y siempre estaba pidiéndonos dinero con la excusa de todas las bocas que tenía que alimentar. Según mi padre, si no los engendras no los alimentas, así que... ¿Se puede saber qué es lo que te hace tanta gracia, Will Browning?

–Nada, nada. Eres un hombre muy polifacético, de eso no hay duda. Ah, creo que ya he encontrado lo que te ha llamado la atención, Jack. Está junto al anuncio del prolífico viudo, pero no alcanzo a entenderlo.

Mientras Dickie se hacía con la hoja de periódico para leer el anuncio, Jack les dio la explicación.

–Alguien anuncia la venta de *objets rares d'art* romanos, griegos y egipcios. Se mostrará dicha colección privada a entendidos en la materia que reúnan los requisitos necesarios y estén interesados en hacer ofertas de compra. Los interesados deben hacerle llegar sus acreditaciones al señor St. John en el número nueve de Cleveland Row, a las doce en punto del mediodía del quince de junio. Eso es dentro de tres días, caballeros. El vendedor contactará entonces con los compradores potenciales que consigan su visto bueno, se concertará una cita para que puedan ver la colección y presentar ofertas.

–Sí, eso es lo que pone aquí. He visto multitud de anuncios como este, aunque en ninguno se daba una fecha tan exacta. Siempre hay algún miembro de la nobleza empobrecido intentando vender algo sin que el resto del mundo se entere de que sus arcas están vacías; si los acreedores se enteran de que no tienes ni un penique, se te echan encima. Mi padre afirma que las joyas de la mitad de las damas de la alta sociedad son falsas, y muchas de ellas ni lo saben; aun así, no sé lo que tiene que ver eso con...

–St. John... Sinjon, ¿verdad? –intervino Will.

Jack asintió.

–Exacto. Es más obvio de lo habitual en él, pero supongo que no me creía capaz de entender algo más sutil.

Dickie dejó la hoja de periódico sobre la mesa antes de decir:

–Pues yo sigo sin entenderlo, ¿qué es lo que quiere decir? ¿Se trata de una invitación para que vayas a verle? Se ha esfumado sin decir nada, se ha disfrazado de anciana y de monje para pasar desapercibido y va cambiando de alojamiento cada pocos días, ¿a qué viene esto ahora?

Jack había ideado al detalle las mentiras que iba a decirles.

—Supongo que se hartó de la vida tranquila en el campo y decidió hacer algunos cambios en el arreglo que tenía con la Corona; o el Gobierno le paga mucho mejor que hasta ahora para que siga guardando silencio y no revele nada sobre cerca de veinte años de secretos, secretos que en muchos casos no benefician en nada la imagen de algunos altos cargos del país, o vende la información al mejor postor. Recordad que en el anuncio pone que los compradores potenciales podrán presentar ofertas. Él sabía que Liverpool me enviaría a mí en su busca si desaparecía, al igual que sabía que era muy probable que le hicieran desaparecer de forma permanente si estaba en su casa cuando su... solicitud llegara a manos del primer ministro. Admito sentirme un poco insultado.

—¿Por qué? —le preguntó Will, mientras ojeaba de nuevo el artículo.

—Está claro que Sinjon estaba convencido de que yo accedería a encontrarme con él, que sería su mensajero y le trasladaría sus exigencias a Liverpool sin rechistar. Cree que me conoce a la perfección, y por ello tiene la certeza de que yo no voy a limitarme a cumplir órdenes y a eliminarle para acabar con la amenaza a la Corona. Lo que quiere es involucrarme en sus planes, y lo cierto es que voy a verme en apuros haga lo que haga. Una de dos: o traiciono a Liverpool y ayudo a Sinjon, o cumplo mis órdenes y cometo un asesinato sin sentido al acabar con un anciano medio desquiciado que ya no está en condiciones de defenderse. Y no, Will, antes de que lo digas, admito que no me gustaría causarle ese daño a Tess. Aún quedan rescoldos de lo que sentí por ella años atrás.

—Conmovedor, aunque me parece una idiotez peligrosa. Jack, por favor, párate a pensar en todo esto por un momento. Me parece que están manipulándote incluso más de lo que tú mismo crees. ¿Por qué crees que Sinjon se fue sin su hija? Ella es tu amor perdido, si se me permite la licencia poética. Te presentas en su casa preguntando por el paradero de su padre, ella te mira con ojos implorantes, te pide que recuerdes lo que compartisteis en el pasado y te suplica que la ayudes. No tenías más remedio que claudicar y encima la has traído a Londres junto con el mocoso ese, con lo que le has ahorrado a Sinjon la molestia de tener que ir a buscarlos para zarpar con ellos rumbo a Dios sabe dónde con los bolsillos repletos del oro de Liverpool. Yo en tu lugar no me sentiría insultado, sino más bien avergonzado. Estás comportándote tal y como esperaba tu antiguo mentor, como su monito amaestrado.

—¿Estás divirtiéndote con todo esto?

Jack le miró amenazante para que supiera que en esa ocasión había estado a punto de pasarse de la raya, ya que sabía que esa era la reacción que se esperaba de él. Lo que quería Will era un reto, y clavarle un cuchillo a un anciano no le motivaba lo más mínimo.

Consciente de que tenía que seguir interpretando su papel, añadió:

—No sé por qué tenía que dudar tanto de mí, de mi capacidad para entender sus pistas. Con lo de St. John habría bastado, no tenía necesidad de añadir la tontería esa de la venta de objetos de arte. Es cierto que en el pasado fue un coleccionista de renombre, pero eso fue en Francia y su colección se quedó allí; de hecho, según la hija, están endeudados con medio pueblo, y seguro que Sinjon se llevó todo el dinero que tenía para poder pagar su pasaje y el alojamiento, y para contratar ayuda.

Dickie le miró desconcertado.

—¿Estás diciendo que no existe ninguna colección?, ¿no es más que una estratagema? Qué lástima, aunque tiene sentido. Un hombre que posee un montón de antigüedades no tendría necesidad de acudir a Liverpool, ni estaría endeudado con los comerciantes de su pueblo.

—Felicidades, Dickie, a lo mejor logramos hacer de ti todo un pensador; en cualquier caso, la cuestión es que el marqués ha bombardeado a nuestro Jack, aquí presente, con multitud de pistas porque no le creía capaz de entender señales más sutiles —Will miró sonriente a Jack y le preguntó—: ¿Qué hacemos ahora? Podríamos ir a Cleveland Row, pero dudo mucho que nuestro ancianito fugitivo nos lo ponga tan fácil.

—Eso tenlo por seguro. Sinjon no estará allí, pero se habrá encargado de que todas las respuestas que reciba su anuncio se le entreguen en su escondrijo. Nuestro hombre siempre tuvo un defecto, caballeros: se considera el más listo en cualquier situación. Solía llevar los planes demasiado lejos, los complicaba demasiado cuando era mejor simplificarlos. Eso era algo por lo que solíamos discutir. Todos sabemos que por cada giro innecesario, por cada persona que se añade a un plan, aumentan las posibilidades de que se cometa algún error.

—Muy cierto —admitió Dickie—. Mira lo que pasó cuando tu hermano se sumó a nuestra última misión, perdimos a Henry.

—Le perdimos por un error que él mismo cometió, eso es algo que todos tenemos claro —le corrigió Will con rigidez—. El mismo Henry lo admitiría si saliera de la tumba.

—Gracias, Will. Justo cuando estoy convencido de que no te soporto, das alguna retorcida opinión que logra confortarme —le dijo Jack, antes de volverse hacia Dickie—. ¿Puedo continuar?

—Sí, por supuesto, mis disculpas; tal y como Will suele decir, tengo la lengua suelta y en ocasiones se me escapa alguna tontería. Vas a mandarle una nota, ¿verdad? Al marqués, claro —le lanzó una mirada a Will y añadió—: Lo especifico para que no me preguntes si me refiero a Henry.

–Por supuesto que va a mandarle una nota al marqués. Ahí es donde tú y yo entramos en juego, Dickie, viejo amigo. Vamos a seguir a la persona que recoja en Cleveland Row las respuestas al anuncio; aunque Jack se disfrazara, nuestro viejo zorro podría reconocerle. Jack, compañero, qué condescendiente de tu parte incluirnos, aunque sea con una tarea tan insignificante.

–Cada uno debe atenerse al nivel de sus propias capacidades –le contestó con frialdad.

–*Touché*... y doy por finalizado nuestro duelo dialéctico de esta noche, ya basta por ahora.

Dickie alzó una mano, como solicitando que le llamaran a filas.

–De modo que vas a enviar una... carta, por llamarla de alguna forma, y puede que muchos otros lo hagan también. ¿Qué pasa con ellos?, los potenciales compradores van a sentirse defraudados cuando no se les invite a ver los objetos de arte.

Justamente aquella era la pregunta que Jack había querido evitar, y le sorprendió que fuera Dickie el que la planteara.

–Nuestro amigo aquí presente tiene razón, aunque ni él mismo sea consciente de ello –afirmó Will–. Habría sido más lógico que Sinjon publicara un anuncio dirigido a ti y solo a ti, ¿no? Puede que mi intelecto no esté capacitado para poder entender semejante complejidad.

La única explicación con sentido sería sugerir que Sinjon esperaba atraer con sus anuncios a alguien más; en ese caso, el cíngaro, así que Jack optó por evitar una respuesta directa. Echó la silla hacia atrás con brusquedad y se puso en pie.

–Creo que eso es todo por ahora. Sinjon es, tal y como tú mismo has dicho, un anciano, y para mí ya es suficiente tortura tener que lidiar con él como para tener que cargar con dos viejas chismosas que no dejan de hacer preguntas. Volveremos a encontrarnos de nuevo cuando complete mi misión –fulminó a uno y otro con una mirada imperiosa digna de quien era: Black Jack, un hombre al que no era prudente provocar–. ¿De acuerdo?

Dickie estaba confundido, y eso era lo que Jack quería; Will estaba enfadado, y eso era lo que Jack necesitaba. Se sentía satisfecho por no haber tenido que responder a la espinosa pregunta y, por lo demás, solo cabía rezar para que Sinjon no se hubiera quedado senil en aquellos últimos cuatro años, para que hubiera planeado al detalle cómo iba a escapar de sus perseguidores la persona encargada de recoger las respuestas a su anuncio el día quince al mediodía.

Will soltó un sonoro suspiro.

–De acuerdo, entiendo tus motivos. Sinjon fue tu mentor y tú eres quien mejor le conoce. Anda, tranquilízate y cuéntanos tu plan.

–¿Qué opinas tú, Dickie?

–Prefiero que no discutamos, pero no puedo evitar echar de menos a Henry. Él solía bromear diciendo que éramos una banda de gallardos granujas, pero ahora no somos más que tres granujas sin demasiada gallardía; en mi opinión, desde que terminó la guerra no somos más que polizontes, pero sin uniforme y con los trabajos más sucios. Ahora nos dedicamos a perseguir a ancianos a los que se tendría que haber silenciado hace tiempo. Apenas queda casi nada de los granujas que éramos antaño, ¿verdad? Qué pena.

–Anda, bebe un poco más de vino –le aconsejó Will, antes de ponerle delante un vaso lleno–. Estamos preparados, Jack. ¿Qué es lo que viene a continuación?

–Nosotros daremos el siguiente paso, como de costumbre.

Jack le dio la vuelta a la silla, se sentó a horcajadas y se inclinó hacia delante como si fuera a revelarles algo en confianza, aunque su intención real era enredarlos con sus mentiras para poder llevar a cabo sus planes. Se sacó del chaleco un mapa de Cleveland Row que él mismo había dibujado, lo desdobló y lo alisó sobre la mesa.

–Has acertado al suponer que quiero que Dickie y tú hagáis guardia frente al número nueve, Will. Tú te posicionarás aquí, y tú, Dickie, aquí...

Sabía que, si tuviera conciencia, en ese momento estaría avergonzado de sí mismo, pero tenía que pensar en Tess y en Jacques. Con tal de protegerlos no solo estaba dispuesto a traicionar a su país, sería capaz hasta de vender su alma.

Poco después de tirar de la campanilla, Tess oyó voces procedentes del pasillo seguidas de las risas de Jacques; escasos segundos después, el corpulento y fiero Wadsworth irrumpió en el saloncito al trote, como uno de los elegantes caballos del príncipe regente, con Jacques sobre sus hombros y aferrado a su pelo mientras gritaba con entusiasmo:

–¡Al *gaope*!, ¡al *gaope*!

–Mil disculpas, señorita, pero todo el mundo está ocupado con algo y yo era quien estaba más cerca. La señora Emilie aún está reponiéndose tras el viaje de ayer y está durmiendo la siesta, ¿deseabais algo?

Tess intentó contener una sonrisa, pero fue en vano... sobre todo al ver que Jacques le tapaba los ojos a Wadsworth con las manos.

–La verdad es que ya me habéis dado la información que necesitaba, el paradero de mi hijo. Jacques, por favor, quítale las manos de los ojos. El pobre Wadsworth no puede ver nada. Lo lamento si está causando demasiadas molestias, el señor Blackthorn ha prohibido que salga y está acostumbrado a pasear a su antojo.

–Hacía mucho que no teníamos un crío jugueteando por aquí, y todos estamos encantados con él –le contestó el mayordomo, mientras alzaba los brazos por encima de la cabeza para sujetar bien al pequeño sobre sus hombros–. La cocinera desea saber si le concederéis el honor de revisar el menú que tiene planeado para esta noche, por si hay que añadir algún plato especial para el señorito Jock aquí presente.

Tess sonrió al oírle pronunciar el nombre del niño en inglés. Seguro que Emilie no tardaría en corregirle, aunque sería interesante ver cómo se las ingeniaba para conseguir que Wadsworth dijera el nombre con acento francés.

–Qué detalle por su parte. Transmitidle mi agradecimiento, por favor, y decidle que estoy convencida de que tanto mi hijo como yo quedaremos complacidos con lo que ella decida.

No quería involucrarse con el manejo de la mansión por tres razones: la primera era que ella no estaba al mando; la segunda, que no era más que una huésped tolerada a duras penas; y la tercera, que seguro que Jack haría algún comentario mordaz si llegaba y la encontraba eligiendo entre alubias y guisantes.

–A sus órdenes, señorita.

Wadsworth hizo ademán de inclinarse en una reverencia, pero se detuvo al recordar que tenía a Jacques sobre los hombros y dio media vuelta para marcharse justo cuando Jack entró en el saloncito.

–¡Papá!, ¡papá!

Jacques sonrió encantado y extendió los brazos hacia su padre, el hombre que le había llevado a lomos del enorme semental el día anterior.

Tess vivió un momento de pánico ante la posibilidad de que Jack no quisiera reconocer su paternidad en público, pero sus temores resultaron ser infundados. Jack era Jack, se guiaba según sus propias normas. Daba la impresión de que no le importaba lo más mínimo la opinión de los demás; de hecho, a lo mejor incluso prefería que la gente pensara mal de él, porque así nadie le importunaba.

Pero el pánico regresó y, en esa ocasión, para quedarse, cuando vio cómo reaccionaba él al ver a su hijo. La forma en que miraba a Jacques era... posesiva. Sí, esa era la palabra. Jack no estaba rechazando al niño, todo lo contrario: estaba reclamándolo como suyo. El amor que le llenaba el corazón por aquel pequeñajo que acababa de llamarle papá era casi tangible.

Era consciente de que Jack no quería que se casaran por lo que pudiera sentir por ella, fuera lo que fuese, sino para adueñarse del niño. Una de dos: o accedía a casarse con él, o perdía a Jacques.

«Dios mío, papá, ¿qué has hecho?, ¿es esto lo que querías lograr?».

Después de besar las manos extendidas del niño y de indicarle que se fuera con Wadsworth, que parecía debatirse entre la vergüenza y el regocijo, Jack se volvió a mirarla y Tess sintió que se ruborizaba al recordar cómo se habían usado mutuamente con total abandono la noche anterior. Después de que él le hiciera el amor de forma tan íntima, ella le había devuelto el favor. Había bajado por su cuerpo besándole por todas partes, le había acariciado y le había saboreado a placer. «Sí, así... Dios, Tess, sí, justo así. Estás volviéndome loco... Oh, Dios, Tess... Tess...».

¿Por qué no podía contener el deseo que sentía por él? Le bastaba con mirarle para desearle. Deseaba tocarle y complacerle, deseaba... cuántas cosas deseaba.

Jack se acercó a ella, pero se detuvo a medio camino y se llevó las manos al pecho.

—¿Qué pasa? ¿Me he manchado en alguna parte?, ¿me ha salido una segunda cabeza?

Ella luchó por aclararse las ideas y fijó la mirada en la punta de sus zapatos.

—Me... me preguntaba si te ha molestado que Jacques te llame papá. Ahora que Wadsworth sabe la verdad, la casa entera no tardará en enterarse también.

–Si no lo habían deducido ya, el marqués debería despedirles por estupidez al no saber ver la obviedad que tienen ante sus narices... y la obviedad, en este caso, son nuestros propios rostros. Pero no, espera un momento, ¿acaso estás pensando en tu reputación? ¿Temes que se te considere una mujer deshonrada? No, permite que me corrija. Estás bajo este techo, así que serías la mantenida, la amante.

–Me gustas más al amparo de la oscuridad –murmuró ella.

Jack se echó a reír, y en un abrir y cerrar de ojos se sentó a su lado y susurró contra su cuello:

–Hay muchas cosas que gustan más en la oscuridad, pero no todas. ¿Quieres que te lo demuestre?

Ella permaneció inmóvil mientras le bajaba el vestido y le desnudaba el pecho izquierdo.

–Jack, por el amor de...

–Estarás de acuerdo conmigo en que el amor tiene muy poco que ver en todo esto. Limítate a mirar, Tess. No, no cierres los ojos. Mira.

Tess ya tenía la respiración bastante acelerada antes de que él, de espaldas a la puerta para escudarla y mantenerla fuera de la vista en caso de que entrara alguien de improviso, empezara a pellizcarle el pezón con suavidad.

Ella sintió cómo se endurecía, vio cómo sucedía, fue testigo de lo que estaba sintiendo su propio cuerpo, y la recorrió un relampagazo de placer cuando él inclinó la cabeza y la chupó.

–Eso es. Ahora quiero que lo toques, que lo despiertes –aquellas palabras susurradas eran una orden.

–No puedo...

–Sí que puedes. En la oscuridad no tienes inhibiciones, Tess. Sabes cómo darte placer a ti misma. Hazlo mientras te miro, deja que te ayude.

Sus caricias y sus palabras, combinadas con el hecho de que su cuerpo había cobrado vida en aquellos dos últimos días, lograron despertar en ella una necesidad ardiente de sentir más, mucho más. La idea de que él la observara la excitaba, y sintió cómo se le humedecía la entrepierna.

Jack era un mago, un hechicero. Era malvado de su parte hacerle aquello, y ella era débil y egoísta y... él volvió a chuparla y succionó el pezón. Cuando la soltó al cabo de unos segundos, el aire enfrió la húmeda piel. Posó el dorso de la mano contra la parte baja de su vientre y presionó un poco, con lo que a la excitación y al nerviosismo se les sumó un profundo anhelo.

Tess le empujó para apartarle, se puso de pie y le fulminó con la mirada mientras volvía a colocarse bien el vestido. Era un hombre tan guapo, tan apuesto, tan perfecto en todos los sentidos... cuando lo miraba, le costaba creer que pudiera desearla.

Nunca había confiado del todo en la pasión que veía en sus ojos, nunca había llegado a creerse capaz de despertar esos sentimientos en él, y sus dudas se habían confirmado cuando la había abandonado. En ese momento había tenido la certeza de que lo que compartían no era real, que no era suficiente ni mucho menos.

Sí, él le había dicho que la amaba, se lo había susurrado la primera noche que habían pasado juntos y se lo había gritado enfurecido aquel primer día en el despacho de su padre, pero era innegable que se había marchado y que no había regresado, que no estarían allí en ese momento, de no ser por la desaparición de su padre.

Por eso no entendía qué era lo que Jack estaba intentando reavivar... el amor que seguramente no había existido jamás, o aquella pasión que echaba chispas y que tenía el poder de lograr que el mundo entero estallara en llamas. A lo mejor estaba intentando decirle que eso era lo único que había entre ellos, lo único que iban a llegar a tener.

Al final fue él quien rompió el largo silencio.

–Tess... Tess, lo siento. Soy un bastardo en todos los sentidos, ya no sé qué demonios está pasando en mi cabeza. Perdóname.

–No te preocupes, no eres el único culpable en todo esto. Cuando te he visto entrar, me he... en fin, da igual.

–¡Maldita sea, no da igual! En cuanto me has mirado me he dado cuenta de lo que sentías, y he intentado herirte. Quería que admitieras que me necesitas tanto como... ¡Dios mío! ¿Dónde nos equivocamos?, ¿qué nos pasó? –agachó la cabeza y se la cubrió con las manos en un gesto de desesperación.

Tess fue a tirar de la campanilla y, menos de treinta segundos después, Wadsworth y Jacques entraron al *gaope* en el saloncito.

–Wadsworth, el señor Blackthorn desea tomar en brazos a su hijo. ¿Podría traer alguien la pelota del niño?

–Por supuesto, señorita. Yo me encargo –después de bajar al niño con cuidado, Wadsworth se despidió con una reverencia y salió de la sala.

Jack alargó los brazos hacia su hijo y alzó la mirada hacia ella.

–¿A qué viene esto?

–Tal y como tú dijiste anoche, mi padre lleva una semana en Londres como mínimo, y no sabemos si hemos llegado a tiempo o si ya es demasiado tarde. Un par de horas no van a suponer ninguna diferencia. La cocina da a un jardín cerrado precioso. A Jacques le hace falta salir a tomar el aire, y a ti estar con él.

Jack tomó en brazos al niño al ponerse en pie, y le apretó contra su pecho mientras el pequeño le pasaba un brazo por el hombro en un gesto de total confianza. Eran un par de diablillos de pelo oscuro nacidos para destruir corazones femeninos.

–¿Vienes con nosotros? –le preguntó él, después de mirarla en silencio durante un largo momento.

Ella sabía que iba a echarse a llorar si intentaba articular palabra, así que se limitó a negar con la cabeza. Ver la cabecita de Jacques tan cerca de la de Jack la llenaba de una emoción abrumadora.

Él asintió, y cuando estaba a medio camino del vestíbulo se detuvo y se volvió a mirarla una última vez.

–Gracias, Tess. Gracias –le dijo con voz suave.

Ella sonrió y parpadeó para intentar contener las lágrimas mientras volvía a sentarse de nuevo. Se sentía como si acabara de cometer el primer acierto de verdad en cuatro años.

Capítulo 8

Tess se inclinó sobre el respaldo de la silla donde estaba sentado Jack y leyó lo que él acababa de escribir.

–Es demasiado obvio, no podemos insultar a mi padre.

–A riesgo de romper nuestra reciente tregua, debo admitir que me gustaría hacer mucho más que insultarle.

Llevaban más de dos horas encerrados en el despacho planeando el camino a seguir, y lo único que habían acordado de momento era incluir a Wadsworth en los planes. Jack le había visto en acción y no tenía dudas en ese sentido: el mayordomo era más que competente y, por suerte, estaba más que dispuesto a colaborar; según él, apenas había habido emoción en su vida desde la última vez que el señor Puck había estado en la ciudad, exceptuando el día en que había tenido que acabar con un murciélago que había escapado del ático. Lo había matado con lo primero que había encontrado a mano, un busto de Sófocles que tras la refriega había quedado con la nariz más chata que antes.

Jack soltó una carcajada al recordar las explicaciones del mayordomo, y Tess se sentó en el borde del escritorio de cara a él.

–¿Qué te hace tanta gracia?

–Nada, me he abstraído por un momento.

–¿Estás seguro de que tu plan va a funcionar? También hay que tener en cuenta a tus... compañeros.

Él dejó la pluma sobre la mesa y se reclinó en la silla antes de contestar.

—Sí, Will y Dickie. Funcionará si Sinjon cuenta con que se le va a seguir el rastro a la persona a la que le ha encargado que recoja la correspondencia en Cleveland Row. Tu padre ha llegado hasta aquí, dudo mucho que cometa un error tan elemental a estas alturas.

—¿Tan importante es que tus amigos fracasen? Entiendo que no quieras que haya demasiadas personas involucradas en todo esto, pero está claro que se trata de algo más.

—Eres como un perro con un hueso —comentó, con cierta admiración en la voz—. Sí, tienes razón. Los dos saben cuáles son mis órdenes.

—Se te ha ordenado que silencies a mi padre, que le mates.

—Veinte años de secretos, Tess. Veinte años tapando algunos de los errores y las indiscreciones más espectaculares de lo que era y, en gran medida, sigue siendo un gobierno corrupto. Sí, le quieren muerto, y debo admitir que no entiendo por qué permitieron que siguiera vivo cuando la guerra terminó y dejó de serles útil.

—Creen que es inofensivo —le dijo ella, esquivando su mirada—. Tras tu marcha hubo algunas misiones de menor importancia por un tiempo, pero después no recibió ni una sola en meses. Él estaba convencido de que no tardarían en considerarle un lastre, así que hace dos años le envié una carta a Liverpool para informarle de que papá había sufrido una especie de ataque y ya no podía hablar ni sujetar una pluma para escribir. También le pedí que le concediera una pensión más cuantiosa para cubrir el coste de los cuidados que necesitaba al encontrarse en un estado tan debilitado. Íbamos a vernos obligados a huir si las autoridades no me creían, pero, incluso suponiendo que sí que nos creyeran, sabíamos que siempre estaríamos bajo vigilancia; al menos, eso fue lo que me aseguró mi padre.

–No estaba enterado de nada de todo eso.

Jack se echó hacia delante en la silla de nuevo tras hacer aquella admisión, y contuvo una sonrisa al verla encogerse de hombros en un gesto puramente francés que le encandiló.

–No sé, puede que los vigilantes fueran pésimos y papá muy bueno. Si le preguntaras a cualquiera de nuestros criados o a la gente del pueblo, te dirían que el pobre y querido marqués ya no es ni la sombra de lo que era, que en estos dos últimos años apenas podía andar sin la ayuda de su bastón y deambulaba farfullando incoherencias y babeando. Tan solo es el hombre que recuerdas cuando está en su dormitorio y en su despacho, con las puertas cerradas a cal y canto.

–¿Y ha mantenido semejante farsa durante dos años?

Ella se encogió de hombros de nuevo.

–Me dijo que estaba esperando el momento adecuado, pero, a pesar de lo mucho que insistí, nunca quiso revelarme cuál era su propósito; en fin, supongo que ahora ha quedado claro que estaba esperando a que regresara el cíngaro. ¿A dónde crees que habrá ido?

–Allá donde pueda obtener una mayor recompensa, supongo. Un hombre con sus talentos puede conseguir muy buenos beneficios en varios países del continente, por no hablar de las oportunidades que ofrece el Congreso de Viena. Vender secretos y espiar tanto a amigos como a enemigos no acaba cuando la batalla se ha ganado, es entonces cuando comienza una batalla más solapada; además, piensa en la cantidad de tesoros que pueden obtenerse con facilidad mientras el mundo aún está estabilizándose. Lo interesante es que Sinjon parecía estar convencido de que el cíngaro estaba vivo y regresaría a Inglaterra.

–Mi padre se comunica por carta con varios amigos suyos que viven en el Continente; al menos, eso es lo que él dice. Quién sabe, puede que en realidad sean una especie de informadores. Recuerdo que me habló del robo de un cuadro en París y me llamó la atención que estuviera enterado de algo así... ah, y ese robo que hubo el mes pasado aquí, en Inglaterra... seguro que eso era lo que papá estaba esperando. ¿Cómo es posible que no me diera cuenta?, ahora lo veo tan claro...

Al ver que iba a culparse de nuevo a sí misma por no percatarse de lo que Sinjon le había ocultado de forma deliberada, Jack optó por desviar el tema de conversación.

—Deberíamos seguir con nuestra misiva dirigida al bueno del señor St. John.

—Sí, pero antes... ¿Has decidido desobedecer las órdenes que te han dado?, ¿por eso quieres hacerles creer a tus amigos que papá te ha eludido de nuevo?

—Sé que para ti es un esfuerzo inútil, que crees que Sinjon piensa sacrificarse para conseguir que el cíngaro salga a la luz y yo pueda eliminarle, pero sí, eso es lo que estoy haciendo. Debo conseguir que se sientan incluidos, y a la vez encargarme de excluirles. Cuando consigamos averiguar dónde va a celebrarse esa supuesta venta de objetos que tu padre está organizando, les daré a Will y a Dickie una hora incorrecta y, con un poco de suerte, lograré sacar a Sinjon de allí sano y salvo antes de que ellos lleguen.

—¿Qué pasa si alguno de los dos se da cuenta de tu estratagema?

—Debería bastarles con conseguir el cuerpo del cíngaro... y la Máscara de Isis, el bien más preciado de tu padre. Liverpool se contentará con eso. Sinjon tiene que pagar por lo que ha hecho, Tess. Tiene que pagar de alguna forma.

Ella le miró en silencio durante un largo momento, y al final asintió.

—Sí, tiene que pagar por muchas cosas —le dio una hoja en blanco y añadió—: Intentémoslo de nuevo.

Jack agarró la pluma y se preguntó cuál era el precio a pagar por el pecado de la omisión; aunque era cierto que

Will y Dickie sabían que tenía órdenes de eliminar a Sinjon y esperaban que las cumpliera, él no sabía cuáles eran las órdenes que habían recibido ellos, qué se suponía que debían hacer en caso de que le vieran desobedecer.

Dickie era un tipo transparente, pero Will Browning era harina de otro costal. Había unas palabras de la obra de *Julio César* de Shakespeare que le rondaban por la cabeza desde la muerte de Henry cada vez que veía a Will Browning: *He allí a Casio, con su figura extenuada y hambrienta.*

—Jack, no me estás escuchando.

El comentario de Tess le arrancó de su ensimismamiento.

—Perdona, estaba pensando en algo que Jacques me ha dicho antes en el jardín.

—¿De qué se trata?

—Ese es el problema, no he conseguido entenderle. Era algo sobre un... un bracito, o algo así.

Al ver la sonrisa dulce y misteriosa que le iluminó el rostro, Jack pensó para sus adentros que pintores del mundo entero llorarían de alegría si pudieran retratarla como una madona.

—Es su conejito, Emilie se lo hizo a partir de la sábana más suave que tenía. Es una monada de largas orejas, Jacques duerme abrazado a él... por eso se llama Abracito. Debes de haberle cansado bastante esta tarde, porque cuando pide su Abracito es hora de llevarle a dormir.

—No hay duda de que mi hijo es un niño listo —sonrió cuando ella le miró con expresión interrogante, y añadió—: Por querer dormir abrazado a algo suavecito.

La madona se convirtió de golpe en una severa institutriz.

—La carta, Jack. Recuerda que hay que escribirla.

—Sí, por supuesto —su sonrisa se ensanchó aún más y se puso manos a la obra—. Mi querido señor St. John, he leído con gran interés vuestro anuncio...

En esa ocasión ambos quedaron satisfechos con el resultado; después de que Tess calentara la barra roja de lacre al fuego de una vela y sellara la misiva, Jack se quitó el anillo y lo usó para grabar una «B» en la cera antes de que esta se secara.

—¿Nos dejas al descubierto después de tanto esfuerzo? Creía que íbamos a ser sutiles.

—Le debo un pequeño insulto como mínimo —le explicó él, antes de ponerse en pie—. Y ahora, si no te importa, debo ir al encuentro de mi pequeña banda de granujas una vez más para que vean con cuánto celo estoy buscando a nuestra presa.

Ella se apartó del escritorio antes de contestar.

—Sé que no tengo derecho a preguntártelo, pero ¿vas a regresar muy tarde?

—Eso depende, ¿habrá alguien suavecito a quien abrazar esperándome en la cama?

Ella hizo una mueca antes de ir hacia la puerta, y Jack se sentó de nuevo y se reclinó en la silla mientras disfrutaba viéndola alejarse. La vida no era una maravilla, aún no, pero parecía ir mejorando...

Y de repente sucedió algo que le tomó desprevenido y que empeoró las cosas aún más.

—Vaya, vaya... Mis saludos, bella dama. Creo que uno de los dos ha entrado en la residencia equivocada.

—La madre que me... ¡Puck! —Jack se levantó de golpe y salió al pasillo a la carrera para rescatar a Tess de las garras de su apuesto y encantador hermano, y le fulminó con la mirada al verle sonreír divertido—. ¿Qué demonios haces aquí?, ¡lárgate!

Tess le miró con desaprobación.

—Jack...

El recién llegado hizo un gesto tranquilizador con la mano.

—Tus continuas muestras de cariño me abruman como de costumbre, querido hermano mío. Déjame adivinar,

¿acaso he venido a la ciudad en un momento inoportuno?

—Mi carta llegó a Blackthorn, ¿no?

Puck frunció el ceño, pero ni siquiera ese gesto logró restarle belleza a su rostro.

—¿A qué carta te refieres?, ¿estás diciendo que por fin has aprendido a escribir? Beau y yo hemos tenido que tranquilizar a papá en incontables ocasiones diciéndole que no sabías empuñar una pluma, y que eras incapaz de recordar el camino de regreso a casa y por eso tardabas tanto en volver —se volvió hacia Tess y la saludó con una inclinación de cabeza—. Mi hermano jamás ha adquirido los más rudimentarios modales, así que me presentaré yo mismo. Soy...

—Robin Goodfellow Blackthorn —le interrumpió ella—. No os parecéis en nada a él ni en el físico ni en el temperamento, ¿verdad?

Jack suspiró con resignación al darse cuenta de que ella acababa de encontrar otro hueso al que aferrarse. A lo mejor optaba por permanecer callada delante de Puck, pero en cuanto estuvieran los dos a solas empezaría de nuevo con las preguntas, y él sabía que no tendría más remedio que contestar.

—Procedamos con las presentaciones, aunque los tres sabemos que están de más. Lady Thessaly Fonteneau, concededme el dudoso placer de presentaros a mi hermano pequeño, más conocido como Puck. Inclínate ante Tess, Puck. Es hija de un buen amigo mío, el marqués de Fontaine.

Su hermano obedeció haciendo una elegante reverencia; después de inclinar su rubia cabeza sobre la mano extendida de Tess, le dijo en un impecable francés cuánto le complacía haber tenido la suerte de conocerla cuando al único que esperaba encontrar era a su huraño y taciturno hermano.

Ella le respondió sonriente en francés y se alejaron tomados del brazo hacia el salón situado en la parte delantera de la mansión sin prestar la más mínima atención a Jack, que se quedó allí plantado sin saber si seguirlos o regresar al despacho enfurruñado.

Después de sopesar sus opciones, les siguió como un perrito deseoso de recibir algunas migajas de atención y maldijo para sus adentros a su hermano, que era una complicación añadida en ese momento.

Puck era un hombre apuesto, tenía ese atractivo de los que se sienten a gusto consigo mismos. Llevaba el pelo sujeto en una coleta a la altura de la nuca; su vestimenta, hecha a medida e impecable, era obra de un verdadero genio; casi siempre tenía un brillo alegre en los ojos y una sonrisa en la cara; poseía una lengua que siempre lograba encontrar las palabras adecuadas en cada ocasión; y, por si fuera poco, bajo esa fachada tan amigable y fatua construida con tanto esmero se ocultaba una mente tan aguda o incluso más que la del propio Jack.

Entró tras ellos en el salón justo cuando Tess estaba sentándose en uno de los sofás.

–¿A qué has venido, Puck? Además de para incordiarme, claro.

–Esa es mi única razón –le contestó su hermano, sonriente. Llenó una copa de vino y se la ofreció a Tess, que la aceptó sin decir palabra–. Nuestro padre le pidió a Beau que se encargara de que las primeras amonestaciones se leyeran este mismo domingo. Chelsea está planeando algo majestuoso... esa fue la palabra exacta que usó, «majestuoso»... con flores, y mi querida Regina ya está planeando el menú del banquete con el chef. ¿Te gustan las peras flambeadas? Da igual, mi esposa es feliz y eso es lo único que me importa. ¿Quieres que te diga lo que ha hecho mamá?

–Dios, ¿está en la finca? Tendría que haber hecho como el idiota de Beau y haber huido rumbo a la frontera.

–¿Qué es lo que ha hecho vuestra madre, Puck? –intervino Tess.

El hecho de que le tuteara sin más revelaba la familiaridad que se había creado entre ellos en el corto recorrido del pasillo al salón. Jack no lograba entender esa facilidad para entablar una amistad, él siempre había mantenido las distancias con todo el mundo... hasta que había conocido a Tess.

–Meterse en la cama, la idea de que sus tres hijos estén casados la ha superado. Y Beau y Chelsea van a darle su primer nieto antes de Navidad, aunque ella aún no lo sabe. Beau está indeciso, Jack. No sabe si darle la noticia o esperar a ver si se recupera o fallece, aunque huelga decir que ella no está dispuesta a exhalar su último aliento sin elegir antes el soliloquio perfecto. Cuando me marché, la dejé leyendo una copia de *Macbeth*. Me parece una elección ideal, aunque me abstuve de decírselo. En resumen, y sin resumir, te diré que Adelaide no se siente, según ella misma: «Nada complacida». Me la imagino asistiendo a la boda vestida de negro de pies a cabeza.

–Dios. ¿Qué hace en Blackthorn?, ¿no debería estar pisando las tablas de algún teatro de provincias?

No se molestó en compartir con ellos sus sospechas de que el enfurruñamiento de Adelaide no se debía a su inminente boda con Tess, sino al hecho de que él iba a ir a Blackthorn a pesar de que ella le había dejado claro años atrás que no era bienvenido allí.

Su hermano tomó un trago de vino antes de sentarse junto a Tess. Cruzó las piernas y la miró con una sonrisa cordial al decir:

–Por si no lo has deducido ya por tu cuenta, te advierto que somos unos hijos descastados. Jack más que Beau y yo, la verdad. Quizás prefieras replantearte tu matrimonio con él.

–No he accedido a casarme con él, se me informó de

que iba a hacerlo –le contestó ella, con la mirada puesta en el propio Jack.

–¡Vaya, así que mi hermanito se puso autoritario! Quiero que me contéis esa historia con todo lujo de detalles, pero, por desgracia, ahora no va a poder ser. Le envié una nota a mi sastre, y tengo que estar allí en una hora. ¿Quieres acompañarme, Jack? Te diría que quiero comprar un chaleco y me gustaría contar con tu opinión, pero nadie se creería semejante patraña. Tú solo vistes de negro, eres un aburrido –se puso de pie y se inclinó de nuevo ante Tess–. ¿Nos veremos de nuevo a la hora de la cena?

–Si Jack no te ha estrangulado para entonces, sí, será un placer –le contestó ella.

–Está claro que debo separaros –masculló Jack, aunque en el fondo le alegraba ver que se llevaban tan bien–. Anda, Puck, vámonos ya.

Agarró el sombrero y los guantes de manos de Wadsworth, que estaba listo junto a la puerta principal. Guardó silencio mientras salía junto a su hermano a la calle, y cuando estaban llegando al final de la plaza retomó de nuevo la palabra.

–Vuelve a casa, Puck.

–Podría hacerlo, pero Beau vendría de inmediato; de hecho, podría enviarle una nota para pedirle que venga. Ya estaría aquí de no ser por un problema que ha surgido en una de las granjas de Blackthorn, supongo que no hace falta que te diga el revuelo que provocó tu carta. «Leed las amonestaciones, me caso dentro de tres semanas». Por cierto, no estás a la altura de esa mujer, eso salta a la vista aunque apenas la conozco. ¿Qué es lo que sucede?

Como iban a pasar una noche como mínimo bajo el mismo techo, Jack no vio razón alguna para fingir que no le entendía.

–Tengo un hijo.

Puck se detuvo en seco y dio media vuelta con la intención de regresar a la mansión.

—¿Está aquí? ¿Un hijo suyo?, ¿tuyo? ¿Un hijo vuestro? ¡Quiero conocerle!

Jack le agarró el brazo, le hizo girar y le obligó a seguir andando.

—Está durmiendo la siesta.

—Y tú sabes eso porque estás muy pendiente de él, qué hogareño. ¿Es muy pequeño?

—Jacques tiene tres años y pico, puede que cerca de cuatro.

—¿No sabes la edad que tiene?

Eso le dolió.

—Me enteré de su existencia hace unos días.

—¿En serio?, ¿cómo sabes que es tuyo?

—Sería difícil negar mi paternidad, es igualito a mí.

—Qué lástima, pobre crío. A lo mejor encontramos a un cirujano que pueda extirparle los cuernos de diablillo.

Jack se detuvo y miró a su hermano antes de admitir con sinceridad:

—Dios, te he echado de menos. No creía que fuera posible, pero es la pura verdad. Espero que lo de tu sastre sea mentira, porque se me acaba de ocurrir algo. ¿Qué te parece si vamos a charlar a algún sitio?

—¿Que qué me parece? Tengo suficientes preguntas para mantenernos ocupados toda la tarde. ¿Tienes algún problema? Aparte del obvio de convencer a esa mujer tan increíblemente hermosa de que acceda a casarse contigo, claro.

—¿Por qué lo preguntas?

—No sé... ¿por mi infalible intuición?, ¿porque soy capaz de leer mentes? Quizás sea porque Wadsworth me ha recibido diciéndome: «Gracias a Dios que habéis venido, señor Puck, vuestro hermano pretende que me vista como uno de esos bárbaros extranjeros».

Jack sonrió al oír aquello.

—La verdad es que no le agradó demasiado la idea,

pero, por desgracia para él, es una parte fundamental de mi plan junto con todo lo demás. Tú no puedes intervenir en esta ocasión.

Puck abrió los brazos de par en par.

—¡Mírame, estoy bien! No me morí, Jack, tan solo me mojé un poco.

—Estuviste a punto de ahogarte, y no te lo perdonaré jamás.

—¿El qué?, ¿que no me ahogara del todo? —le preguntó en tono de broma, mientras entraban en una taberna.

Jack le pasó un brazo por los hombros y disfrutó de aquella sensación de camaradería.

—No, bobalicón, que hicieras que me diera cuenta del afecto que te tengo. No puedes intervenir en este asunto porque la gente que te conoce te reconocería de inmediato, pero hay una segunda razón, y esta es más egoísta: quiero que mañana te lleves a mi hijo a Blackthorn, y también a Tess.

Se sentaron el uno frente al otro en una mesa, y Puck le miró con expresión interrogante.

—¿Le has preguntado a ella lo que opina al respecto?, ¿has llegado a contárselo siquiera? Lo pregunto por mera curiosidad.

—Sí, claro, ¿acaso tengo cara de tonto? —le contestó Jack con sorna, antes de pedir dos botellas con un gesto de la mano—. Tess no querrá irse, pero ahora que te conoce es posible que permita que te lleves a Jacques a Blackthorn. Aún no confía en mí por completo, pero es lo bastante sensata como para saber que tenemos que poner a nuestro hijo a salvo de todo peligro.

Sin mediar palabra, la camarera dejó sobre la mesa dos botellas y un par de vasos no muy limpios.

—Por favor, querida mía, dos botellas más. Estamos tratando un asunto que da mucha sed —le pidió Puck, con una sonrisa cordial que consiguió ablandar a la adusta mujer. Se volvió de nuevo hacia Jack, que estaba bebiendo directamente de la botella, y le ordenó–: Empieza desde el principio, ¿qué es lo que está pasando?

Jack, un hombre que guardaba muchos secretos y al que le costaba abrirse a los demás, se limpió la boca con el dorso de la mano y empezó a contárselo todo desde el principio.

Capítulo 9

Tess estaba sentada frente al tocador, recogiéndose el pelo en una trenza con una pequeña sonrisa en la boca.

No recordaba haber pasado una velada más interesante en toda su vida. El hermano de Jack era una maravilla, había tocado el pianoforte mientras Jacques daba vueltas y más vueltas entre risas hasta caer al suelo mareado, y después había insistido en subir a su sobrino a la cama y dejarlo al cuidado de Emilie. Tras regresar a la sala de música, Puck se había sentado al pianoforte de nuevo. En esa ocasión se había puesto a interpretar canciones francesas, cantando y tocando a la vez, y la había mirado con insistencia hasta que ella había cedido y se había puesto a cantar también.

En cuanto a Jack, no cabía duda de que se le daba muy bien seguir el compás de la música con el pie.

Habían reído mucho durante la cena, los dos hermanos habían contado anécdotas sobre travesuras que habían hecho de niños hasta que la conversación había tomado un cariz más serio. Puck le había hablado de Regina, su esposa, y de un momento difícil no muy lejano en el tiempo que había vuelto a unirles a Jack y a él como hermanos y compañeros de fatigas.

En vez de retirarse y dejarles a solas con el brandy y los puros de rigor, había salido con ellos al balcón del comedor y había disfrutado de la fresca brisa que soplaba tras uno de esos súbitos chaparrones tan habituales en Londres en aquella época del año... aunque eso no era algo que ella supiera por experiencia propia, claro, ya que previamente solo había estado dos veces en la ciudad. En ambas ocasiones no había ido más allá del punto de encuentro acordado con un espía traidor al que había que sacar a la luz para poder eliminarle después con discreción. Estaba planeada una tercera visita, pero René había ido en su lugar.

Cuando miraba hacia atrás y recordaba aquellos tiempos, le costaba creer que su padre la hubiera puesto tan cerca de semejantes peligros, de semejante violencia. Pero lo que la asombraba aún más era haber tenido tantas ganas de que él la incluyera en sus planes, de que se los confiara.

Ella sería incapaz de exponer a Jacques a una vida así, jamás le pondría en peligro, pero en su momento le había parecido de lo más lógico involucrarse en todo aquello. Era lo que hacía su padre, lo que tanto René como ella iban a hacer.

Los desnaturalizados no eran ellos, sino su padre... a veces la ayudaba creer que esa era la verdad, y a veces no.

Era consciente de que se había quedado muy callada en el balcón y Puck la había mirado con extrañeza. A lo mejor esperaba que se mostrara más impactada con la historia que acababa de contarle acerca de la aventura que Jack y él habían vivido, o quizás pensaba que la había dejado sin palabras.

—Perdona, Tess —se había disculpado al fin, tras un largo silencio—. La trata de blancas no es un tema de conversación apropiado en ningún momento, pero mucho menos en compañía de una dama.

Tess sonrió al recordar su propia reacción: se había acercado a Jack, le había arrebatado el puro de la mano, había dado una profunda calada, y había soltado un fino hilo de humo azulado antes de devolvérselo. No era el primer puro que compartían.

—Esta dama, Puck, estaría encantada de retarte para saber cuál de los dos puede abrir con mayor rapidez el cerrojo de la puerta principal de esta mansión.

Él se había echado a reír y comentó:

—Sí, ya me he enterado de esa faceta tuya esta tarde. Está claro que los dos le sacamos ventaja a Jack en ese aspecto.

—Es más rápido derribar la puerta.

La respuesta de Jack les había llevado a compararle entre risas con un toro embravecido, y eso había llevado a otra anécdota de su niñez...

Se levantó de la silla, se acercó a la ventana y apoyó la frente en el frío cristal. Se preguntó si era una barbaridad plantearse, aunque solo fuera por un instante, alejarse de todo aquello junto a Jack, dejarlo todo atrás y que Sinjon y el cíngaro lidiaran solos con la extraña relación que les unía y se las arreglaran como pudieran con lo que iba a suceder, fuera lo que fuese.

Jack y ella tenían un hijo. Habían cometido juntos muchos, muchísimos errores, pero también habían creado a Jacques.

¿Cuándo iba a llegar el momento de dejar de ceder ante las retorcidas ambiciones de Sinjon? ¿Cuándo iba a llegar el momento de negarse a seguir colaborando?

Decidió que ese momento ya había llegado. Ya era hora de decirle que no a Sinjon, a Liverpool y otros de su calaña. Era hora de renunciar a esa excitación que aceleraba el corazón y añadía algo embriagador al peligro, una sensación que antes les había parecido importantísima tanto a Jack como a ella misma, pero que en ese momento parecía algo temerario, egoísta e incluso descabellado... y que, por extraño que pareciera, había dejado de ser necesario para ellos.

Tenían un hijo, había llegado el momento de parar. Aunque solo fuera por Jacques, tenían que ponerle punto y final de inmediato a aquel estilo de vida.

Permaneció inmóvil cuando oyó que la puerta se abría y Jack entraba en la habitación.

–¿Te sientes indispuesta? –le preguntó, tras acercarse y detenerse tras ella–. No dudo que Puck se haya quedado impresionado al verte fumar, pero, que yo recuerde, siempre se te revolvía el estómago cuando insistías en compartir mis puros.

–No siempre –protestó, antes de volverse hacia él. No estaba dispuesta a admitir que se había mareado un poco después de su fanfarronada en el balcón.

–Muy cierto, nunca tenías problemas cuando fumabas después de que quedáramos exhaustos en la cama; de hecho, disfrutabas haciéndolo. ¿Quieres que lo intentemos de nuevo esta noche?

Ella posó las manos sobre su pecho y alzó el rostro bajo la luz de la luna. Jack era un hombre orgulloso y ella una mujer testaruda, pero uno de los dos tenía que acabar por ceder.

–Me equivoqué, Jack. Jacques y Emilie tendrían que haber ido a Blackthorn, con tu familia. Tu hermano ha sido muy cariñoso y divertido con él, el niño le ha tomado afecto de inmediato. ¿Estaría mal que le pidiéramos que se lo llevara de aquí mañana mismo? Ya sé que acaba de llegar, pero...

–No quiero que Jacques se marche, acabo de encontrarle.

–Sí, ya lo sé. Me alegro de que le hayas conocido al fin, te lo aseguro. Yo no me he separado nunca de él y enviarle lejos también va a dolerme, pero piensa en lo que pasaría si algo sale mal, si nos descubren y el cíngaro se atreve a venir aquí o logra seguirnos. ¿Tenemos la certeza de que no pondremos en peligro la misión si estamos pensando en nuestro hijo cuando deberíamos centrarnos en eliminar a ese hombre?

Él le cubrió las manos con las suyas antes de contestar:

—Y en evitar que el idiota de tu padre lleve a cabo el quijotesco sacrificio que tú crees que tiene en mente.

Tess bajó la mirada al oír aquellas palabras, y admitió con voz suave:

—Suponía que mencionar a mi padre no iba a beneficiar a mi alegato; por muy astutas que parezcan todas sus acciones hasta el momento, yo creo que ha perdido el juicio.

—Discúlpame si no me muestro igual de impresionado con su genialidad. Su plan tiene unos agujeros por los que pasaría hasta el carruaje del rey, empezando por el hecho de que tendría que haberse dado cuenta de que Liverpool no se sentiría seguro enviándome a mí solo a eliminar a mi adorado mentor; de hecho, por lo que he visto hasta ahora, todo su plan dependía de que Liverpool fuera un necio y me encomendara a mí esta misión. Yo podría estar en Escocia en este momento, y Jacques y tú desprotegidos en el campo. ¿Has pensado en ello?

—Nosotros... mi padre siempre sabía dónde estabas —admitió ella, sin alzar la mirada.

Él le soltó las manos.

—¿Cómo?

Tess se volvió de nuevo hacia la ventana antes de contestar.

—No lo sé, ya sabes que siempre ha tenido sus propios recursos. A veces no te mencionaba en meses, y de repente me comentaba que acababas de regresar de Francia, España, o de donde fuera. La última vez que me habló de ti fue para decirme que fuiste uno de los dolientes en el funeral del barón Henry Sutton, un amigo tuyo. Siempre estuvo al tanto de tus movimientos, Jack.

—Dios... ¿cuál de los dos será?

—¿Perdona?

—Dickie o Will, tiene que ser uno de ellos. Los dos podrían tener razones para hacer algo así, Dickie siempre anda corto de dinero.

–¿Y el otro?, ¿Will Browning?

Tess sintió que se le aceleraba el corazón. Quizás fuera por el rompecabezas, por la excitación de resolverlo... o puede que su reacción se debiera al miedo de que, en esa ocasión, ni el cíngaro ni su padre fueran la presa, sino el propio Jack. La aterró la posibilidad de que su padre estuviera utilizando al cíngaro, a ella misma e incluso a Jacques con el objetivo de hacer caer a Jack en sus redes.

–No sé. Puede ser por ambición, por celos, por el desafío que supone vencerme; tratándose de Will, dudo mucho que lleguemos a saber la verdad. Ahora entiendo que siempre tuvierais problemas de dinero, Sinjon estaba pagando a cambio de información sobre mí y sobre Dios sabe quién más. La cuestión es hasta qué punto está enterado ese informador de los planes de Sinjon.

–Eso es algo que tampoco creo que lleguemos a saber jamás –le contestó ella, mientras intentaba poner orden a sus ideas y pensar con claridad, tal y como le habían enseñado–. Lo que importa es que seas consciente de que careces de amigos en este extraño asunto. Solo puedes contar conmigo.

–¿En serio? Empiezo a dudar hasta de mi propia lealtad hacia mí mismo.

–Eres el padre de mi hijo, me he acostado contigo. Si eres incapaz de creer en... –se calló de golpe al ver su perversa sonrisa–. ¡No tiene gracia! En fin, supongo que ya no cabe discusión alguna respecto a mi participación en esto hasta el final.

La sonrisa de Jack se volvió irónica.

–¿Cómo sabías que iba a sugerir que acompañaras a nuestro hijo a Blackthorn?

–No lo sabía. He sido yo quien ha dicho que quería que Jacques fuera a Blackthorn, no tú; de hecho, tú te has opuesto a la idea –le miró con ojos llenos de suspicacia–. ¡Explícate!

–Estaba siendo amable al permitir que creyeras que era idea tuya. Me ha parecido lo más caballeroso, aunque un bastardo no está habituado a la caballerosidad y supongo que por eso he fracasado de forma tan estrepitosa.

–Sí, claro.

Él avanzó un paso antes de preguntar:

–¿Vamos a discutir sobre algo en lo que estamos de acuerdo? Y deja que añada que se trata de lo único en lo que estamos de acuerdo.

Tess luchó por contener una sonrisa. Sabía que estaba siendo testaruda, pero se sentía viva cuando discutía con él.

–¿A qué hora se irán?

–Al mediodía, era cierto que Puck tenía que ir a ver a su sastre. Es un presumido, se miraría al espejo incluso antes de salir al campo de batalla –a pesar de sus palabras, lo dijo sin acritud alguna.

–Todo el mundo se cubre con algún tipo de coraza, Jack.

Él la observó con expresión interrogante antes de asentir.

–Sí, es cierto, y más aún en el caso de un bastardo. Buscamos formas de protegernos, de escudarnos. Beau siempre ha fingido una indiferencia que dista mucho de sentir. Él adora Blackthorn y es el hermano mayor, habría heredado el título de marqués en su momento... maldita sea, ¡se lo merece por derecho propio! Y en cuanto a Puck, utiliza nuestra posición social y consigue que todo el mundo le adore por su condición de bastardo.

–¿Y qué me dices de ti?, ¿con qué coraza te proteges? Blackthorn no te importa lo más mínimo y, si lo que Puck dice es cierto, no me extraña que te sientas así. Te marchaste de allí hace mucho, y no regresaste jamás –esbozó una sonrisa al añadir–: Y huelga decir que no te esfuerzas por ganarte la simpatía de nadie.

–¿En serio?, pues no parece que a ti te desagrade mi presencia.

Tess reconoció de inmediato la forma en que la miraba, así que le soltó la mano y retrocedió un paso. Le deseaba, el deseo que sentía por él siempre estaba latente, pero sabía que en ese momento estaba intentando distraerla y no iba a permitírselo.

–Jack...

Él se metió la mano en el bolsillo del chaleco y sacó dos puros.

–He traído dos, uno para cada uno.

Después de contemplar los puros en silencio por un instante, ella alzó la mirada hacia aquellos ojos oscuros y peligrosos y entonces la bajó por su cuerpo hasta llegar a la obvia erección que le alzaba la tela de los pantalones.

No, en esa ocasión no iba a permitir que la distrajera.

–Creo que no deberíamos seguir... haciendo esto. Creía que te conocía cuatro años atrás, pero ahora ya no estoy tan segura de ello. Me das una parte de ti, pero estoy convencida de que nunca te has entregado a mí por completo. Tú lo sabes todo sobre mí, pero existe un Jack al que no conozco. ¿Te parece justo?

–¿Te parece justo a ti que me ocultaras la existencia de mi hijo?

Ella alzó una mano con impaciencia.

–No, no vayas por ahí, me niego a discutir contigo. Esto no tiene nada que ver con nuestro hijo, sino contigo, con quién eres y por qué eres así. Dios sabe que me siento atraída por lo que eres, pero no te conozco. ¿Cómo es posible que pudieras traerme a esta mansión?, ¿cómo es posible que tu hermano, tu madre y tú mismo tengáis permiso para vivir en Blackthorn como si fuera lo más normal del mundo?, ¿por qué odias tanto ese lugar? Es obvio que Puck no comparte ese odio y, por lo que parece, Beau tampoco. ¿Qué diferencia hubo en tu caso? ¿Acaso se trata de lo que sospecho?, ¿por eso estás tan enfadado con el mundo?

A esas alturas, hacía mucho que los puros habían regresado al bolsillo del chaleco.

—De acuerdo, este tema ha estado latente entre nosotros desde que viste el retrato del marqués en el salón, y la cosa ha empeorado ahora que has visto a Puck... y como sé que vas a preguntármelo, sí, Beau y él se parecen mucho.

—No eres hijo del marqués, ¿verdad? —se mordió el labio mientras esperaba expectante su respuesta; al ver que le salía un tic en la mejilla, añadió con cautela—: Eres hijo de Adelaide, pero no del marqués. Beau y Puck sí que lo son, pero tú no —respiró hondo, y al soltar el aire sintió una punzada de dolor en el corazón por él—. Tú no. Jack, lo siento...

—Buenas noches, Tess —le dijo, sin inflexión alguna en la voz—. Hay muchas emociones que me gusta ver en tus hermosos ojos, pero la lástima no es una de ellas —dio media vuelta y se dirigió hacia la puerta sin más.

—¡No te atrevas, Jack Blackthorn! ¡No te atrevas a marcharte! Yo no tengo la culpa de que seas un hijo bastardo, y me da igual que lo seas. Lo que me importa es el hecho de que te importe a ti.

Él se detuvo y se masajeó la nuca con la cabeza gacha. Los dedos se le quedaron blanquecinos cuando su mano se detuvo y presionó contra los rígidos tendones. Había estado a punto de perder el control, y estaba luchando por recobrar la compostura; al cabo de un largo momento, bajó la mano y se volvió a mirarla.

—De acuerdo, tú ganas. Sinjon es el único al que le he contado esta historia, y eso fue hace años; de hecho, fue la misma noche en que le conocí. Tiene mucha habilidad a la hora de sonsacar secretos que uno cree que nunca va a revelar. Tú careces de su sutileza, pero sabes cómo llegar al fondo de una cuestión. ¿Nos sentamos?

Ella ardía en deseos de abrazarle, de apretarle contra su pecho como hacía con Jacques cuando este se caía y se hacía daño en la rodilla, pero eso destruiría toda posibilidad de llegar a averiguar lo que le atormentaba.

Fue a sentarse en una de las butacas que flanqueaban la chimenea y subió las piernas al asiento.

–¿Quieres que pida que nos traigan algo de vino?

Él se sentó también, y fijó la mirada en el fuego como si fuera un demonio buscando a los suyos.

–No, no hay vino suficiente en la bodega de esta casa para soportar esta historia. Beau y Puck son bastardos, yo lo soy por partida doble.

–Eso no es posi... perdona, creo que entiendo a lo que te refieres. Creías que el marqués era tu padre, ¿verdad? Hasta que te enteraste de que no era así. Tus hermanos lo son solo por parte de madre, ¿lo saben ellos?

–Eso creo. Bromean llamándome oveja negra, Black Jack, aunque nunca hemos hablado del tema. Ya basta de preguntas, por favor. Deja que te hable de Adelaide.

Ella se mordió el labio y asintió. Seguro que él quería contar su historia lo más rápido posible y sin interrupciones, sacarlo todo a la luz de una vez por todas. Era comprensible, así que durante la media hora siguiente guardó silencio y se limitó a dejarle hablar.

Lo que Jack le contó era mitad cuento de hadas y mitad tragedia.

El marqués de Blackthorn había conocido en su juventud a dos hermanas, Adelaide y Abigail; de las dos, la más hermosa era Abigail, la mayor. La suya era una belleza casi etérea, pero también era frágil en cuerpo y alma. El marqués había quedado cautivado por las dos, pero de la que se enamoró perdidamente a primera vista fue de la vivaz y encantadora Adelaide, y le ofreció matrimonio.

Ella le rechazó.

Aunque estaba muy enamorada del marqués, Adelaide se había consagrado hacía tiempo a la idea de llegar a ser algún día la actriz más célebre de toda Inglaterra. Ese era un sueño irrenunciable para ella, un deseo que era imposible sofocar. Se habría sentido muy desdichada en el papel de marquesa, y esa desdicha habría terminado por envenenar el amor que se profesaban el marqués y ella...

Jack sonrió al llegar a ese punto del relato, aunque no fue una sonrisa nada agradable.

Lo cierto era que Adelaide habría huido tiempo atrás de su padre y la nueva esposa de este, que se habría unido a algún grupo teatral ambulante para iniciar su carrera hacia los teatros londinenses de no ser por Abigail... la querida, bella y vulnerable Abigail. La nueva esposa de su padre quería que las dos hermanas se fueran de casa, y en más de una ocasión había amenazado con llevar a Abigail a «Algún lugar adecuado, donde esté acompañada de imbéciles como ella».

Eso era muy injusto. Abigail no era imbécil, lo que pasaba era que nunca había llegado a madurar.

Adelaide se había quedado en casa, había sacrificado su sueño con tal de proteger y cuidar a su hermana. Tenía la posibilidad de casarse con el marqués y llevar a Abigail a Blackthorn, pero eso habría supuesto renunciar a lo que tanto anhelaba conseguir. Una luz se apagaría en su interior y no volvería a encenderse jamás, pero el marqués no podía consentir que a su adorada Adelaide le sucediera eso, ¡claro que no! Estaba dispuesto a hacer cualquier cosa, lo que fuese, para lograr que ella fuera feliz, y fue entonces cuando se ideó un plan... el plan de Adelaide.

Que, por cierto, resultó ser el plan más ridículo y descabellado que Tess había oído en toda su vida.

Adelaide y su querido y encandilado Cyril se amarían por siempre jamás, pero él iba a casarse con Abigail. Adelaide tendría libertad para vivir su sueño, financiada por el propio Cyril, y Abigail estaría a salvo del manicomio.

Llegados a ese punto del relato, Tess fue incapaz de seguir callada.

—¿Y tu pa... el marqués aceptó algo así?

–Era joven, estaba desesperado por no perder a la mujer a la que amaba y, para serte sincero, yo creo que no pensaba más allá de la entrepierna. Recuerda que aún no conoces a mi madre. Admito que suena absurdo, pero es una mujer que siempre ha tenido una especie de extraño poder para lograr que los demás no solo hagan lo que ella quiere, sino que crean que la idea de hacerlo ha salido de ellos.

–No te cae bien, ¿verdad?

–La adoraba, todos la adorábamos –en su voz se reflejaba dolor, el dolor de un niño que se había convertido en un hombre decepcionado–. Entraba y salía de nuestras vidas lo bastante a menudo como para dejarnos con ganas de volver a verla. Su risa, esa fragancia floral que te envolvía cuando te abrazaba y te comía a besos, las obras teatrales que interpretábamos para Cyril, la cabaña que él le había construido en la finca... y, cuando ella no estaba allí, Blackthorn estaba a nuestra entera disposición. Crecimos siendo los hijos del dueño de la casa en todos los sentidos, solo nos faltaba el apellido. Y también estaba Abigail.

Su expresión se suavizó al hablar de su tía, que había fallecido hacía poco más de un año debido a su frágil salud. Había sido como una adorada hermana menor para los tres, siempre habían sido muy protectores con ella, y eso era algo que siempre había complacido sobremanera al marqués.

El suyo había sido un hogar extraño, eso era algo que Jack admitió sin vacilar, pero había sido el único hogar que habían conocido sus hermanos y él. Aquella vida les parecía lo más normal del mundo, para ellos no tenía nada de raro y eran felices viviendo así.

Tess pensó para sus adentros que podía entenderle mejor que nadie. René y ella también habían considerado que la vida que llevaban era algo normal, aunque no podía decirse que hubieran sido realmente felices.

–¿Qué pasó?, ¿qué fue lo que cambió? –le preguntó, al ver que parecía sumido en sus pensamientos.

Dio la impresión de que le sorprendía la pregunta.

–¿Yo? Sí, creo que es la respuesta con más sentido. Fui yo el que cambió. Empecé a crecer y fui dándome cuenta de algunas cosas, como lo diferente que era de los demás. Mi oscuridad contrastaba con su claridad, tanto en el aspecto físico como en lo referente a lo que yo sentía y pensaba. Adelaide debió de darse cuenta de lo que me pasaba y lo fomentó aún más, aunque de eso no me di cuenta hasta más tarde. Nosotros éramos sus... sus creaciones, y ella nos asignaba papeles en la interminable obra teatral que es su vida. A Beau le tocó el papel de hermano mayor, de pilar con el que uno siempre podía contar; Puck era el niño mimado, risueño y encantador; y yo era el descastado, el que no encajaba. Inquieto, insensato, conflictivo.

–El marqués tuvo que darse cuenta, ¿te trataba de forma distinta a los demás?

–No. No existe mejor hombre en el mundo entero, Tess. Ni más débil y patético. Le desprecio en muchos sentidos, y también le tengo lástima. Debió de darse cuenta por fin de lo que había hecho cuando Adelaide regresó de una de sus largas ausencias con Beau en los brazos, y tuvo que sentirse como un tonto cuando ella se presentó en casa conmigo.

–Pero Puck es menor que tú, así que debió de perdonarla.

–Como ya te he dicho, no la conoces; en cualquier caso, creo que la influencia que tenía sobre Cyril empezaba a desvanecerse con el paso del tiempo, que él había empezado a arrepentirse de muchas cosas. El día en que cumplí dieciocho años, Adelaide me entregó este anillo y me dijo que siempre me querría más que a mis hermanos, que ocupaba un lugar especial en su corazón... y entonces me confirmó lo que yo sospechaba desde hacía mucho, que Cyril no era mi padre.

–Lo que quería era que te marcharas de allí, ¿verdad? Necesitaba que lo hicieras si, tal y como afirmas, Cyril había madurado y estaba dejando de ser el necio enamorado para convertirse en el padre avergonzado por haber destruido el futuro de sus hijos. Tú eras un recuerdo constante de que ella había traicionado el amor que Cyril le tenía... «Tú eres al que quiero más de los tres, Jack, pero lárgate de aquí para que el marqués no tenga que seguir viéndote, por favor».

–Sí, mencionó eso último. ¿Cómo lo has adivinado?

–Ha sido una deducción lógica –le aseguró ella con voz suave, mientras cerraba los puños con fuerza en el regazo–. Todas las alabanzas de mi padre tenían un anzuelo oculto, y en este caso pasa lo mismo. ¿Cómo es posible que una madre le haga algo así a su hijo?

–¿Y un padre a su hija? En cualquier caso, supongo que quiso animarme contándome que mi verdadero padre era un salteador de caminos, un tipo moreno y gallardo que la había hecho sucumbir con sus encantos mientras viajaba con su grupo teatral; según ella, era maravilloso, soberbio, osado, y yo era digno hijo suyo. Le brillaban los ojos mientras me hablaba de él, pero se negó a darme su nombre.

–Doblemente cruel, pero supongo que así le pareció mucho más dramático... la bella actriz, el peligroso salteador de caminos. ¿Qué esperaba que hicieras?, ¿que salieras en busca de ese hombre de inmediato?

–Me habría resultado difícil encontrarle, ya que Adelaide me aseguró que había sido apresado y ajusticiado años atrás; según ella, había visto en mí la misma bravura, la misma sed de aventura que tenía él, y se había dado cuenta de que vivir en Blackthorn me sofocaba. No me ordenó que me fuera, pero me dijo que quedarme allí supondría una muerte lenta para mí, que también era hijo suyo y sabía que yo era un pájaro enjaulado que ansiaba volar en libertad. Me aseguró que no podía soportar seguir viéndome sufrir por un pecado que había cometido ella —sonrió al añadir—: Siguió así, mezclando elogios con culpabilidad y romanticismo, risas con lágrimas... y todo ello mientras yo aún seguía con la boca abierta y sin poder hilar un solo pensamiento coherente. Me marché a la mañana siguiente, y ya ha pasado una década desde entonces. La única vez que volví a Blackthorn lo hice a escondidas, y fue para dejar una rosa sobre el féretro de Abigail. Según mis hermanos, a Adelaide no le agradó lo más mínimo ver la flor a la mañana siguiente, ya que era una indicación de que no me había apartado por completo ni de Blackthorn ni de los que viven allí; a su entender, no me habría enterado tan pronto de la muerte de Abigail si mi aislamiento hubiera sido total.

Tess dio un respingo cuando un tronco crepitó de repente en la chimenea, y él soltó una carcajada antes de comentar:

—Sin duda ha sido mi madre en señal de protesta, pero tiene razón. Creo que ya hemos terminado.

—Aún no. ¿A dónde fuiste cuando te marchaste de Blackthorn?

—Estuve en todas partes, no tenía rumbo fijo. Estaba lleno de rabia, pero supongo que me embriagaba aquella sensación de libertad. Me gané la vida como pude, ya que no tardé en tener problemas de dinero y a eso había que sumarle mi anormal deseo de llenar la panza dos veces al día como mínimo. Ya te lo he dicho antes, Tess, lo más probable es que a estas alturas ya me hubieran ajusticiado como a mi padre si Sinjon no me hubiera encontrado.

—¿Nunca te planteaste por qué te encontró?

Ni ella misma habría sabido decir por qué, pero de repente la inquietó la idea de que su padre, solo con ver a Jack, hubiera tenido la certeza de que se trataba de alguien que encajaría en sus planes.

—Solo me quedaban un par de monedas en el bolsillo, estaba borracho y tenía al alguacil pisándome los talones.

Sinjon fue un regalo caído del cielo en ese momento y no, no me cuestioné demasiado nuestro encuentro, pero me gustaría saber a qué se debe tu pregunta.

–No sé –se levantó de la butaca y empezó a pasearse con nerviosismo por el centro del amplio dormitorio–. No te ofendas, pero al oírte hablar no da la impresión de que fueras un gran hallazgo para él. ¿Por qué habría de tomarse la molestia de ayudarte?

Él se levantó también mientras ella seguía yendo de un lado a otro, y la detuvo en cuanto la tuvo cerca.

–A lo mejor lo hizo porque en ese momento estábamos en un callejón oscuro y yo estaba apuntándole con un arma, ¿no te lo contó? Yo quería su dinero, y él hablar. Fue muy convincente.

Ella suspiró al oír aquello.

–Por el amor de Dios, Jack... ¿Estabas borracho y desesperado, y papá permitió que le tomaras desprevenido y le apuntaras con un arma? A estas alturas, después de todo lo que ha pasado, ¿de verdad te crees algo así?

Capítulo 10

Tess estaba dormida, pero Jack estaba acostado junto a ella sin poder conciliar el sueño. No podía dejar de pensar en el comentario que ella había hecho sobre el día en que había conocido a Sinjon: «¿Estabas borracho y desesperado, y papá permitió que le tomaras desprevenido y le apuntaras con un arma? A estas alturas, después de todo lo que ha pasado, ¿de verdad te crees algo así?».

¿Qué edad tenía en aquel entonces?, ¿veintitrés años? A esas alturas, llevaba cinco años valiéndose por sí mismo y las cosas no le iban demasiado bien; de hecho, en los últimos seis meses había tenido que recurrir varias veces a meter la mano en bolsillos ajenos para poder sobrevivir. Había tenido varios golpes de suerte en las mesas de juego, pero no los suficientes. La ira le había impulsado a intentar ser tan malo como su padre, pero esos intentos habían llegado a su fin cuando ya ni siquiera podía permitirse alimentar al caballo y de salteador de caminos ocasional había pasado a ser un mero ladronzuelo.

Había estado a punto de alistarse como soldado de a pie, ya que era consciente de que, si no lo hacía, no iba a tardar nada en acabar muy, pero que muy mal. Había pensado que en el ejército tendría al menos la posibilidad de morir por una buena causa, y no a manos de algún tipo enfadado por haber perdido jugando a las cartas con él.

Sinjon le había convencido de que se uniera a una empresa más digna de sus aptitudes, y él le había creído. Dios, ¿qué aptitudes? Había sido educado de acuerdo a un estatus social superior al que le pertenecía, dominaba tres idiomas y tenía un aspecto presentable. No era un inútil, pero distaba mucho de ser un tesoro que cualquiera con dos dedos de frente pudiera codiciar.

Aun así, había optado por escuchar a Sinjon, sobre todo cuando este se había ofrecido a pagarle la cena en la posada de la esquina. El padre de Tess se había mostrado comprensivo, se había comportado como una especie de sacerdote confesando a un feligrés; para cuando la luz del amanecer había entrado en el comedor privado, él le había contado a aquel francés con tanta labia la triste historia de su triste vida y estaba roncando en la mesa con la cabeza apoyada en el plato.

Se movió inquieto en la cama, avergonzado por lo patético y crédulo que había sido a los veintitrés años.

Había despertado con un dolor de cabeza de los mil demonios gracias a todo lo que había bebido, y Sinjon había ordenado que prepararan un baño para el «caballero» y le sirvieran un copioso desayuno.

–Tu compañía me ha resultado muy entretenida, pero me temo que debo partir sin demora. En el establo hay un caballo ensillado que he comprado para ti. No es ninguna maravilla, ya que en este lugar la oferta es limitada, pero te servirá –tras aquellas palabras, Sinjon había dejado una hoja de papel y una bolsita de cuero sobre la mesa–. ¿Recuerdas la oferta que te hice anoche? Me basta con que asientas con la cabeza... Bien, perfecto. Te he anotado la dirección de mi casa. Cuando estés limpio y tengas la barriga llena, está en tus manos decidir el camino que vas a tomar. Elige con sensatez.

Después de recorrer ocho kilómetros a caballo en la dirección opuesta, Jack había soltado varios improperios dirigidos al hombre que le había regalado el animal. Entonces había tirado con firmeza de las riendas, había dado media vuelta... y con ello, tal y como diría alguien como su madre, había sellado su propio destino.

Se había adaptado de inmediato a su nueva vida, y había demostrado tener una inesperada afinidad natural para la intriga. Los de Fontaine le habían hecho sentir como si estuviera en su propia casa y había sido muy grato volver a dormir en sábanas limpias, tener la barriga llena y sentirse civilizado de nuevo.

La vida le había arrebatado en gran medida la rebeldía de la juventud, pero también le había endurecido y le había convertido en un hombre al que le costaba confiar en los demás y que no necesitaba la amistad de nadie; aun así, sentía admiración por su mentor, que era un hombre realmente brillante. René había ido ganándose su aprecio, y Tess mucho más que eso.

Había disfrutado con aquella vida llena de emocionantes aventuras, disfrutaba del peligro y de la embriagadora sensación que le proporcionaban sus éxitos. Estaba haciendo algo importante, estaba sirviendo a su país en tiempos de guerra y, aunque era un bastardo y eso no iba a cambiar jamás, él no era su padre. Por fin era un hombre hecho y derecho, un hombre que tenía una razón para vivir, una dirección marcada, un propósito.

Su afecto por Tess había ido creciendo poco a poco, y entonces, contra toda razón, ella se había vuelto indispensable para él. Los dos eran puro fuego juntos.

Sinjon se había dado cuenta. Era un hombre al que no se le escapaba nada y no había duda de que estaba al tanto de lo que sucedía, pero no había hecho nada para ponerle fin a la situación. No había dicho nada al respecto, con lo que había permitido de forma tácita que el bastardo se acostara con su hija... y había sido entonces cuando se había abalanzado sobre su presa.

Había sido entonces cuando, ebrio y lloroso, le había contado a Jack su triste historia, cuando le había mostrado su colección y le había hecho su propuesta. Sinjon había sacrificado la virginidad de su hija a cambio de que él se convirtiera en su nuevo títere; un títere entrenado y creado para ayudarle a seguir ampliando de nuevo su condenada colección, un títere que se sentía obligado a hacerlo.

Con qué claridad se veían las cosas con el paso del tiempo.

No era de extrañar que Sinjon se hubiera interesado en él en cuanto le había conocido. Necesitaba a un ladrón, a alguien que reemplazara al cíngaro, pero no le servía un ladrón común y corriente. Tenía que ser alguien educado y civilizado, pero sin llegar a ser un caballero; ah, y que estuviera desesperado, por supuesto. Quería que sintiera agradecimiento hacia él y que estuviera dispuesto a colaborar, que fuera capaz de asimilar el entrenamiento que solo él podía darle. El hecho de que tuviera un atractivo físico pasable podría ser una de las razones por las que le había elegido, a lo mejor había pensado que su hija se sentiría atraída hacia él... o quizás no había sido más que una afortunada coincidencia que Sinjon había aprovechado con total frialdad. Todo en el nombre de ese condenado montón de objetos que para él tenían más valor que su propia esposa, que sus propios hijos.

—Ese malnacido...

—Jack... —Tess cambió de posición para poder verle el rostro bajo la luz del falso amanecer–. ¿Qué pasa?

Él le besó la frente.

—Nada. Estaba flagelándome por haber sido un idiota. Y no una vez, sino dos.

—Ah, bueno, si solo se trata de eso... –se acurrucó contra él de nuevo antes de añadir–: ¿Puedo ayudarte? Seguro que juntos encontramos no solo dos, sino una lista entera de razones por las que eres un idiota. Empiezo yo.

—¡Ni hablar!

La hizo rodar hasta dejarla de espaldas, y ella alzó la mano y la posó en su mejilla.

–¿Estás bien?, sé que anoche no te resultó fácil hablar de ciertas cosas.

–Afrontar la verdad nunca es fácil, y lo digo por los dos. Tendríamos que haber hablado más en aquel entonces, Tess.

–En aquel entonces no habríamos tenido tantos temas por tratar, ignorábamos lo que sabemos ahora. Tú no estabas preparado, y yo no te habría creído si me hubieras dicho algo vilipendioso sobre mi padre.

–¿Cuándo maduraste y te volviste tan sabia? Dejé atrás a una jovencita, una jovencita hermosa y testaruda, y a mi vuelta he encontrado a una mujer.

–Me dijiste que querías de regreso a esa jovencita. ¿No te acuerdas?, fue hace unos días.

–Te he dicho que soy un idiota –le recordó, antes de bajar la cabeza y empezar a mordisquearle el cuello–. Te aconsejo que olvides todo lo que te dije ese primer día.

Ella suspiró de placer al sentir que posaba la mano en uno de sus senos.

–¿Estamos empezando de cero?, ¿lo crees posible?

Él alzó la cabeza para mirarla de nuevo y vio el brillo de lágrimas en sus ojos.

–Tenemos un hijo, creo que al menos deberíamos intentarlo.

–¿Crees que esta es la forma de empezar? No sé, puede que solo sirva para confundir aún más las cosas. La pasión es algo que siempre hemos tenido, y en su momento no nos bastó con eso.

Jack cerró los ojos. Por mucho que deseara que no fuera así, sabía que ella tenía razón, que aún tenían demasiados temas pendientes como para pensar en el futuro.

A menos que Sinjon tuviera algún as guardado bajo la manga, no tardaría en estar muerto, camino del patíbulo, o lejos de Inglaterra y de Tess, y era el propio Jack quien tenía en sus manos decidir cómo iba a terminar todo aquello.

Se tumbó de espaldas y fijó la mirada en el dosel de terciopelo color verde esmeralda.

—Nuestro hijo suele despertar temprano —le dijo ella con voz atropellada, antes de echar a un lado las sábanas—. Avisaré a Beatrice, me vestiré, y subiré al cuarto del niño para desayunar con él; como recordarás, está acostumbrado a verme a primera hora de la mañana. También tengo que hablar con Emilie sobre el viaje a Blackthorn. La noticia no va a complacerla, pero lo entenderá. ¿Quieres...? ¿Quieres desayunar con Jacques y conmigo? Puedo liberarle de la prisión que supone para él su cuarto y permitir que desayune en el comedor; en cualquier caso, es conveniente que se familiarice más con Puck antes de que emprendan el via...

—Tess, ven aquí. Por favor, ven.

La tomó entre sus brazos y la besó, pero no con pasión ni deseo, sino porque quería decirle algo y esa era la única vía de comunicación real que habían usado siempre. Ella se puso rígida porque, seguramente, esperaba algo más que el casto beso que él estaba ofreciéndole, pero al cabo de un instante se derritió contra él hasta que la tomó de los hombros y la apartó con suavidad.

—No te preocupes, lo entiendo. Vamos a empezar de cero.

Ella se mordió el labio y asintió, y entonces le sorprendió al taparse mejor los pechos con el camisón como si fuera una tímida y recatada doncella, como si él no conociera su cuerpo al milímetro íntimamente.

—Anda, ve a hacer lo que has dicho. Te ruego que informes al señorito Jacques que su padre, quien nunca ha sido un esclavo del protocolo ni mucho menos, solicita su compañía en la mesa del desayuno.

Sintió una punzada de dolor en el corazón al ver la sonrisa que apareció en su rostro al oírle decir aquello.

—De acuerdo.

Ella se fue sin más dilación al vestidor y él se quedó a

solas... aunque no estaba realmente solo. Por primera vez desde que era lo bastante mayor como para mirar a su alrededor y ver cómo era el mundo en que le había tocado vivir, no se sentía solo.

Tess contuvo un suspiro mientras el lujoso carruaje de viaje adornado con el dorado emblema del marqués de Blackthorn se alejaba de las caballerizas. Era la primera vez que se separaba de Jacques, su hijo había sido la única constante de su vida en los años posteriores a la muerte de René.

Esperó junto a Jack hasta que tanto el carruaje como los dos escoltas que lo seguían a caballo desaparecieran al doblar la esquina, y entonces echó a andar hacia la casa junto a él y le preguntó:

–¿Qué estabais susurrando Puck y tú mientras yo me despedía de Jacques?, no he alcanzado a oíros.

–Perfecto, ese era el objetivo de hablar en voz baja –le contestó él, en tono de broma.

Su buen humor a lo largo de toda la mañana la tenía sorprendida, daba la impresión de que se había quitado de encima un peso que había acarreado durante mucho tiempo.

–¿Se trata de algo relacionado con Jacques? No esperas ningún tipo de problema, ¿verdad? No hemos hecho pública su partida y le hemos metido en el carruaje a escondidas, pero yo creía que era una cuestión de cautela. No estás preocupado, ¿verdad?

–No, en absoluto, aunque no he advertido a Puck de la tendencia de Jacques a usar el contenido de su estómago para expresar su opinión sobre los viajes en carruaje. ¿Crees que debería haberlo hecho?

Tess se relajó y le miró sonriente.

–Ahora ya es demasiado tarde, pero supongo que no tardará en descubrirlo por sí mismo. Pobrecillo.

-¿Quién?, ¿Puck o Jacques?

-Puck, a Jacques no parece afectarle lo más mínimo. Anda, dime de qué estabais hablando.

Entraron en el despacho, y él se dirigió hacia la silla del escritorio mientras ella se sentaba en una esquina de un enorme sofá de cuero color burdeos.

-Del marqués. Puck me ha recordado que Cyril está ansioso por hablar conmigo; mejor dicho, con los tres -agarró un abrecartas y lo sostuvo entre los dedos-. Como si pudiera olvidarme, cuando tanto Beau como Puck llevan un año presionándome para que vaya.

Ni que decir tiene que Jack había estado evitando esa reunión.

-¿Qué crees que desea decirte?

-No lo creo, lo sé. Está repartiendo entre los tres fincas de libre disposición. Beau y Puck ya han recibido una cada uno, y supongo que quiere entregarme otra a mí. Nunca acepté su condenada paga, no sé por qué cree que voy a permitir que me regale una finca.

-¿Cómo que «permitirle»? Sería un privilegio que lo hiciera, ¿no? -comentó ella, con una sonrisa que reflejaba cierta tristeza.

Él dejó el abrecartas sobre la mesa con cuidado, como si estuviera hecho de delicado cristal... o para evitar la tentación de lanzarlo contra la pared.

-No soy hijo suyo, Tess.

-Pero puede que para él sí que lo seas. Me dijiste que te criaste junto a Beau y a Puck, ¿alguna vez te trató de forma diferente a ellos?, ¿te dio a entender alguna vez que no eras bienvenido allí?

-Esa no es la cuestión -le contestó él con sequedad.

-Entonces ¿qué es lo que pasa? -guardó silencio mientras él permanecía con la mirada perdida, viendo cosas que ella no podía ver y sumido en sus propios pensamientos-. Jack... -esperó un poco más antes de intentarlo de nuevo-. ¿Jack?

Él parpadeó y se volvió a mirarla.

–Lo siento.

–Sí, ya lo sé –contuvo las ganas de acercarse a él, de hacer que apoyara la cabeza en su pecho para intentar darle algo de consuelo–. Siempre me he preguntado a dónde vas cuando te alejas de mí así, ¿a Blackthorn?

–Sí, supongo que sí –admitió, antes de ponerse en pie–. Tiempo atrás, le quise con el amor de un hijo por su padre, pero eso fue antes de que le despreciara por su debilidad, por su egoísmo y su estupidez. Puck tiene una teoría muy interesante, cree que nuestra madre convenció a Cyril de que se casara con Abigail porque así se aseguraba de que él no pudiera casarse con nadie más y ella no perdería jamás a su generoso protector. Tenía libertad para ir y venir a su antojo y satisfacer su obsesión por el teatro, pero contaba con un refugio seguro y un hombre que estaba obsesionado con ella, un hombre muy adinerado. Puede que mis hermanos y yo no fuéramos más que desagradables sorpresas, cargas temporales que interferían con sus sueños... yo el que más, supongo. Es posible que ninguno de nosotros lleguemos a saber nunca las razones que llevaron al marqués a aceptarnos en su hogar, a criarnos como caballeros, a tolerar mi presencia.

Tess respiró hondo y le preguntó algo que a ella le parecía obvio, pero que estaba claro que no se le había ocurrido a ninguno de los tres hermanos.

–¿Por qué no se lo preguntáis?

Él se detuvo y la miró.

–Sí, claro, qué sencillo, se lo preguntamos sin más. Gracias por la sugerencia, pero no. Ni hablar.

–Aunque solo seáis hermanos por parte de madre, da la impresión de que los tres tenéis algo en común: el orgullo.

–A los bastardos no se nos permite tener orgullo, pero hay algo que sí que le debemos al marqués: su orgullo. Si él quisiera que supiéramos algo, nos lo habría dicho.

Nunca dejaba de sorprenderla lo cortos de entendederas que podían llegar a ser los hombres. Se puso en pie, decidida a continuar aquella conversación cara a cara.

–¿Se te ha ocurrido pensar que eso es lo que está intentando hacer? Acabas de confesar que desea hablar con los tres a la vez, puede que tras esa petición haya algo más que la entrega de unas fincas. ¿No será que estás evitando regresar a Blackthorn? No quieres ir porque no quieres oír lo que él desea deciros, o porque tienes miedo a oírlo.

Él esbozó una sonrisa y comentó con ironía:

–Una cara bonita pero con la cabeza hueca tendría sus ventajas, de eso no hay duda –la besó en la frente antes de añadir–: Por favor, no te lo tomes a mal.

–Me lo tomo como una admisión de que estoy en lo cierto.

Se sintió aliviada al ver que ya no estaba tan tenso. Iba a conocer en breve tanto a Adelaide como al marqués y estaba intentando no formarse una idea preconcebida de ellos, pero de momento se sentía más inclinada a sentir simpatía por el marqués; a juzgar por lo que sabía de Adelaide, parecía una mujer con una forma de pensar inquietantemente parecida a la de su padre, una mujer que carecía de conciencia.

Jack le dio una palmadita juguetona en el trasero antes de pasarle el brazo por la cintura. Mientras la conducía hacia la puerta, comentó:

–Pensaré en ello. Tengo que ir a ver a Dickie y Will a fin de concretar los planes para mañana, pero regresaré en una hora más o menos.

–¿Vas a ir solo?, ¿no puedo acompañarte? –al ver que iba a negarse, insistió–: Se trata de mi padre, Jack; además, a lo mejor puedo aportar algo a la conversación si sigues decidido a embaucarles –alzó la cabeza y le miró con expresión interrogante al verle sonreír–. ¿A qué se debe esa sonrisa?, ¿no crees que pueda servirte de ayuda?

–Al contrario. Teniendo en cuenta lo que opinan de ti, puede que no sea tan mala idea.

A Tess le dio muy mala espina aquella sonrisita, y le preguntó con suspicacia:

–¿Puede saberse qué es lo que opinan de mí?

–Que eres idiota.

–¿*Qué*? ¿Por qué piensan eso?

–Supongo que porque yo he tenido la astuta idea de darles esa impresión.

Ella sopesó sus palabras por un momento.

–De acuerdo, creo que entiendo tu estratagema. ¿Debería llorar y suplicaros que seáis compasivos conmigo y traigáis de regreso a casa a mi pobre, enfermo y anciano padre?, ¿prefieres que permanezca sentada con cara de bobita, como si no tuviera ni idea de lo que sucede?

–Están enterados de lo que hay entre nosotros; al menos, eso creen.

–¿Ah, sí? –asintió a modo de agradecimiento cuando Wadsworth, que estaba esperando junto a la puerta principal, le entregó la pelliza, el sombrero y los guantes–. Eso significa que saben de la existencia de Jacques, y eso me intranquiliza. Tú mismo dijiste que uno de ellos podría estar pasándole información a papá.

–Señor, ¿podría hablar con vos un momento? –le pidió Wadsworth a Jack, al entregarle la chistera de ala abarquillada y los guantes.

–¿Deseas echarte atrás, Wadsworth?

El soldado convertido en mayordomo se puso firme y sacó pecho.

–¡En absoluto, señor! –su altivez se desvaneció y miró a Jack con expresión implorante–. Pero señor, es que... vestirme como uno de esos extranjeros...

–Es necesario para esta misión, Wadsworth –le aseguró Jack.

Tess mantuvo la cabeza gacha mientras se ponía los guantes para ocultar su sonrisa.

–Sí, señor –dijo el mayordomo, resignado, antes de inclinar la cabeza–. El señor Puck me advirtió que esa sería vuestra respuesta, se hará según vuestros deseos.

–Eres un buen hombre, Wadsworth. Por favor, encárgate de que el carruaje esté esperándonos en las caballerizas dentro de quince minutos –después de darle una palmada en el hombro al mayordomo, Jack le ofreció el brazo a Tess y le guiñó el ojo con disimulo.

Ella se sujetó la falda al bajar los escalones de mármol que conducían a la calle, y al final no pudo seguir conteniendo la risa.

–Pobre Wadsworth, ¿no podías hacerle interpretar el papel de caballero inglés?

–No. Si Sinjon planea aprovechar el anuncio del periódico para que la habitación se llene de caballeros impacientes y reine la confusión en caso de que la situación se torne violenta, quiero que sepa de inmediato que el nabab indio es mi hombre. Dudo que haya más de uno.

–Y de ahí la «B» con la que has sellado la carta –comentó ella, mientras se alejaban de la casa–. ¿Realmente crees que mi padre tiene intención de usar a gente inocente como escudo?

–La gente inocente no existe. Eso es algo que me enseñó tu padre, y seguro que a ti también.

Aunque parecía relajado, Tess sabía que estaba tomando nota mental de todas y cada una de las personas que estaban en las inmediaciones.

–Sí, es verdad –no quería echar a perder lo que de momento era una conversación animada y amistosa, pero había algo que tenía que hablar con él–. Jack, me temo que hay algo en lo que no has pensado. ¿Qué pasa si el objetivo de papá no es el cíngaro? Puede que todo esto no sea más que una estratagema suya, y en realidad seas tú su objetivo; de ser así, vestir al pobre Wadsworth de nabab solo serviría para que sepa a quién más debe eliminar.

Notó que él se tensaba por un instante, pero siguieron

andando con normalidad hacia el lugar donde iba a llevarse a cabo el encuentro con sus... no, no podían considerarse sus amigos, ya que Jack no tenía ninguno. Debido a su profesión, no podía permitirse el lujo de tener una relación demasiado estrecha con nadie.

–Es una teoría interesante, ¿cómo se te ha ocurrido? –le preguntó él con calma.

–Por Jacques. Papá le adora casi con locura y me aseguró una y otra vez que, si regresabas y descubrías su existencia, no dudarías en llevártelo. No puede rivalizar contigo en cuanto a fuerza física, pero siempre se ha creído más astuto que nadie. Ya sé que crees que no quiere a nadie, y como hija suya no puedo por menos que darte la razón, pero te aseguro que adora a Jacques.

–Si se nos ocurre una teoría más, creo que llegaremos a la media docena. De acuerdo, pensaré en ello... ah, ya hemos llegado.

Tess alzó la mirada y vio una mansión un poco más pequeña que la de los Blackthorn, pero no por ello menos impresionante.

–Muy bonita. ¿A quién pertenece?

–A Cyril. Posee una fortuna casi obscena, heredó propiedades tanto de su madre como de su padre; tras su muerte, casi todo irá a parar a manos de algún pariente lejano que seguro que se sentirá más que agradecido. Por regla general, suele alquilar esta mole durante la temporada social, pero ahora están llevando a cabo algunas remodelaciones y está vacía. Wadsworth se ha encargado de abrir la puerta, seguro que Will y Dickie están esperándonos dentro. ¿Entramos?

–Será un placer, señor mío –le contestó ella, con la mirada puesta en la imponente fachada.

Abrieron la puerta sin problemas, y al cabo de un momento estaban en un amplio vestíbulo donde todo, incluyendo la enorme araña de cristal que colgaba sobre sus cabezas, estaba cubierto con guardapolvos.

–¿Eres tú, Jack?

–Es Dickie –le susurró él, antes de contestar en voz alta–: ¿A quién esperas?, ¿a Papá Noel? ¿Will también ha llegado ya?

Un hombre alto y rubio emergió de las puertas dobles que conducían a lo que debía de ser un salón secundario, destinado a aquellos de menor categoría que no merecían una invitación para subir por la amplia escalinata hacia el salón principal.

No había duda de que Will Browning era un espécimen que llamaba la atención. Se trataba de un hombre delgado de anchos hombros y vestimenta impecable, y tenía una sonrisa que no se reflejaba en sus ojos.

–Vaya, ya veo que no has venido solo, Jack. Lady Thessaly, supongo –la saludó con una reverencia exquisita y añadió–: *Je suis enchanté, ma dame, votre domestique humble.*

–*Vous êtes trop aimable, Monsieur Browning* –le contestó ella. La reverencia que hizo a su vez indicaba que aceptaba su cumplido, pero también dejaba entrever que se sabía poseedora de un título de mayor rango, por mucho que dicho título ya no fuera más que una mera cortesía–. Vais a tener la amabilidad de ofrecerme un asiento en este extraño lugar que parece plagado de fantasmas, ¿verdad?

–Encantadora, realmente encantadora –le dijo Will a Jack, mientras los tres entraban en el saloncito.

Dickie Carstairs estaba sentado con indolencia junto a una mesita, jugando a los dados contra sí mismo, al parecer, iba perdiendo contra su mano izquierda, pero los dejó caer al verles entrar y se puso de pie para las presentaciones de rigor.

Mientras Dickie le quitaba el guardapolvo a un pequeño sofá de respaldo curvado y ayudaba a Tess a tomar asiento en él, Will y Jack se hicieron con unas sillas y esperaron a que su compañero se les acercara.

Mientras ellos tres conversaban sobre lo que había sucedido hasta el momento y repasaban una última vez los planes para la tarde siguiente, ella se limitó a permanecer sentada en silencio y a mirarles con expresión ausente. Quería que la creyeran una cabeza hueca que ni siquiera era capaz de aburrirse, así que jugueteó con los guantes, se atusó el pelo, miró embobada la pequeña araña de luces que colgaba del techo tapada por un guardapolvo, y bostezó con delicadeza no una, sino dos veces.

Y entonces, justo cuando Jack echó la silla hacia atrás para indicar que la breve reunión había llegado a su fin, preguntó con un ligero temblor en los labios:

—No van a matar a mi padre, ¿verdad? Es viejo y está enfermo, débil... padece *une faiblesse dans son cerveau*, una debilidad del cerebro.

Jack soltó un sonoro suspiro, como si ya hubiera oído muchas veces aquel argumento.

—Ya hemos hablado de esto, lady Thessaly. Nuestra única intención es encontrarle y traéroslo de vuelta, vuestro padre supone un peligro estando solo. Sabéis del gran afecto que le profeso, y del respeto que siente nuestro Gobierno por el importante servicio que ha prestado a lo largo de los años.

—Conozco vuestros argumentos. Decidme, señor Browning, ¿estáis de acuerdo con él? Digamos que tengo razones para no confiar en el señor Blackthorn.

—Sí, ya me he enterado de lo del niño... entiendo vuestras dudas, mi señora. Admito que Jack puede ser duro, por decirlo de alguna forma, pero tanto nosotros como él sabemos cuáles son nuestras órdenes. No vamos a dañar ni una sola cana de vuestro anciano padre, pero si vos lo deseáis estoy dispuesto a daros mi palabra de caballero de que no sufrirá daño alguno, y estoy seguro de que el señor Carstairs también os dará la suya. ¿Os daréis así por satisfecha?

Dickie Carstairs no dijo nada, pero se le enrojeció la punta de las orejas.

Tess se puso de pie, y los tres caballeros se vieron obligados a emularla.

—De acuerdo, supongo que debo conformarme con eso. Señor Blackthorn, os recuerdo que me prometisteis que iríamos de compras. Buenos días, caballeros.

Mientras salían de nuevo al vestíbulo, Jack les dijo a sus compañeros:

—Recordad que debéis limitaros a seguir y a observar, nada más. Mañana a las siete nos vemos aquí para que me informéis de lo sucedido.

—Eso ha sido demasiado similar a una orden, Jack —le reconvino Will—. Todos hemos aceptado el plan, las órdenes están de más.

—Mis disculpas, es que quiero que todo esto termine cuanto antes y que lady Thessaly regrese a la campiña. Nos espera una misión en Calais y estoy impaciente por llevarla a cabo.

—Otra vez hay que cruzar el canal —se lamentó Dickie—. Apenas me he recobrado de la tormenta con la que nos topamos la última vez. Que tengáis un buen día, mi señora. Ha sido un placer.

Tess hizo un mohín.

—No, no lo ha sido. Soy una carga indeseada, el señor Blackthorn me lo ha dejado muy claro; en todo caso, os agradezco vuestra mentira piadosa, señor Carstairs.

Acordaron que Dickie y Bill esperarían diez minutos antes de salir de la mansión, y, después de que este último la lisonjeara con otra tanda de vacuos cumplidos, Jack y ella salieron a la calle.

—Estoy convencida de que es Browning —le dijo, mientras iban de regreso a la mansión de los Blackthorn... mejor dicho: a la mayor de las mansiones de los Blackthorn. Le sorprendía que un hombre pudiera ser tan rico y a la vez tuviera una ingenuidad que rayaba la estupidez.

—Y tus razones para llegar a semejante conclusión son... —contestó él, antes de hacerla entrar en un callejón que quedaba entre dos edificios y que conducía a las caballerizas.

—Carstairs es un pésimo mentiroso, tanto de obra como de palabra. Papá nunca le revelaría a un hombre así información que deseara mantener en secreto, así que nuestro hombre tiene que ser Browning. Da la impresión de que Carstairs te aprecia, aunque eso es algo que le pone nervioso porque sabe que a Browning no le hace ninguna gracia. Está claro que Browning te detesta.

—Sí, no soporta que un bastardo le dé órdenes. Por cierto, felicidades por tu magistral actuación. Por poco me convences a mí de que eres una bobita, así que seguro que Will te considera una cabeza hueca.

—Gracias. ¿A dónde vamos?

—Como no podemos hacer gran cosa hasta mañana, lo más lejos posible de todo esto.

Giraron a la izquierda y vieron el pequeño carruaje de paseo esperando en las caballerizas con los caballos listos; después de ayudarla a subir al vehículo, Jack le dio las órdenes oportunas al cochero y se sentó junto a ella.

—De modo que vamos a viajar a los confines de la tierra y estaremos de vuelta antes de mañana al mediodía, ¿no?

—¿Disculpa? Ah, ya veo, se trata de una broma. Una bastante pasable, la verdad. No, Tess, no hace falta que vayamos tan lejos. Nos dirigimos a una feria que hay en Spitalsfield. No podrá compararse a la de San Bartolomé en cuanto a desenfreno, pero seguro que pasamos una tarde razonablemente entretenida... siempre y cuando me prometas que no vas a mencionar ni a Sinjon ni al cíngaro.

Ella le miró con una mezcla de sorpresa y entusiasmo, y le tomó de la mano. La desconcertó verle así, como si fuera un jovenzuelo ligeramente inseguro, porque siempre le había considerado un hombre seguro de sí mismo en todo momento.

—Si eso es lo que quieres, creo que puedo complacerte.

Capítulo 11

Jack no apartó la mirada de Tess mientras esta disfrutaba del teatro de guiñol que había en la parte trasera de un carro, ni Jacques se habría quedado tan embobado viendo la representación.

No era de extrañar que ella no hubiera estado nunca antes en una feria, seguro que Sinjon desdeñaba ese tipo de entretenimiento; en todo caso, en la hora que llevaban allí, Tess se había resarcido con creces de esa carencia de su infancia.

Se había comido un pastel de carne entre risas, chupándose los dedos, y se había acabado los dos últimos bocados inclinada hacia delante para evitar que el grasiento jugo le manchara el vestido. Él le había limpiado a base de besos las gotas que le habían quedado en la barbilla, y los dos se habían echado a reír.

Había sido muy... extraño.

Siempre habían sido muy serios, se habían centrado con dedicación en su oficio. Cuando hacían el amor era con un ardor intenso en el que solo tenían cabida el deseo y la pasión.

Era consciente de que él tenía la culpa en gran medida. Mirando atrás, se había dado cuenta de que había sido bastante rígido. Había actuado con reserva, había ocultado con celo sus secretos... y sí, también la vergüenza que sentía por ser quien era antes y después de que su madre se sincerara con él en su dieciocho cumpleaños.

Tess tenía razón. Ella le había dicho que se fuera, y él lo había hecho. Se había ido porque no estaba preparado para quedarse, para aceptar quién era en realidad y sentirse digno de algo, sobre todo del amor de Tess. Pero ya no era el mismo hombre de cuatro años atrás. En aquel entonces era un ser lleno de ira, a menudo insensato, alguien sediento de aventuras al que le embriagaban las emociones fuertes. Era un tipo joven y temerario, y estaba convencido de que luchaba por una causa superior.

Tess había sido una parte de su vida, pero no su vida entera: eso era algo que por fin había sido capaz de admitir ante sí mismo, aunque ella siempre lo había sabido.

Aquellos días, aquellos ideales, habían dejado de existir. Habían empezado a morir con la muerte de René, y habían desaparecido por completo el día del entierro de Henry Sutton. Henry no había podido dejar atrás todo aquello, no había tenido ocasión de convertir en realidad los sueños que albergaba más allá de venderle su vida a la Corona, pero él no iba a permitir que le pasara lo mismo. Se le había concedido una segunda oportunidad, y estaba decidido a aprovecharla.

Detestaba a Sinjon por meterlos a todos en medio de aquel lío tan confuso y peligroso, pero también le agradecía que, sin querer, le hubiera enseñado una última lección: que abrir el corazón no era una debilidad.

Las cortinas del teatro de guiñol se cerraron al finalizar la función, después de que los títeres se aporrearan hasta la saciedad con sus cachiporritas de madera. Tess aplaudió con entusiasmo y le dio un pequeño codazo al ver que un jovenzuelo de rostro mugriento se les acercaba, sombrero en mano, para pedir una recompensa más tangible por la representación.

—Dale dos peniques como mínimo —le pidió ella en voz baja—. La función ha estado muy bien, el único fallito ha sido cuando al títere se le han roto las cuerdas al final de todo. ¿A dónde vamos ahora?

Jack le ofreció el brazo y echó un vistazo a su alrededor, consciente de que ya habían visto casi toda la feria, pero sonrió al ver que algo se alzaba en la distancia un poco más allá de una fina hilera de árboles.

—Acompáñame, jovencita.

—Eso suena bastante ominoso —comentó, en tono de broma, mientras cruzaban el prado—. ¿Aún tienes mi silbato en el bolsillo?, no quiero perderlo.

—El silbato, el trozo de carbón pulido, el abanico de papel con una cara de vaca pintada; por cierto, ¿para qué quieres todo eso?

—La vaca tiene unos ojos preciosos y Jacques se va a reír cuando me vea abrir y cerrar el abanico, ya verás... mira, la vaca está aquí, ¡sorpresa! ¡Ahora ha desaparecido! El silbato también es para él, aunque me temo que puedo llegar a arrepentirme de dárselo. ¡Mira eso! ¿Qué es?

Alzó la cabeza y volvió a bajarla mientras observaba boquiabierta la enorme estructura que parecía una gran rueda de la que colgaban dos plataformas con asientos.

—Es un Sube y Baja, tal y como ha ilustrado con claridad tu propia reacción. Te sientas en uno de los asientos y te aferras a mí con fuerza... lo que considero un beneficio que vale cualquier precio... y esa rueda nos sube muy alto, por encima de los árboles, y vuelve a bajarnos. Tantas veces como desees. Puedes gritar de entusiasmo todo lo quieras, siempre y cuando no lo hagas junto a mi oído.

—¡Yo no grito nunca! ¡Venga, vamos, va a ser divertidísimo! —exclamó, mientras tiraba de él con impaciencia.

Se agarró a él con fuerza cuando la atracción inició el circuito de subida, pero, cuando se detuvieron arriba del todo con la plataforma colgando de dos cuerdas; cuerdas fuertes y resistentes o, al menos, eso cabía esperar, se volvió a uno y otro lado para ver bien el paisaje.

–¡Mira, allí está la catedral de San Pablo! Es aquella, ¿verdad? Estaba dibujada en un panfleto que vi una vez donde se describían los lugares más representativos de Londres, a lo mejor me equivoco –le soltó el antebrazo y señaló en otra dirección mientras se volvía casi por completo en el asiento–. Allí está el Támesis, ¿lo ves? Desde aquí no es más que un hilito, pero allí está. Y mira los campos, lo pulcros y ordenados que parecen. ¡Anda, aquello de allí es...!

–Al menos podrías fingir que estás aterrada, es lo que se espera; de hecho, es el objetivo que se persigue al subir aquí. ¿Por qué crees que los mozos se gastan los peniques que han ganado con el sudor de su frente para subir a jóvenes damiselas en este aparato? Ellas les suplican aterradas que las sujeten con fuerza, ellos las complacen encantados, un mullido seno queda bien apretadito contra el pecho de un ansioso jovenzuelo, etcétera.

Ella le miró con sorpresa fingida.

–¡Cielos, señor Blackthorn, no tenía ni idea! Qué... interesado por su parte.

Él se echó a reír.

–No tan interesado como ese tipo de ahí abajo, el que hace girar la rueda mientras intenta vislumbrar un poquito de tobillo o algo más.

–Pues los dos deberíais avergonzaros de vuestro comportamiento; en cualquier caso, ha valido la pena con tal de ver el mundo desde aquí –le contestó, con ojos que brillaban de entusiasmo–. Uno puede mirar por la ventana, pero esto es distinto. Es como si formáramos parte del cielo, como si fuéramos pájaros volando en libertad –movió las piernas y la plataforma se movió como un balancín.

–Reza para que nuestro hijo no haya heredado el delicado estómago de su padre –la sujetó con fuerza, pero con más fuerza aún se agarró a la cuerda–. ¡Deja de hacer eso!

–¡No, no me digas que estás mareándote! ¡Mira!, ¿qué es aquello de allí?

La plataforma empezó a descender, pero Jack tuvo tiempo de mirar hacia donde ella le indicaba antes de que bajaran de nuevo por debajo de las copas de los árboles.

–Podría ser una casa de fieras, ¿regresamos al carruaje y vamos a echar un vistazo?

Ella le miró como si la respuesta fuera obvia, así que pasaron la siguiente hora admirando lo que, según anunciaba desde encima de una de las jaulas un hombre de rostro regordete y levita a rayas rojas y blancas, era...

–¡La colección más magnífica de Londres de animales salvajes! ¡Verán ejemplares únicos y extraordinarios, damas y caballeros! ¡Disfruten viendo a las fieras más impresionantes y peligrosas! ¡Vengan a ver a Leo, nuestro magnífico león, y al leopardo Brutus! Por un penique, damas y caballeros, podrán admirar a Ebon, la fiera pantera negra, y escucharán la aterradora risa de la hiena. Podrán ver a una astuta civeta y al más peligroso de todos, el vil chacal. ¡Vengan a ver!, ¡vengan a maravillarse...!

–Vengan a oler –comentó Jack, mientras Tess se veía obligada a cubrirse de nuevo la nariz con el pañuelo que él le había dado minutos atrás–. Creo que nuestro amigo Leo tiene dos colmillos, y puedo contar las costillas de ese leopardo.

Ella le dio la espalda a las jaulas antes de contestar:

–Sí, la verdad es que da pena que unos seres tan hermosos estén enjaulados.

–Hay muchas formas de estar enjaulado, existen jaulas sin barrotes que son muy efectivas... Perdona, he sido yo quien ha estipulado que esta tarde no íbamos a hablar de nada remotamente serio.

–Y yo soy la que está de acuerdo en que no lo hagamos. Estoy disfrutando inmensamente, Jack. Es extraño, ¿verdad? He tenido que venir a Londres para ver lo que, según tú, es un entretenimiento habitual en pueblos y aldeas de toda Inglaterra. Me parece que he tenido una vida bastante restringida, podría decirse que René y yo estábamos poco menos que enclaustrados en casa de papá. No quiero una vida así para Jacques.

—Beau, Puck y yo casi nunca salíamos de Blackthorn, pero en estos últimos años he visto más mundo que muchos otros y muchas facetas de ese mundo, y no quiero que Jacques vea ni la mitad que yo.

—Le habría encantado el teatro de guiñol, y yo habría disfrutado viéndole la cara.

—En ese caso, algún día le llevaremos a ver uno —se detuvo en seco al oírla suspirar—. Discúlpame. Te dije que íbamos a empezar de cero, y ahora estoy hablando como si algunas cosas ya estuvieran decididas. Pero vamos a casarnos, Tess; pase lo que pase, vamos a casarnos. Mi hijo va a llevar mi apellido, aunque se trate de un apellido que en realidad no me pertenece.

Caminaron en silencio hasta que ella le preguntó:

—¿Por qué conservaste ese apellido si no...? Eh... ¿Por qué lo conservaste cuando te enteraste de que el marqués no es tu padre? En cualquier caso, Blackthorn me parece una elección extraña, porque se trata de un título.

—Eso tendrías que preguntárselo a Adelaide. Conociéndola, lo más probable es que lo eligiera por algún motivo personal o porque nadie le dijo que no podía hacerlo. Es inusual que alguien le prohíba hacer algo.

Al oírla suspirar de nuevo, se dio cuenta de que otra vez estaban incumpliendo el propósito de pasar la tarde sin hablar de temas serios.

—La Corona va a adueñarse de la finca de papá, ¿verdad? Jacques y yo no tendremos a dónde ir, ahora dependemos de ti. Está claro que no tengo elección en nada de todo esto, pero eso tú ya lo habías deducido, ¿verdad?

Mentir no era una opción, no con ella.

—No, no tienes elección, aunque estoy convencido de que Sinjon ha preparado algo por si se daba esa posibilidad... mejor dicho, esa eventualidad. Él sabe que se ha pasado de la raya con Liverpool y los de su ralea. Anoche estuve dándole vueltas al asunto, Tess. Es posible que se llevara la Máscara de Isis porque es el objeto que más le importa, además del más valioso. Si todos sus intrincados planes para conseguir su objetivo, sea cual sea, acaban fracasando, aún tendrá en su poder la máscara y podrá usarla para que los tres os vayáis a vivir al lugar del mundo que él elija. ¿Qué ocurre?, ¿por qué pones esa cara?

—¿Va a dejar atrás todo eso, la razón de la muerte de René? Porque me da igual las explicaciones que pueda darme quien sea, la verdad es que mi hermano murió protegiendo esa condenada colección.

—Recuerda que ya tuvo que dejar atrás la colección que tenía en Francia, y que eso no le impidió iniciar una nueva aquí. Es un hombre muy decidido, seguro que empezará de nuevo donde sea.

—No, ya es demasiado viejo para eso. Ha elegido entre unos cuantos años más contemplando sus tesoros ocultos antes de morir y la vida en otro lugar junto a Jacques. Ya te dije que le adora, es como si nuestro hijo se hubiera convertido en su nueva obsesión.

Aquella afirmación hizo que Jack cerrara los puños con fuerza. ¡Jacques era suyo!

Tess fijó la mirada en la distancia y añadió, pensativa:

—Pero ni siquiera papá va a vivir para siempre, y él lo sabe; de hecho, lo más probable es que no esté presente cuando Jacques alcance la mayoría de edad. Así las cosas, su siguiente paso lógico habría sido...

—Encontrar la forma de hacerme regresar, supongo —él también estaba devanándose los sesos intentando pensar como el hombre más inteligente y falto de conciencia que había conocido en toda su vida—. Lo principal para él es deshacerse del cíngaro, eso está claro, y yo soy la herramienta que ha elegido para tal fin. La cuestión es saber por qué otras razones me eligió... huelga decir que no fue para que me llevara a Jacques en cuanto le viera y le pusiera lejos de su alcance, que es lo que esperaría de mí cualquier hombre cuerdo.

—Papá está increíblemente cuerdo.

Jack la miró al oír aquellas palabras. El corazón empezó a martillearle en el pecho, y la respiración se le aceleró.

—Sí, sí que lo está, ¿no? O a lo mejor está tan loco que parece cuerdo. ¡Vamos!

La agarró del brazo y la llevó medio a rastras por el prado hasta que Tess optó por alzarse la falda y echar a correr con él.

—¿Qué pasa?, ¿se te ha ocurrido algo? ¿Se trata de Jacques? ¡Contéstame! ¿Se trata de Jacques?

Él la hizo subir al carruaje y le gritó al cochero que regresara a toda velocidad a Grosvenor Square.

—¡De inmediato! ¡Si alguien se interpone en tu camino, arróyalo! —entró en el vehículo justo cuando el cochero chasqueaba el látigo sobre la cabeza de los caballos.

—¡Dios mío, Jack, se lo ha llevado! Eso es lo que crees, ¿verdad? ¡Papá se ha llevado a Jacques!

—¿Se te ocurre una táctica mejor para lograr obtener mi cooperación? Y no solo eso, así también tiene la certeza de que voy a asegurarme de que él siga con vida porque, si él muere, no tendríamos forma de encontrar a nuestro hijo. Pero Puck no va a ponérselo fácil, ni a él ni a quienquiera que haya contratado. ¡Dios mío!, ¿he enviado a mi hermano a la muerte?

Tess permaneció inclinada hacia delante en el asiento durante todo el trayecto de regreso a Grosvenor Square, aferrada a la agarradera mientras el carruaje se abría paso entre el tráfico cada vez más denso de carros, carretas y vehículos varios, como si así pudiera lograr que las ruedas fueran más rápido.

«Jacques... Jacques... Jacques...». El nombre de su hijo resonaba en su mente con cada paso de los caballos, con cada latido del corazón.

Jack no estaba equivocado. Por mucho que ella deseara asegurarle que estaba equivocado, por mucho que deseara creer que su padre sería incapaz de hacerle algo así a ella, a su propia hija, sabía que Jack estaba en lo cierto.

Cuatro horas, ¿cómo iban a lograr alcanzarles? No sabía si su padre había optado por esperar a que el carruaje del niño se adentrara en la campiña, ni si Puck iba a oponer mucha resistencia. Aunque era un hombre agradable, le había parecido un poco frívolo y demasiado vacuo como para ser de utilidad, aunque Jack no había hecho ningún comentario al respecto. ¿Estaban a tiempo de alcanzarles?

Jack no dijo ni una sola palabra durante la eternidad que tardaron en regresar a la mansión, pero ella sabía cuáles eran sus planes: ponerse el traje de montar mientras ensillaban a los caballos y partir en busca del carruaje de Jacques. No iba a protestar cuando ella exigiera acompañarle, ningún hombre cometería semejante necedad. Era una amazona experta que sabía montar a caballo mucho mejor que la mayoría de hombres. Iba a ir con pantalones, el pelo oculto bajo el sombrero para no llamar demasiado la atención, y sin el engorro de una silla de amazona que solo serviría para restarle velocidad.

Iban a galopar juntos, y juntos se enfrentarían a lo que fuera.

—¡Vamos! —le ordenó él, cuando el carruaje llegó al fin frente a la mansión.

Bajaron del carruaje incluso antes de que las ruedas dejaran de moverse, y subieron los escalones de la entrada en un abrir y cerrar de ojos. La puerta principal se abrió en ese preciso momento, y Wadsworth se apartó a un lado para dejarles entrar.

—Llegáis justo a tiempo, señor Blackthorn. Supongo

que habéis deducido lo que sucede. El señor Puck os espera en el salón, el doctor acaba de marcharse. El señorito Jock está con él, mi señora, disfrutando de un pequeño refrigerio.

Tess se tapó la boca con las manos para sofocar los sollozos que llevaba conteniendo durante unos minutos que le habían parecido horas, y subió los escalones a la carrera con Jack pisándole los talones.

—¡Jacques! —exclamó ella, al irrumpir como una tromba en el salón—. *Mon petit! Viens à votre maman!*

El niño sonrió encantado al verles.

—*Maman!* —después de dejar a un lado un platito de dulces, bajó del sofá antes de correr hacia ella y lanzarse a sus brazos—. ¡El tío Puck y yo hemos jugado a un juego!

Tess se incorporó con el niño entre sus brazos y se volvió hacia el diván donde estaba reclinado Puck Blackthorn. Un cabestrillo negro le sujetaba el brazo derecho, la chaqueta que tenía junto a él estaba rajada y oscurecida de sangre, y tenía los pantalones de ante y la camisa manchados de sangre.

—Dios mío... —fue lo único que alcanzó a decir.

Jack se acercó a su hermano y le dijo en voz baja:

—Os han atacado.

—Qué observador eres, hermano mío —le contestó Puck con tono afable, mientras luchaba por incorporarse y bajar los pies al suelo—. Lo que me pregunto es por qué no me pusiste al corriente de la situación si sabías que iba a ocurrir esto, me parece bastante injusto de tu parte.

Jack se relajó de forma visible y, para sorpresa de Tess, incluso llegó a sonreír.

—Espero que no les hayas herido de gravedad.

—Tan solo eran cinco, ha sido pan comido. ¿Quién anda tras de ti, Jack? Me refiero a esta ocasión en particular, supongo que esto es algo casi cotidiano para alguien de tu profesión.

—El objetivo no era yo, sino Jacques.

Le indicó con un gesto que se apartara un poco para poder sentarse junto a él, agarró la destrozada chaqueta y se quedó mirándola en silencio antes de volver a dejarla a un lado. De repente parecía muy cansado.

Puck miró al niño, que seguía en los brazos de Tess, y, si de ella dependía, iba a permanecer allí durante horas, y preguntó perplejo:

—¿Querían llevarse al niño? Eso ni se me había pasado por la mente. En nombre de Dios, Jack, ¿por qué?

—Ya hablaremos de eso más tarde, cuéntame lo que ha sucedido.

—¿Estás dándome órdenes sin ofrecerme un vaso de vino antes de que empiece con el relato, hermanito? Ya he notado que las muestras de gratitud no son tu punto fuerte.

—Después me disculparé también, ¡cuéntame!

Emilie, que había permanecido desapercibida hasta el momento sentada en una esquina del salón, se acercó a hacerse cargo de Jacques. Miró a Tess con una mirada severa que dejaba claro que no admitía protestas, movió los dedos para indicarle que le entregara al niño, y se inclinó un poco hacia delante al decirle con voz queda en francés:

—El rubio ha sido muy valiente, pero debería beberse el láudano que le ha recomendado el médico. Su dolor no es ninguna nimiedad. Entregadme al niño antes de que le matéis de tanto apretujarle.

Tess obedeció a regañadientes y Emilie salió con el pequeño al pasillo, donde Wadsworth estaba haciendo guardia con una expresión en el rostro que habría hecho que más de un hombre armado soltara sus armas y saliera huyendo en busca de su propia niñera.

Cuando la puerta del salón se cerró, Tess se volvió de nuevo y vio a Jack sirviéndole un vaso de vino a Puck.

—Emilie dice que el doctor ha recomendado que a Puck se le administre láudano y se acueste.

El aludido se apresuró a arrebatarle el vaso a Jack antes de que este pudiera ponerlo fuera de su alcance, y se lo bebió en dos tragos antes de decir:

—Y Puck dice que el doctor es un majadero... perdón por mi vocabulario, Tess... y no hay duda de que el vino es la mejor medicina; además, se me ha ordenado que hable, y no puedo hacerlo si estoy arriba roncando.

—¿Qué te ha pasado en el brazo? —Jack le quitó el vaso de la mano, volvió a llenarlo, y lo apuró de un trago.

—Es un cortecito, nada más. Sangraba mucho, pero el bueno del doctor me lo ha cosido de maravilla. Ha hecho un trabajo admirable, realmente admirable. ¿No prefieres que empiece por el principio?

Jack colocó un escabel frente a su hermano y se sentó en él.

—Ya te has tomado algún que otro vaso de vino, ¿verdad? Mejor dicho, unos cuantos.

Puck sonrió y le guiñó el ojo a Tess.

—Su inteligencia es aterradora, ¿verdad? Por supuesto que he bebido, Jack. ¿Nunca te han cosido un tajo de varios centímetros en el brazo como si fuera un condenado calcetín? Vuelvo a pedirte disculpas por mi rudeza, Tess. Regina me arrancaría el intestino si me oyera hablar así, aunque, ahora que lo pienso, lo más probable es que me lo arranque de todas formas. Después de lo que pasó la última vez, le prometí que nunca volvería a hacer nada ni remotamente heroico.

—Pero lo has hecho, ¿verdad? —ella tuvo ganas de abrazarle. Estaba claro que aquel hombre tenía facetas que le habían pasado desapercibidas... o que él mantenía bien ocultas—. Te ruego que me cuentes lo que ha sucedido. Jack puede escuchar si quiere, pero no le permitiremos que haga preguntas.

Puck esbozó una sonrisa un poco torcida. Su pelo rubio había escapado de la coleta y le enmarcaba el rostro, lo que le daba un atractivo muy juvenil. La señaló meneando el dedo y se volvió a mirar a Jack.

–Me gusta esta mujer, es demasiado buena para ti. No es la primera vez que lo digo, ¿verdad? Probablemente no, porque es una obviedad.

Jack se puso de pie.

–Dejémoslo, Puck. Voy a ayudarte a subir a tu dormitorio.

–No, de eso nada. Ahora sí que quiero hablar, aunque no hay gran cosa que decir.

Frunció el ceño y dio la impresión de que encontraba un punto de inicio, porque asintió como si estuviera de acuerdo con algo que acababa de pensar y empezó con el relato.

–Veamos... No hacía ni una hora que habíamos salido de Londres. Había bastante tráfico, así que el ataque fue más sorpresivo de lo que habría sido en otras circunstancias. Qué plan tan astuto, ¿verdad? Cinco jinetes aparecieron de la nada. Uno fue a por el caballo delantero, dos a por los escoltas que nos seguían, y los otros dos se colocaron a ambos lados del carruaje empuñando pistolas y gritando. Ya sabes, todo un alarde de bravuconería para lograr que uno se eche a temblar; en cualquier caso, no alcancé a entender lo que decían, pero me dio la impresión de que querían que les abriera la portezuela con el carruaje en marcha. Sobra decir que me negué a hacerlo.

Tess estaba haciéndose una imagen mental de lo sucedido. La intención de los atacantes era que la velocidad del carruaje aminorara lo suficiente para que Puck pudiera entregarles a Jacques, y esfumarse con la misma rapidez con la que habían aparecido. Le parecía inconcebible que su padre hubiera planeado hacer algo tan peligroso con el pequeño.

–Jacques ha dicho que estabais jugando –comentó, mientras se imaginaba al pequeño dando bandazos mientras el vehículo se detenía.

–Sí, fue una simple cuestión de levantar el asiento en mi lado del carruaje antes de que los dos jinetes se colocaran a la altura de las portezuelas, y meter al niño en el espacio hueco que queda debajo. Le dije que se trataba de un juego, y entonces le pedí a Emilie que me cambiara el asiento y se sentara encima de él. Es un crío con agallas, Tess. No derramó ni una lágrima a pesar de que estaba completamente a oscuras en ese agujero.

Ella se prometió a sí misma que no iba a llorar, se negaba a hacerlo... pero no había prometido que no iba a enfurecerse.

—No voy a aburriros con los detalles. Tan solo decir que el jinete que estaba a mi lado del carruaje se impacientó y se inclinó para abrir la portezuela él mismo. El tipo intentó apuñalarme, pero, como no sabía que soy zurdo, fue a por mi lado derecho mientras yo atacaba con mi propio cuchillo con la mano izquierda, y debo añadir que yo fui mucho más efectivo que él. Emilie, que Dios la bendiga, hizo gala de su valeroso corazón francés y utilizó una de sus agujas de punto para persuadir al jinete que estaba en su lado del carruaje de que se retirara gritando de dolor. Le di un sonoro beso en plena boca por su colaboración, supongo que eso también tendré que contárselo a Regina.

Hizo una pequeña pausa para recobrar el aliento antes de seguir con el relato.

—En fin, como la portezuela ya estaba abierta, pude subir sin más al techo del carruaje... de forma no muy elegante, debo admitir... me hice con el trabuco que el cochero no había logrado alcanzar porque seguía atareado intentando que los caballos no se detuvieran, me deshice del tipo que sujetaba el arnés del caballo del carruaje y eso es todo, aquí estamos. Y sí, me encantaría subir y acostarme, si no te importa. Por cierto, Jack, me debes una chaqueta nueva, y también una camisa. Y unos pantalones también, ahora que lo pienso. Espera, creo que me limitaré a decirle a mi sastre que te envíe a ti la factura. Sí, ¡qué buena idea! —se puso de pie tras aquellas palabras, pero no pudo evitar tambalearse un poco.

Jack masculló una imprecación al ver la alarmante palidez de su rostro, y se apresuró a sujetarle para evitar que se desplomara.

—¡Wadsworth!

El mayordomo apareció de inmediato, y consiguieron llevárselo entre los dos medio caminando y medio a rastras; mientras le llevaban escalera arriba, Puck empezó a canturrear una cancioncilla francesa bastante picarona.

Tess se quedó sola en el salón con las manos entrelazadas con fuerza. Tenía los nudillos blanquecinos por el esfuerzo que había estado haciendo por contener sus sentimientos durante la última hora, la última eternidad.

Mientras subía la escalinata tras ellos con lentitud, las lágrimas empezaron a caer.

Capítulo 12

Jack apoyó la espalda y un pie en el muro de piedra del callejón, y contempló en silencio a Tess mientras se fumaba un puro. Estaba claro que era una mujer al borde... de algo. ¿Del asesinato?, ¿de cometer un disparate?, ¿del colapso?

Ella había perdido en los últimos días todo lo que creía saber sobre su padre, su propia vida, y la muerte de su hermano. El día anterior había... habían estado a punto de perder al hijo de ambos.

Apenas habían hablado desde que habían llegado a Grosvenor Square la tarde anterior y habían encontrado a Puck ebrio y ensangrentado y a Jacques con su boquita de querubín llena de dulces. Para cuando Wadsworth y él habían logrado acostar a un Puck que estaba encantado con su borrachera, ella ya había subido al dormitorio del niño, que estaba en la tercera planta, y no había bajado de allí hasta aquella mañana.

Él había llamado a la puerta para que le permitieran entrar, pero Emilie, que con tanta valentía había empuñado una aguja de punto poco antes, la había entreabierto apenas y le había hecho un gesto de negación con la cabeza antes de advertirle que se fuera.

—*Puisque que vous vous occupez d'elle, monsieur, laissez lui à ses larmes»*...

«Vos que le tenéis afecto, señor, dejadla a solas con sus lágrimas».

Él había optado por obedecer. Se había encerrado en el despacho, había agarrado la licorera del brandy, y había ido vaciándola poco a poco pero sin pausa hasta quedarse dormido en la silla a altas horas de la madrugada.

En ese momento, se limitó a observarla mientras ella iba hasta la esquina del edificio y miraba de nuevo hacia el número nueve de Cleveland Row antes de suspirar y regresar al punto que parecía haber elegido para esperar, el más alejado de él que había encontrado.

Estaba magnífica, pero él había decidido no malgastar el aliento diciéndoselo. Iba ataviada de nuevo con la ropa de René, se había recogido el pelo y lo llevaba oculto debajo de un sombrero bajo de ala ancha. Tan solo un necio la confundiría con un hombre si tenía tiempo de verla bien, pero estaba claro que no había elegido aquella vestimenta por su efectividad como disfraz, sino porque quería estar lista para echar a correr en caso de que fuera necesario.

No le había preguntado si llevaba un cuchillo guardado en la bota, porque estaba seguro de conocer la respuesta.

Ella volvió a acercarse a la esquina, no habían pasado ni treinta segundos desde la última vez.

—Dickie va a dar la señal, Tess. Es mejor que permanezcamos fuera de la vista hasta entonces.

—Ya lo sé —le espetó ella con sequedad—. Lo que no sé es por qué confías en tus dos compañeros.

—No lo hago, tengo a otro hombre apostado en el tejado de este edificio. Si la alerta de Dickie llega después de la de Jeremy, aunque solo sea con cinco segundos de diferencia, sabré cuál de los dos está trabajando para Sinjon.

Ella se encogió de hombros y regresó a la posición que se había asignado a sí misma.

—Por lo que parece, has pensado en todo.

–No, no en todo –lo dijo pensando en Jacques. Tenían que hablar del tema, y quería hacerlo lo antes posible–. Habría tenido que pasar una semana tirado en una cloaca para que se me ocurriera lo que Sinjon intentó hacer ayer.

Ella asintió y admitió con voz suave:

–No estoy segura de querer hablar con él, quizás sería mejor que no volviera a verle en toda mi vida. ¿Cómo es posible que uno odie a su propio padre? –apretó los puños con fuerza al añadir–: ¿Cómo pude vivir con alguien tan malvado sin saberlo? Y no solo eso... Dios del Cielo, Jack, yo le adoraba, ¿verdad? Sí, adoraba su supuesta brillantez, su dolor imperecedero por la muerte de mi madre. Y él me asegurará que todo lo hizo por mi propio bien, por el bien de René, por Jacques.

–Quizás esté convencido de que es así. A mí también me engañó, Tess. No podemos perder el tiempo con arrepentimientos, ni permitir que sus acciones nos confundan. Tan solo nos queda participar en su jueguecito hasta el final. Recuerda que ha tenido que cambiar sus planes gracias a Puck y a Emilie, él quería tener a Jacques a buen recaudo para conseguir nuestra cooperación. Cabe preguntarse lo que habría puesto en la nota que seguro que habría llegado a Grosvenor Square ayer por la tarde, algo así como: «El niño a cambio del cíngaro y de que se me conceda un salvoconducto para viajar a...» en fin, eso es algo que no sabremos jamás.

Ella alzó la barbilla y le miró a los ojos.

–¿El niño? Ya te dije que ama a su nieto, se pasaba horas junto a su cama viéndole dormir. Y Jacques le adora, habría ido con él a donde fuera... ¡Dios mío!

A Jack le dolía hacerle aquello, pero había tenido la noche entera para pensar y ponerse en la piel de Sinjon.

–Se dedicaba a observar a nuestro hijo, Tess. A pensar y urdir sus planes. «¿Cómo utilizo a este niño para conseguir mis objetivos?, ¿ha llegado ya el momento?, ¿tiene edad suficiente para prescindir de la niñera? No, aún no; además, aún no hay rastro del cíngaro, aún tengo tiempo. Sigo estando a salvo. Necesito que Thessaly esté convencida de mi devoción por Jacques para que no le inquiete que lo saque de la finca, para que le parezca normal que salga conmigo. ¿Y ahora?, ¿es lo bastante mayor? No, aún no, pero... ¡mira lo que pone en el periódico! Es él, ha regresado. Tengo que actuar pronto, antes de que sea demasiado tarde. Demasiado pequeño, el niño aún es demasiado pequeño. Si tuviera forma de asegurarme de que lo llevaran a Londres, seguro que allí podría hacerme con él... ¡Eso es!, ¡Jack! Tendría que haber pensado antes en ello. Jack se lo llevará a Londres cuando venga a deshacerse por mí del cíngaro...».

—Detente, ya basta —le pidió ella, mientras se secaba las lágrimas con el dorso de la mano.

—¿Acaso me equivoco?

—No, quiero que te detengas porque lo más probable es que estés en lo cierto. Un hombre capaz de fingir una enfermedad durante más de dos años no tendría problema alguno en fingir durante tres que adora a su nieto.

Él se apartó del muro y echó a andar hacia ella.

—Una cosa más: Jeremy, el hombre que está apostado en el tejado, regresó ayer tras una visita relámpago a tu casa y he hablado con él esta mañana, antes de que te levantaras. Supongo que no hace falta que te diga lo que me ha contado.

Ella tragó con dificultad y cerró los ojos por un momento antes de negar con la cabeza.

—No, no hace falta. La colección ya no está allí, ¿verdad? Mi padre se ha llevado todas esas... esas cosas que tanto adora. Se llevó la Máscara de Isis para tener lo más valioso en caso de que sus planes fallaran, pero nunca tuvo intención de renunciar a todo lo demás. No, a lo que iba a renunciar era a Jacques y a mí. Se encargó de que tú nos sacaras de la casa para que quedara desprotegida y poder llevárselo todo sin contratiempos. Tiene otro aprendiz a sus órdenes, ¿verdad?

—No lo creo —había sopesado esa posibilidad con detenimiento, pero la había desechado—. Lo que tiene ahora son esbirros. Desde ayer dos menos hay gracias a Puck, pero eso es todo lo que tiene. Sería interesante oír cómo pretendía deshacerse de ellos cuando dejaran de serle útiles, pero la verdad es que eso me trae sin cuidado. Cuatro años, Tess. Ha tenido cuatro años para planear todo esto. Que estemos tan cerca, que sepamos o hayamos deducido tantas cosas en cuestión de unos días, demuestra lo bien que nos adiestró, pero al final nosotros seremos su perdición. Tú y yo, Tess, trabajando juntos. Él nos adiestró, pero nos ha subestimado. El mayor defecto de Sinjon es que está completamente convencido de que tiene un intelecto superior.

En ese momento se oyó un silbido, y los dos miraron hacia la entrada del callejón.

—Ese es Dickie... Ah, y esa es la señal de alerta de Jeremy —Jack se sacó el reloj del bolsillo. Faltaba poco para las once y media, y la hora límite se suponía que eran las doce en punto. Se preguntó cuántos compradores potenciales iban a hacer acto de presencia—. Vamos a asomarnos.

Habían acordado que la señal de alerta se daría cuando la primera persona llegara a la casa para, en teoría, entregar una solicitud escrita para ver los objetos que estaban en venta. Dickie y Will iban a supervisar cada una de las entregas mientras Tess y él esperaban a ver lo que sucedía al mediodía.

El primer mensajero se marchó, y no tardó en aparecer otro.

—Ahí está Jeremy. Su disfraz de paje de un nabab es bastante creíble, ¿verdad? —comentó él, mientras el hombre en cuestión metía la solicitud que Tess y él habían redactado en el buzón metálico que había en la puerta principal.

—¿Los pajes de los nababs llevan turbante? —le preguntó ella, mientras Jeremy bajaba los escalones de la entrada y se alejaba de la casa.

—No tengo ni idea, me temo que mi educación no llega a tanto.

—En cualquier caso, dudo mucho que sean tan altos. ¿De verdad crees que papá está escondido cerca, vigilando?

Llegó otro mensajero, y otro más. Llevaban cuatro, pero no sabían cuántas solicitudes más habían llegado ya a lo largo del día o incluso el día anterior de parte de coleccionistas demasiado impacientes como para seguir las instrucciones de Sinjon de esperar al mediodía. Eso suponiendo que el buzón ya estuviera allí el día anterior, porque cuando Jack había ido a echar un vistazo aún no lo habían colocado.

—¿Tú lo harías en su lugar, Tess?

—No, no lo creo, sería demasiado arriesgado. Mira, ahí llega otro, aquel que está bajando del coche de alquiler. Está disfrazado, a menos que alguien sea tan necio como para enviar a su propio lacayo vestido de librea. ¿Reconoces esa vestimenta? Yo creía que lo principal en este tipo de asuntos era que tanto el comprador como el vendedor permanecieran en el anonimato. ¿Me estás oyendo? Jack... Jack, ¿pasa algo?

Él guardó silencio mientras el lacayo introducía un papel doblado en el buzón metálico, regresaba al coche de alquiler del que había bajado momentos antes, y se alejaba de allí sin más. Era un pelirrojo de una altura considerable y musculoso, llevaba el pelo sujeto en una cola con una cinta negra, y vestía una capa gris que recordaba a las que llevaban antaño los mosqueteros del rey Luis de Francia. Su sombrero de ala ancha estaba inclinado hacia delante y le ocultaba los ojos. Había tardado unos cinco segundos en completar su cometido de principio a fin antes de esfumarse.

–No, nada –prefería guardarse para sí sus sospechas. Ya era demasiado tarde para intentar seguir al desconocido, así que no tenían más remedio que seguir todos a la espera hasta el mediodía–. Es que ya tenemos media docena de solicitudes, entre ellas la nuestra y la que seguro que debe de haber traído alguien enviado por el cíngaro. Si Sinjon les envía invitaciones a todos los interesados, se nos va a complicar la tarea de averiguar quiénes son todos ellos y mantenerlos a salvo.

–No hay nadie inocente –le recordó ella, con un pesaroso suspiro.

Las campanas de las iglesias empezaron a tocar por toda la ciudad, anunciando que ya era mediodía, así que ya solo les quedaba esperar a ver lo que sucedía con el buzón. Quizás se abriera la puerta y alguien se adueñara de las solicitudes, a lo mejor tenían que esperar una, cinco horas a que pasara algo. Jack se planteó advertirle a Tess que dejara de pasear de un lado a otro para conservar energías, pero sabía que sería una pérdida de tiempo.

Antes de que el sonido de la última campanada se extinguiera por completo, un muchachito que hasta el momento había estado entreteniéndose dándoles puntapiés a los guijarros para intentar acertarle a algún viandante dio media vuelta de repente, se acercó a la puerta a la carrera, sacó las solicitudes del buzón, y corrió hacia un coche de alquiler que se detuvo frente a la casa en ese preciso momento y del que emergieron unos fuertes brazos que le agarraron para ayudarle a subir.

El vehículo se alejó sin más dilación seguido de un pequeño carro conducido por Dickie Carstairs, que iba disfrazado de granjero, y Will Browning salió de un portal cercano, subió de un salto y se sentó junto a su compañero.

–«Hay singular providencia en la caída de un gorrión. Si viene ahora, no vendrá luego; si no viene luego, vendrá ahora; si no viene ahora, vendrá algún día. La cuestión es estar preparado».

Tess miró a Jack como si pensara que había enloqueci-
do.

–¿A qué viene eso?

–Es un pequeño fragmento de *Hamlet* que nos recuerda que saber elegir el momento preciso es fundamental.
Sinjon ha sabido hacerlo de maravilla de momento, todo
le ha salido como si se tratara de una obra muy bien coreo-
grafiada –le indicó con un gesto que era hora de cruzar la
calle–. Te propongo que salgamos a escena para interpretar el pequeño papel que se nos ha asignado.

No esperaba averiguar ninguna información relevante
y tampoco esperaba que Dickie y Will lograran descubrir
algo al seguir al coche de alquiler, pero había que intentarlo. Tenían que interpretar sus respectivos papeles, hacer lo que Sinjon esperaba de ellos para que creyera que
no tenían ninguna otra opción... y, por desgracia, lo cierto
era que no la tenían.

Puck había sido una complicación inesperada para
Sinjon. No era el primero que se llevaba una sorpresa con
él, ya que su hermano era un hombre que prefería que le
vieran como a alguien encantador, pero inofensivo. Después de perder a dos de sus esbirros por culpa de Puck y
de fallar en su intento de secuestrar a Jacques, Sinjon iba
a tener que alterar sus planes, y esa podía ser la única
ventaja que tenían sobre él en ese momento.

–Venga, Tess, date prisa. Antes se te daba muy bien
–le dijo poco después, mientras la escudaba con su cuerpo
para que nadie la viera intentando forzar la cerradura de
la puerta de la casa.

–Y ahora también –le aseguró ella, mientras seguía
atareada con la cerradura–. Lo que pasa es que, por regla
general, no tengo que hacerlo con alguien atosigándome
como una vieja gruñona.

–Mis disculpas –entró tras ella en cuanto la puerta se
abrió. No era buena forzando cerraduras, era un genio–.
Supongo que se trataba de una cerradura de baja calidad.

–Sí, claro.

Cuando entraron en el pequeño y oscuro vestíbulo, Jack se colocó delante de ella para protegerla de lo que fuera y de quien fuese.

No había escalera, ya que el edificio se había construido con una entrada separada que daba a las habitaciones de la planta de arriba, así que tardaron muy poco en ver que en aquel lugar no había ni muebles ni personas. No había nada, ni siquiera un trozo de papel en...

–¡Maldita sea!

Tess se apresuró a regresar al vestíbulo al oír su exclamación.

–¿Qué pasa? ¡Oh, por el amor de...! ¿Dejó una carta clavada en la puerta?

–Con un cuchillo que sin duda pertenece a su colección, cuánta teatralidad –Jack arrancó de la puerta aquella arma antigua incrustada de joyas y se la metió en la bota–. Vámonos.

–¿No quieres leerla ya?

–Estamos vigilados, Tess. Lo estamos desde que entramos en esta casa, y lo más probable es que también lo estuviéramos cuando esperábamos en el callejón. Es hora de marcharse de aquí.

Ella asintió y esperó mientras él abría la puerta, se asomaba para echar un vistazo y revisaba las ventanas de los edificios que había al otro lado de la estrecha calle antes de salir. Mientras registraban la casa había empezado a caer una ligera llovizna.

–No sé si saludarles con la mano, aunque eso sería tentar al destino –comentó ella con ironía.

–Prefiero que finjamos estar confundidos y enfadados.

–Eso no será demasiado difícil –se llevó las manos a las caderas y alzó la mirada hacia el cielo como si estuviera pidiendo ayuda divina–. Hay alguien en un tejado, justo enfrente de nosotros. Acaba de esconderse detrás de la chimenea, qué chapucero.

–Ya te lo he dicho, no son más que esbirros. Ah, mira quién regresa ya, seguro que para informar que la persecución ha sido infructuosa. Yo esperaba que pudiéramos irnos antes de que esos dos volvieran. Quédate aquí. Date la vuelta, por favor, y mantén la cabeza gacha –se acercó al carro justo cuando Dickie Carstairs acababa de frenar–. ¿Y bien?

–Ha sido una pérdida de tiempo –le contestó Will Browning mientras se alzaba el cuello de la chaqueta para protegerse de la lluvia, que estaba arreciando–. El muchacho ha bajado a una calle de aquí sin que el coche de alquiler se parara del todo, y ha huido corriendo. No nos ha parecido necesario seguirle, hemos preferido seguir tras el vehículo.

–Es lo que cabía esperar. ¿Y después?

–Después ha habido un aluvión de coches de alquiler, salían de todas partes. Todos eran negros y seguro que han sido contratados para confundirnos, pero el bueno de Dickie me ha dejado atónito al darse cuenta de que nuestro objetivo tenía una rueda marrón, así que hemos logrado no perderlo de vista.

Jack se frotó la boca y optó por no decirles que lo de la rueda marrón no era ni un error ni un accidente. Sinjon y él habían utilizado una treta similar años atrás en Bruselas, seguro que la pintura de la dichosa rueda aún no estaba ni seca.

–Continúa, Will, no alargues esto sin necesidad. Habéis alcanzado al coche de alquiler con la rueda marrón, y dentro habéis encontrado a...

–A nadie –después de contestar, Dickie se bajó del carro con un suspiro de alivio y se frotó su dolorido trasero–. No sé cómo, pero el tipo debe de haber pasado de un vehículo a otro cuando había tantos apelotonados. Lo lamento, Jack.

–No te preocupes; en todo caso, estoy convencido de que a quien deberíais haber seguido era al muchacho. Seguro que aún tenía las solicitudes en su poder. Muy bien...

así las cosas, no hay necesidad de que nos reunamos esta noche; de hecho, no hay necesidad de hacerlo hasta que tengamos noticias de Sinjon. Os mantendré al tanto.

—¿No había nada en la casa?, ¿no has encontrado nada que indique que el marqués ha estado allí? —le preguntó Will, antes de bajar del carro.

—No, nada. Nos lleva ventaja, caballeros, pero acabaremos por atraparle. Dickie, ¿no crees que se te olvida algo?

El aludido, que ya había dado media vuelta y se disponía a marcharse, miró a su alrededor como si eso pudiera ayudarle a recordar.

—No, creo que no.

—Tienes un carro cargado de coles detrás de ti.

Tess, que seguía detrás de él, no pudo contener la risa al oírle decir aquello, pero se apresuró a taparse la boca con la mano y a fingir que tosía.

—Ah, eso. No, no es mío, podríamos decir que lo he tomado prestado. Oye, Will, ¿crees que quedará algún coche de alquiler por aquí? Me vendría bien algo de comer y una botella de vino... y también un techo —añadió, mientras se tapaba mejor con la chaqueta.

—Espera un momento, Dickie —le contestó su compañero—. Ese viejo bastardo está haciéndonos quedar por tontos, y no me hace ninguna gracia.

Dickie le dio una patada a un guijarro y susurró, procurando mover lo menos posible los labios:

—No deberías decir eso, Will.

—No te preocupes —le dijo Jack—. Le entiendo, y tiene razón. El viejo bastardo nos lleva ventaja, pero le alcanzaremos aunque solo sea cuando él quiera que lo hagamos.

—A juzgar por tus palabras, tengo la desagradable impresión de que admiras a ese tipo —comentó Will con voz suave y amenazante—. Quizás sea hora de que renuncies a llevar las riendas de esta misión.

—¿Y a quién se las entrego?, ¿a ti? ¿Es eso lo que estás sugiriendo?

La voz de Jack era igual de suave, igual de amenazante, y Dickie tuvo la prudencia de retroceder dos pasos.

—Sí, lo es. Estás demasiado involucrado en todo esto. Ah, perdón por mi falta de modales... Buenas tardes, mi señora.

Jack dio medio paso hacia él, pero se detuvo y masculló:

—De acuerdo, has dejado clara tu postura. ¿Qué es lo que propones?

Will esbozó una sonrisa amplia y casi angelical.

—Esa es la cuestión, Jack, que no se me ocurre nada. Esta misión ya se ha malogrado tanto que podríamos limitarnos a esperar a ese viejo en los muelles de Dover para decirle adiós con la mano cuando parta rumbo a quién sabe dónde, pertrechado con veinte años de secretos gubernamentales. Si es que no se ha ido ya y todo esto no es más que una retorcida venganza contra ti, urdida para mantenerte ocupado mientras él huye. ¿Se te ha ocurrido esa posibilidad?

—¿Tú qué crees?

La sonrisa se esfumó del rostro de Will.

—¡Hijo de mala madre! ¿Por eso he visto a Jeremy Hopkins merodeando a nuestro alrededor como si quisiera evitarnos? ¿Tienes a alguien vigilándonos a Dickie y a mí? ¿Por qué?, ¿qué es lo que estás dando a entender?

—Supongo que lo mismo que tú. Es obvio que alguien está trabajando para Sinjon, Will. Piensa en ello, te aseguro que yo lo hago.

Se volvió hacia Tess, y juntos se alejaron por la acera hasta tomar la primera calle lateral que encontraron.

—¿Por qué lo has hecho? —le preguntó ella con apremio, mientras se dirigían hacia el pequeño carruaje que les esperaba a dos calles de allí—. ¿Qué esperabas demostrar?, acabas de alertarles. El que trabaja para mi padre, sea cual sea de los dos, ahora ya está al tanto de tus sospechas.

Él masculló una imprecación por lo bajo.

–Sí, ya lo sé. Ha sido una estupidez, me he dejado llevar por la frustración que sentía. ¡Maldita sea! Regresemos a Grosvenor Square para ver lo que Sinjon nos cuenta en su mensaje.

Decidió que era mejor no mencionar de momento lo demás, lo del disfraz que le había visto puesto al último hombre que había depositado una solicitud en el buzón. Podría tratarse de una coincidencia, a lo mejor no significaba nada; sí, eso era lo más probable... aunque también podía significar más de lo que ni el más imaginativo cerebro podría llegar a idear sin recurrir a la ficción.

Tess estaba sentada en la alfombra frente a la chimenea de su dormitorio, cepillándose el pelo húmedo después de darse un baño. Le había ordenado a Beatrice que se retirara y regresara al cuarto de Jacques; al parecer, Emilie había abdicado de su puesto de niñera y había pasado buena parte del día ejerciendo de enfermera de Puck, que parecía disfrutar de sus cuidados. Cuando ella la había alabado por la preocupación que mostraba por él, la vieja sirvienta se había ruborizado antes de regresar al cuarto del herido.

No había duda de que los Blackthorn tenían un encanto especial, y Tess sentía curiosidad por conocer a Beau, el mayor de los tres.

La llovizna se había convertido en un aguacero antes de que llegaran al carruaje y, aunque no le hacía falta bañarse, necesitaba algo de tiempo para organizar sus ideas antes de leer con Jack la carta de su padre. La tenía ella, la había dejado encima del tocador sin abrir y con el sello de lacre intacto, pero se sentía como si aquella cosa estuviera observándola con mirada malévola y sabía que no iba a poder ignorarla durante mucho más tiempo. No se podía eludir la verdad eternamente.

Se giró al oír que llamaban a la puerta y vio entrar a Jack seguido de Wadsworth, que dejó sobre una de las mesas una bandeja de plata que contenía una tetera, tazas y un plato de pastelitos glaseados antes de despedirse con una reverencia y volver a salir.

—Es un detalle muy considerado de tu parte, Jack, pero no creo que pueda probar bocado. Ni siquiera pastel.

Él estaba... espectacular, se le veía muy apuesto ataviado con unos pantalones oscuros y una camisa blanca. Era un hombre dotado de una gran belleza física y eso era algo que no dependía de él, pero tenía algo más: parecía alguien competente, alguien que estaba al mando y en quien se podía confiar, un puerto seguro... para ella.

Se acercó a la mesa después de recogerse el pelo en un húmedo moño, pero no sin antes pararse a agarrar la temida carta de Sinjon. Sí, Sinjon, porque aquel hombre ya no era su padre; tal y como había dicho Will Browning, aquel tipo era un bastardo, pero no de nacimiento, sino por naturaleza propia.

Le ofreció la carta a Jack antes de sentarse, y los dos fingieron no darse cuenta de cuánto le temblaban las manos.

—Ten, prefiero que me la leas tú.

Cuando él tomó la carta y se sentó también, ella asumió su papel de anfitriona de forma automática y sirvió el té. A Jack le gustaba con tres terrones de azúcar, ese era un detalle del que aún se acordaba. Le gustaban las cosas dulces, al igual que a Jacques. Lo extraño era que ella le gustara también.

Él rompió el sello y abrió la carta. Cada pequeño sonido... la cera al romperse, el papel al desplegarse... resonó como un disparo en la silenciosa habitación.

—No hay saludo —comentó él, antes de mirarla por encima del borde del papel—, supongo que sabía quién iba a encontrarla y a leerla. De acuerdo, vamos allá. Me desagrada pensar que está sentado en algún lugar de su telaraña, frotándose las manos encantado al imaginarse nuestra frustración.

Ella permaneció con las manos en su regazo, estrujando la suave servilleta de lino, mientras la mente de Sinjon Fonteneau, marqués de Fontaine, se abría ante ellos... no por completo, por supuesto. No se trataba de la confesión totalmente sincera de alguien que estaba en su lecho de muerte. Sinjon iba a seguir con sus enrevesados juegos hasta el final, y entonces intentaría convencer a San Pedro de que le abriera las puertas del Cielo en vez de enviarlo a las profundidades del Infierno.

Mis felicitaciones por haber llegado tan lejos, aunque resulta triste darse cuenta de que has resultado ser una mediocre imitación del verdadero maestro. Esperaba algo mejor, un mayor desafío. Ni siquiera puedes vanagloriarte de tu único y nimio triunfo, ya que enviaste al niño de viaje sin sospechar nada. La suerte no es un mérito, no es más que suerte, y no dura para siempre. Ni la buena ni la mala.

Puedes preguntarle al cíngaro lo que opina al respecto, para que te hable de los años que ha pasado encarcelado en una incómoda prisión de España por gentileza mía, y de cómo logró huir de allí recientemente gracias a la estupidez de las autoridades españolas. Con un poco de suerte, él habría acabado muriendo allí, pero así es la vida. La suerte no es constante, y el hombre inteligente se prepara.

Contigo, Jack, me preparé a conciencia. Te encontré porque deseaba hacerlo. Tú viniste conmigo porque no tenías a dónde ir, porque algún día ibas a acabar en el patíbulo, y ahora vas a retribuirme mi generosidad. Eres el hombre que eres gracias a mí.

El cíngaro es un hombre de muchas caras que en este momento tiene un único objetivo: mi destrucción. Ha tenido largos años para pensar dónde cometió el primer paso en falso que condujo a su arresto en España, y no me cabe duda de que ha llegado a la conclusión de que yo hice un pacto con el diablo. Después de la muerte de René, acordamos que él dejaría mi Colección en mis manos hasta mi muerte y que yo, por mi parte, dejaría de perseguirle y le pasaría información que les serviría de utilidad a sus lucrativos contactos dentro del jactancioso régimen de Bonaparte. Fue un acuerdo de lo más cortés, un arreglo muy civilizado tras nuestro pequeño desacuerdo. Él y yo estábamos a la par, éramos iguales en cuerpo y mente; al menos, eso era lo que él creía. Sí, me creyó cuando le aseguré que la Colección llegaría a ser suya algún día.

Pero tú sabes tan bien como yo que las guerras terminan, los emperadores caen, y el alumno contemplará con codicia las pertenencias de su mentor. Nuestro amigo el cíngaro no supo darse cuenta de que eso era algo inevitable, los hombres estúpidos suelen negar lo obvio.

Regresé junto a mi Colección mientras él, armado con una información supuestamente vital por la que creía que Bonaparte iba a pagarle una fuerte suma de dinero, zarpaba rumbo a España.

¿Lo entiendes ahora? Dada mi generosidad, pensé que deberías estar al tanto de la situación. El cíngaro ha vuelto y está enfadado, pero es un necio que no ataca de inmediato y planea aterrarme primero para hacerme sufrir por los años que ha pasado encarcelado en España. Es el defecto de los teatreros, Jack. Una cobra ataca sin más, no se sienta y balancea la cabeza de un lado a otro para intentar dar miedo.

Pero quiero que pienses, Jack. Piensa tal y como debe de estar haciéndolo el cíngaro. Cuatro años son mucho tiempo. ¿Dónde estará la Colección de Sinjon?, ¿seguirá estando en su casa, oculta en estancias secretas? ¿Se la habrá llevado de allí? Él me necesita vivo, Jack. Yo insisto en que él debe morir.

Anunció su regreso con ese robo tan chapucero en Londres, nunca me ha gustado su vena melodramática. Mi respuesta ha sido aceptar el desafío creando al señor St. John, y la guerra está declarada. Resulta excitante por un tiempo después de tantos años de aburrimiento y desidia, de fingir una enfermedad y afecto, pero ¿qué tiene de emocionante engañar a unos tontos?

De modo que ahora doy por finalizada esta comedia y desaparezco, vuelvo a empezar sin el cíngaro, sin Liverpool y los de su ralea, sin molestas cargas. Hace mucho que planeé mi partida de esta húmeda isla, siempre hay nuevos comienzos para aquellos con la inteligencia necesaria para conseguirlos.

¿Por qué no me fui antes?, ¿por qué no me fui con mi Colección a algún refugio seguro? No me cabe duda de que eso es lo que estás preguntándote, aunque ya sabes la respuesta. El marqués de Fontaine no huye, él se marcha triunfal cuando lo considera oportuno.

Ha llegado el momento de hacerlo.

El cíngaro muere, vas a matarlo tú y me concederás la satisfacción de hacerlo con el cuchillo que he dejado hoy a tu cargo. Él lo reconocerá mientras exhala su último aliento, al verlo hundido hasta la empuñadura en su propio pecho... Cielos, qué poético estoy volviéndome con la edad. Por ese gran favor que vas a hacerle a tu mentor, te concedo lo que tú crees que ya es tuyo y mucho más, algo que no tienes forma de averiguar por tu cuenta. Pero, para que lo averigües, el cíngaro debe morir y yo debo vivir.

Dentro de dos días, a las diez de la noche, en el único sitio donde a un necio jamás se le ocurriría buscarme. Prepárate bien, tal y como he hecho yo, y procura ser más competente que hasta el momento. Ataca desde las sombras cuando yo diga: «Me resultáis conocido, caballero». Fácil, ¿verdad? Después de todo esto, un final sencillo.

*Que tu ataque sea certero,
Sinjon.
Una cosa más, ya que esta noche me siento generoso.
En una ocasión me preguntaste cuáles fueron las últimas
palabras que me dijo René antes de morir. Me maldijo,
Jack, tal y como tú debes de estar haciéndolo en este mo-
mento. Qué irónico. Fue un hombre de verdad por una
vez en su vida, justo antes de morir.*

Jack dejó la carta sobre la mesa y la alejó con un ligero empujón como si su mera presencia le ofendiera.

–Necio, ignorante, incompetente, mediocre. Todos somos inferiores, ¿no? Todos menos él. El gran Sinjon, superior a todos los demás.

Tess se secó los ojos con la servilleta a toda prisa, la
mortificaba no poder contener las lágrimas.

–«El niño», ni siquiera ha sido capaz de molestarse en
llamar a Jacques por su nombre. Y yo no soy más que una
molesta carga, además de una necia. Qué necia he sido...

–Pero ya no lo eres, ya no –él agarró de nuevo la carta
y añadió con brusquedad–: De acuerdo, vamos a analizar
esto. Creo que podemos pasar por alto su cumplido envenenado.

–Sí, siempre hay un anzuelo al final... eres bueno, pero
no tanto como el gran maestro –tomó un sorbo de té
mientras luchaba por controlarse. Iba a mantener la calma, no iba a dejarse arrastrar por las emociones. Tenía
que llevar a cabo un trabajo y había sido entrenada para
concentrarse en su tarea sin distracciones–. Después de
semejante cumplido, supongo que lo que se espera de nosotros es que alabemos la genialidad de Sinjon, que fue
capaz de engañar al cíngaro y enviarle a España. Aunque
debemos obviar el hecho de que su plan solo funcionó a
medias, ya que el cíngaro no murió.

–Exacto. La suerte, tanto la buena como la mala, termina por acabarse, y él siempre está preparado tanto para

la una como para la otra. Sí, Sinjon tergiversa la realidad y convierte sus derrotas en triunfos; en cualquier caso, el cíngaro regresa y anuncia su presencia en Londres al dejar su tarjeta de visita en el lugar donde comete un robo. Lo hace para retar a Sinjon.

–Porque no puede asesinarle sin más, desconoce la ubicación de las salas secretas. A lo mejor sí que sabe dónde están, pero el problema es que Sinjon puede haber llevado la colección a otro escondrijo. Está provocándole para poder capturarle con mayor facilidad y conseguir que le confiese dónde está todo. Yo creo que la forma más eficaz de lograr su propósito habría sido ir a casa de Sinjon y ponerle una pistola en la cabeza, ¿de qué sirven todos estos jueguecitos?

–No olvides que el cíngaro es teatrero, incluso melodramático. Eso es algo que deberíamos tener en cuenta ahora que nos enfrentamos a él. ¿Qué más sabemos de él? Ah, aquí está... «El cíngaro es un hombre de muchas caras». De acuerdo, ya sabemos que es probable que lleve algún disfraz. Eso era de esperar –Jack siguió repasando la carta y, al cabo de unos segundos, comentó–: Esto podría ser importante: «Hace mucho que planeé mi partida de esta húmeda isla». ¿Desde cuándo lo planea, Tess? ¿Cuánto tiempo lleva planeando su triunfal retirada? Yo creo que años, puede que ya estuviera urdiéndolo todo años antes de su disputa con el cíngaro.

Ella asintió de nuevo. Habría preferido que él se callara por un momento, porque había una idea que le rondaba por la mente pero que no podía acabar de concretar.

–¿Qué es lo que dice de ti?

–¿Aparte de que soy un instrumento suyo que él adiestró? Dice que va a recompensarme. «Por ese gran favor que vas a hacerle a tu mentor, te concedo lo que tú crees que ya es tuyo y mucho más, algo que no tienes forma de averiguar por tu cuenta». Tan críptico como siempre.

–No, espera... –le dijo ella, mientras la elusiva idea iba

cobrando forma en su mente–. La primera parte se refiere a Jacques y a mí, es una amenaza.

Él contempló ceñudo la carta y masculló:

–Maldita sea, tienes razón. Debe de creer que puede volverte en mi contra de nuevo –la miró con ojos penetrantes–. ¿Es eso cierto?, ¿puede hacerlo?

Ella dio un puñetazo en la mesa que hizo que las tazas se tambalearan, y exclamó con indignación:

–¡Intentó secuestrar a mi hijo! Por mucho que intente tergiversar las cosas para que parezca que era algo plausible o incluso necesario, jamás podré perdonárselo. ¡Jamás! –respiró hondo mientras luchaba por calmar su desbocado corazón–. Jack, él no lo entiende porque nunca nos quiso ni a René ni a mí, porque nunca ha querido a nadie. Solo siente adoración por un puñado de objetos y por su retorcida genialidad. Lo que hagamos tú y yo es decisión nuestra. Sinjon ya no me importa ni lo más mínimo, no tiene poder alguno sobre mí.

–De acuerdo. La decisión es nuestra, y está claro que aún no está tomada.

–Jack...

–No, ahora no. Si estuviéramos tratando cualquier otro tema, aprovecharía la oportunidad, pero no puedo hacerte eso. No, ni siquiera por Jacques.

–No es que... –se calló al verle esbozar una sonrisa llena de amargura que hizo que se le encogiera el corazón.

–¿Me odies? No, Tess, no creo que me odies. Lo que creo es que no sabes lo que sientes. Acabemos de revisar la carta y llevemos a Jacques a Blackthorn; después de eso, que pase lo que tenga que pasar.

Ella esbozó una sonrisa.

–Eres un hombre condenadamente arrogante, Jack Blackthorn.

–Sí, ya lo sé. Sinjon lo consideraría un defecto... en todos menos en sí mismo, claro; en fin, será mejor que retomemos el asunto que tenemos entre manos. Pasemos al lugar del encuentro, donde se supone que debo asesinar al enemigo de mi enemigo.

–Espera, aún no. Había algo más, algo así como que Sinjon podía contarte algo que tú no podías averiguar por tu cuenta. Tiene que tener algún significado, Jack. Aunque pueda dar la impresión de que Sinjon malgasta las palabras, en realidad no es así. Todas ellas significan algo.

–Esperaba que esa parte te pasara desapercibida –admitió él, antes de entregarle la carta–. ¿Crees que puede tratarse del anzuelo? Al fin y al cabo, termina recordándome que no podrá contarme nada si está muerto.

–A ver... «... y mucho más, algo que no tienes forma de averiguar por tu cuenta» –las piezas encajaron en su mente, y por fin fue capaz de darle forma a la idea que había estado eludiéndola–. Piensa en cuando le conociste. Se lo contaste todo sobre ti, todo lo que sabías. Él te escuchó, ¿verdad? Te escuchó con atención para hacerte creer que lo que decías era interesantísimo y muy importante. Nunca se lo habías contado a nadie, pero te sinceraste con aquel desconocido que te había convencido de que no le robaras en una callejuela en la que estaba por no se sabe qué motivo. Estamos hablando de Sinjon, un hombre que podría deshacerse con facilidad de un borracho aunque este estuviera apuntándole con una pistola. Es una historia que nunca acabó de convencerme, Jack. Me sonó rara cuando me la contaste por primera vez, y sigue sonándome rara ahora. ¿Dónde está...? Estaba por aquí, es lo que me ha llevado a pensar que... –repasó la carta a toda prisa, y al final encontró el fragmento que buscaba–. Ah, aquí está: «Contigo, Jack, me preparé a conciencia. Te encontré porque deseaba hacerlo». Y después añade: «Eres el hombre que eres gracias a mí».

Dejó la carta sobre la mesa antes de añadir:

–No, por favor, no me mires así, como si pudieras negar lo que pone aquí. Sinjon te encontró porque salió en tu busca, te encontró y te moldeó a su antojo. Él se prepara, no se limita a planear sus movimientos en un tablero de ajedrez como hacemos el común de los mortales. Nunca queda acorralado, nunca le ganan la partida porque siempre tiene otro movimiento preparado incluso con años de antelación, por si lo necesita.

–¿Adónde quieres llegar?, ya ha quedado claro que soy un inocentón.

Ella le contempló en silencio durante un largo momento antes de contestar.

–Sabes bien adónde quiero llegar. Él sabe quién eres, ya lo sabía la noche en que os conocisteis. Te encontró porque deseaba hacerlo. Tú siempre fuiste una de sus piezas de ajedrez, al igual que todos nosotros.

Él echó la silla hacia atrás y se levantó con brusquedad.

–¡Maldito sea! –barrió con el brazo todo lo que había sobre la mesa, y el servicio de té se hizo añicos contra el suelo.

Tess guardó silencio al verle salir de la habitación. Tuvo ganas de gritarle que siempre parecía huir de sus emociones como si estas no pudieran seguirle a todas partes, pero no lo hizo porque sabía que él iba a regresar. De modo que iba a darle lo que necesitaba: tiempo a solas consigo mismo y con los demonios que le atormentaban.

Se agachó a recoger del suelo la carta que contenía las instrucciones de Sinjon y vio que la tinta se había corrido un poco por culpa de las salpicaduras de té. Leyó primero las líneas en las que hablaba de René, pero lo que sintió no fue dolor, sino algo de paz. René había muerto como todo un hombre, había tenido la valentía de maldecir al padre al que siempre había temido, y estaba claro que Sinjon no podía borrar ese recuerdo de su mente. El carácter dulce de René no era culpa de Sinjon, pero su muerte sí; si Dios existía, aquel hombre aún tenía la maldición de su hijo resonándole en la cabeza.

Según le había contado el propio Jack, Sinjon se había

lamentado una vez de que no hubiera sido ella su hijo varón; aun así, la había adiestrado, y lo había hecho a conciencia. Ella sabía dónde iban a encontrarse todos en dos días, sabía cuál era el único sitio donde a un necio jamás se le ocurriría buscarle.

–Podías darte el lujo de ser críptico porque sabes que Jack y yo no somos unos necios. Nosotros no somos ignorantes, incompetentes, ni mediocres –afirmó en voz alta; después de quemar la carta en la chimenea, tiró de la campanilla para que alguien fuera a limpiar el estropicio que había hecho Jack–. Eso es algo que debería preocuparte, querido papá. Debería preocuparte mucho.

Capítulo 13

Tess fue en busca de Jack pasada la medianoche. Lo encontró en el dormitorio donde había estado encerrado el resto del día lamiéndose las heridas, maldiciéndose por ser tan crédulo y preguntándose cómo iba a poder contener la rabia que sentía cuando viera a Sinjon en dos días.

Llegó justo cuando él estaba a punto de ir en su busca. Necesitaba ir a por ella, necesitaba estar a su lado. Era incapaz de pasar la larga noche sin ella.

Cuando Tess se detuvo entre la cama y la chimenea, la luz del fuego creó un halo alrededor de su cabellera rubia y silueteó su cuerpo bajo la fina bata blanca de algodón. Su perfume flotaba en el ambiente.

Ella no dijo ni una palabra, y él no se atrevió a hacerlo.

La primera noche que habían vuelto a estar juntos había sido para ella, para reconfortarla, para recordarle que estaba viva; esa noche él sabía sin necesidad de palabras que ella estaba allí para devolverle el favor.

Después de despojarse de la bata, Tess empezó a deshacer despacio los lazos del camisón; aunque las sombras proyectadas por el fuego le oscurecían las facciones, él sabía que estaba mirándole.

Anhelaba tomarla entre sus brazos, pero permaneció donde estaba y se limitó a contemplarla.

Ella se cruzó de brazos, agarró la tela del camisón y fue alzándolo hasta quitárselo. La prenda cayó al suelo, olvidada e innecesaria. Alzó de nuevo los brazos, pero en esa ocasión deslizó las manos bajo su cabello mientras alzaba la barbilla y levantó su rubia melena con un movimiento que hizo que sus perfectos senos se alzaran también.

La luz del fuego acariciaba su piel desnuda y acentuaba la forma de aquellos senos, la curva de su cintura, la seductora forma de sus caderas y aquellas piernas largas, fuertes y rectas. Dejó caer de nuevo su espesa melena al bajar los brazos. Sacudió la cabeza, y aquel manto dorado le cubrió los hombros y le acarició provocativamente los senos.

Fue entonces cuando empezó a apartar las mantas poco a poco hasta dejarle destapado del todo. Estaba desnudo, medio reclinado en las almohadas, y permaneció muy quieto mientras se le aceleraba la respiración y su miembro se alzaba y se endurecía.

Sabía que no debía moverse ni tocarla, que era ella la que iba a hacerlo. Sí, iba a hacerlo por él.

Contuvo el aliento al ver que se cubría los senos con las manos y deslizaba los pulgares por los pezones, que los arañaba con suavidad hasta que se endurecieron. Empezó a pellizcárselos con delicadeza con el pulgar y el índice, y entonces pasó la mano izquierda al seno derecho mientras la derecha iniciaba un lento y sensual descenso por su vientre... y más allá.

Ella ocupaba por completo su mente, no había cabida para nada más; en ese momento, su mundo se reducía a contemplarla e imaginarse hundiéndose hasta el fondo en su cuerpo.

Él era un hombre intocable, inalcanzable. Él mismo se había construido así, el mundo había proporcionado los ladrillos con los que había levantado los muros que le rodeaban. Nada ni nadie podía traspasar esos muros... excepto ella. Tess derribaba todas sus defensas por el mero hecho de ser la persona que era.

Sintió las caricias de sus manos en su propia piel mientras ella se acariciaba a sí misma, sintió cómo le envolvía con su húmeda calidez y avivaba anhelos que le tomaron por sorpresa.

Ella estaba allí, de pie junto a la cama; estaba con él, piel contra piel; estaba metida en lo más hondo de su cuerpo y de su mente, de su alma. Estaba grabada en todo su ser a pesar de que ni siquiera estaba tocándole.

Siempre iba a estar con él, aunque estuvieran a miles de kilómetros de distancia el uno del otro.

–Tess... –susurró, con voz suplicante.

Las palabras sobraban. Su nombre aún no había acabado de salir de sus labios cuando ella se colocó a horcajadas sobre él y hundió en su cuerpo la palpitante erección que no iba a tardar en destruir todas y cada una de las defensas de ambos. Se inclinó hacia delante, le puso las manos en los hombros, y empezó a moverse.

Al principio le atormentó juguetona, supo de forma instintiva lo que él necesitaba y se meció contra él. Bajó la cabeza hasta posar la boca abierta sobre su cuello, y empezó a emular con la lengua el movimiento de su cuerpo.

Se entregó a él por completo, le dio más y más placer.

«Ten, toma todo lo que quieras. En este momento no existe nada más allá de esto. No hay sombras, no hay sitio para la furia, el miedo ni los arrepentimientos. Limítate a disfrutar de lo que te doy».

Él aceptó lo que le ofrecía, tal y como ella había hecho en su momento. Jack enterró en ella su rabia y su miedo, se desprendió de ambas cosas... lo dejó ir todo. Nada de eso tenía cabida en su corazón, porque Tess lo llenaba por completo.

Enmarcó su rostro con las manos, la instó a alzar la cabeza y sus bocas se unieron por completo mientras alcanzaban juntos la cima del éxtasis. «Mía. Por favor... Por favor. Mía...».

Supo que ella estaba llorando al notar la humedad de sus lágrimas en las mejillas, y cerró los ojos con fuerza para contener las suyas.

Después de darle un beso lleno de dulzura, ella se levantó de la cama y volvió a ponerse el camisón y la bata antes de decirle con voz suave:

—Mañana nos ponemos a trabajar.

Le arropó como si fuera un niñito antes de besarle una última vez. Él alzó la mano para evitar que se marchara, pero volvió a bajarla.

—Tess...

—Sinjon no puede arrebatarte nada, y tampoco tiene nada que ofrecerte. Eso es algo que solo está en tus manos. Lo que hay entre nosotros lo resolveremos tú y yo, pero antes de nada vamos a ponernos a trabajar. ¿Estamos de acuerdo? —sonrió al verle asentir—. Me parece que me gusta esto de estar al mando, es toda una novedad para mí.

Jack le lanzó una almohada mientras ella se dirigía riendo hacia la puerta. Al cabo de un momento se quedó solo, pero sintió que en realidad no lo estaba.

—Dios, cuánto amo a esa mujer —susurró.

Jack entró en el saloncito donde se servía el desayuno y tomó asiento en la enorme mesa antes de saludar a Puck.

—Buenos días, hermano —alzó la mirada hacia Wadsworth, que se acercó a servirle—. Sí, Wadsworth, una taza de café. Justo lo que necesito, gracias. ¿Cómo te encuentras, Puck?

—Además de atónito al verte tan contento, ¿no? Apenas te reconozco.

—No me paso el día entero frunciendo el ceño —optó

por hacer caso omiso de la mirada de diversión que intercambiaron su hermano y el mayordomo, y se limitó a preguntar–: ¿Te sientes capaz de viajar?

–¿Acaso me estás echando? –intentó untar una tostada con mermelada, pero solo logró que se le saliera del plato–. ¡Maldición! –al ver que Jack agarraba el plato y le untaba él mismo la tostada, le dijo sonriente–: Gracias.

–No me lo agradezcas, llevas el brazo en cabestrillo por culpa de mi estupidez.

–Sí, eso es muy cierto. No deseo que vistas un hábito de penitencia, pero no me vendría mal otra loncha de beicon. Cortadita en trozos, si puede ser.

Wadsworth reaccionó con celeridad y, en un abrir y cerrar de ojos, Jack tuvo ante sí un plato con una gruesa loncha de beicon.

–Deberíais plantearos formar una pequeña compañía itinerante y cobrar por vuestras representaciones teatrales –comentó–. Si crees que voy a darte de comer, hermanito, te aconsejo que te acostumbres a tener el estómago vacío.

–¡Ajá! Ahí está el ceño fruncido que todos conocemos tan bien, ya sabía yo que esa cara risueña no iba a durar mucho. Debo admitir que me siento aliviado, un Black Jack sonriente resulta casi más intimidante que uno ceñudo. Wadsworth, amigo mío, te sugiero que te retires mientras aún es seguro darle la espalda a este tipo.

El mayordomo hizo una reverencia antes de marcharse, y Jack empezó a cortar el beicon de su hermano antes de comentar:

–Es un buen hombre, Beau eligió bien.

–Ya le conoces, siempre se siente más cómodo con gente de lealtad inquebrantable. Puede que a Wadsworth le haga falta pulirse en ciertos aspectos, pero el sentido del deber de un hombre que fue sargento mayor es incuestionable. Tú no estuviste en el ejército, ¿verdad? Al menos de uniforme, supongo que estuviste metido de alguna forma debido a la ocupación que tienes... que tenías. ¿Sigues teniéndola?

Jack sonrió de nuevo y le dio el plato.

–¿Dónde está tu habitual sutileza, Puck? ¿Aún te duele el brazo?

–Gracias por la preocupación. No, fingir ya es bastante doloroso de por sí. Supongo que será mejor ir sin rodeos al meollo de la cuestión: ¿Qué piensas hacer a partir de ahora, Jack? No dudo que sientas la necesidad de perseguir al marqués, pero la cuestión es si vas a hacerlo por la Corona o por ti mismo.

Jack se puso en guardia al oír aquello, estaba claro que su hermano estaba tramando algo.

–¿Por qué lo preguntas?

Puck alzó un dedo para indicarle que iba a contestar en cuanto se tragara el beicon que estaba masticando.

–Porque es un detalle relevante. En el primer caso, se trataría de un trabajo, de una misión; en el segundo caso, estaríamos hablando de una venganza estúpida que podría hacer que cometieras algún descuido. En otras palabras, estoy preocupado por ti. Uno tiene derecho a preocuparse por su hermano.

–Tu preocupación me conmovería si no fuera un insulto. Sé lo que hago, te lo aseguro.

Puck dejó a un lado el tenedor.

–¿Por qué te empeñas siempre en cerrarte en banda?, ¿por qué te cuesta tanto abrirte a alguien? Beau y yo tenemos una teoría que empieza y termina con nuestra querida madre.

–Ahora no, Puck, ya tengo bastantes quebraderos de cabeza; además, todo eso ha quedado en el pasado.

–No, no será así mientras siga afectando a tu presente –le dijo con firmeza, al ver que se ponía en pie–. Todos vamos con pies de plomo contigo, eludimos la cuestión... De acuerdo, resulta que el marqués no es tu padre. Ya está, ya lo he dicho. ¿Qué más da? Eres nuestro hermano y los tres tenemos que permanecer unidos, ¡ya es hora de que regreses a casa!

Jack se sentó con brusquedad y aferró los brazos de la silla hasta que los nudillos se le pusieron blancos.

—¿Fue ella quien te lo contó?

—¿Quién, Adelaide? Por supuesto que no, pero no deberías subestimar a tus hermanos. Cuando Beau cumplió dieciocho años, ella le regaló un anillo idéntico al que tú llevas puesto. Él le preguntó si la «B» era por Blackthorn o por bastardo, pero ella no le contestó... mejor dicho: le contestó propinándole un bofetón. Tú desapareciste a la mañana siguiente de tu dieciocho cumpleaños. Como soy un tipo observador y no me gustaba lo que le había sucedido a Beau, y mucho menos lo que te había sucedido a ti, cuando cumplí los dieciocho y ella me entregó mi anillo, le di las gracias con dulzura y ella me acarició la mejilla y me dijo que era su niñito, su tesoro. Yo habría preferido un bofetón.

—Pero le diste lo que ella deseaba.

—Sí, porque el regalo que me ha dado mi madre es el talento para la adulación. Dudo que en toda tu vida llegues a conocer a alguien más complaciente que yo.

—Sí, rezumas encanto. No sabes cuántas veces me dieron ganas de lanzarte de cabeza a la pocilga.

Puck agarró un panecillo y se lo lanzó sin demasiada fuerza.

—Gracias a Dios que fui a París y logré madurar, pero esa no es la cuestión. Adelaide nos asignó un papel a cada uno, Jack.

—Sí, soy consciente de ello. Estuvo a punto de destruir a Beau al convencerle de que podía superar su condición de bastardo y llegar a ser lo que quisiera y quien quisiera, es un placer verle al fin tan satisfecho y realizado —agarró el panecillo y empezó a juguetear con él—. En fin, ahora ha llegado mi turno. Dime, en tu infinita sabiduría, qué fue lo que Adelaide construyó en mi caso.

Puck soltó un sonoro suspiro.

—No te construyó, Jack. Hizo lo imperdonable: hacerte pedazos. Pero ha pagado por ello, te lo aseguro. Papá... Cyril no le ha perdonado que te obligara a marcharte.

Aquellas palabras sorprendieron a Jack.

—¿Qué quieres decir? Ella sigue viviendo allí cuando le apetece, y él sigue siendo el mismo necio enamorado de siempre.

—Ven, vamos a dar un paseo.

Se puso en pie y salió al pasillo, con lo que Jack no tuvo más remedio que seguirle. Le había dado la espalda a su vida en Blackthorn y se había repetido mil veces que le daba igual, que estaba mejor solo, pero en el último año se había dado cuenta de que el vínculo que le unía a sus hermanos era más fuerte de lo que creía. Si Puck quería hablar, le debía la cortesía de escucharle.

Guardaron silencio hasta que llegaron a la misma taberna en la que habían estado días atrás. La camarera llegó con dos humeantes tazas de café que desprendían un olor bastante rancio en cuanto se sentaron en una mesa, y soltó una risita digna de una adolescente cuando Puck le dio las gracias y le guiñó el ojo.

—No hay duda de que eres un adulador nato —comentó Jack.

—No me cuesta nada. La vida está para disfrutarla, no para soportarla. Mira a tu hijo si no me crees, los tres fuimos como Jacques tiempo atrás. La vida acaba por... interponerse, pero solo hasta que nosotros mismos decimos: «Ya basta, he aprendido y en adelante soy yo quien va a estar al mando, muchas gracias». Beau aprendió la lección, yo también, y ahora te toca a ti. Se trata de tu vida, Jack, no de la idea que Adelaide tenga respecto a lo que eres y a quién eres. Aprovecha tu vida al máximo, bien sabe Dios que cuentas con un gran punto de partida gracias a la presencia de Tess y de tu hijo. Olvídate de todo lo demás, déjalo atrás.

Su hermano estaba hablándole con tanto corazón, que Jack fue incapaz de sostenerle la mirada. Le incomodaba que se preocupara tanto por él.

—Ibas a hablarme de Cyril, ¿no?

Puck suspiró y asintió.

—De acuerdo, pero piensa en lo que te he dicho. No merece la pena que sufras por culpa de Adelaide y el marqués, y mucho menos por Prinney, Liverpool y todos los de su calaña —alzó la mano al ver que le miraba ceñudo, y se apresuró a añadir—: De acuerdo, de acuerdo, centrémonos en Cyril. Fue la primera y única vez que Beau y yo le hemos oído alzarle la voz a Adelaide. ¡Dios mío, qué discusión! Beau y yo ni siquiera tuvimos que pegar el oído a la puerta para poder oírles.

Jack hizo lo que se esperaba de él: sonreír. Su hermano estaba esforzándose por conseguir que aquel espinoso tema fuera más fácil de digerir.

—¿Estabais escuchando a hurtadillas?

—Sí, solo nos faltó tomar notas para comparar después nuestras observaciones. Fue entonces cuando supe con certeza que no eras hijo de Cyril, aunque eso no significa que él no se considere tu padre ni mucho menos. De hecho, creo recordar que sus palabras exactas fueron que te había criado desde que eras un cachorro; según él, alguien había tenido que hacerlo, ya que ella no servía para ser la madre ni de una condenada pulga, mucho menos de tres hijos. Dijo más, mucho más... sobre Adelaide, sobre lo egoísta que era; dijo que había sido un loco que había echado a perder a sus propios hijos por culpa de la enfermedad que sentía por ella... esa fue la palabra que usó, «enfermedad». Dios... Ella lloró, le suplicó y le acusó de todos los pecados habidos y por haber. Dijo cosas horribles sobre Abigail y él, unas acusaciones perversas y terribles que no eran más que mentiras, por supuesto. Cyril sería incapaz de... en fin, la cuestión es que nuestra madre se marchó y tardó un año en regresar. Ahora casi nunca está en la finca, y jamás va más allá de su cabaña.

Jack permaneció callado, no supo qué decir; Puck, por su parte, se llevó la taza de café a los labios, pero al olerlo debió de replantearse su intención de bebérselo, porque volvió a dejarla sobre la mesa antes de proseguir con su relato.

—Él sigue yendo a visitarla cuando ella está allí. Sigue siendo Adelaide, la hechicera que va envejeciendo, por así decirlo, pero ahora es ella la que se aferra y la que parece desesperada, no él. Me sorprende que, teniendo en cuenta nuestra infancia, ninguno de los tres veamos el amor como una enfermedad, un defecto o, peor aún, una trampa; en cualquier caso, el hechizo que nuestra madre ejerció sobre Cyril durante tantos años, sea cual sea, ya se ha desvanecido casi por completo. Empezó a desvanecerse el día en que ella te obligó a marcharte de casa, Jack. No fue por lo que le hizo a él, ni a Beau, ni a mí, sino por lo que te hizo a ti. A ti. Así que no me digas que ese hombre no te considera hijo suyo.

Puck alargó la mano por encima de la mesa y la posó sobre la suya.

—Cyril necesita el perdón de sus hijos. Si ese perdón supone aceptar las fincas de libre disposición, que así sea. Lleva esperando tu regreso más de una década. Ibas a enviarle a Jacques, no habrías estado dispuesto a hacer tal cosa si le odiaras.

—Nunca he dicho que le odie, no tengo razón alguna para hacerlo. No soporto lo que os hizo a Beau y a ti, pero no le odio; de hecho, me da lástima. Todos somos víctimas de Adelaide en alguna medida.

—Shelley tradujo el *Fausto* de Goethe. Lo leí en Francia, y me impactaron sobremanera unas líneas de la escena de la noche de Walpurgis. A ver, espera que me acuerde bien... Ah, sí, ya lo tengo: «Cuídate de su bella melena, cuya magia está por encima de la de cualquier otra mujer. Cuando atrapa a un joven con ella, jamás volverá a dejarlo escapar».

–Sí, he leído esa vieja leyenda; si mal no recuerdo, Fausto hizo un pacto con el diablo. ¿Estás diciendo que Cyril hizo un pacto con Adelaide y, al igual que Fausto, ahora se arrepiente? Interesante teoría.

–No es una mera teoría, Jack. No digo que Cyril esté buscando nuestra absolución, pero sí que le debemos algo. Lo único que nos pide es que le escuchemos.

–Ya he accedido a ir, Puck.

–Sí, ya lo sé, al igual que sé que serás justo –esbozó una sonrisa antes de añadir–: Bueno, eso espero. Confiarle a Jacques sería un buen primer paso. Sigues decidido a enviar al niño a Blackthorn, ¿verdad?

–¿Crees que Cyril lo verá desde ese punto de vista?, ¿creerá que si envío a Jacques a Blackthorn no es por Beau ni por ti, sino por él?

–Con tu permiso, yo puedo encargarme de que lo considere así.

Cuando había reflexionado sobre la necesidad de Tess de dejar atrás su infancia, la muerte de René y la duplicidad de Sinjon, Jack se había dado cuenta de que, para que hubiera nuevos inicios, antes tenía que haber un punto y final. Ella necesitaba respuestas; al menos, eso era lo que le había dicho, pero... ¿realmente las necesitaba?, ¿las necesitaba él? La cuestión era si, antes de seguir adelante con su vida, debían insistir en desquitarse de los que les habían hecho daño, o si lo importante de verdad era dejar atrás el pasado y mirar hacia delante.

–De acuerdo, Puck. Si te sientes lo bastante repuesto para viajar, puedes llevar a Jacques a Blackthorn. Te daré una nota para Cyril, solicitándole que tenga a bien cuidar a su nieto hasta que Tess y yo podamos ir a por él. ¿Te basta con eso?

–Por supuesto. ¡Bien hecho, hermano mío, bien hecho!

Puck alzó la taza en un brindis, tomó un buen trago del amargo café, y pasó el siguiente minuto tosiendo y escupiendo en su pañuelo mientras Jack reía a mandíbula batiente.

Capítulo 14

Tess observó con atención el plano que Jack había dibujado del interior del número nueve de Cleveland Row. La configuración de la casa era muy sencilla, casi todas las habitaciones daban a un amplio pasillo central. Las únicas excepciones eran la cocina, que estaba en la parte de atrás de la casa, y un pasillito de servicio situado entre el pequeño salón y el comedor contiguo. Habían ido a estudiar el terreno el día anterior. Habían optado por no entrar y confiar en lo que ambos recordaban del interior, pero habían contado ventanas y tomado nota de las puertas que había, y también habían buscado posibles puntos estratégicos en el tejado de la casa de enfrente.

Lo cierto era que disponían de varios planos y bosquejos: de las calles aledañas con sus respectivos nombres, de cada uno de los cuatro lados del edificio y de todas las elevaciones. Incluso habían llegado a contar cuánto tardaba en hacer una nueva ronda el vigilante nocturno, que lo máximo que iba a poder hacer era estorbar.

Quizás debería sentirse avergonzada de sí misma, pero lo cierto era que había disfrutado mucho. A lo largo de los años había planeado cientos de incursiones, engaños, ardides, situaciones hipotéticas, y cualquier otra cosa que se le pasara por la mente. Había estado estudiando tácticas mientras otras jóvenes de su edad aprendían a vestir a la moda y preparaban un plan de batalla para adentrarse en la temporada social londinense y cazar a un marido.

Ella había disfrutado ejercitando su mente, poniendo a prueba su ingenio contra su padre mientras él hacía de perseguido o de perseguidor. Lo había hecho para practicar, por el placer y la satisfacción del juego en sí. En el año previo a la muerte de René, no solo había ayudado a trazar los planes, sino que había sido incluida a menudo en su implementación, y había aprendido una cosa: Su padre no perdía nunca, ella no le había vencido ni una sola vez.

–¿Aún sigues estudiando eso? –le preguntó Jack, al entrar en la sala.

Ella no tenía ni idea de dónde había estado, se había marchado horas atrás. ¿Tendría que haberle preguntado adónde iba?, ¿tendría que habérselo dicho él por voluntad propia?

Habían avanzado mucho, pero aún les quedaba un largo camino por recorrer.

Se dio cuenta de que le temblaba la mano, así que se apresuró a dejar el dibujo sobre la mesa. No quería que él se diera cuenta de lo nerviosa que estaba, aunque casi nunca se le escapaba nada.

–Creo que deberíamos incluir a tus amigos –le dijo, mientras él se sentaba en una esquina del escritorio–. No quieres que yo entre contigo en la casa y lo entiendo, de verdad que sí. No dudo de la valentía de Wadsworth, pero seguro que el señor Browning y el señor Carstairs están más preparados para... para lidiar con una situación como esta.

–¿Has olvidado que es probable que uno de ellos haya estado dándole información a Sinjon sobre mí? Prefiero saber quién me cuida las espaldas y no tener que preocuparme por recibir una puñalada a traición, me doy por satisfecho si cuento con la ayuda de Wadsworth; aun así, me di cuenta de que era un error excluirles por completo, y por eso me he encontrado con ellos esta mañana. Dickie estará aquí –se inclinó un poco hacia delante y puso el dedo en el dibujo de las calles–, y Will aquí. Jeremy se colocará en el callejón de detrás del edificio, y tú permanecerás aquí.

Lo último lo añadió con un tono severo que la puso a la defensiva; a juzgar por cómo la miraba, estaba claro que no estaba dispuesto a ceder.

–No estás indicándome ningún punto del plano.

–Eso se debe a que tu implicación en esto se limita a la planificación. Cuando digo «aquí», lo digo de forma textual. Permanecerás en esta casa a la espera de mi regreso triunfal... o mi regreso a secas.

Tess se dio cuenta de que, en el fondo, había sabido desde el principio que él intentaría algo así, pero en esa ocasión no estaba dispuesta a quedarse atrás y enloquecer de preocupación mientras él arriesgaba su vida.

–Ni lo sueñes, Jack. Dije que no interferiría y voy a cumplirlo, pero no te atrevas a pensar siquiera que puedes dejarme al margen de esto. No voy a permitírtelo.

–¿Que no vas a permitírmelo? –se apartó del escritorio y la fulminó con su mirada más amenazante–. Te sugiero que reformules esa frase, señora mía.

–¿Estás intentando intimidarme? No te molestes, no me impresionas ni lo más mínimo. Yo nunca me amilano cuando sé que tengo razón –se puso en pie y apoyó los puños contra el escritorio–. Se trata de mi padre, ¡mi padre! Intentó secuestrar a mi hijo; asesinaron a mi hermano por su culpa, porque nos ocultó que nos enfrentábamos al cíngaro y nos hizo creer que estábamos tratando con un francés inepto que quería vender secretos de su país que ya debían de estar obsoletos; ha hecho todo lo posible por echar a perder mi vida, la vida de mi hijo... nuestras vidas, Jack, la tuya y la mía... si es que no lo ha logrado ya, porque, si vuelves a decirme que no tengo derecho a participar en la misión de esta noche, tú y yo seguimos siendo polos opuestos en cuanto a la imagen que tenemos el uno del otro. Esta lucha es tan mía como tuya; de hecho, puede que sea incluso más mía que tuya.

—¿Estás lista para verle morir?, ¿para ver cómo le mato? Porque eso es algo que podría suceder, Tess.

Ella luchó por mantener la compostura.

—Serías incapaz de hacerlo.

—Sinjon cuenta con eso, pero tú no deberías hacerlo —le contestó él con frialdad.

Tess se dio cuenta de que estaban volviendo a lo mismo de antes... a quién era él, a por qué estaba con ella en ese momento. Lo cierto era que no había ido a buscarla por voluntad propia, y eso era algo que ella no podía quitarse de la cabeza: si la decisión hubiera estado en manos de Jack, era posible que no hubieran vuelto a verse jamás.

—¿Por qué?, ¿porque tienes órdenes? —no pudo evitar sobresaltarse cuando él dio un súbito puñetazo en la mesa.

—¡No, no es por eso! ¡Es porque quiero verle muerto! ¿Tu hijo? También es hijo mío, y Sinjon te convenció de que me ocultaras su existencia para poder utilizarlo cuando le conviniera. El que viajaba en el carruaje cuando intentaron secuestrar a Jacques era mi hermano; el que murió en aquella callejuela de Whitechapel no solo era tu hermano, también era mi amigo; era mi vida la que escudriñó como si yo fuera un bicho bajo una lente, me manipuló y me moldeó hasta convertirme en uno de sus títeres, y ahora resulta que me insinúa que tiene una supuesta información sobre mí para que mate por él. Puede irse al infierno, Tess, y ahí es adonde quiero enviarle. No creas que voy a mantenerle con vida para que pueda intentar manipularnos de nuevo, porque no voy a hacerlo. Hay una parte de mí que no quiere ir a ese lugar esta noche, que quiere hacer lo que él no esperaría jamás: desentenderme de todo y dejar que se enfrente él solo al cíngaro.

—¿Por qué no lo haces?

–No lo sé –admitió, sin la furia que había teñido previamente sus palabras–. Ni siquiera sé por qué he dicho algo así, quizás se deba a un comentario de Puck que no puedo quitarme de la mente.

Ella rodeó el escritorio y le puso la mano en la mejilla. Seguía muy enfadada con él, pero le amaba tanto... estaban en guerra contra Sinjon, pero ella también estaba enfrentada consigo misma y Jack seguía luchando contra los demonios que le atormentaban.

–¿Qué te dijo?

Él giró la cabeza y le besó la palma antes de tomar sus manos entre las suyas.

–Que ya es hora de dejarlo todo atrás. Hace mucho tiempo que estoy... lleno de furia, pero no sé si puedo ponerle fin a esto si no lo dejo zanjado.

–¿Aún estamos hablando de Sinjon, o se trata de algo más?

Él enarcó las cejas y admitió:

–Para ser un hombre que ha pasado la vida guardando con celo sus secretos, da la impresión de que en estos últimos días el mundo entero sabe más de mí que yo mismo. Me creía capaz de dejar atrás lo que fuera, en cualquier momento dado. Creía que era preferible estar solo.

Tess intentó no reaccionar. Sabía que lo que él estaba diciendo era cierto, pero no quería oírlo.

–Entiendo.

–Lo dudo mucho –le contestó, con una sonrisa llena de ironía–. Para ser un hombre que tiene tan poco de lo que enorgullecerse, da la impresión de que soy endemoniadamente orgulloso. Vivir la vida según mi propia conveniencia, me convencí a mí mismo de que no necesitaba nada más. Creía que nada ni nadie me llegaría al alma, que no permitiría que así fuera –le apretó las manos antes de admitir–: Qué equivocado estaba.

Con qué facilidad lograba superar todas sus defensas aquel hombre...

–Jack, no hace falta que...

–Sí, claro que sí, y ahora es un buen momento para ello –el dolor que reflejaba su voz era palpable–. ¿Cómo...? ¿Cómo demonios pude alejarme de ti? Cada vez que te miro, cada vez que te toco... esta vez tendrás que ser tú la que se aleje de mí y, aunque lo hagas, te seguiría aunque fuera de rodillas. ¿Tienes idea de cuánto me aterroriza eso?, ¿sabes el miedo que me da necesitar tanto a alguien, saber que no tendré nada si tú te vas? ¿Sabes el terror que siento al saber que aún puedo perderte?

Él sacudió la cabeza al ver que de sus ojos escapaba una lágrima, y la siguió con la mirada mientras le bajaba por la mejilla. Estaba claro que se sentía culpable por haberla hecho llorar, pero, aunque a Tess le habría gustado poder decirle por qué lloraba, lo cierto era que ni ella misma sabía la razón. Quizás era por los años perdidos y por lo distintas que habrían sido sus vidas si él le hubiera dicho en aquel entonces lo que acababa de admitir. Según él, Puck le había aconsejado que lo dejara todo atrás. Ella misma también tenía que dejar atrás el pasado, pero dolía, y mucho; por mucho que deseara mirar hacia delante sin más, aún estaba intentando superar el dolor de aquellos años de soledad.

Él le soltó las manos, se acercó a la chimenea y se detuvo bajo el retrato del hombre que no era su padre.

–Jamás te pediría que te quedaras conmigo, Tess. Creí que podría ordenarte que lo hicieras, que podría valerme de Jacques para convencerte si no me quedaba más remedio, pero no puedo hacerlo. No... no sé qué es lo que hay entre nosotros. Creo que ninguno de los dos lo sabemos, y tampoco sabría decir si es suficiente para subsanar los errores que cometí. Sinjon se limitó a aprovechar mis puntos débiles, era yo el que tenía que superar mis limitaciones.

–Los dos hemos cometido errores, yo me negué a escucharte –le dijo, consciente de que ella también tenía parte de culpa–. Si hubiera sido más fuerte, Sinjon no habría podido convencerme de que eras culpable de lo que le sucedió a René. Quizás habría podido decirme a mí misma que yo no era culpable en cierta medida, sabía que tú jamás habrías insistido en que se cambiara el plan si no te hubieras creído enamorado de mí. No eres el único que tiene remordimientos que le atormentan. Creo que, con el tiempo, podemos calmar nuestra conciencia en lo relativo a ciertos temas, pero Sinjon es una parte de nuestro pasado que debemos resolver para poder escapar de sus garras. Se trata de un asunto malévolo que acabaría por destruirnos si no lo dejáramos zanjado.

–Sí, ya lo sé. Me encantaría creer que Puck está en lo cierto, que deberíamos dejar atrás lo que podamos y olvidarnos del resto, pero no puedo. Tiene que haber un final antes de que haya un nuevo inicio, al menos para mí. No quiero ocupar mi puesto junto a Jacques y a ti mientras aún existen sombras entre nosotros.

Tess no supo si iba a poder articular palabra, así que se limitó a asentir. Era la segunda vez que veía a Jack vulnerable de verdad, la primera había sido el día en que él se había arrodillado delante de su hijo y había vacilado antes de acariciarle el pelo. Tal y como le había pasado en aquella ocasión, sintió que se le rompía el corazón al verle así, pero no podía decírselo.

Lo que él estaba pidiéndole no era su lástima, aunque aún no estuviera preparado para pronunciar las palabras... y ella no estuviera lista para escucharlas. Había oído todo lo que él era capaz de decirle por el momento, y sería cruel presionarle para conseguir algo más. No era el momento oportuno.

–De acuerdo, Jack, al menos estamos de acuerdo en esto. Vamos a zanjar todo lo relacionado con Sinjon, el cíngaro y tu familia y dejaremos atrás todo lo demás, al margen de cómo resolvamos lo que hay entre nosotros. Empezando esta noche –volvió a sentarse tras el escritorio, agarró el plano de las calles, y se obligó a centrarse en la tarea que tenía entre manos–. Browning estará apostado en la entrada de la callejuela donde estuvimos tú y yo hace dos días y Carstairs se colocará en el portal de enfrente del número nueve, así que yo estaría a salvo si esperara en tu carruaje en esta esquina. Así no estaría en medio del meollo, pero tampoco quedaría excluida. Estaría cerca, y Wadsworth podría venir a por mí cuando consideres que no hay peligro. No puedo quedarme aquí esperando, me volvería loca.

–Eso es poco menos que admitir que deseas plantarle cara a Sinjon.

–No deseo volver a verle, no quiero oír su voz ni sus mentiras, pero tengo que hacerlo y eso es algo que tú deberías entender mejor que nadie. Por favor, Jack.

Él volvió a acercarse al escritorio antes de admitir:

–Hay otra forma de hacerlo. No puedo creer que esté diciendo esto, pero tienes razón. ¿Quién soy yo para impedir que estés presente en el desenlace de todo esto?

Con aquellas palabras consiguió captar toda la atención de Tess, que se relajó a pesar de que aún estaba impactada tras oírle admitir cuánto la necesitaba. Sabía que él solo sacaría a la luz esa necesidad en la oscuridad de la noche a menos que ella le indicara que ya estaba preparada, pero de momento tenía que concentrarse en los asuntos pendientes que tenía con su propio padre, un padre que se había convertido en el enemigo de los dos.

–¿Vas a permitir que te acompañe?, ¿podré estar dentro de la casa contigo cuando entren todos?

–No. Como no entraba en mis planes permitir que vinieras conmigo, he dejado que creyeras que mi intención era estar dentro de la casa, pero eso es imposible. Habrá demasiados ojos observando, y Sinjon lo sabe. Estamos abocados a una pelea en la calle, un enfrentamiento desagradable y caótico en el que no tendrá cabida la sutileza. Sinjon ocupará un asiento de primera fila para contemplar el espectáculo, y estará listo para escapar en medio de la confusión si las cosas no salen según sus planes.

Tess contempló ceñuda los planos.

–¿Realmente crees que va a ser en la calle? Admito que el lugar elegido no acababa de convencerme, las ventanas tienen barrotes y hay una única puerta trasera. No es una posición ventajosa. Yo no la habría elegido, y dudo mucho que el cíngaro entrara por voluntad propia en un lugar con el que no está familiarizado y en el que Sinjon cuenta con todas las ventajas; en cualquier caso, me parece un plan muy arriesgado, incluso chapucero. No está a la altura de un estratega como Sinjon.

Alzó la mirada hacia Jack y vio en su rostro la expresión pensativa que en alguna ocasión la había molestado, pero que en ese momento la intrigó. Estaba absorto en sus pensamientos, daba la impresión de que era ajeno a todo lo que le rodeaba.

–¿Me has oído, o me has tomado la delantera?

–¿Cómo es posible que no me haya dado cuenta antes? Estamos equivocados, Tess. Lo que acabas de decir lo demuestra.

Ella se puso de pie y se acercó a él.

–¿Qué es lo que he dicho?

–Has recalcado lo buen estratega que es Sinjon. «Me resultáis conocido, caballero». Después de pronunciar esas palabras, se supone que debo emerger de entre las sombras y hundir el cuchillo en el negro corazón del cíngaro, ¿verdad? ¡Qué sandez tan melodramática! ¿Qué sucederá cuando yo acabe con ese tipo, Tess? Sinjon me dice quién soy antes de entregarnos la Máscara de Isis en un alarde de generosidad, nos da su bendición y nos desea una vida dichosa, y parte rumbo a quién sabe dónde para empezar de cero junto con lo que quede de su maldita colección... No, no me lo creo. Cuando lo analizo punto por punto, no me creo nada.

–¿Cuál es tu teoría?

Él esbozó una sonrisa pesarosa al admitir:

–Por desgracia, creo que Sinjon se ha pasado de listo y esperaba que fuéramos más sagaces de lo que somos.

–¿Por qué? Los dos convinimos en que el único sitio donde a un necio jamás se le ocurriría buscarle es uno en el que ya haya estado, y eso nos conduce de vuelta a Cleveland Row. No puedes estar hablando en serio –le habría encantado que nada de lo que Jack acababa de decir sonara plausible.

–La verdad es que creo que estoy hablando muy, pero que muy en serio. Sugiero que examinemos el asunto con calma.

Tess lanzó una mirada hacia el reloj que había sobre la repisa de la chimenea, un reloj cuyas agujas marcaban que ya eran más de las doce del mediodía. Si se habían equivocado, les quedaba muy poco tiempo para averiguar la respuesta correcta.

–De acuerdo. Empieza por el principio, que supongo que en este caso sería el cíngaro.

–El regreso del cíngaro, para ser exactos. Tenemos claro que ese tipo llevó a cabo el robo del museo a modo de desafío, y que dejó allí su tarjeta de visita para que Sinjon supiera que había regresado. Como respeta a su mentor, no le ataca en su guarida, prefiere hacerle salir a cielo abierto y acicatearlo para que cometa un error.

–Pero Sinjon no comete errores.

–Exacto. Sinjon traza planes, dos como mínimo para cada posibilidad, y tiene mucho donde elegir. Sabe que el cíngaro espera que él venga a Londres para atraparlo, así que opta por desaparecer y se lleva la Máscara de Isis por si todo sale mal y se ve obligado a huir del país. Eso suponiendo que realmente se llevara esa cosa, puede que en ese saco no llevara más que un montón de ladrillos y que la máscara esté oculta en algún lugar de tu casa. No le hacía falta llevársela, lo único que él necesitaba era que yo creyera que la máscara no estaba allí y vinculara su ausencia con el anuncio del *Times*.

–¿Tuvo intención desde el principio de incluirte a ti en su plan para matar al cíngaro?

–Claro que sí; fuera como fuese, siempre tuvo la intención de hacerme regresar en caso de que me necesitara. Supongo que revelarme la existencia de Jacques era el as que se guardaba en la manga, pero al final no le hizo falta usarlo. Él sabía que Liverpool no tardaría en enterarse de su desaparición, y la lógica dictaba que yo sería el elegido para rastrearle.

–Y así logró poner al cíngaro en tu camino. Sinjon siempre tuvo la intención de que fueras tú quien se deshiciera de él en caso de que regresara a Inglaterra, sus dos pupilos enfrentados bajo su atenta mirada... como bichos bajo una lente, tal y como tú dijiste.

–Exacto. Él sabía que lo primero que yo haría sería ir a tu casa y encontraría a Jacques, sabía que le seguiría el rastro hasta Londres y que me negaría a dejaros a nuestro hijo y a ti desprotegidos en la campiña. Si estoy en lo cierto, ese es un dato importante, porque así le dejamos el camino libre para ir a por su colección. Pero entonces nos acercamos demasiado. No sé cómo, pero lo hicimos y por eso mandó a sus secuaces a secuestrar a Jacques para conseguir mi cooperación a cambio de la liberación del niño.

–Pero la jugada no le salió bien, y no ha tenido más remedio que volver a cambiar sus planes –empezaba a sentirse esperanzada por primera vez en días–. Por lo menos no estamos poniéndoselo fácil. Entonces escribió la carta, que seguro que no era la que tenía pensada en un principio.

Jack sirvió dos vasos de vino mientras repasaba mentalmente sus suposiciones.

–Sí, esa condenada carta en la que me ofrece la información que se supone que tiene a cambio de que le mantenga con vida y acabe con el cíngaro. No hay duda de que sabe dónde aguijonear. Insinuar que está enterado de la identidad de mi padre es el método perfecto para llamar mi atención y nublar mi juicio, pero no es más que una mentira. Lo único que sabe es lo que yo mismo le dije la noche en que nos conocimos, nada más. Está intentando utilizar mi pasado para controlarme.

—No pienses en eso, tenemos que centrarnos en su plan respecto al cíngaro. Esperemos que ese tipo haya visto el anuncio de Sinjon; de no ser así, sería una pérdida de tiempo regresar al número nueve de Cleveland Row. ¿Crees que es posible que el cíngaro no haya respondido al anuncio?

—No, vio el anuncio y entregó su respuesta en persona. ¿Te acuerdas del lacayo de librea?, ¿el pelirrojo?

—Eh... sí, y recuerdo que dijiste algo que no alcancé a entender. ¿Ese hombre era el cíngaro?, ¿cómo lo sabes?

—Por dos razones: En primer lugar, he visto disfraces muy parecidos en el teatro; en segundo lugar, ningún lacayo está tan bien alimentado. Es tan arrogante y teatrero como le describió Sinjon, además de temerario.

—Sí, eso salta a la vista, pero sigo sin entenderlo. Si Sinjon no va a estar en Cleveland Row esta noche, dónde va a... ¡Dios mío!

—Sí, en el único sitio donde a un necio jamás se le ocurriría buscarle. En su propio terreno, un terreno que seguro que habrá preparado a conciencia, el lugar que mejor conoce y donde se siente más cómodo. Seguro que siempre tuvo la certeza de que su antiguo pupilo iría a buscarle a su casa y trazó sus planes de acuerdo a esa teoría, pero lo que hizo el cíngaro fue retarle para lograr que saliera a dar la cara, así que él está devolviéndole el favor al atraerle a su guarida. De ese modo se completa el círculo. Va a ser una carrera contra el tiempo, Tess, y un verdadero desastre si me equivoco, pero creo que estoy en lo cierto. Sinjon no estaba mintiendo por completo en la carta que nos dejó. En ella nos dijo dónde iba a estar, pero nosotros no supimos verlo.

—Y en este momento está apostado en su telaraña en

casa, a la espera de que llegue el cíngaro y tú le mates en su nombre, y resulta que tú y yo estamos aquí, en Londres. Qué extraño, Jack. En esta ocasión ha estado a punto de pasarse de listo, ¿verdad?

—Suponiendo que yo esté en lo cierto. En cualquier caso, tengo que alertar a los demás, ten en cuenta que es posible que me equivoque. Si tu padre y el cíngaro se presentan esta noche en Cleveland Row, solo Dios sabe lo que puede llegar a suceder. No sé si Will está capacitado para enfrentarse a alguien tan preparado como el cíngaro.

—Estoy convencida de que estamos en lo cierto —le aseguró ella con firmeza, antes de echarle una ojeada al reloj—. Escribe tu nota y que Wadsworth pida que alisten los caballos mientras me cambio de ropa, estaré lista para partir en diez minutos.

—Que sean once —le dijo él, antes de abrazarla y besarla con pasión.

Ella se aferró a su cuerpo, sintió que aquel abrazo le daba fuerza y valor.

—Gracias, Tess —le dijo él al oído, sin dejar de abrazarla—. Gracias por confiar en mí. Por primera vez desde que empezó todo esto, tengo la sensación de que estamos en el camino correcto.

Ella le besó en el cuello antes de que la soltara, y comentó:

—Bien sabe Dios que ya hemos tomado suficientes caminos equivocados, es hora de ver adónde nos conduce este.

Eran cinco horas o más en carruaje, tres a caballo. Tenían tiempo, siempre y cuando el cíngaro se ciñera al horario establecido por Sinjon y llegara a las diez a la casa. La cuestión era que Jack no sabía si aquel tipo iba a respetar las reglas del juego de su antiguo mentor; de hecho, él mismo estaba harto de seguirle el juego.

Miró a Tess, que estaba sentada a su lado en el carruaje vestida con camisa y pantalón, y se preguntó si estaría pensando en lo que iban a hacer si la casa estaba vacía, o en el hipotético caso de que encontraran allí el cuerpo sin vida de su padre. ¿Qué pasaría si la muerte la privaba de la confrontación a la que ella creía que tenía derecho?

Se sintió un poco culpable por albergar la esperanza de que las cosas sucedieran así, ya que eso le libraría de tener que acabar con Sinjon él mismo. Porque lo cierto era que había tomado una decisión: Fuera como fuese, el marqués de Fonteneau iba a morir aquella noche. Aquel tipo ya había vivido lo suficiente.

Estaban a punto de salir de la ciudad. En breve llegarían al punto de encuentro acordado con Wadsworth, que les esperaba con sus monturas, y no tendrían tiempo para conversar.

—Wadsworth por poco me da un abrazo de agradecimiento cuando le he dicho que no hacía falta que se disfrazara de nabab —dijo, para acabar con el tenso silencio—, pero debo advertirte que ya se había aplicado el jugo de nuez de betel en las manos y el rostro para prepararse; con suerte, recuperará su palidez habitual en una semana. La verdad es que me alegra que el disfraz sea innecesario, porque no tuve en cuenta que tiene los ojos azules. Solo habría sido convincente como nabab en una sala muy oscura.

Ella sonrió porque eso era lo que él quería lograr, pero siguió con los puños fuertemente apretados sobre el regazo.

Jack se había dado cuenta de que era demasiado peligroso que ella fuera a lomos de su yegua, y tampoco era prudente llevar a los caballos sujetos tras el carruaje por si Will o Dickie estaban vigilando la mansión de Grosvenor Square. Sabía que estaba quemando todas sus naves al dejar al margen de su plan a sus supuestos compañeros y que, si su deducción respecto al paradero de Sinjon era errónea, sus días de trabajo a las órdenes del Gobierno estaban contados; de ser así, ¿qué era lo que le deparaba el futuro? Era posible que, tal y como le había pasado a Sinjon, todos los secretos gubernamentales de los que estaba enterado le pusieran en el punto de mira de Liverpool.

Tess posó la mano sobre la suya antes de decir:

—He permanecido callada para que pudieras pensar con tranquilidad, con la esperanza de que se te ocurra algo brillante. ¿Tienes algún plan?

Él sonrió al recordar algo que le había dicho Puck.

—Según mi hermano, él es el cerebro y yo los músculos; como él no está aquí, albergaba la esperanza de que se te ocurriera algo brillante e infalible.

—Me temo que he sido egoísta y me he limitado a pensar en lo que voy a preguntarle a Sinjon, aunque sé que él solo va a ofrecerme mentiras.

—Sus mentiras serían más agradables que las verdades, aunque dudo que él sepa diferenciar las unas de las otras a estas alturas —le contestó él, justo cuando el carruaje empezó a aminorar la marcha para detenerse—. No es necesario que hables con él, no necesitas ni sus mentiras ni sus verdades.

Ella le fulminó con la mirada al oír aquello.

—¿Es eso lo que sientes respecto a tu madre? Creía que habíamos llegado a un acuerdo, Jack. Por eso estoy aquí, tú mismo lo dijiste. Por fin estamos en el camino correcto.

—No acordamos en ningún momento lo que íbamos a hacer al llegar a nuestro destino. No puedo prometerte nada. Si se desencadena una lucha, no voy a arriesgar ni tu vida ni la mía por salvar la de Sinjon. No merece salvarse.

—¡No me refería a eso! —le espetó ella con indignación—. Recuerda que no vas a esa casa en calidad de verdugo, ¿o es que eso es lo que quieres?

—Tess...

La portezuela del carruaje se abrió y apareció el rostro de Wadsworth, un rostro más marrón que rosado y de ojos azules.

—¡Permiso para acompañaros, señor! —le pidió, en un tono digno de un sargento mayor.

—Deja que venga, no sabemos si el cíngaro va a llegar solo —le susurró Tess.

Jack se volvió a mirarla y asintió al ver lo tensa que estaba.

—Permiso concedido. Gracias, Wadsworth.

—¡Gracias a vos, señor! ¡Le debo una a ese canalla por intentar llevarse al señorito Jock, señor!

—Muy cierto, eso es algo por lo que todos queremos que pague —admitió Jack, mientras ayudaba a bajar a Tess—. ¿Estás armado?

—¡Hasta los dientes, señor!

Después de aquella vehemente exclamación, Wadsworth esbozó una sonrisa que dejó al descubierto unos dientes que parecían inquietantemente blancos en su rostro oscurecido por la nuez de betel.

—En ese caso, ¿qué haces ahí parado? ¡Pongámonos en marcha!

—¡Sí, señor!

—Espero que hable más bajito cuando estemos cerca de la casa, no queremos pregonar a los cuatro vientos nuestra llegada —comentó Tess, mientras Jack la ayudaba a montar.

—Tienes razón, después hablaré con él. No te preocupes, obedecerá sin dudarlo las órdenes que se le den —esquivó su mirada mientras hablaba; con un poco de suerte, estaría demasiado sumida en sus pensamientos como para poder leer los suyos.

—¿Y yo no?

—Me gustaría creer que lo harías, porque así te ordenaría que volvieras a meterte en ese carruaje y regresaras a Londres, pero estaría malgastando mi aliento, ¿verdad?

–Ya estás malgastándolo, te sugiero que pases las próximas horas ideando formas de capturar a dos hombres muy peligrosos.

–Así que «capturar», ¿no? ¿Insistes en eso? Por el amor de Dios, ¿no vas a rendirte hasta que me comprometa a no dañar ni un condenado pelo de sus cabezas?

–Supongo que en realidad me da igual lo que hagas con el cíngaro, siempre y cuando pague por la muerte de René. Me trae sin cuidado si acaba en la horca o con un cuchillo clavado en el corazón.

–De modo que ahora tengo tu permiso para matarle, ¿no? Qué bien, me alegra saber que sirvo para algo.

Ella se encogió de hombros en un gesto que a Jack le pareció tan elocuente como enloquecedor.

–Sí, pero la cuestión es si están sirviéndose de ti. Está claro que Sinjon quiere que muera, pero no de cualquier forma. Él quiere que seas tú quien acabe con él. ¿Por qué?

–No había pensado en ello, pero, para serte sincero, me importa un bledo lo que Sinjon quiera; en este momento, mi único objetivo es que tú y yo sigamos con vida –después de aquellas cortantes palabras, fue a montar a lomos de su caballo y lo condujo hasta la yegua de Tess–. Querías formar parte del plan y yo fui tan idiota como para permitirlo, pero no te interpongas en mi camino. Voy a hacer lo que sea necesario, eso es algo que siempre has sabido.

–Por fin oímos la verdad. Vas a esa casa con el propósito de matar. No puedes ver más allá de eso, ¿verdad? No te importan las respuestas. Dices que sí porque crees que eso es lo que quiero oír, pero no es cierto. Lo único que quieres es que todo se esfume, esa ha sido siempre tu respuesta. Hacer que todo se esfume y, en caso de que no sea posible, alejarte sin más. ¿Cómo es posible que creas que así se soluciona algo? Lo único que consigues es convertirte en un asesino... a las órdenes de Liverpool o de Sinjon, ¿qué más da?... y puede que también en un cobarde. Piensa en ello durante el trayecto, Jack Blackthorn. ¡Piensa en ello!

Hundió los talones en los flancos de su montura y se alejó al galope por el camino, así que Jack y Wadsworth no tuvieron más remedio que salir tras ella para intentar alcanzarla.

Capítulo 15

Tess sabía que había ido demasiado lejos. Se había excedido con sus palabras, se había dado cuenta en el mismo momento en que habían brotado de sus labios y no sabía cómo solucionar las cosas. No podía retirar lo dicho, sobre todo teniendo en cuenta que había expresado su verdadera opinión.

Jack era el hombre más valiente que había conocido en toda su vida en casi todos los aspectos, pero, cuando su madre le había revelado la verdad de su origen y le había pedido que se marchara de Blackthorn, él lo había hecho, y también se había marchado sin más cuando ella se lo había pedido tras la muerte de René.

Era comprensible, al menos en parte. Ella misma quería evadir la verdad sobre su padre y, de hecho, eso era lo que había estado haciendo durante años. Como no tenía a nadie más, había optado por creer que Sinjon era invencible y valiente, que estaba lleno de dolor por haber perdido a su esposa, que su misión era luchar contra Bonaparte y lograr que regresara la Francia que él conocía. Ella había hecho la vista gorda ante sus defectos, había disculpado su frialdad. Se había pasado la vida intentando complacerle, intentando lograr que en aquel rostro de ojos tristes apareciera una sonrisa. Se había esforzado por ganarse su aprobación y ser como él.

El hecho de descubrir que todo lo que daba por cierto era mentira había estado a punto de destruirla, así que podía imaginar lo que había sentido Jack cuando su madre le había confesado que no era hijo del marqués.

Ella siempre había intuido que algo no encajaba, que su vida no era real, y a él, por su parte, le habían confirmado lo que siempre había sospechado.

Jack había optado por salir corriendo, por huir de la verdad, y ella estaba haciendo lo contrario: estaba corriendo hacia la verdad, hacia su padre, para exigir respuestas... pero quizás él tenía razón al afirmar que las respuestas no existían, que no había ninguna que pudiera cambiar los hechos.

Y los hechos eran que su padre era frío, manipulador y malvado hasta la médula. ¿Qué podía preguntarle para lograr que le dijera la verdad en vez de más mentiras? ¿Qué podría decir él para mejorar las cosas, que lamentaba lo sucedido? Suponiendo que él admitiera lo que había hecho, ¿cambiaría eso en algo las cosas? ¿Acaso albergaba la más ligera esperanza de que él hubiera tenido alguna razón para actuar así, una que tuviera cierto sentido?

Sinjon había intentado secuestrar a Jacques. Ese era el meollo de la cuestión, lo que ella necesitaba saber. Se trataba de su propio nieto y resultaba inconcebible que hubiera sido capaz de sostenerle la mano, leerle cuentos y velar su sueño mientras estaba tramando formas de utilizarlo como a un peón más en una de sus perversas partidas de ajedrez.

Se dio cuenta del paralelismo que existía entre el comportamiento de Sinjon y el de Adelaide, que había besado a su hijo y le había dicho que le quería antes de echarle, y se secó con disimulo las lágrimas que le bajaban por las mejillas. No entendía cómo podía haber gente tan cruel, personas a las que no les importaban ni lo más mínimo los de su propia sangre. Seguro que carecían de conciencia y no eran humanos, sino unos monstruos.

No había que preguntarle al león por qué rugía; lo hacía, y punto. Cuando uno se enfrentaba a un animal así, no había tiempo para preguntas: era matar o morir y, cuando todo terminaba, uno tenía que encontrar la forma de vivir con lo que se había visto obligado a hacer.

Jack no había podido cambiar las circunstancias de su origen, así que no era de extrañar que se hubiera marchado. ¿Qué otra opción le quedaba? Lo malo era que aún seguía huyendo.

—Jack...

Él cerró el catalejo plegable y la miró ceñudo. Llevaba más de una hora vigilando la casa sin moverse, sin respirar apenas. El sol se había ocultado tras el horizonte poco antes, y faltaba poco para que oscureciera del todo y la única luz que iluminara la arboleda en la que estaban fuera la de la luna.

La casa estaba situada en el fondo llano de una especie de cuenca y la rodeaban por todos lados colinas cubiertas de espesos bosques. Un ejército entero habría podido ponerse a cubierto entre los árboles, pero el terreno de hierba segada que había entre las colinas y la casa en sí podía ser una trampa mortal. En otras palabras: aunque estaban cerca, seguían estando peligrosamente lejos. Todo dependía de lo que Sinjon les tuviera preparado.

—Lo siento —se sentó bajo un enorme roble, encogió las piernas y las apretó contra su pecho. En ese momento le habría gustado empequeñecerse hasta hacerse invisible—. Creo que por fin he logrado entenderlo. Lo que te dije antes estuvo mal, fue muy mezquino de mi parte. Me he empeñado en hacerte sentir lo que siento yo, y no he tenido en cuenta tus sentimientos.

—Ahora no, Tess —le contestó él con sequedad, antes de volver a alzar el catalejo.

—Sí, ahora —insistió, antes de acercarse un poco más a él—. No eres cobarde ni huiste, te marchaste. No es lo mismo. La cobarde soy yo por no marcharme. No quería que mi vida cambiara a pesar de que sabía que no era una vida real. Cuando René y yo éramos pequeños no teníamos elección, pero tendríamos que haber reaccionado cuando crecimos. Él no era feliz. Tendríamos que habernos marchado, yo tendría que habérmelo llevado lejos de aquí; de haberlo hecho, aún estaría vivo. Aún tendría a mi hermano a mi lado.

Él no apartó la mirada de la casa al contestar:

—No te tortures así por el pasado. No puedes obsesionarte pensando en lo que tendrías que haber visto, en lo que tendrías que haber hecho. René ya no está con nosotros, pero tú no tienes la culpa. No fuiste tú quien le puso en peligro, fue Sinjon.

Ella se rodeó las piernas con los brazos y apoyó la mejilla en ellos.

—No sabes cuánto echo de menos a mi hermano. Era tan hermoso, tan puro, y que su vida acabara así... durante meses estuve despertándome gritando en medio de la noche.

—¿Qué es lo que estás intentando decirme?

Ella respiró hondo y soltó el aire poco a poco para intentar aliviar el dolor que le oprimía el pecho.

—No lo sé. Estoy asustada, más asustada que nunca, ahora que ya estamos aquí. Creo que Sinjon aún nos tiene algo más preparado y supongo que por eso estoy tan nerviosa, porque no sé por qué estamos aquí. Lo único que sabemos es que Sinjon desea que estemos presentes... mejor dicho: que tú estés presente. No mates al cíngaro por él, Jack. No mates a ninguno de los dos. Por favor. Si eso es lo que Sinjon quiere que hagas, es razón suficiente para no hacerlo. Ya nos hemos dejado manipular por él durante demasiado tiempo.

—Ese hombre asesinó a tu hermano, le ejecutó.

—Eso ya lo sé, ¿cómo podría olvidarlo? Si a Sinjon le importara en algo su hijo, llevaría a cabo su venganza él mismo. Tú lo harías, y yo también. No olvides que él solo finge ser un viejo débil y decrépito, en realidad no nos necesita.

—Está utilizándome porque sabía que me enviarían en su busca cuando desapareciera, no soy más que un instrumento que le resulta conveniente.

Ella le puso una mano en el brazo. Tenía que hacerle entender lo que ni ella misma alcanzaba a entender aún. Lo único que tenía claro era que, si Sinjon quería que Jack matara al cíngaro, no era porque fuera incapaz de hacerlo él mismo. Tenía que haber otra razón.

—No, eso es lo que no encaja, lo que no ha encajado desde el principio. Estoy convencida de que Sinjon tenía otras formas a su alcance de lograr su objetivo, ¿por qué optó por un plan tan enrevesado? Él ha sido desde el principio la araña que atrae hasta su red a su presa, en este caso el cíngaro y tú. Todo lo que ha hecho estaba ideado para impedir que pensáramos con claridad.

Él se frotó los ojos antes de volver a alzar el catalejo.

—En ese caso debemos felicitarle, porque su táctica ha funcionado. ¿Crees que también planeó que tú y yo discutiéramos constantemente? Si es así, también ha tenido éxito en eso.

—Perfecto, vamos a echarle la culpa de nuestras desavenencias a Sinjon —le dijo, en tono de broma.

Él bajó el catalejo y la miró sonriente.

—Lo prefiero a sentirme como un borrico. Perdona, Tess.

Ella se dio cuenta de que había conseguido algo de ventaja, y decidió aprovecharla.

—¿Significa eso que admites que seguimos dejando que él nos manipule?

—No sé cómo he podido olvidar ni por un segundo lo terca que eres. Sí, de acuerdo, lo admito, pero me gustaría saber cómo esperas que capture a ese par. Dudo mucho que se rindan sin más si llego y se lo pido con educación.

—Sí, ya lo sé —dijo ella con voz queda, antes de volverse de nuevo hacia la casa.

Se habían posicionado en un punto desde donde se veían las ventanas del despacho de Sinjon. Wadsworth estaba apostado frente a la casa, aunque era improbable que el cíngaro llegara y llamara a la puerta principal como si nada.

–¡Jack! ¡Mira, hay luz en las ventanas! ¡Alguien ha encendido una vela! –exclamó, con un nudo en el estómago–. Sinjon no permite que los criados entren en su despacho, yo tuve que encargarme de limpiárselo durante años cuando él me lo permitía. ¡Tiene que ser él!

–No se esconde, y eso indica que ha hecho venir al cíngaro para hablar con él. Puede que su intención sea ofrecerle una parte de su colección para resarcirle por haber hecho que estuvieran a punto de matarle en España. Seguro que le ofreció algo, y el cíngaro se dejó seducir por la codicia y le creyó; de no ser así, se mantendría a kilómetros de esta casa, pero allá él. Y el bueno de Sinjon está esperándole encantado, convencido de que su querido pupilo Jack va a emerger de entre las sombras para acabar con el dragón que le amenaza. Sí, Tess, me temo que nuestro cíngaro es un necio. Me sorprende que haya vivido tanto tiempo.

Tess se sintió un poco aturdida, necesitaba aligerar un poco la abrumadora tensión que la atenazaba.

–Es posible que todo forme parte del mismo juego. Estoy convencida de que el cíngaro piensa fingir que coopera hasta que Sinjon le muestre dónde esconde la colección. Están jugando al gato y al ratón, interpretando el papel de ladrones honorables, pero en realidad los dos piensan que el otro es un necio crédulo y están esperando a la primera oportunidad para atacar. ¿Te lo imaginas? «No sabes cuánto lamento aquel pequeño malentendido que hubo entre nosotros en España, viejo amigo. Fue una mera cuestión de negocios, ya sabes cómo es esta profesión». Y el cíngaro contestaría algo así como: «Sí, el tiro me salió por la culata en aquella ocasión, ¿verdad? Ja, ja».

Él bajó el catalejo y se echó a reír.

—Debo admitir que trabajar contigo tiene sus ventajas, Tess. Nunca me he reído durante una misión con Will y Dickie. Todo depende del prisma bajo el que se ven las cosas, ¿verdad? En este momento me trae sin cuidado el desenlace de todo este embrollo; de hecho, me cuesta recordar que en algún momento llegó a importarme. Ahora mismo, me encantaría que saliéramos de este bosque y fuéramos al pueblo para disfrutar de una cena tardía.

En ese momento se oyó un silbido corto que debía de querer imitar el canto de algún pájaro silvestre, y Jack se llevó la mano de forma instintiva a una de las pistolas que llevaba al cinto.

—Parece ser que el cíngaro ha llegado, y por la puerta principal. Hemos acertado, Tess, aunque sea por una vez siquiera. Sinjon debe de haberle convencido de que está a salvo con él. Bueno, llegó el momento de poner en marcha el plan.

Ella se puso en pie a toda prisa. Le miró desconcertada por un instante, pero el desconcierto dio paso al enfado cuando se dio cuenta de lo que pasaba.

—¿Estás diciendo que tenías un plan desde el principio?

Él la tomó de la mano mientras descendían por la colina y salían de la arboleda.

—No, desde el principio no, se me ocurrió cuando fuiste a cambiarte de ropa y me puse a redactar la nota para Will y Dickie. No pretendo fanfarronear, pero si he logrado sobrevivir tanto tiempo no ha sido por una mera cuestión de suerte.

—¡Y has dejado que yo parloteara como una boba, que hiciera el ridículo y dijera cosas que...! ¡Maldita sea, Jack!

Wadsworth apareció en ese momento en el camino de grava. Seguía estando armado hasta los dientes y Tess se preguntó si la escenita en el carruaje había sido una farsa, si él estaba enterado del plan desde el principio.

–¿Este es tu plan?, ¿llamar a la puerta principal? No podemos entrar en esa casa sin más, Jack. ¡Contéstame!

–Creo que ya sabes la respuesta. Estoy harto de participar en los jueguecitos de Sinjon –le soltó la mano, se llevó dos dedos a la boca y soltó dos rápidos silbidos seguidos de uno más largo.

Tal y como había pasado antes con el silbido de Wadsworth, el sonido no se parecía en nada al canto de un pájaro, pero estaba claro que eso era algo deliberado: el objetivo no era engañar a nadie, sino alertarles. Jack estaba anunciando su presencia, llamando de forma obvia a su supuesta tropa. Sinjon no esperaba la llegada de ninguna tropa ni un asalto, creía que iba a ser el único espectador presente. Estaba convencido de que Jack iba a obedecerle, porque se suponía que siempre había que acatar sus órdenes. Ese era su mayor defecto: creía que podía conseguir que todo el mundo le obedeciera.

–Buenas noches, mi señora –la saludó Will Browning, que apareció de improviso ante ellos–. Dickie ya está en las cocinas, Jack. Apuesto a que está hinchándose a comer, hemos tenido que partir de Londres a la carrera para llegar aquí a tiempo y no ha podido cenar. Supongo que Jeremy y sus hombres estarán aburriéndose a más no poder en Cleveland Row, porque tus sospechas eran ciertas. He visto entrar a nuestro objetivo en la casa. Me complace saber que este viaje no ha sido una pérdida de tiempo, ¿ahora qué?

Tess fulminó a Jack con la mirada.

–Eres... –estaba tan furiosa que le costaba articular las palabras. Aún estaba intentando asimilar lo que él había hecho–. Eres... No me has... Me dejaste creer que... Me dejaste creer que uno de ellos trabajaba para...

–Por muy tonto que pueda llegar a ser a veces por muchas razones, no lo soy tanto como para darle a Sinjon lo que quiere, sea lo que sea, ni para ponerte en peligro. A la cuenta de cincuenta, Will. Necesitamos tiempo para ponernos en posición. Ah, y con el barullo que se espera de unos ineptos agentes de la Corona, por favor.

Browning hizo una reverencia digna de un salón de baile.

—Será todo un placer, aunque debo puntualizar que Dickie me supera con mucho en ineptitud.

Tess tenía ganas de ponerse a gritar de frustración.

—¿Qué pasa?, ¿qué es lo que estáis haciendo?

—Quieres enfrentarte cara a cara con él, ¿verdad? Pues vamos a hacerlo, pero vamos a ser nosotros... mejor dicho, yo, quien decida cómo va a ser ese encuentro.

La tomó de la mano y la alejó de la casa, pero Tess miró por encima del hombro y vio que Will Browning y Wadsworth se acercaban a la puerta principal cargados con un pequeño ariete. No había duda de que se disponían a hacer mucho barullo.

Jack la llevó medio a rastras hacia el lateral de la casa; después de rodear el edificio, cruzaron el oscuro prado y subieron por la colina hacia una pequeña construcción situada a la entrada de la arboleda.

—Lo del ariete es una ridiculez, seguro que la puerta no está cerrada. ¿Adónde vamos?, ¿a la bodega? ¿Por qué...?

—Los criados de la casa se esconderán en cuanto oigan el ruido del ariete, queremos que estén fuera de peligro. En cuanto a lo demás, lo sabrás en breve. ¡Vamos, corre!

Tess oyó a su espalda los golpes del ariete. Después se oyó el estruendo de la pesada puerta de madera al salirse de sus goznes y golpear contra la pared, y Will Browning gritó:

—¡En nombre del rey! ¡Sinjon Fonteneau, entregaos para ser arrestado!

Dickie se sumó a los gritos de inmediato, y Wadsworth soltó un grito de guerra bastante convincente que resonó tanto dentro como fuera de la casa; mientras tanto, Jack la instó a que se colocara contra la pared de la bodega, a un lado de la puerta.

—Ven, quédate aquí. Prepárate para agarrar la puerta cuando se abra. Cuando ellos salgan, cuando les veas la espalda, ciérrala de golpe... y entonces, por el amor de Dios, quítate de en medio.

Ella no podía ni hablar, la atenazaban un miedo y una furia tan intensos que tenía ganas de darle un puñetazo. No podía creer que él tuviera un plan desde el principio y la hubiera engañado al hacerle creer que estaba dejándose manipular por Sinjon. Se había comportado como una boba, había dicho cosas que jamás habrían tenido que salir de sus labios... ¡y resultaba que él tenía un plan! Estaba decidida a hacérselo pagar muy, pero que muy caro.

Por si fuera poco, el muy descarado le guiñó el ojo antes de ponerse con la espalda contra la pared al otro lado de la puerta. Tenía una pistola amartillada en cada mano.

No hacía falta preguntarle lo que sucedía. Sinjon debía de tener alguna vía de escape en la casa, algún túnel que conducía a la bodega. Él mismo le había advertido en más de una ocasión de las vulnerabilidades derivadas de la geografía de la zona, le había dicho que la extensión de terreno llano que rodeaba la casa podía ser tanto una ventaja como un problema para los que estaban dentro a menos que se tomaran las medidas necesarias.

Ni que decir tiene que él había tomado dichas medidas. Seguro que, en cuanto había oído el barullo que se había formado en la puerta principal, se había puesto en marcha junto al cíngaro... suponiendo que este último aún estuviera con vida, claro.

Cuando la puerta se abrió al cabo de varios rápidos latidos del corazón, el único que salió fue Sinjon, que se detuvo bajo la luz de la luna y se inclinó hacia delante con las manos en las rodillas mientras intentaba recobrar el aliento. Tess contó hasta tres antes de cerrar la puerta de golpe, y se alejó corriendo unos seis metros para estar fuera de su alcance.

Jack se colocó frente a él y le apuntó al estómago con las pistolas.

—Te agradecería que no te movieras, Sinjon.

Tess no habría sabido decir lo que esperaba que sucediera, pero se sorprendió al ver que su padre se incorporaba y esbozaba una sonrisa que ella conocía a la perfección. Era una sonrisa con la que daba la impresión de que él tenía las riendas de la situación a pesar de que le apuntaban dos pistolas.

—Hola, Jack. Ah, tú también estás aquí, Thessaly. Qué placer veros a los dos. He llegado a temer que estuvierais en Cleveland Row, perdiendo el tiempo. Mis felicitaciones.

Tess notó cómo controlaba la respiración, cómo se ponía bien los puños de la camisa y adoptaba una pose muy familiar para ella, una de total y completa indiferencia hacia los inferiores mortales que le rodeaban. Sintió que la recorría un escalofrío de aprensión.

—Sí, pasábamos por aquí —le contestó Jack, con la misma naturalidad—. Levanta las manos, por favor. Disculpa, pero siento la imperiosa necesidad de ver dónde están.

—¿De verdad lo crees necesario, Jack? De acuerdo, como quieras, pero solo si satisfaces la curiosidad de un anciano como yo y me dices cómo te enteraste de la existencia de mi... salida alternativa. Estoy seguro de que no te hablé de ella en ningún momento.

—No, tú no, pero René sí. A uno de sus tutores le gustaba encerrarle aquí como castigo, y él tomó por costumbre llevar encima un yesquero para no estar solo en la oscuridad. Así fue como se dio cuenta de que una corriente de aire movía la llama de la vela que siempre guardaba aquí. No llegó a encontrar la forma de entrar a la casa desde el túnel y yo nunca estuve a solas el tiempo suficiente para averiguar dónde estaba la salida, pero, por suerte para mí, no me hizo falta.

El marqués sonrió al contestar:

—Eres muy listo, de eso no hay duda. Dime, por favor, ¿acaso ha surgido algún problema? Mi casa acaba de ser invadida por error por los secuaces de ese necio de Liverpool y yo, con toda prudencia, he huido de ellos como buenamente he podido. Tenía intención de explicarle el porqué de mis acciones a Liverpool en cuanto pudiera, pero ahora heme aquí, con las manos alzadas y tú apuntándome con un par de pistolas. No es que no me alegre de verte, por supuesto, ya que sé que eres una persona sensata que atiende a razones... al igual que tú, mi querida Thessaly. No sabes cuánto me preocupé cuando regresé de mi pequeño viaje y me enteré de que te habías ido con mi querido Jacques. ¿Cómo está ese muchachito?

—¡No te atrevas a hablar de mi hijo como si te importara lo más mínimo!

Tess dio un paso hacia él con los puños apretados, pero se detuvo al ver que Jack le indicaba con un gesto que se quedara donde estaba. Se dio cuenta de que había estado a punto de cometer un peligroso error, pero en ese momento ardía en deseos de estrangular a su padre. De repente tuvo ganas de taparse los oídos y los ojos, se sentía descompuesta. No entendía por qué había creído necesario volver a verle.

—Qué sensibles son las mujeres, ¿verdad? Es una lástima, ya que eso las invalida para una gran cantidad de tareas. Jack, si no te importa, voy a bajar las manos... Sí, así estoy mucho mejor. Y ahora, aunque soy consciente de lo obstinado que puedes llegar a ser cuando se te mete una idea en la cabeza, me gustaría saber si te has detenido a reflexionar por un momento sobre lo que está ocurriendo aquí.

Jack bajó una de las pistolas.

—No, creo que no. ¿Por qué no me lo explicas tú?

Tess miró al uno y al otro sin entender lo que pasaba, ¿por qué estaban siendo tan condenadamente civilizados?

—Con mucho gusto. Te enviaron a buscarme porque desaparecí de mi casa, ¿verdad? De esta casa. Pero aquí estoy; de hecho, nuestro querido amigo lord Liverpool ha recibido una carta mía... mejor dicho, la recibirá mañana cuando le entreguen el correo... en la que le explico que me enteré del regreso del cíngaro y me propuse capturar al fin al hombre que había asesinado a sangre fría a mi único hijo varón. Él también es padre, así que no me cabe duda de que entenderá mi dolor y mis ansias de venganza. En la carta le explico que tuve que desaparecer por un tiempo para que mi plan tuviera éxito, pero que después de ver cumplido mi objetivo vuelvo a estar en casa y sigo siendo su humilde servidor. Voy a disculpar el ataque de esta noche, por supuesto. Soy un hombre razonable.

Jack sacudió la cabeza y comentó con ironía:

—¿Ah, sí? ¿Quiere eso decir que tienes al cíngaro bien amarradito en tu despacho? No, mejor aún, ¿le has matado ya? Mis felicitaciones, qué eficacia. ¿Qué me dices de todo lo demás?, ¿cómo piensas explicarlo?

—¿A qué te refieres? Ah, tranquilo, te perdono que te llevaras a mi hija y a mi nieto, estoy convencido de que tus intenciones eran buenas y así se lo haré saber a lord Liverpool. No guardo ningún rencor.

Tess fue incapaz de seguir callada.

—¡Esto es inconcebible, Jack! ¡Está intentando eludir su responsabilidad! —dio dos pasos hacia su padre, pero se mantuvo fuera de su alcance—. ¿Cómo explicas todo lo demás, querido padre? ¿Cómo explicas tus años como ladronzuelo y lo de tu colección?

—¿Mi qué? —Sinjon la miró con verdadera lástima—. ¿Sabes tú de qué absurdez está hablando mi hija, Jack?

El aludido bajó la otra pistola.

—Tess, recuerda que la colección ya no está en el escondite y no tenemos prueba alguna de su existencia. Bien jugado, Sinjon. Supongo que, si te preguntáramos acerca de todo lo que ha ocurrido en estos últimos días, alegarías que no confiabas en que yo lograra apresar al cíngaro y por eso me enredaste en una búsqueda inútil.

–Siempre fuiste razonablemente competente, Jack, pero jamás podrás compararte siquiera a tu maestro. No quería que te entrometieras, y tampoco quería que mi hija y mi nieto estuvieran presentes cuando hiciera venir al cíngaro hasta aquí. Digamos que fuiste... útil, y te doy las gracias por ello.

Tess estaba lívida de frustración.

–¿No ves lo que está haciendo?, ¡se lo inventa todo sobre la marcha! Por el amor de Dios, Jack, ¡no le ayudes!

La única reacción que tuvo su padre ante su furia fue limitarse a mirarla sonriente por un momento antes de centrarse de nuevo en Jack.

–Como iba diciendo, Jack, soy un hombre pobre que vive gracias a una pensión gubernamental; ni más, ni menos. Tus esfuerzos por demostrar que soy algo más que eso me parecen encomiables, aunque me temo que tu fracaso no habla demasiado bien de mi aptitud como mentor. Y ahora, si no te importa, me gustaría regresar a la casa. Podemos seguir allí con esta conversación y tanto mi hija como tú tendréis ocasión de presentarme vuestras disculpas, yo estoy dispuesto a ser magnánimo y aceptarlas. La noche es fría y, como puedes ver, voy en zapatillas. Pero, antes de nada, te agradecería que tuvieras a bien sacar de mi casa a tu variopinta banda de secuaces. No te preocupes, te reitero que pienso asegurarle a Liverpool que vuestra actuación ha sido impresionante. Un fracaso, pero impresionante –sin más, como si pensara que nadie iba a detenerle, se fue colina abajo hacia la casa.

Tess se quedó donde estaba, llena de furia y de impotencia.

–Jack... ¿Va a poder salirse con la suya?, ¿crees que alguien puede creer su versión de los hechos?

–Eso depende, supongo. Si tiene al cíngaro en su poder, Liverpool no hará demasiadas preguntas. Venga, vamos.

Sinjon se volvió hacia ellos y apuntó a Tess con una

pequeña pistola de plata antes de decir con voz aterciopelada:

–No, vosotros no vais a ninguna parte. Me temo que
mi hija tiene razón, mi versión no se sostendría bajo un
análisis minucioso; además, ya tengo otros planes.

–Serías incapaz de dispararme –a pesar de sus palabras, incluso ella misma notó la falta de convicción que
había en su propia voz.

–Quédate quieta, no te muevas –le ordenó Jack.

–Qué buen consejo. Suelta las armas, Jack. ¡Andreas!
Ha llegado el momento de que salgas a escena.

La puerta de la bodega se abrió de nuevo, y vieron
aparecer a un hombre alto y musculoso. Llevaba puesta
una llamativa capa negra ribeteada de satén rojo, y su
boca esbozaba una amplia sonrisa bajo el antifaz negro
que le ocultaba medio rostro.

–¡Ya era hora! Yo mismo me habría tragado todas esas
sandeces de no ser por el hecho de que no estoy... ¿Qué es
lo que ha dicho el muchacho?, ¿bien amarradito? Sí, no
estoy ni bien amarradito ni muerto. ¡Y justo cuando hemos acordado volver a trabajar juntos! En fin, será mejor
que nos vayamos sin demora.

–A pesar de tus muchos talentos, Andreas, siempre has
adolecido de una estupidez deplorable. Admito que aún
hay que pulir un poco la historia, pero creo que puedo lograr que sea lo bastante convincente como para engañar a
ese botarate de Liverpool; al fin y al cabo, soy el marqués
de Fontaine y será mi palabra contra la del bastardo que
deshonró a mi hija –Sinjon apuntó al cíngaro con la pistola antes de añadir con una sonrisa ladina–: Como podrás
entender, por mucho que me hubiera gustado utilizar a
Jack para esta tarea en concreto, ahora tienes que morir.

Disparó sin más, pero la bala se incrustó en la puerta
debido a que, en el último momento, Sinjon se tambaleó
un poco y en su aristocrático rostro apareció una expresión de sorpresa.

–Qué... –dejó caer la pistola, y se llevó las manos al pecho–. Qué... inesperado –poco a poco, casi con gracilidad, cayó de rodillas al suelo.

Tess miró a su padre sin entender lo que había pasado, cómo había pasado; antes de que pudiera reaccionar, el cíngaro le agarró el brazo con fuerza y se escudó tras ella mientras le ponía un cuchillo al cuello.

Jack ya se había agachado a por una de sus pistolas, pero el arma no servía de nada contra el cuchillo que la amenazaba.

–¡Dispárale! –le gritó Sinjon, que seguía arrodillado, mientras la sangre le brotaba por las comisuras de la boca–. ¡Dispárale! ¡Obedece, patético bastardo! ¡Dispárale!

–¿Que me dispare a mí, a su propio padre? ¡Lo dudo mucho! –dijo el cíngaro con voz triunfal, antes de lanzar a Tess hacia Jack con un fuerte empujón e internarse corriendo en la arboleda.

–¡Le tengo! –exclamó Will Browning, que llegó en ese momento a la carrera con Dickie Carstairs y Wadsworth siguiéndole jadeantes colina arriba.

Tess se apartó de Jack, que estaba mirando con el rostro pálido como la muerte hacia la oscuridad que acababa de tragarse al cíngaro, y gritó con apremio:

–¡No, dejad que se vaya! ¡Dejad que se vaya!

Will se detuvo y se encogió de hombros.

–Como la dama desee; en cualquier caso, ese condenado bosque está muy oscuro y no tengo mi cuchillo. Lamentamos la demora, pero todas las puertas estaban cerradas y hemos tardado demasiado en percatarnos de que nuestro hombre había huido. En fin, Jack, al menos hemos logrado nuestro objetivo... Jack, ¿te encuentras bien?

El marqués estaba tumbado de lado en el suelo con los ojos cerrados, e intentó limpiarse la boca cuando tosió con dificultad y de sus labios brotó más sangre. Tenía el cuchillo de Will Browning clavado en la espalda.

Tess estaba luchando por asimilar lo sucedido. Le costaba creer que aquella situación fuera real. Sinjon Fonteneau había sido derrotado, y estaba claro que no era inmortal. ¿Cómo era posible que alguna vez le hubiera admirado?, ¿que hubiera tenido miedo de él? Era un hombre, nada más que eso.

Se agachó junto a él y le ordenó:

—No te mueras, aún no. ¿Es cierto lo que ha dicho ese hombre?, ¿él es el padre de Jack? Por eso buscaste a Jack, ¿verdad? Para controlar a su padre y, llegado el día, poder utilizar al uno contra el otro. Aunque quizás no sea más que otra de tus retorcidas mentiras... ¡Maldita sea, contéstame!

Él abrió los ojos y la miró con una sonrisa grotesca, una sonrisa burlona... y fue así como Sinjon Fonteneau, marqués de Fontaine, murió y se llevó consigo al infierno tanto sus mentiras como sus verdades.

Will Browning le empujó el hombro con el pie para tumbarlo boca abajo, y le quitó el cuchillo de la espalda. Tess sintió náuseas al oír el desagradable sonido de la afilada hoja deslizándose contra el hueso y, mientras ella tragaba la bilis que le había subido por la garganta, Browning limpió el cuchillo en el abrigo de Sinjon y volvió a guardarlo en la bota.

Todo había acabado ya, ese era el fin de la historia. El que se creía el hombre más brillante del mundo se había quedado al fin sin tretas, trucos y mentiras interesadas, y yacía en el suelo con sus pálidos ojos abiertos y sin vida y el rostro ensangrentado.

Tess miró a Jack, que seguía con la mirada fija en la arboleda como si el hecho de haber presenciado la muerte de Sinjon no le importara lo más mínimo. Daba la impresión de que estaba ausente, de que para él no había nadie a su alrededor... ni siquiera ella.

Capítulo 16

Jack estaba sentado tras el escritorio del despacho de Sinjon. Tenía la mirada puesta en las sombras que proyectaba el fuego de la chimenea, aunque en realidad no las veía; de hecho, ni siquiera estaba pensando, se limitaba a permanecer sentado con la mirada perdida.

Sinjon estaba muerto. Le daba gracias a Dios por no haber sido él su verdugo, porque, al margen de lo que dijera Tess, estaba convencido de que eso habría supuesto una gran diferencia.

Dickie había hecho lo que se le daba tan bien, cavar tumbas bajo la luz de la luna, y el marqués estaba enterrado ya en el pequeño panteón familiar donde reposaban también los restos de René. Pobre viejecito, se había ido al otro mundo lejos de su finca y habían llevado su cuerpo de vuelta a casa para enterrarle allí. Esa era la versión que el mundo entero iba a creer. Teniendo en cuenta las respuestas, era mejor que no hubiera preguntas; en todo caso, a casi nadie iba a importarle lo que le había sucedido al marqués, porque nunca había sido popular ni en el pueblo ni entre la servidumbre.

Tess se había dado cuenta de que había que darse prisa, y le había pedido con cortesía a Dickie que se detuviera cuando este había intentado rezar una oración antes de que el amortajado cadáver fuera introducido en la fosa recién cavada. Cuando el sol se alzara por la mañana... tal y como hacía siempre, pasara lo que pasase... Sinjon Fonteneau no estaría presente para verlo. Aquel hombre no iba a volver a ver ningún otro amanecer, y Jack sabía que con eso tenía que bastarle.

El reloj que había sobre la repisa de la chimenea dio las dos en punto y, segundos después, Will Browning entró en la sala y fue directo a la licorera que había en una mesa cercana a las ventanas.

—¿Ahora qué, Jack? —le preguntó, antes de sentarse en el avejentado sofá de cuero. Estiró las piernas, y cruzó un pie sobre el tobillo—. Dickie me ha comentado que, en vez de regresar a Londres de inmediato, sería entretenido buscar la colección del marqués. No es que el pobre diablo no quiera entregarle ese botín a la Corona, podríamos decir que está planteándose no entregarlo todo. Supongo que es comprensible, siempre va corto de fondos y es una lástima entregárselo todo a los dos Jorgitos. Uno de ellos no sabría entender su valor, y el otro lo vendería todo para construir uno o dos minaretes más en la monstruosidad esa que está construyendo en Brighton.

—¿A quién intentas convencer, Will? ¿A mí, o a ti mismo?

—La verdad es que lo he dicho por entretenerme, nada más. ¿Crees que Sinjon habría logrado salirse con la suya?, ¿habría sido capaz de hacerles creer a las autoridades su versión de los hechos?

Jack se frotó las sienes como si quisiera borrar el dolor que tenía desde hacía horas detrás de los ojos.

—Él mismo no lo creía posible; de ser así, no habría desenfundado su arma. Lo que me intriga es lo que le dijo al cíngaro para lograr que este creyera que no corría peligro al venir aquí.

—¿Acaso importa?

Jack sabía que Will y Dickie no habían alcanzado a oír la afirmación del cíngaro, y no había razón alguna para revelarles aquella información.

-No, supongo que no; en cualquier caso, ha conseguido huir y Liverpool no va a sentirse nada complacido. La culpa es mía, no reaccioné con la celeridad necesaria.

Lo cierto era que no había reaccionado, se había quedado allí plantado como un botarate después de oír al cíngaro, a Andreas, afirmar que era su padre... el padre que se suponía que había muerto mucho tiempo atrás en la horca por ser un salteador de caminos. ¿Por qué habría mentido Adelaide acerca de algo tan básico como el hecho de que ese hombre estuviera vivo o muerto? Aunque, para ser sinceros, nada de lo que ella hiciera resultaba comprensible.

Will soltó una carcajada antes de decir:

-Eso nos da otra razón más para buscar el tesoro. Aquella preciosa máscara de oro de la que nos hablaste contribuiría a apaciguar los ánimos tanto de Liverpool como de cualquiera que pueda tener alguna pregunta; además, estabas muy ocupado con la dama mientras el tipo ese huía. Por cierto, ¿cómo se encuentra? Es condenadamente difícil ponerle fin a la vida de un hombre frente a su propia hija, Jack.

-Dickie me ha ayudado a subir cubos de agua caliente a su alcoba. No hay ningún criado en la casa, Tess supone que debieron de marcharse porque llevaban dos trimestres sin cobrar. Me ha dicho que va a tener que bañarse durante horas para poder sentirse limpia. Es una mujer fuerte que comprende que no tuviste otra alternativa.

Will nunca había sido un hombre que escatimara a la hora de elogiarse a sí mismo.

-No fue fácil, y lo hice subiendo a la carrera por la colina. Fue un lanzamiento de cuchillo bajo... ahora que lo pienso, diría que fue similar a un lanzamiento de críquet... Anda, Jack, sonríe. Grita, haz algo. Cualquiera diría que esta noche no hemos tenido éxito. Maldita sea, hemos logrado el objetivo que nos ha traído hasta aquí.

-¿Acaso se reduce todo a eso?, ¿es cuestión de ganar o perder?

Will le miró como si acabara de decir una obviedad.

–Por supuesto. No me digas que vas a soltar alguna bobada sobre la patria y el rey, porque no se trata de eso desde que la guerra acabó. Somos policías que se manchan las manos de sangre, la mayoría de las veces no somos más que asesinos bien remunerados. Dickie lo hace por el dinero, yo por... bueno, da igual. ¿Qué me dices de ti?, ¿por qué sigues haciéndolo?

Jack se puso en pie antes de contestar.

–No lo sé, la verdad es que no lo sé. Si me disculpas...

–Claro que te disculpo, siempre y cuando dejes aquí la licorera. Este sofá es lo bastante cómodo para pasar una noche. ¿Nos vemos por la mañana?

–Sí –se dirigió hacia el pasillo, pero se volvió de nuevo hacia el que había sido su compañero durante los últimos cuatro años–. Henry detestaba este trabajo desde hacía unos dos años o más, desde el final de la guerra. Pero no se puede decir que no hayamos logrado cosas buenas.

–Tu hermano Puck puede dar fe de ello, pero te entiendo. Lo que necesitamos unos granujas como nosotros es una buena guerra, porque, de no tenerla, no tardaríamos en enfrentarnos entre nosotros por ver quién es el que manda o por cualquier otra sandez similar. No me importaba cuando Henry estaba con vida, pero a raíz de su muerte me molesta sobremanera nuestro orden jerárquico.

–Te molesta recibir órdenes de un insignificante bastardo –dijo Jack, sonriente.

Will se echó a reír.

–No, lo que me molesta es saber que ese insignificante bastardo es mejor que yo. Aunque te admiro por ello, por ese extraño sentido tuyo del... juego limpio, o lo que sea... que también tenía Henry. Esta noche, por ejemplo, no habrías apuñalado al marqués por la espalda, porque eso no está bien. Tú le habrías gritado para alertarle de tu presencia y que se girara antes de lanzarle el cuchillo, aunque con eso corrieras el riesgo de que él te disparara. Es lo mismo que cuando pillamos al idiota aquel detrás de la posada Duck and Wattle y tú estabas dispuesto a darle la oportunidad de que se replanteara sus acciones. En ambos casos se trata de hombres que iban a acabar en la horca, ¿de qué sirve poner en peligro tu propia vida cuando es mucho más sencillo acabar con ellos cuanto antes? A la larga, es un acto de piedad. Compartes con nuestro amigo Henry una noción del bien y del mal que me resulta extraña y me desagrada.

—Sí, ya lo veo —comentó Jack con ironía—. Esta es una nueva faceta tuya, nunca imaginé que fueras especialmente piadoso.

—Casi nadie se da cuenta —a juzgar por la naturalidad con la que lo dijo, o no había notado el sarcasmo que rezumaban las palabras de Jack o estaba hablando muy en serio—. La tía abuela de Dickie está a un paso de la tumba. Él es su preferido y con razón, ya que lleva años dándole coba con la esperanza de heredar algo. Falta poco para que solo quedemos tú y yo, y me parece que sobrará uno de los dos.

—¿Liverpool va a permitir que Dickie renuncie?

—Por supuesto que sí, él estaría encantado de que los tres renunciáramos. Ya sé que Henry pensaba lo contrario, pero se equivocaba. Nuestro querido primer ministro es más fuerte que nunca y nosotros no somos más que moscas en su plato de sopa, recuerda que formamos parte de un pasado que incluye una brillante victoria contra Bonaparte. De nosotros no tiene nada que temer, el marqués era muy distinto porque guardaba muchos secretos y albergaba muy poca lealtad. Informa a nuestro primer ministro de la muerte del marqués y renuncia a este trabajo, Jack. Eso es lo que deseas hacer, ¿verdad?

—¿Tan obvio es?

—Para mí sí —Will alzó la mirada hacia el techo antes de añadir—: Tienes otros asuntos urgentes de los que ocuparte. Lady Thessaly es una mujer excepcional y bien sabe Dios que está muy por encima de ti, pero supongo que podría haber dado con un tipo peor que tú.

–Contigo, por ejemplo.

Jack se preguntó lo que habría dicho Henry si pudiera estar presente en aquella extraña conversación. Su amigo le había confesado en alguna ocasión que siempre se había preguntado si Will Browning era un ángel caído o un demonio rehabilitado, y seguro que aún seguiría con esa duda si estuviera oyéndoles hablar en ese momento.

–Tengo un hijo –añadió.

–Sí, ya me he enterado. ¿Has oído hablar alguna vez de un tipo llamado Simón Bolívar?

La pregunta le tomó desprevenido.

–No, creo que no. ¿Por qué?

Will se levantó para volver a llenar su vaso.

–Está generando bastante alboroto en un lugar llamado Venezuela. Es un verdadero dolor de cabeza para los españoles, y eso es algo que a los ingleses nos encanta. La próxima semana va a zarpar un contingente de... voluntarios, por así decirlo... tanto ingleses como irlandeses desde un puerto que no puedo mencionar, para echarle una mano al tal Bolívar. No se trata de una misión oficial, por supuesto. Me han ofrecido estar al mando de las fuerzas irlandesas. Puede ser una guerra buena o mala, Jack, una en la que hay muy pocas reglas. He aceptado el puesto, supongo que no te apetece venir conmigo.

Jack sabía que no se trataba ni de una pregunta ni de un ofrecimiento, y se limitó a contestar:

–¿Informabas al marqués de mis movimientos, Will?

El aludido vaciló justo cuando alzaba la licorera para llenar el vaso, y contestó sonriente:

–Vaya, te has dado cuenta, ¿no? En defensa de Dickie, permíteme recordarte que siempre anda corto de dinero. Fue el otro día cuando se dio cuenta de que en realidad no estaba pasándole la información a uno de los hombres de Liverpool, no sabes lo avergonzado que está.

–En ese caso, no le mencionaré el tema.

–Sí, será lo mejor. Deja que disfrute buscando el tesoro uno o dos días, antes de que regresemos a Londres. Si nuestra pequeña banda de granujas está a punto de retirarse, puede ser la única diversión que el pobrecillo tenga en mucho tiempo, y no hay duda de que sabe cavar como un tejón. Seguro que disfruta de lo lindo.

–De acuerdo; en cualquier caso, me llevará un par de días ayudar a Tess a cerrar la casa, que va a volver a manos de la Corona. ¿Hay algo más que se te haya olvidado decirme?

–Sí, una cosita más. Henry te quería, y su opinión siempre fue muy importante para mí. Para ser un bastardo, eres un tipo condenadamente honorable, Jack Blackthorn. No permitas que nadie subestime tu valía, en especial tú mismo. Y ahora, por el amor de Dios, lárgate y déjame beber a solas antes de que nos pongamos sensibleros.

Jack le miró en silencio durante un largo momento antes de asentir.

–¿De verdad que piensas ir a Venezuela?

–Un hombre tiene que morir en algún sitio.

Jack pensó en aquellas palabras mientras subía por la escalera. Sí, un hombre tenía que morir en algún sitio... pero también podía optar por vivir.

Tess dobló la bata con sumo cuidado, hizo cada pliegue con precisión mientras mantenía un rígido control de sí misma, y entonces lanzó la prenda hacia el resto de ropa que ya había sacado del armario.

No quería nada de lo que hubiera en aquella habitación, en aquella casa. Quería dejarlo todo allí y quemar el edificio hasta que quedara hecho cenizas, pero no tenía esa opción; aun así, solo iba a llevarse lo que fuera estrictamente necesario, nada más. Lo suficiente para llenar un par de pequeños baúles... la ropa y los juguetes de Jacques, las pertenencias de Emilie, y los escasos recuerdos de René que había conservado.

La Corona podía quedarse con todo lo demás.

Se sentó en la silla del tocador, abrió el cajón central, y sacó de allí los poemas que había escrito su hermano. Los había leído tras encontrarlos en la habitación de René, tras su muerte. Nadie, ni siquiera ella, había sabido de su existencia, y estaba convencida de que René los había mantenido en secreto por miedo a que Sinjon los destruyera o se burlara de ellos.

No eran unos poemas demasiado buenos, eso lo sabía incluso una mujer que adoraba a su hermano y estaba llena de dolor por su muerte, pero representaban los sueños de René. Le había roto el corazón leer sus palabras sobre la envidia que le tenía a los pájaros que volaban libres, a los ríos que discurrían más allá de los límites creados por el ser humano. Los poemas iban a acompañarla adondequiera que fuera, y algún día iba a leérselos a Jacques y a alentarle a que creara sus propios sueños y los hiciera realidad.

Metió el paquete de poemas, atado con un lazo de satén azul, en la sombrerera que iba a llevar consigo en el carruaje cuando se marchara por última vez de aquel lugar. Iba a ir a Blackthorn porque Jacques estaba allí, porque Jack deseaba que fuese, porque no tenía ningún otro sitio adonde ir... porque no podía imaginarse a sí misma en ningún lugar en el que Jack no estuviera, fuera donde fuese.

A pesar de que oírle llamar a la puerta de su dormitorio no fue algo inesperado, no pudo evitar dar un respingo y se apresuró a secarse las mejillas antes de darle permiso para entrar. Cerró la sombrerera y la dejó sobre la cama.

Él vestía una sencilla camisa negra y pantalones del mismo color, su apariencia era la de un hombre que se sentía de lo más cómodo llegada la medianoche. Llevaba el cuello de la camisa abierto, y una barba incipiente empezaba a oscurecerle las mejillas. Tenía los ojos cansados, y su cabello oscuro estaba revuelto como si hubiera estado pasándose los dedos por él una y otra vez. En ese momento parecía la viva estampa de Jacques, que seguro que al crecer llegaría a ser un rompecorazones como su padre.

La miró con cautela, como intentando averiguar su estado de ánimo... como si temiera que ella pudiera hacerse añicos de un momento a otro; al fin y al cabo, no hacía ni dos horas que había presenciado la muerte y el entierro de su padre. Quizás estaba desconcertado porque ella no había llorado y la consideraba una mujer sin corazón, pero no podía ser una hipócrita por mucho que, en semejantes circunstancias, lo que cabía esperar era que una hija llorara la muerte de su padre.

—Estoy bien, Jack —le dijo, anticipándose a la pregunta—. ¿Cómo estás tú?

Él esbozó una sonrisa.

—Supongo que los dos hemos pasado por mejores momentos. ¿Te has bañado ya?

Ella lanzó una mirada hacia la bañera, que aún estaba en la esquina.

—Sí, gracias. Y también debo darle las gracias al señor Carstairs, ha sido muy amable de vuestra parte subir los cubos de agua.

—Dickie es un buen hombre, es posible que su tía abuela muera en breve.

—¿Disculpa? —le preguntó, desconcertada.

—No, perdón, es que vengo de hablar con Will y me ha comentado que Dickie podría recibir una pequeña herencia dentro de poco y va a dejar de trabajar para el Gobierno. Will va a marcharse en busca de otra guerra. Venezuela. La guerra, me refiero a que la guerra es en Venezuela. Como los dos van a estar atareados por su cuenta, supongo que yo también voy a tener que buscar otra ocupación. No sé cuál, porque la verdad es que no sé hacer ninguna otra cosa.

–Entiendo –en realidad no entendía nada, no tenía ni idea de lo que él estaba intentando decirle–. ¿Crees que lord Liverpool va a permitírtelo? Quizás te conceda una pensión y una pequeña finca como esta a modo de prisión –se le ocurrió algo que hizo que sintiera pánico–. ¡Podría ser esta misma!

–No, los bastardos no merecen fincas. La pensión de Sinjon y este lugar fueron, más que nada, una forma de contentar al nuevo rey de Francia. No, según Will, yo no soy más que una mosca en el plato de sopa de Liverpool, y este estará encantado si alguien se la derrama y le sirve un nuevo plato. La casa de Half Moon Street no es mía, debo admitir que los años que trabajé con Sinjon y al servicio de la Corona no me han servido para enriquecerme ni mucho menos; además, no tengo habilidades prácticas más allá de mi ligera aptitud para la intriga.

Tess entendió al fin hacia dónde se encaminaba aquella extraña conversación.

–¿Crees que pronto podrías estar durmiendo bajo un seto?

Él esbozó una medio sonrisa que la dejó sin aliento.

–Sí, podría darse esa posibilidad, aunque dentro de cierto tiempo.

–Pero no tienes ningún sitio donde vivir, al igual que yo –insistió en ello porque estaba bastante segura de que eso era lo que se suponía que debía hacer–. Y como tenemos un hijo, y a un hijo siempre hay que tenerlo en cuenta, supongo que vamos a ir a Blackthorn con la esperanza de que se nos permita alojarnos allí durante un tiempo, ¿no?

–Eh... pues sí, me parece lo más práctico.

–Sí, claro, muy práctico. Y no tiene nada que ver con el hecho de que ese hombre afirmara ser tu padre, nada que ver con querer hablar con tu madre sobre las circunstancias de tu nacimiento, nada que ver con ver al marqués y, tal y como dijo Puck, permitir que el pobrecillo se explique. Claro, te entiendo a la perfección.

–Y nada que ver con el hecho de que están a punto de leerse por segunda vez nuestras amonestaciones. No, claro que no. Ir a Blackthorn cuando dejemos las cosas zanjadas aquí es una cuestión puramente práctica, nada más. Ya te dije que no voy a pedirte nada, Tess. No puedo, en especial ahora.

–Ahora que pronto estarás durmiendo bajo un seto, o ahora que... ¿que qué, Jack? ¿Cuántos problemas más te has planteado? Además del más obvio, claro: el cíngaro podría ser tu padre. No has sido tú quien ha puesto punto y final a la vida de Sinjon, pero es posible que tu padre sea el asesino de mi hermano. Suponiendo que algo de todo eso sea verdad, lo que resulta muy improbable –bajó la mirada al suelo, la alzó hacia el techo y al final le miró cara a cara–. Puedes llegar a ser un verdadero zopenco testarudo, ¿verdad?

–Eso parece –antes de que ella pudiera detenerle, se acercó a la cama y alzó la tapa de la sombrerera–. ¿Estabas preparando el equipaje?

–Podemos partir mañana por la mañana, ¿no? A menos que prefieras que nos quedemos hasta que alguien coloque un enorme pedrusco sobre la tumba de Sinjon, para asegurarnos de que no pueda salir.

Él la miró por encima del hombro al notar la vehemencia que había en sus palabras.

–No tienes necesidad de demostrarme que está mejor muerto, Tess. Hubo un tiempo no muy lejano en que le idolatrabas.

Ella le quitó la tapa de las manos, volvió a colocarla en su sitio, y bajó la sombrerera al suelo.

–Eso cambió cuando me di cuenta del porqué de la muerte de René. Admito que me costó creer tus palabras, pero es imposible discutir ante lo que hay... mejor dicho, lo que había... en la sala secreta. Supongo que nunca averiguaremos dónde está ahora la colección. En este mismo momento podría estar a bordo de algún barco, rumbo a quién sabe dónde.

Jack apoyó la cadera en el borde de la cama.

–Lo dudo. Estoy convencido de que él quería tener cerca sus tesoros, en especial la máscara. ¿De verdad crees que contrataría a alguien para que trasladara su preciada colección?

–¿Estás diciendo que les confió a sus secuaces el peligroso secuestro de su propio nieto, pero que no les confiaría el traslado de sus tesoros? Sí, supongo que tienes razón. Es cuestión de ver el valor de las cosas según los varemos que él tenía.

–No tuvo demasiado tiempo para entrar aquí a escondidas después de nuestra partida y llevárselo todo, lo que significa que aún está cerca. Dickie quiere iniciar una búsqueda.

–Yo no –le contestó ella con sequedad–. Vi la colección entera en una ocasión, y con eso me basta. Que se pudra, dondequiera que esté. Espera, no estarás sugiriendo que tú y yo... ¡Ahora entiendo tus lloriqueos sobre la difícil situación en la que vas a quedar si no sigues trabajando para la Corona! ¡Maldita sea, Jack! ¡Eso es una indecencia!

–Además de muy insultante –afirmó él, antes de apartarse de la cama–. Dudo mucho que la Corona tenga forma de saber de dónde salieron esos objetos y no creo que nadie se moleste en averiguarlo, pero al menos podemos sacarlos de la oscuridad en la que Sinjon los mantenía y dejar que el mundo los vea por lo que son... reliquias del pasado, obras de arte, pedacitos de historia. He pensado que podrían ser un regalo para el Museo Real Británico, que se expongan como una colección en memoria de René Louis Jean-Baptiste Fonteneau, vizconde de Vaucluse. Para cuando la Corona se entere, será un hecho consumado y tanto Liverpool como todos los demás no tendrán más remedio que callar y sonreír.

Tess soltó un sollozo. Todos los días, todos los años, colisionaron de repente en un vertiginoso calidoscopio de dolor, de recuerdos, de sueños perdidos e ilusiones destrozadas. Todo ello estalló en su interior y a su alrededor, pero entonces las piezas se reensamblaron solas y allí, contra todo pronóstico, apareció el arcoíris iluminando el camino que iba a sacarla de la oscuridad para que pudiera hacer al fin algo bueno, algo que valiera la pena.

Sintió que le flaqueaban las piernas.

—Oh, Jack...

Él estuvo a su lado en un abrir y cerrar de ojos y la abrazó mientras ella derramaba lágrimas que limpiaban, que sanaban.

—Gracias, gracias... —repitió, una y otra vez, mientras se aferraba a su cuerpo y absorbía la fuerza que él le ofrecía.

—Shhh... tranquila, cielo... —la alzó en brazos, la tumbó en la cama con cuidado y la instó con dulzura a que le soltara el cuello—. Duérmete, duerme todo lo que quieras. Ya pensaremos mañana en el mañana.

Ella alzó las manos y le aferró con fuerza los antebrazos.

—No, por favor, no me dejes sola. Esta noche no.

—Tess... —susurró, antes de inclinarse para besarle la frente—. Esto no ha acabado aún. Andreas, quienquiera que sea, no vino hasta aquí para beber y comer pastelitos con un viejo amigo, sino por la colección. Va a regresar si no nos adelantamos nosotros, la encontramos y la ponemos en buenas manos; además, sabes que tengo que encontrarle. No puedo dejar las cosas así, tengo que ir a ver a Adelaide para hablar con ella. Tengo que saber la verdad, sea la que sea.

—Pero eso será mañana —insistió ella, suplicante—. Mañana pensaremos en todo eso, tú mismo lo has dicho. ¿No podemos olvidarnos de todo y centrarnos en nosotros esta noche? Sin sombras ni preguntas, sin futuro ni pasado. Solo estamos tú y yo, Jack. Solo tú y yo...

Tess sintió que le ardía la piel bajo la mirada intensa

de aquellos oscuros ojos verdes. Notó el profundo y rítmico latido del corazón de Jack, y vio cómo sus fuertes y masculinas facciones se suavizaban a causa de una emoción a la que ella no se atrevió a dar nombre. Le acarició la mejilla con los dedos y él cerró los ojos y tragó saliva.

Se sintió plena, casi rebosante. Era la primera vez, la única. Todo era nuevo, todo estaba por descubrir... juntos.

La besó con una ternura abrumadora, y ella tuvo ganas de llorar de felicidad.

Cuando él alzó de nuevo la cabeza, fue para mirarla a los ojos como si estuviera intentando adivinar lo que ella quería. «Lo mismo que quieres tú, Jack», le contestó con la mirada. «Te quiero a ti, por completo».

La tomó de las manos para ayudarla a sentarse, y Tess sacó los pies de la cama mientras él le ponía las manos en la cintura y la apretaba contra su cuerpo. La luz de la luna entraba por las ventanas, los suaves sonidos de la noche campestre eran la música de fondo del lento y sensual baile de dos personas que necesitaban con desesperación un respiro.

Él le quitó entre besos la bata y el camisón, la recorrió con las manos mientras se arrodillaba ante ella, deslizó los labios y la lengua por su vientre... y más abajo.

Ella se bamboleó como un junco, y entonces bajó la cabeza para observarle mientras le acariciaba los hombros y hundía los dedos en su oscuro cabello; al cabo de un largo momento, agarró su camisa de lino y tiró de ella para obligarle a que volviera a incorporarse.

Varios botones de la prenda se abrieron y ella besó su acalorada piel, trazó aquellos definidos músculos y su plano vientre.

La luz de la luna bañaba las paredes, una ligera brisa agitaba las ramas de los árboles bajo las ventanas. Se desabrocharon más botones, ella fue bajando hasta arrodillarse... y Jack se aferró a su largo cabello y soltó un gemido gutural.

Cuando hizo que ella volviera a levantarse de nuevo, la intensidad con la que la miraba y su respiración jadeante avivaron aún más la pasión creciente que la embargaba. Le necesitaba... no solo su cuerpo, le necesitaba a él. Necesitaba que la abrazara, apretarle contra su cuerpo, tenerle dentro hasta que dejaran de ser dos personas y se convirtieran en una sola. Una persona, un corazón, una mente.

Él la tumbó en la cama y se colocó encima de su cuerpo, entre sus piernas, con los brazos apoyados a ambos lados de su cabeza.

—Esta vez vamos a hacer bien las cosas, Tess —le susurró, mientras se hundía en su cuerpo. Sus palabras eran tanto una súplica como una promesa—. Esta vez tenemos que hacerlo bien.

Ella cerró los ojos ante la emoción descarnada que la invadió, ante la vulnerabilidad que aquel hombre solo le mostraba en momentos así.

—Lo haremos bien —le prometió, mientras él la llevaba a la cima del éxtasis—. Esta vez sí que lo lograremos...

Capítulo 17

La entrada del túnel que conducía a la bodega estaba detrás de un armario de la despensa. Era un dato interesante, pero que no resultaba de demasiada utilidad. Aparentemente, las dos salas de piedra construidas en el sótano compartían una misma entrada, la del estudio, pero, tras un largo y frustrante día de búsqueda sin resultados por toda la casa, Tess había insistido por la noche en que volvieran a revisarlas.

Había pasado de no querer volver a ver la colección de Sinjon a estar casi obsesionada con encontrarla. Si en algún momento hubiera deseado que su padre volviera a la vida, habría sido para poder apuntarle a la cabeza con una pistola hasta que le revelara dónde la había escondido.

En ese momento, a la mañana del segundo día, estaba de pie en medio de la sala que antes albergaba la colección, contemplando los estantes vacíos.

—¿Te lo imaginas, Jack? ¿Te imaginas a Sinjon bajando con un candelabro, sentado en esa silla, aguantando la humedad y el frío de este lugar mientras se limitaba a... a mirar? ¿Qué era lo que hacía aquí?, ¿crees que revivía cada uno de los robos? Quizás recordaba cómo había seleccionado cada uno de los objetos ansiados, cómo había planeado el robo durante semanas o incluso meses antes de llevarlo a cabo. Me pregunto si lo que adoraba tanto era el hecho de poseer todos esos objetos, o el juego en sí.

—¿Acaso importa? —le preguntó él, antes de apoyar el hombro en el marco de la puerta.

Se le veía cansado y a punto de perder la paciencia. Tess sabía que, si no era cuidadosa, podía desencadenarse una discusión por el mero hecho de que no había ninguna otra forma de aliviar la frustración que sentían.

—No, supongo que no. No lo entendemos porque no pensamos tal y como lo hacía él.

—Eso puedes agradecérselo a Dios.

—En este momento no, ahora tenemos que pensar como él. Es improbable que le revelara a Andreas dónde había ocultado la colección, ¿verdad?

—Puede que le contara algo, pero no la verdad. Es posible que Andreas esté llevando a cabo una búsqueda inútil en este momento, convencido de que sabe dónde está la colección, o podría estar acechando cerca de aquí, a la espera de que la encontremos nosotros para ahorrarse el esfuerzo. Has pensado en esa posibilidad, ¿verdad?

—Sí, en más de una ocasión —le contestó ella antes de alzar el candelabro y deslizar los dedos por la pared de piedra, justo al lado de los estantes—. Me alegra que Will y Dickie hayan accedido a permanecer aquí unos días más, y Wadsworth parece ser un vigilante admirable. No podemos marcharnos antes de saber con certeza si la colección está aquí y tampoco podemos pedirles a los criados que regresen, ya que no sabemos si alguno de ellos trabaja para Liverpool. Tenemos que encontrar esa colección antes de que él se entere de su existencia, tenemos que lograrlo.

—Will se marcha mañana para poner sus asuntos en orden antes de zarpar.

—¿Está decidido a marcharse?, el asunto en el que va a meterse parece muy peligroso.

—Para él es pan comido y, conociéndole, incluso vital —le explicó, antes de quitarle el candelabro de las manos.

Sí, no había duda de que estaba cansado. Quizás incluso más que eso.

–¿Y tú qué?, ¿vas a echar de menos ese tipo de vida? Soy consciente de que la emoción que se crea puede ser... embriagadora –le observó con atención para ver cómo reaccionaba.

–No lo sé. Sabré la respuesta a eso cuando esté fuera de ese mundo, pero aún no ha llegado ese momento... ni llegará, si nos limitamos a perder el tiempo y a hablar de Sinjon y de su forma de pensar.

–¡No hace falta que me hables así! –se mordió el labio tras aquella muestra de mal genio, y le preguntó más calmada–: Estás pensando en tu madre, ¿verdad? En las preguntas que quieres hacerle, que son muchas más que antes.

–No, tan solo hay una: Quién demonios es mi padre. Solo quiero saber eso, ya no me importan lo más mínimo los motivos que pudieron llevarla a actuar como lo hizo.

–¿Crees que estará dispuesta a decirte la verdad? Es posible que crea que tenía una muy buena razón para mentirte.

–Adelaide no necesita tener una razón para mentir, ella opera dentro de su propia versión de la realidad. Vive una obra de teatro que tiene escrita en su mente y se otorga a sí misma el papel principal siempre, al margen de que la obra sea una comedia o una tragedia.

Al ver que se frotaba la frente, Tess se preguntó si estaba intentando aliviar un dolor de cabeza o borrar algún recuerdo de su madre, pero optó por no preguntárselo.

–Lo lamento, Jack. Propongo que sigamos con lo que nos ocupa.

–De acuerdo, pero hagámoslo en otro sitio. Ya hemos revisado dos veces ambas salas. Dickie y Will han comprobado los cimientos y el sótano, y estas son las dos únicas salas que hay aquí abajo. No hay espacio para ninguna otra. También hemos revisado las construcciones anexas y creo que pronto tendremos que aceptar el hecho de que Sinjon trasladó la colección a otro lugar, a algún escondrijo que desconocemos; de hecho, puede que sea cierta la teoría de que está a bordo de algún barco rumbo a quién sabe dónde. Lo siento.

Tess se sintió derrotada.

—Tienes razón, no está aquí. Estaba convencida de que él la habría ocultado cerca de aquí. No tuvo tiempo de hacer nada más, a menos que...

—A menos que lo tuviera todo minuciosamente planeado, y tú y yo sabemos que eso es lo que él habría hecho. Lástima que no tuviera un diario personal en el que se regodeara escribiendo sobre su propia genialidad.

El rostro de Tess se iluminó al oír aquello.

—¡Sí que lo tenía! —le tomó de la mano y le llevó casi a rastras hacia los escalones que subían al despacho—. ¡Dios mío, claro que lo tenía!

Al llegar arriba, Jack dejó el candelabro sobre el escritorio y comentó:

—Nunca lo vi, y bien sabe Dios que Sinjon me sermoneó sobre lo estúpido que sería dejar alguna información por escrito. ¿Dónde está ese diario?

Ella se quitó el chal que se había puesto para protegerse de la humedad de las salas subterráneas.

—Arriba, en el cuarto de Jacques. En realidad no es un diario, sino una serie de cuentos que le escribía al niño... pequeños acertijos, trivialidades, algunas rimas. Podía preguntar, por ejemplo, que dónde estaban sus zapatillas, y entonces uno seguía los pasos lógicos para recordar dónde había estado hasta que las encontraba. «¿Están en la olla de la cocinera? No, ahí no», y así sucesivamente. Me parecía muy dulce de su parte hasta que me di cuenta de que, para él, esos cuentos eran las primeras lecciones que estaba recibiendo Jacques para llegar a ser igual que su abuelo.

—Lo que estamos buscando es mucho más grande que

unas zapatillas, Tess –le recordó él, mientras subían a la habitación de Jacques.

Tess fue directa al mueble que había bajo el tragaluz y sacó dos diarios. Sinjon había empezado el segundo unos seis meses atrás, cuando el primero había quedado lleno de historias escritas con su pulcra caligrafía.

–Iba a quemarlos. Ten, tú revisa este. Los leeremos juntos.

Jack echó un vistazo a su alrededor. La habitación de Jacques era sencilla, pero Tess había dibujado una granja en una de las paredes.

–¿Eso de ahí es una oveja?

–Tenías que escoger lo que más me costó dibujar, ¿no? Sí, es una oveja. A Jacques le encantaba, aunque el gallo era su favorito.

Jack se acercó a la pared y se agachó para ver bien el animal en cuestión.

–¿Estás segura de que esto es un gallo?

–Si vas a empezar a criticarme...

–No, en absoluto –le aseguró a toda prisa, con una sonrisa traviesa–. Lo que pasa es que en Blackthorn los tenemos bastante mejores, pero será difícil convencer a Jacques de que son gallos de verdad si el único que ha visto hasta el momento es este.

Ella se sentó en el asiento de la ventana antes de contestar.

–Le gusta el color azul. Sabía que no iba a poder dibujar un gallo de verdad, así que hice uno... imaginario.

–Qué imaginativa eres –comentó él, en tono de broma.

A Tess le dieron ganas de tirarle el diario a la cabeza, pero se contuvo al ver que se sentaba junto a ella en el amplio asiento y le alzaba las piernas para que las colocara sobre su regazo. Abrieron los diarios, y él añadió:

–No sé lo que vamos a conseguir con esto, pero bien sabe Dios que ya hemos intentado todo lo demás –fue pasando las páginas hasta que encontró la primera historia–.

«El soldadito de juguete perdió su tambor». De acuerdo, ¿adónde fue a buscarlo?

–No leas en voz alta, estoy intentando concentrarme.

–A la orden, señora –siguió leyendo, pero no habían pasado ni cinco minutos cuando dijo–: A menos que Sinjon lo escondiera todo en el armario de la ropa blanca, dudo mucho que hayamos dado con la clave para hallar la colección. Por muy interesante e increíble que me parezca esta oportunidad de ver una faceta de Sinjon que desconocía hasta el momento, creo que estamos perdiendo el tiempo.

–¿Ah, sí? Piensa un poco, Jack. Sinjon nunca hizo nada por mera bondad, detrás de todo lo que hacía había alguna razón. Recuerda sus enseñanzas: Todo es un entrenamiento de cara a lo que está por venir.

–Y también decía que el hombre cauteloso debe tenerlo todo planeado. Entonces, lo que estás diciendo o, mejor dicho, lo que creo que estás diciendo, es que en estos diarios tenemos... ¿qué?, ¿doce escondrijos? Hemos estado buscando la colección al completo, otra sala secreta, una puerta oculta en alguna de las construcciones anexas, un falso fondo en algún carro...

–Exacto, en vez de buscar doce escondrijos pequeños –afirmó ella, antes de pasar otra página–. Hemos estado buscando el pajar cuando, en realidad, habríamos tenido que buscar las agujas –bajó los pies al suelo y se puso de pie antes de ordenarle con firmeza–: Levántate, podemos poner a prueba mi teoría buscando el mejor delantal de la doncella.

–¿Aquí dentro? –quitó el cojín del asiento y alzó la tapa para dejar al descubierto el espacio hueco que había debajo–. No hay ningún delantal.

Ella se inclinó hacia delante para poder ver mejor.

–Te encanta ser exasperante, ¿verdad? ¿Acaso esperabas que un yelmo de oro diera un salto y anunciara su presencia sin más? –empezó a sacar lo que había dentro del asiento... sábanas, ropa que se le había quedado pequeña a Jacques, el abrigo de invierno de Emilie, y... algo más–. ¡Jack!

–¿Qué? –le preguntó él, antes de asomarse–. Espera, sí, ya lo veo. Hazte a un lado, voy a intentar...

Ella se apartó un poquito mientras él metía la mano y alzaba lo que parecía ser una tabla suelta que había al fondo de todo.

–¡Eso es! –exclamó, ebria de entusiasmo y excitación por el descubrimiento–. ¿Qué es lo que hay?, ¿qué es? –añadió, al verle sacar un saco de tela.

Después de mirarla con ojos que reflejaban su asombro por el hallazgo, él bajó la tapa del asiento y volvió a colocar el cojín. Vació allí encima el contenido del saco, y allí estaba todo... mejor dicho, una parte. Había media docena de anillos, varios brazaletes, y una docena de collares. Algunos de ellos eran muy antiguos, otros debían de tener unos cien o doscientos años de antigüedad, y todos ellos eran de oro macizo y tenían joyas incrustadas. Uno de los broches llevaba el escudo real de los Borbones.

Tess agarró un pequeño collar de oro que seguramente había pertenecido a una niña... alguna princesa egipcia, sin duda.

–¿Eso es todo? Solo vi la colección aquella única vez que me la mostraste tú, y me temo que en aquel momento estaba más ocupada maldiciendo a mi padre que prestándole atención a lo que tenía ante mí.

–No sé si estas son todas las joyas –admitió él, mientras empezaba a guardar de nuevo en el saco los anillos–. Mira este anillo, me acuerdo de él. Por Dios, el diamante es del tamaño de un huevo de paloma.

Tess se puso la enorme joya, que le abarcaba casi medio dedo y tenía grabados unos extraños dibujos que podrían ser una especie de pájaros primitivos. Se dio cuenta de que era muy posible que el suyo fuera el primer dedo que se ponía aquel anillo en más de mil años.

–Pero si es amarillo, no sabía que los diamantes fueran de este color.

–Supongo que un pedrusco tan grande puede tener el color que le plazca. Bueno, ya está todo guardado. Aún nos queda mucho trabajo por delante, vamos a por Will y Dickie. ¿Se puede saber cuántas historias le escribió Sinjon a Jacques?

Ella agarró el pesado saco y lo apretó contra su pecho.

–Más de una docena. Sabes lo que significa esto, ¿verdad?

–¿Que eres más lista que yo? –le dijo en tono de broma, antes de besarle la mejilla.

–Bueno, sí, eso también –le contestó, sonriente–. Lo que realmente significa es que Sinjon no tenía intención de marcharse a ninguna parte, que decidió esconder sus tesoros hasta que hubiera lidiado con... con Andreas y contigo. Nosotros estábamos equivocados. No había trasladado su colección, se había limitado a esconderla, y había decidido de antemano los escondrijos que iba a utilizar. Su plan era vivir aquí hasta el fin de sus días, rodeado de la prueba material que demostraba su genialidad.

–Pues acertó a medias, porque el fin de sus días sí que le llegó aquí. Vamos, hay muchas historias y nos quedan muchos tesoros por descubrir; con un poco de suerte, podremos marcharnos mañana mismo.

Cuando les mostraron a Will y a Dickie el contenido del saco, se tomaron dos decisiones: la primera fue que Will y Wadsworth iban a partir rumbo a Londres de inmediato, el primero para preparar su viaje a Venezuela y el segundo para ir a por Jeremy y un pequeño contingente de tropas. Si Andreas tenía pensado arrebatarles la colección mientras la transportaban, iba a resultarle muy difícil. La segunda decisión fue que Dickie, Tess y Jack iban a continuar la búsqueda con la ayuda de los diarios.

En el lavadero encontraron el lazo preferido de Emilie junto con un par de bustos de bronce; la peonza de madera de Jacques y tres cuencos de cobre con incrustaciones de piedras preciosas estaban escondidos dentro de una vieja mantequera; en el armario de la ropa blanca hallaron escudos romanos de distintos tamaños metidos entre las sábanas dobladas, y Dickie encontró varios yelmos romanos en el gallinero cuando le enviaron allí en busca de las zapatillas de *maman*, que, según una de las historias de Sinjon, se había llevado el gallo.

No todos los hallazgos fueron así de fáciles, pero, cuando se dieron cuenta de que lo que estaban buscando eran piezas sueltas y no la colección al completo, el espacioso comedor no tardó en llenarse de los frutos de la búsqueda.

Había estatuillas doradas de dioses egipcios apiladas bajo el escalón inferior de la escalera que subía a la planta donde estaba la habitación de Jacques, pesadas corazas romanas envueltas en tela estaban metidas en las vigas abiertas del ático, encontraron intrincados medallones y platos griegos de cerámica ocultos entre la ropa de René, en un viejo arcón que había en su cuarto.

—Menos mal que Sinjon no sentía una extraña predilección por los dedales de oro, o algo igual de absurdo —comentó Dickie, varias horas después, mientras contemplaban todo lo que habían encontrado—; de ser así, pasaríamos semanas buscando por todas partes. Jack, ¿crees que lo tenemos todo? Se nos han acabado los cuentos.

—Sí, ya lo sé. Lo único que sé con certeza que falta es la Máscara de Isis, no sé si habrá algo más —se volvió hacia Tess y le preguntó—: ¿No hay ningún otro diario?

Ella negó con la cabeza. Estaba acalorada y sucia: Deseaba darse un baño y comer algo. La búsqueda se había alargado durante horas.

—No, supongo que lo único que podemos hacer es buscar por donde aún no lo hayamos hecho —miró hacia el pasillo, y añadió con cansancio—: Y eso abarca casi toda la casa, ¿verdad? No me había dado cuenta hasta ahora de lo enorme que es este lugar.

Dickie dejó sobre la mesa la lámpara egipcia que había estado frotando como si esperara que de ella saliera un genio, y comentó:

–Tengo una idea. Voy a ir a la taberna del pueblo a comprar algo de comida y, mientras tanto, vosotros dos podéis intercambiar ideas para ver si se os ocurre algo. De momento estáis haciéndolo bastante bien.

Tess se levantó de la silla cuando Dickie se marchó, y comentó con ironía:

–Bueno, supongo que acabamos de recibir nuestras órdenes.

–Sí, pero lo que necesitamos son ideas. Aquel primer día te encontré registrando el despacho de Sinjon, y, a juzgar por el desorden, estabas haciéndolo a conciencia.

–Recuerda que mi búsqueda fue infructuosa, no creo que ese lugar albergue más secretos.

–Ah, ¿quiere eso decir que encontraste el compartimento secreto que hay debajo del escritorio?

–No, no lo encontré –masculló ella entre dientes–. ¿Era eso lo que estabas haciendo aquel día?

–¿Cuándo?, ¿mientras tú estabas fuera intentando oír lo que hacía?

–No hace falta que me recuerdes todo lo que sucedió. ¿Qué había en ese compartimento?

–Nada –alargó el brazo para indicarle que le precediera hacia el pasillo antes de admitir–: No he vuelto a mirar allí desde entonces, me parecía innecesario, pero es lo bastante grande para que quepa la máscara.

Fueron por el pasillo hasta el despacho, y Tess rodeó de inmediato el escritorio y se sentó en la silla de su padre.

–No me digas cómo encontrarlo, a ver si puedo sola.

Él se cruzó de brazos como si pensara que tenía por delante una larga espera.

–Como quieras, avísame cuando te rindas.

–Qué engreído eres, no olvides quién ha vinculado los

cuentos con la colección –refunfuñó, antes de abrir el cajón central y pasar los dedos con cuidado por los bordes interiores. Se trataba de un escritorio bastante grande de palisandro, así que había espacio para multitud de compartimentos secretos–. ¿Crees que es posible que la llevara consigo, por si se veía obligado a presentar una muestra de la mercancía que tenía en su poder?

–Sí, puede ser. ¿Dónde está mi máscara de oro? No está en la mantequera con la mantequilla; no está en el gallinero con las gallinas... y los gallos de color azul; no está en el ático ni en el sótano. ¿Dónde?, ¿dónde estará mi máscara de oro?

–Cierra el pico, Blackthorn –le advirtió ella con sequedad.

Había acabado de revisar los cajones, y en ese momento estaba arrodillada a la izquierda del escritorio; después de echarse hacia atrás el pelo, que a aquellas alturas estaba más que alborotado, deslizó las puntas de los dedos por los rosetones tallados justo debajo del borde superior del mueble, pero se dio cuenta de que esa sería una solución demasiado obvia; además, Jack seguía mirándola con una sonrisita de superioridad insufrible.

Se levantó y, después de indicarle que se quitara de en medio, se colocó delante del escritorio y se arrodilló de nuevo.

–La tenacidad es una de tus más encomiables virtudes cuando no la llevas hasta el extremo –le dijo él, mientras se acercaba a la mesa donde estaban las bebidas para servirse una copa de vino–. ¿Quieres que te dé una pista?

–¡Ni hablar! –masculló, mientras iba de rodillas hacia el lado derecho del escritorio para revisarlo también–. Y antes de que me lo preguntes, no, no estoy dispuesta a negociar.

–Pues es una pena, teniendo en cuenta que ya estás arrodillada y... ¡Ay! ¡Maldita sea, eso podría dañar de forma permanente a un hombre!

–¿Ah, sí? Yo solo quería dejarte sin habla por unos minutos –siguió inspeccionando el mueble con una sonrisa en la cara. El estado de ánimo de los dos había mejorado cuando habían empezado a encontrar objetos de la colección, y había momentos en los que ella aún se sentía un poco eufórica–. No te atrevas a decirme que no estabas intentando distraerme. Estoy acercándome, ¿verdad?

–Te contestaría si no me hubiera quedado sin habla.

Tess oyó un ligero chasquido al presionar el tercer rosetón, pero eso fue todo. Tan solo se oyó ese pequeño ruido, no se abrió nada por ninguna parte.

–A lo mejor tiene dos cierres –se puso en pie, regresó al otro lado del escritorio, presionó el tercer rosetón... y se oyó un chasquido que debía de habérsele pasado por alto la primera vez–. Quizás haya que presionarlos sucesivamente, primero el de la izquierda y después el de la derecha. Sí, seguro que es eso.

–Estás muy cerca de la respuesta, pero aún no la has encontrado. Venga, deja que te muestre cómo se hace. ¿Qué pasa?, ¿no te importa si la máscara está ahí dentro?

–Claro que sí, pero quiero resolver el rompecabezas.

–La vida en sí es un rompecabezas tras otro, Tess. No podemos resolverlos todos.

Ella presionó el rosetón de la izquierda y después el de la derecha... nada. Lo intentó en el orden inverso... y nada. Volvió a intentarlo yendo de un lado al otro del escritorio.

–Vaya, qué profundo. ¿Estás convirtiéndote en filósofo?

–Puede que sí. ¿Qué es la vida?, ¿qué es la verdad? ¿Puede existir el mal, si nada está bien? ¿Llegará a darse cuenta Tess de que debe presionar los dos rosetones al mismo tiempo?

–¡Eres un botarate! –se colocó detrás del escritorio, se inclinó hacia delante con los brazos extendidos y la nariz apretada contra el mueble, pero no pudo alcanzar los dos extremos al mismo tiempo–. ¡Lo sabías! Mis brazos no son lo bastante largos, ¡tú sabías que no iba a poder lograrlo sola!

–Sí, pero estaba disfrutando del espectáculo –se acercó al lado izquierdo del escritorio, y puso la mano sobre el tercer rosetón–. ¿A la cuenta de tres?

Tess se arrodilló al ver que el panel que tenía junto a su pie se abría, y metió la mano en el hueco. En un primer momento creyó que iban a llevarse una decepción, pero tocó con los dedos lo que parecía ser un saco de tela y se apresuró a tirar de él.

–Pesa bastante.

Tiró hasta que logró sacarlo, y entonces lo abrió y sacó de dentro algo envuelto en una fina tela de algodón que dejó de inmediato sobre el escritorio.

–Ten cuidado, Tess. Es de oro, pero la pintura que la adorna es frágil.

Ella abrió la tela con manos temblorosas, y la Máscara de Isis apareció ante sus ojos.

–¡Dios mío!, ¡esto es...! ¿Cómo pudo robar algo así?

Jack se la quitó de las manos y volvió a envolverla con la tela.

–Él mismo me dijo que era su tesoro más preciado. No fue el primero que la robó, me contó que la había... adquirido, así era como lo llamaba él... en Francia. Es posible que la robara delante de las mismísimas narices de Bonaparte.

–Claro, que a su vez había traído consigo medio Egipto. Y este tesoro va a estar ahora en manos de Inglaterra. Sinjon tendría que haber aprendido que este tipo de objetos, estos tesoros antiguos procedentes de civilizaciones del pasado, jamás pueden llegar a pertenecer por completo a una sola persona. Y ni que decir tiene que no merece la pena morir por ellos.

–Ni matar por ellos. Ah, aquí llega Dickie. ¿Qué crees que nos habrá traído de la taberna?, ¿jamón con queso de pueblo, o queso con jamón de pueblo?

Tess sonrió justo antes de quedar paralizada de pies a cabeza. Jack estaba de espaldas a la puerta del pasillo, donde Sinjon había colocado años atrás un espejito. Estaba situado en la parte alta de la pared y ligeramente inclinado hacia la parte delantera de la casa, para que quien estuviera cerca del escritorio pudiera ver quién se acercaba por el pasillo antes de que dicha persona apareciera en la puerta. A Sinjon nunca le había gustado recibir sorpresas.

–Nos llega compañía, Jack –le dijo en voz baja, mientras tapaba del todo la máscara con la tela de algodón–. Es Andreas.

Él reaccionó con el sigilo de un gato, sacó el cuchillo de la bota y se colocó de espaldas a la pared. La miró alarmado al ver que permanecía quieta, y le indicó con un gesto airado que se agachara.

Estaba claro que pensaba esperar a que Andreas entrara en el despacho antes de abalanzarse sobre él y amenazarle con el cuchillo para que se quedara quieto. No era gran cosa como plan, pero no tenían tiempo de idear uno mejor y no iban a tener más remedio que ingeniárselas como pudieran, pero Tess vio la pistola que el cíngaro tenía en la mano y se dio cuenta de que, si había una refriega, Jack iba a llevar las de perder. Podía recibir un balazo o verse obligado a matar a su propio padre... mejor dicho, al hombre que podría ser su padre. ¿Sería capaz de vivir con semejante peso en su conciencia? Además, era posible que el hecho de que el cíngaro pudiera ser su padre le hiciera dudar en el último segundo antes de atacar, y eso podría resultar ser un error mortal para él.

Ella no estaba dispuesta a quedarse de brazos cruzados mientras veía cómo se desarrollaban los acontecimientos. Había llegado demasiado lejos para eso, Jack y ella tenían un hijo y estaban trabajando duro para forjarse un futuro juntos. No iba a permitir que el pasado empañara ese futuro, ya no, y mucho menos si la amenaza era el cíngaro.

Ese hombre ya le había arrebatado mucho, no iba a quitarle también a Jack.

Si ella lograba hacer entrar a aquel tipo en el despacho y distraerle con la máscara, Jack contaría con cierta ventaja y tendría más posibilidades de zanjar aquello sin derramamiento de sangre, pero el plan no acababa de convencerla; por mucho que ella odiara a Sinjon, estaba convencida de que le habría temblado la mano si hubiera tenido que apuntarle con un arma sabiendo que podía verse obligada a dispararle. Un padre era un padre.

Lo que quería era que aquel hombre se fuera sin más, que fuera otro el que le capturara. No era justo que Jack tuviera que soportar esa carga.

Todos aquellos pensamientos relampaguearon en su mente en cuestión de segundos, y al final tomó una decisión.

Permaneció donde estaba mientras veía al intruso acercándose poco a poco, y luchó por mantener la voz calmada al decir en voz alta:

—¿Eres tú, Dickie? ¿Has visto a Jack? Estoy aquí, en el despacho. ¡Ven a ver lo que he encontrado!

Jack masculló en voz baja algo que no sonaba demasiado agradable.

Andreas, el cíngaro, apareció en la puerta en ese momento, pero no entró. Tuvo la prudencia de quedarse en el pasillo, a más de seis metros de ellos, como si supiera lo que iba a pasar si entraba en el despacho. No llevaba ni capa ni antifaz, así que Tess pudo ver bien su rostro de marcadas facciones... y también vio con claridad la pistola que empuñaba y que la apuntaba directamente a ella. Era posible que no lograra alcanzarla desde tan lejos, pero no le apetecía comprobarlo.

—Buenas tardes, mi señora.

Al oír su saludo, Tess notó algo que le había pasado desapercibido la primera vez: hablaba con un ligero acento, un acento casi imperceptible que parecía europeo y resultaba bastante agradable al oído.

Aquel hombre había asesinado a su hermano, había ejecutado a René con el único propósito de darle una lección a Sinjon. Aquel hombre podría resultar ser el padre de Jack.

Se dio cuenta de que Jack estaba haciéndole un gesto con disimulo, y supo sin necesidad de palabras lo que quería. Estaba preguntándole si el tipo estaba lo bastante cerca como para que él se girara y le plantara cara, quería que ella le indicara cómo estaba la situación para saber si debía atacar de inmediato.

Su respuesta fue decirle que no con la cabeza. Fue un gesto casi imperceptible con el que le pedía que dejara la situación en sus manos, que confiara en ella.

—¿Creéis que la pistola es necesaria, señor Andreas?

La expresión de Jack se endureció al oírla, pero permaneció callado.

—Pensé en traeros un ramo de flores, bella dama, pero al final me decidí por la pistola. Mil disculpas.

Ella hizo una mueca ante semejante ridiculez.

—Ya veo que era cierto, sois tan necio y teatrero como decía mi padre.

El tipo esbozó una sonrisa, y su blanca dentadura contrastó contra su tez morena. Tess intentó ver algún parecido entre aquella sonrisa y la de Jack. Los dos eran altos, de cabello oscuro y musculosos, pero el cíngaro era mayor, mucho menos apuesto... y también más rudo y grueso. Si llegaban a pelear, Jack no tenía la victoria asegurada ni mucho menos.

—Así que eso decía, ¿no? ¿Cuál de los dos está contemplando la hierba desde abajo en este momento?, ¿cuál sigue vivo y está a punto de tomar posesión de todas esas preciosas fruslerías?

—¿Fruslerías?

Los brazos de Tess se tensaron de forma involuntaria alrededor de la máscara envuelta en tela. El legado de René, su nombre, estarían vinculados por siempre a la belleza de aquel tesoro, y no estaba dispuesta a permitir que aquel hombre se adueñara de él.

–Me temo que os han informado mal. Hemos averiguado que Sinjon hizo los arreglos necesarios para que todo fuera transportado a un barco que zarpó de Dover rumbo a Atenas. Aquí ya no queda nada. Puedo mostraros el conocimiento de embarque que acabo de encontrar en un compartimento secreto del escritorio.

–A las damas bellas como vos no les sienta bien la mentira. El gordito de fuera no se ha molestado en intentar engañarme.

Tess supuso que se refería a Dickie, que debía de haber regresado del pueblo.

–No le habéis lastimado, ¿verdad? Es inofensivo.

–En este momento está dormido. Vi que los otros dos se marchaban a caballo y les seguí hasta que me di cuenta de que iban camino de Londres. ¿Dónde está Jack?

«Cerca, muy cerca, pero lo bastante lejos como para no poder atacarte mientras empuñas ese arma», pensó ella para sus adentros.

–¿Os referís a vuestro hijo?

–Sí, exacto. Al revoltoso de mi hijo, cuánto se divirtió Sinjon con todo eso. ¿Dónde está? Cerca, sin duda.

Tess logró mantener la compostura a duras penas al oírle confirmar que Jack era hijo suyo, y contestó con calma:

–Justo donde vos mismo creéis que está. Junto a la puerta, listo para atacar en cuanto entréis a buscar esto –desenvolvió la máscara y la alzó para que la viera bien–. ¿Por qué vaciláis, Andreas? ¿Acaso no me creéis? No os miento, os lo aseguro. Sinjon siempre creyó que no hay nada ni nadie más importante que el objetivo ansiado, y ahora va a conseguir su perversa venganza: que el padre mate al hijo, que el hijo mate al padre. Qué contento debe de estar, aunque esté observándonos desde debajo de la hierba. *Mais, puis, telle est la vie, oui?*... Así es la vida, ¿verdad?

El cíngaro permaneció donde estaba, pero su sonrisa fue desvaneciéndose poco a poco mientras la observaba con ojos penetrantes. No miró la máscara en ningún momento, era como si no le importara lo más mínimo.

Al cabo de unos segundos, se llevó el cañón de la pistola a la frente en una especie de gesto de despedida... o de agradecimiento, y se marchó corriendo por donde había llegado.

—¡Jack, no!

Al ver que él no le hacía caso y perseguía al cíngaro, echó a correr tras ellos sin dudarlo. Cruzó el vestíbulo a la carrera, casi patinando por el suelo de mármol, y llegó a tiempo de ver a Andreas alejándose al galope a lomos de su enorme semental negro. Jack estaba en el camino de grava con los puños apretados en señal de impotencia, y su cuchillo estaba clavado en el suelo.

Se volvió a mirarla y le preguntó, lleno de furia:

—¿Por qué? ¿Por qué, Tess?

—Porque podríais haber muerto uno de los dos.

—¡Asesinó a tu hermano!

Ella cerró los ojos.

—Ya lo sé, pero, tal y como diría Sinjon, eso fue una cuestión de negocios. Ya le has oído, ha admitido que eres su hijo. Corrías el riesgo de apuñalar a tu propio padre, y yo no podía permitírtelo.

—¿Ah, no? ¿Quién demonios eres tú para decidir permitirme algo a mí? ¡Podría haberle atrapado!

—¿En serio? ¿Y por qué está clavado tu cuchillo en el suelo, y no en su espalda? ¿Qué pasa?, ¿no eres tan bueno como Will?

Jack se volvió justo a tiempo de ver que caballo y jinete alcanzaban la cima de la colina y desaparecían de la vista, y masculló en voz baja:

—Podría haberle atrapado...

Capítulo 18

La Colección Vaucluse, donada en memoria de René Louis Jean-Baptiste Fonteneau, vizconde de Vaucluse, iba a ocupar un lugar destacado en el Museo Real Británico. Si todo iba según lo previsto, sería expuesta al público al llegar la primavera, después de que el conservador del museo, impresionado, curioso y tan solo un poquito escéptico, hubiera examinado a conciencia todos los objetos para verificar su autenticidad.

Lo que no preguntó el conservador fue cómo se había reunido semejante colección, era demasiado inteligente y ambicioso como para plantear siquiera esa cuestión; dejando al margen el embarazoso y desafortunado asunto de los mármoles de Elgin, lo cierto era que el museo no existiría si se formularan esa clase de preguntas.

Lady Thessaly Fonteneau, vestida de luto por el reciente fallecimiento de su padre, el marqués, había entregado la escritura de donación junto con un grueso documento de aspecto imponente que contaba con tres sellos de autenticidad y redactado en francés formal: la verificación de propiedad, firmada por el rey Luis XVI un año antes de que su cabeza cayera en el cesto de la guillotina.

La noche previa, mientras añadía en Grosvenor Square el último sello real con sumo cuidado, Jack se había sentido orgulloso de lo bien que le había quedado el documento; aun así, había sido Tess... solemne, refinada, arrebatadoramente bella y muy francesa... la que había convencido al conservador del museo del amor de su difunto padre por su colección y por su hijo, un amor que, sumado a su gran afecto por el país que le había acogido junto con su familia veinte años atrás, le había llevado a hacer aquel regalo.

No, no iba a haber una investigación para averiguar el origen de la Colección Vaucluse, y Liverpool no iba a tener tiempo de poner en duda ni el derecho de lady Thessaly a donarla ni el del museo a aceptarla. No había duda de que, extraoficialmente, iban a abundar las preguntas y el crujir de dientes en Whitehall, pero al final la postura oficial iba a tener que ser la de guardar silencio.

Mientras se alejaban del museo en el carruaje, Tess había posado la mano en el brazo de Jack y le había dado las gracias por todo lo que había hecho, pero la respuesta de él había sido mirar con fijeza aquella mano hasta que la había apartado, golpear el techo del vehículo con el bastón para indicarle al cochero que parara, y apearse para regresar caminando a Grosvenor Square.

A la mañana siguiente habían partido rumbo a Blackthorn, y Jack había optado por ir a caballo por delante del carruaje.

Habían pasado cinco días desde que Tess había alertado a Andreas y le había salvado de la furia y las preguntas que él le tenía reservadas. Se había visto privado del derecho de enfrentarse cara a cara con su padre, pero Jack había recapacitado y se había dado cuenta de que ella había actuado así porque creía que era lo mejor para él. A lo largo de aquellos días había tomado conciencia de que ella le había salvado de acabar herido... o de cometer un error que jamás podría llegar a superar.

De modo que en ese momento se enfrentaba a un dilema ancestral en la eterna batalla entre los sexos: conseguir que la relación regresara al punto donde estaba antes, pero sin admitir que había sido un idiota. También tenía que evitar que el tema volviera a salir a colación, porque daba la impresión de que a las mujeres les encantaba darle vueltas y más vueltas a un asunto, sobre todo si eran ellas las que tenían razón.

No estaba acostumbrado a responder ante nadie, tan solo ante sí mismo. No estaba acostumbrado a preocuparse por nadie más, no acataba bien las órdenes y tomaba sus propias decisiones.

Pero en ese momento tenía un hijo. Tenía una mujer en su vida y sabía que no podía perderla, porque sin ella no había vida alguna, ni siquiera la que había tenido antes... antes de Tess, antes de Jacques. Eso no había sido vida.

Había creído estar enamorado de ella cuatro años atrás, pero aquello no había sido amor. No, no había sido como lo que sentía en ese momento. En aquel entonces la quería, la deseaba, la había poseído porque necesitaba hacerlo... pero había sido capaz de dejarla e incluso se había dicho a sí mismo que estarían mejor el uno sin el otro, sin ataduras.

En ese momento podía enfurecerse con ella, pero la idea de dejarla, de vivir sin ella, era demasiado absurda como para planteársela siquiera. Amándola, enfurecido, obsesionado con ella... enfadado, lleno de deseo, riendo, dolido, discutiendo con ella, frustrado, desconcertado por su forma de pensar... ella formaba parte de él, y viceversa.

Tendría que seguir enfadado con ella. Tess había puesto su vida patas arriba hasta el punto de hacerle actuar como un idiota. Solía ser un tipo razonablemente inteligente y con sentido común, y de buenas a primeras estaba donde no quería estar porque, si estuviera donde sí que quería estar, estaría admitiendo que ella le conocía mejor de lo que se conocía él mismo. Sería como admitir que ella sabía mejor que él lo que le convenía.

El hecho de que ella tuviera razón carecía de importancia, por supuesto. La cuestión era que no estaba bien que ella tuviera... que ella supiera que... que...

–¡Maldita sea, qué idiota soy!

Hizo que el caballo diera media vuelta, se acercó al carruaje y le indicó al cochero que se detuviera a un lado del camino; después de desmontar, le entregó las riendas al lacayo sin pararse a pensar en si el pobre iba a ser capaz de montar al brioso animal o iba a terminar en el suelo, y subió al carruaje antes de ordenarle al cochero que prosiguiera el camino.

–¡Estoy harto de que no me dirijas la palabra, señora mía!

Tess le miró atónita al oírle decir aquello y Jack no pudo evitar pensar en los ojos tan bonitos que tenía... incluso cuando le miraban así, abiertos como platos.

–¿Ahora resulta que soy yo la que no te dirige la palabra a ti?

–¡Exacto! ¡No pienso permitirlo!

–Muy bien, Jack Blackthorn, no creo que tengas que preocuparte por eso. Puedo hablarte largo y tendido, empezando por el hecho de que no soy yo la que no te habla. No, lo que pasa es que estás comportándote como un zopenco y no atiendes a razones ante una decisión completamente razonable que tomé cuando la situación...

Él se reclinó en el asiento con teatralidad y exclamó:

–¡Lo sabía! No te basta con ganar, ¿verdad? Tienes que restregármelo en la cara y recalcar sin cesar lo evidente.

Tess cerró los ojos con fuerza... de hecho, dio la impresión de que su rostro entero se cerraba por un instante, cualquiera diría que estaba intentando estrujar lo que él acababa de decir para sacarle algo de lógica.

–¿Que estoy haciendo qué?

–No te preocupes, comprendo que es un defecto que tenéis las mujeres y te lo perdono –le contestó él, muy magnánimo.

–Que me perdonas... ¿disculpa?

–No, no hace falta que me pidas disculpas. Estoy dispuesto a olvidarlo y seguir como si jamás hubiera sucedido.

Las comisuras de la boca se le curvaron hacia arriba mientras luchaba por contener una sonrisa. Tendría que habérsele ocurrido antes aquella estrategia de aprovechar que estaba loco de remate para desconcertarla. Era una defensa infalible, y huelga decir que él tenía que interpretar el papel de botarate.

Tess ladeó la cabeza y le observó con cautela, como si temiera que él pudiera empezar a echar espuma por la boca o algo así.

—¿Ah, sí? Y lo que es más, también me perdonas por atreverme a mencionar de nuevo el tema, ¿verdad?

—¡Exacto!

—A pesar de que sabes que yo tenía razón.

—¡Cuidado, no vayas por ahí!

—Claro, se me olvidaba que es un defecto que tenemos las mujeres. Pero resulta que soy una mujer, así que vas a tener que perdonármelo también. Supongo que los hombres no tenéis ningún defecto, ¿verdad?

—No, no se me ocurre ninguno —se preguntó si sería demasiado obvio correr las cortinillas para que nadie pudiera verles desde fuera.

—Aparte de la testarudez, claro —le dijo ella con dulzura.

—Bueno, eso sí que podría ser un defectillo.

—Sí, podría ser. ¿Por qué estás mirando así las cortinillas?, ¿esperas que se cierren solas?

Jack sintió un ligero ardor en la punta de las orejas que indicaba que se le habían enrojecido de vergüenza.

—Te sorprendería lo a fondo que podría disculparme si te tuviera sentada a horcajadas sobre mí y estuviera metido en tu cuerpo.

—¡Jack!

—¡Perdona, perdona! ¡Dios, no puedo creer que te haya dicho eso!

–Pues yo me lo creo más que todo lo que has dicho en los últimos cinco minutos; mejor dicho, en los últimos cinco días.

La miró desconcertado al verla sonreír.

–Tess...

–Tú encárgate de ese lado, yo me encargo de este. No quiero que digas ni una sola palabra más, Jack. Eres un hombre muy afortunado, y hablar de más podría acabar con tu buena suerte.

Tess estaba contemplando sonriente a su hijo mientras este iba de un lado a otro del enorme cuarto de juegos, mostrándole los juguetes; de todos ellos, el preferido del niño no podía ser otro que un caballito de madera, pero, teniendo en cuenta que parecía estar recubierto de pelo de caballo de verdad, ella no sabía si quitárselo o permitir que siguiera jugando con él.

Se había sorprendido sobremanera al ver el tamaño de la zona destinada a los niños. Constaba de cinco estancias, incluyendo un precioso dormitorio que Emilie había hecho suyo y había llenado de flores que debían de proceder de algún invernadero gigantesco situado en la finca. Había tres dormitorios más, y Jacques estaba instalado en el que había usado su padre de niño. El pequeño se lo había dicho con orgullo, y entonces se había echado a reír y la había llevado a ver el marco de la ventana donde Jack había grabado su nombre.

Todo aquello resultaba tan extraño... los hijos bastardos habían sido criados como si fueran los herederos legales del marqués, habían crecido rodeados de todo lo que jamás iban a llegar a poseer. Qué crueldad.

Y allí estaba el hijo de Jack, siguiendo los pasos de su padre, acostumbrándose a aquella vida llena de lujos como si hubiera nacido en aquel lugar.

–*Maman!* ¡Mira cómo galopo! ¡Al galope, al galope!

Ella se volvió a mirarle y le vio balanceándose en el caballito con todas sus fuerzas.

–*Jacques, fais attention, ou tu galoperaz sur votre tête!*

El niño se echó a reír.

–¡No digas tonterías, *maman*! ¡No puedo galopar de cabeza!

–Exacto –le bajó al suelo, se arrodilló ante él y le abrazó con fuerza–. Te he echado muchísimo de menos. ¿Y tú, mi cielo? ¿También me has echado de menos?

Jacques intentó zafarse de sus brazos.

–Sí, *maman*. ¿Me van a traer pasteles?, ¿no es hora de comer pasteles?

Ella le dio con el dedo en la barriga y le preguntó, sonriente:

–¿Es que solo piensas en eso, jovencito? ¿En llenar la barriga?

–El abuelo dice que no hay nada más importante para un joven caballero –lo afirmó muy serio, con ojos transparentes y llenos de inocencia mientras hablaba con total naturalidad del marqués de Blackthorn–. Yo soy un joven caballero, *maman*, me lo ha dicho el abuelo, ¡y pienso mucho en mi barriga!

Ella le tomó de la mano, y al llevarle al asiento de la ventana pensó por un momento en lo que habían encontrado en un asiento similar. El pasado no había quedado atrás del todo, aún no, pero parecía estar a un mundo de distancia de aquella soleada habitación.

–No importunas a tu abuelo, ¿verdad? ¿Eres cortés?, ¿te acuerdas de hacer la reverencia y procuras no pisarle los pies?

–Sí, *maman*. Soy un encanto de niño, me lo ha dicho él.

–Lo cierto es que es más que un encanto. Es una verdadera maravilla.

Tess se volvió y vio entrar en el cuarto a una joven delgada y rubia con unos preciosos ojos azul grisáceo y cuya sonrisa iluminó aún más la soleada estancia.

—Soy Chelsea Blackthorn, la esposa de Beau —se presentó, mientras Jacques corría hacia ella y se abrazaba a sus rodillas—. Y vos sois lady Thessaly. Jack nos ha dicho que habíais subido a ver al niño de inmediato, yo habría hecho lo mismo en vuestro lugar. Bienvenida a Blackthorn.

Tess se puso en pie y le estrechó la mano.

—Tutéame, por favor. Me llamo Tess. Muchas gracias por acceder a cuidar de mi hijo en mi ausencia, aunque supongo que Jack no preguntó y se limitó a enviároslo.

La risa de Chelsea fue sincera y carente de afectación.

—Jacques entró en la casa sobre los hombros de Puck y capturó nuestros corazones de inmediato —se puso seria al añadir—: Bueno, la mayoría de ellos. ¿Te ha hablado Jack de Adelaide?, ¿su madre?

Tess se puso en guardia al oír aquello.

—Sí, la ha mencionado. ¿Se encuentra aquí?

—En la cabaña que tiene en la finca, me temo que no ha pisado este lugar desde la llegada de Jacques. No debería admitir que estoy encantada de que no venga, pero, si Jack te ha hablado de ella, supongo que estás al corriente de lo que sucede.

—Sí, pero digamos que estar al corriente de algo no es lo mismo que entenderlo.

—En eso estoy de acuerdo —Chelsea se agachó un poco y le dijo a Jacques—: Me he cruzado con Letty en el pasillo, jovencito. Ha llevado tu té a la habitación de Emilie, y he visto unos pastelitos adornados con unas preciosas flores de color rosa.

El niño miró hacia la habitación de la niñera y dio dos pasos hacia allí, pero se volvió de nuevo hacia Chelsea.

—Gracias, tía Chelsea —después de despedirse de ella con una cortés reverencia, miró a Tess con ojos implorantes—. *Maman*?

—Seguro que también te han traído gachas, Jacques. Vas a comértelas antes de nada, ¿verdad?

–Oui, maman! Chaque dernière cuillerée, et puis les gâteaux!

–Me conformo con que te comas medio plato de gachas, y después los pastelitos. Venga, ve a comer –esperó mientras el niño se iba «al galope», y sonrió al oírle reñir a Emilie por no haberle avisado de que le habían subido el té–. Tan arrogante como su padre –comentó, antes de volverse de nuevo hacia Chelsea–. Supongo que no puedo seguir aquí escondida y debería ir a darle las gracias al marqués por su generosidad.

–No te preocupes por Cyril, aquí no hay necesidad de andarse con formalismos. Somos una familia peculiar; de hecho, podría decirse que somos excepcionalmente peculiares.

Tess se limitó a asentir, pero se desconcertó al verla hacer una mueca.

–¿Qué?, ¿sucede algo? –le preguntó, mientras salía tras ella del cuarto y bajaban la escalera.

–No, nada. Es que esperaba poder cotillear un poco, pero, si vas a ser tan cortés y a ignorar mis indirectas, voy a necesitar la ayuda de Regina. Esa mujer sería capaz de hacer hablar hasta a una esfinge –se volvió a mirarla al llegar al pie de la escalera–. ¿No sientes ni la más mínima curiosidad? Acerca de Adelaide, de todo lo demás. Bien sabe Dios que nosotras nos morimos de curiosidad por saber más sobre tu relación con Jack. ¡Es increíble que sea padre!, ¡ni siquiera estábamos seguras de que fuera humano! Regina y yo hemos llegado a la conclusión de que debes de ser la mujer más valiente del mundo... o la más demente, claro. Siempre existe esa posibilidad.

Tess se echó a reír mientras la seguía por los amplios pasillos de la que supuso que era la zona de la mansión donde estaban los aposentos de la familia, y admitió:

–Jack me dijo que me caerías bien.

Entraron en una antecámara que daba a un enorme dormitorio en el que una joven de pelo oscuro estaba vomitando en lo que parecía ser un cuenco de porcelana de valor incalculable, y Chelsea fue corriendo hacia ella y le puso una mano en la espalda.

–Tranquila, Regina, pero te lo advertí. Por mucho que te gusten los pepinillos en vinagre... y admito que no me cabe en la cabeza que a alguien pueda gustarle algo así... por ahora deberías conformarte con alimentos que tengan más posibilidades de permanecer en tu estómago cuando te los comas.

La tal Regina, que por descarte debía de ser la esposa de Puck, dijo algo que Tess no alcanzó a oír, pero que hizo reír a Chelsea.

–Volverás a comer, te lo prometo, pero dentro de un par de semanas. Mírame a mí, que apenas puedo dejar de comer cuando el mes pasado apenas podía probar bocado. Díselo tú, Tess. Las cosas mejoran, ¿verdad?

Regina Blackthorn dejó el cuenco en el suelo, se apartó el pelo de la cara y se volvió a mirarla; consciente de que la pobre no esperaba tenerla como testigo de su ataque de náuseas, Tess esbozó una sonrisa cordial y admitió:

–En una ocasión me comí un pollo asado, un pollo entero con salsa de ciruelas. Estaba delicioso.

Regina se acercó a la palangana, echó agua y se lavó la cara y las manos antes de contestar:

–Eso me resulta muy alentador, aunque me alarma un poco. Gracias.

–De nada. Si te crees capaz de tomar un poco de té, lo que resulta muy recomendable en momentos como este, propongo que nos sentemos a charlar para que las tres nos conozcamos mejor y para hablar de Jack, debo admitir que me encanta hablar de él, y también podríamos hablar de Adelaide, porque realmente quiero saber más cosas sobre ella que lo que Jack me ha contado, y después podemos hablar de cualquier otra cosa sobre la que Chelsea quiera cotillear. ¿Os parece bien?

Chelsea y Regina intercambiaron una sonrisa; mientras la primera iba a pedir que les sirvieran el té, la segunda comentó:

—Puck me aseguró que me caerías bien, aunque tanto Chelsea como yo ya te adorábamos porque habías convertido a Adelaide en abuela antes de que nosotras tuviéramos que decirle que iba a volver a serlo, y por partida doble —se puso seria al añadir—: No se lo ha tomado nada bien.

—Sí, ya lo sé —le contestó Tess, mientras entraba con ella a una preciosa salita amueblada con butacas listadas y desde cuyas ventanas se veía un enorme estanque ornamental—. Chelsea me ha informado que está ocultándose en la cabaña que tiene en la finca.

—Jamás digas ante ella que está ocultándose. Digamos que se ha retirado a su cabaña, y que su alma artística está reponiéndose mientras ella se prepara para iniciar otro exitoso tour junto a su maravilloso grupo de actores ambulantes. Se marcha dentro de dos días, gracias a Dios. Pobre Cyril. Se debate entre el deseo de que se marche y las ansias de suplicarle que se quede, resulta... difícil verle así.

—¡Regina! ¿Cómo se te ocurre empezar sin mí? —protestó Chelsea, antes de sentarse y mirar sonriente a Tess—. Jack subía a ver a Jacques y me lo he encontrado en el pasillo, le he dicho que nosotras tres vamos a mantener una entretenida charla a solas antes de la cena para poder conocernos mejor; a juzgar por la cara que ha puesto, se ha quedado aterrado. Qué delicia, ¿verdad?

Tess se acomodó en la butaca, e incluso se atrevió a quitarse los zapatos y subir las piernas al asiento. Antes estaba nerviosa ante la idea de conocer a aquellas dos mujeres. La preocupaban muchas cuestiones relacionadas con Blackthorn, pero su mayor inquietud habían sido ellas. Nunca había tenido amigas de verdad, su hermano había sido su única compañía y durante aquellos últimos cuatro años había estado terriblemente aislada en casa.

Había llegado a Blackthorn sin saber lo que le esperaba allí y sin tener ni idea de cómo se suponía que debía comportarse, ya que en realidad no era sino la amante de Jack y la madre de su hijo. Pero no llevaba ni una hora en aquel lugar y hela allí, disfrutando del cálido y sincero recibimiento recibido y preguntándose por qué demonios había sido tan aprensiva.

–¿Se ha quedado aterrado? Sí, debo admitir que eso me parece una verdadera delicia –comentó, sonriente, mientras una doncella entraba en la estancia cargada con una bandeja que estaba llena hasta los topes.

–Hola, madre.

Jack había permanecido al resguardo de los árboles, observando en silencio mientras Adelaide posaba en los jardines de su... cabaña con techo de paja. Ese era el ridículo nombre que ella le había puesto a la igualmente ridícula estructura que había logrado que Cyril le construyera en la finca. Era una cabaña en el mismo sentido en que el Serpentine de Hyde Park era un lago: ambos eran demasiado perfectos para ser naturales, para ser reales. Se trataba más bien de la imagen ideal que tendría alguien de una cabaña, como si hubiera sido creada para aparecer en un escenario... al igual que Adelaide.

Era bastante menudita y tenía una figura voluptuosa, aunque sus huesos, finos como los de un pájaro, eran tan delicados que daba la impresión de que estaban rellenos de aire. Era una mujer ligera y frágil, pero tenía unos enormes ojos azules que dominaban su rostro.

Ella no caminaba, flotaba. No hablaba sin más, su voz entonaba una dulce melodía cada vez que se dignaba a abrir su boquita de piñón; su piel era como el marfil, su sonrisa hacía salir el sol, su risa habría hecho llorar de envidia a los ángeles.

Para Jack había sido, tiempo atrás, el ser más maravilloso del mundo entero; en ese momento, sin embargo, la consideraba un ser extraño y complicado, perfecto en muchos sentidos, pero que carecía de corazón.

Adelaide no trabajaba en el jardín, ella jamás se mancharía las manos ni haría esfuerzo alguno. Lo que hacía era posar en el jardín mientras otros se encargaban de cuidarlo. Paseaba con un cesto del brazo mientras alguien cortaba las flores para ella, y a veces salía con un cayado adornado con un enorme lazo amarillo y se limitaba a observar mientras alguien hacía corretear a un corderito; ella pensaba que eso era lo que hacían esos animales. Hacía que sus hijos se le acercaran, les colmaba de besos, los apretaba contra su perfumado pecho, proclamaba el gran amor que les tenía, y les ordenaba que se fueran si osaban comportarse como niños sanos y activos.

El mundo entero es un escenario...

Mientras la observaba en silencio, ella se quitó el enorme sombrero de paja que llevaba puesto y sacudió su espesa cabellera rubia. Le llegaba cerca de la cintura y siempre había sido tan rubia que parecía blanca, pero a esas alturas parecía más blanca que rubia. Sería aconsejable que no saliera con la cabeza descubierta en un día soleado, porque la luz del sol revelaba cómo se reflejaba el paso del tiempo en su rostro; aun así, estaba casi igual que la última vez que él la había visto, diez largos años atrás.

La vio ladear la cabeza y pasarse los dedos por el pelo para apartarlo de su rostro, puede que también para intentar que se le aclarara más con el sol. Parecía un retrato, uno que cualquier pintor ansiaría capturar en un lienzo.

Cuídate de su bella melena, cuya magia está por encima de la de cualquier otra mujer. Cuando atrapa a un joven con ella, jamás volverá a dejarlo escapar.

Acarició el anillo que llevaba en el dedo índice y se preguntó una vez más por qué seguía llevándolo puesto. No lo necesitaba para acordarse de quién era, de lo que era. Eso era algo que ella le había dejado muy claro la última vez que se habían visto, cuando le había contado quién era su padre... pero el supuesto salteador de caminos que llevaba años muerto había resultado ser el cíngaro, el hombre al que había visto alejarse a caballo de la casa de Sinjon escasos días atrás.

Ella se volvió en el banco de hierro forjado adornado de intrincada filigrana mientras se enroscaba el pelo y se lo sujetaba en un moño alto con una larga horquilla, y exclamó al verle:

—¡Jack! Ya veo que has perdido todo rastro de decoro desde la última vez que nos vimos. Creo que te dejé muy claro que no tienes cabida en este lugar. Te humillas al regresar de rodillas ante Cyril, que es demasiado caballeroso como para rechazarte. Y yo que pensaba que le tenías afecto, está claro que te has endurecido con el paso de los años.

Jack abrió la puerta blanca de madera de la valla, y la cerró tras de sí al entrar en el jardín.

—Soy digno hijo de mi padre —le dijo, mientras iba a sentarse junto a ella—. Gracias a ti, me he convertido en el personaje que me asignaste; de hecho, tengo mucha suerte de seguir con vida, porque pasé unos años al borde de la muerte mientras me esforzaba por seguir los pasos de mi padre.

Adelaide abrió los ojos de par en par.

—¡No me digas que te convertiste en salteador de caminos! Esa no fue mi intención, te lo aseguro, pero tú mismo admitiste que este no era el lugar adecuado para ti. Siempre fuiste tan dinámico, estabas tan lleno de vida... no te parecías en nada al estirado y responsable de Beau, ni al necio de Puck. ¡Estabas destinado a vivir grandes aventuras, Jack! Me resultaba insoportable la idea de que te sofocaras aquí, sobre todo teniendo en cuenta que ni siquiera eras hijo de Cyril. ¡Tenías que volar, Jack! ¡Volar libre!

–Tenía que marcharme para no ser el recuerdo constante de la traición que habías cometido contra un hombre bueno pero equivocado que por fin había empezado a darse cuenta de cómo eres en realidad. Eso es algo que siempre he sabido, madre. ¿No crees que al menos podríamos ser honestos el uno con el otro?

El bofetón que recibió en la mejilla le giró la cara hacia la izquierda.

–¡Cómo te atreves! ¿Cómo te atreves a hablarme así, bellaco insolente? ¡Soy tu madre!

–No, Adelaide, eres una condenada zorra a la que se le ha agotado el tiempo. Es algo inevitable cuando uno solo cuenta con su aspecto físico –se puso en pie y, mientras la miraba, se preguntó cuándo iba a sentir la furia que cabría esperar en un momento así–. Deja de comportarte como una niñita enfurruñada. Esta noche vas a sentarte a la mesa, vas a conocer a Tess, te mostrarás cortés tanto con ella como conmigo, y quiero que mañana mismo te largues de aquí.

–¿Te atreves a ordenarme que me marche?

–¿Prefieres que le cuente a Cyril a quién vi hace poco? –se agachó para susurrarle al oído–: Le vi, Adelaide. Vi a Andreas, a mi padre.

–¡No! ¡No, eso es imposible! Te equivocas, Jack. ¡Escúchame! –le agarró de los hombros y hundió los dedos en la fina tela de su camisa–. Está muerto, le ahorcaron. ¡Está muerto!

–Respuesta equivocada, madre. Tendrías que haberme mirado con expresión de desconcierto... ¿Andreas?, ¿quién es ese Andreas del que hablas?, no reconozco ese nombre.

–Bueno, sí, es que no me había percatado de que habías mencionado un nombre y... me has tomado por sorpresa. Tu vehemencia me ha asustado, y...

Jack le agarró las manos y la obligó con brusquedad a que le soltara los hombros.

—No me extraña que jamás te hayas acercado siquiera al escenario de Covent Garden, porque eres horrible como actriz. Da vergüenza ajena verte. Supongo que debes de ser muy... creativa en la cama, aunque da la impresión de que eso ya no le importa demasiado a Cyril y a Andreas dejó de importarle hace mucho.

—¡Eres una basura! —masculló ella.

En ese momento estaba realmente horrenda, fue como si su interior saliera a la superficie por un instante.

—Y tú has abusado de la hospitalidad que has recibido; por lo que tengo entendido, hace unos diez años que estás de más aquí. Vas a cenar con nosotros esta noche, Adelaide, y vas a comportarte como es debido. Podrás retirarte cortésmente antes de que sirvan el té, puedes excusarte alegando que te vas mañana por la mañana y debes preparar el equipaje. Todos creerán que te vas de nuevo de gira con tu grupo teatral, pero tú y yo sabremos que en realidad no vas a regresar jamás a este lugar. Ya no eres bienvenida. Qué ironía, ¿verdad? Al contrario de lo que tú siempre quisiste hacerme creer, yo sí que lo soy.

—Tendría que haberte ahogado cuando vi que eras hijo suyo —le espetó, al ver que daba media vuelta para marcharse—. ¡Maldito bastardo!

Mientras se alejaba sin mirar atrás, Jack se preguntó cuánto iba a tardar Adelaide en ver el anillo de ónice que había dejado junto a ella en el banco.

Capítulo 19

Tess estaba de pie frente al espejo, deseando tener un vestuario más amplio. Le habría gustado que su pelo fuera manejable, conseguir que tuviera elegancia, sofisticación... que tuviera lo que le faltaba, fuera lo que fuese, porque no hacía ni cinco minutos que la había peinado la doncella y varios mechones ya habían logrado escapar de las horquillas. Le habría gustado no ser tan alta, tener más curvas o, como mínimo, más pecho.

Regina tenía un pecho precioso, Chelsea una sonrisa deslumbrante, y ella... ¿qué?, ¿una nariz bastante atractiva?

¿Qué iba a pensar el marqués de ella?, ¿y ella de él?, ¿cómo debía dirigirse a él? ¿Cómo iba a presentarla Jack, como la madre de su hijo?

No, él sería incapaz de hacer algo así, aunque se trataba de una obviedad; al fin y al cabo, Jacques estaba durmiendo en la planta de arriba e incluso llamaba «abuelo» al marqués. ¿Qué clase de hombre reconocía tanto a sus hijos como a sus nietos ilegítimos?

Chelsea tenía razón al decir que aquella era una familia muy peculiar. Había pasado una tarde maravillosa gracias a Regina y a ella. La conversación había sido ahora hilarantemente divertida, ahora increíblemente triste; después de hablar de sus propias vivencias, algunas de ellas duras, otras deliciosas, habían charlado sobre lo que sabían acerca del complicado asunto relativo a Abigail, la difunta esposa del marqués, y su hermana Adelaide.

Beau y Chelsea tenían su propia finca a unos quince kilómetros de Blackthorn. Aquella propiedad de libre disposición había sido un regalo del marqués, al igual que la que había recibido Puck... quien, por cierto, parecía estar decidido a aprender todo lo posible sobre la cría de animales. Si estaban en Blackthorn era porque Jack había accedido a la petición del marqués de hablar con él. Era una petición que llevaba un año en pie, desde poco antes de que falleciera la esposa del marqués.

Sus nuevas amigas estaban convencidas de que Jack también iba a convertirse en breve en dueño de su propia finca gracias a su «padre», pero ella tenía sus dudas. Él era demasiado orgulloso y testarudo para aceptar algo de manos del hombre que no era su padre, preferiría dormir bajo un seto.

Le gustaría poder creer que él iba a ceder un poco en vista de que tenía un hijo del que ocuparse, que iba a permitir que el marqués hiciera lo que tenía necesidad de hacer... limpiar su conciencia o lo que fuese... pero no tenía demasiada fe en ello. Lo único que cabía esperar era que Jack fuera amable al rechazar la propuesta del marqués.

Por otro lado, también estaba el tema de Adelaide. Lo que Chelsea y Regina le habían contado acerca de aquella mujer no había servido sino para que sintiera un profundo desprecio hacia ella, y no sabía cómo iba a ingeniárselas para tratarla con cortesía cuando la viera.

En resumidas cuentas: la idea de bajar a cenar no le resultaba nada apetecible.

Se volvió al oír que llamaban a la puerta del vestidor, a tiempo de ver entrar a Jack. Estaba guapísimo vestido de etiqueta, parecía todo un caballero... lo único que desentonaba era su expresión ceñuda.

—¿Estás lista?

–¿Y tú? –le contestó, antes de pasarse la mano por el pelo con nerviosismo–. Tú por lo menos estás presentable, yo estoy horrible.

–¿En serio? –después de dar una vuelta alrededor de ella, le puso las manos en los hombros y la miró con ojos penetrantes–. No estás horrible, estás preciosa. No estoy a tu altura, eso está claro. Siempre ardo en deseos de quitarte las horquillas y hundir el rostro en la calidez de tu cabello, ¿por qué crees que será?

Ella hizo una mueca antes de volver a mirarse en el espejo, y comentó quejicosa:

–Pues cualquiera diría que ya me las has quitado, mira lo despeinada que estoy. Mi vestido es de hace tres años y el color no es el adecuado, se suponía que tenía que hacer juego con mis ojos y no es así –se llevó una mano a su cuello desnudo y añadió–: Una fortuna en joyas estuvo criando moho en el sótano durante años y ni siquiera tengo un collar de perlas, aunque sean perlas enanas.

–Tienes esto –le dijo él, antes de sacar su medallón del bolsillo.

–¡Mi medallón! Creía que lo había perdido, ¿dónde lo encontraste?

Él le indicó que le diera la espalda y le puso el collar.

–En el suelo, delante de la bodega. Debió de romperse la cadena cuando Andreas te amenazó a punta de cuchillo, compré otra mientras estábamos en Londres.

Tess sintió que le temblaba el labio inferior, y aferró con fuerza el medallón antes de soltarlo. Bajó la mirada y vio que quedaba oculto justo debajo del escote, ya que la cadena era un poco más larga que la anterior.

–¿Lo...? ¿Lo has abierto?

–Sí. Tu madre era muy hermosa, René se parecía a ella.

Ella alzó el medallón y lo besó.

–No encuentro las palabras para decirte lo que significa para mí haberlo recuperado. Es el primer regalo que me hiciste, y ahora vuelves a dármelo. Gracias —sintió que le daba un brinco el corazón cuando él le acarició la mejilla con la punta de un dedo.

—Considéralo tu escudo para la batalla que estás a punto de librar. Así es como te sientes, ¿verdad?

—¿Resulta tan obvio?

—Sí, porque es la primera vez que te oigo preocuparte por tu vestido o tu apariencia. Ninguno de ellos muerde... bueno, puede que mi madre sí, aunque eso tendríamos que preguntárselo a Cyril.

—¡Jack!

Tess le dio una palmadita en el pecho para reprenderle, y él la apretó contra su cuerpo y le hizo alzar la barbilla.

—Ella va a marcharse de aquí mañana mismo, y no regresará jamás.

—¿Por orden tuya?, ¿va a obedecerte sin más? Dios bendito, ¿qué es lo que has hecho? Si eres capaz de generar semejante caos en una sola tarde, no quiero ni imaginar lo que lograrías en un mes. ¿Lo sabe el marqués?

—No, de eso se trata. Le insinué a Adelaide que le contaría a Cyril la verdad sobre Andreas si ella no se marchaba. Digamos que, si se tratara de una partida de cartas, la reté a poner las suyas sobre la mesa. Supuse que ella le había contado lo de su amante, pero que le había suplicado su perdón asegurándole que Andreas había muerto. Dudo mucho que Cyril estuviera dispuesto a seguir financiando su condenado grupo teatral si se enterara de que ella le había mentido de nuevo. La cuestión es que mi estrategia funcionó.

—Qué astucia la tuya, aunque no me gusta demasiado esa cara de engreído que tienes ahora mismo.

—En ese caso, creo que esto va a gustarte aún menos: voy a seguirla cuando se marche de aquí, estoy convencido de que irá a buscar a Andreas de inmediato para averiguar lo sucedido. Mi madre es lista a su manera, pero, si de algo no se la puede acusar, es de ser demasiado inteligente. Antes de que me enumeres todas las razones por las que debería abstenerme de llevar a cabo mi plan, deja que te recuerde de nuevo que el cíngaro asesinó a René. Él no es mi padre. Si alguna vez tuve algún padre, no es otro que el hombre que está esperándonos abajo, el hombre al que admito con pesar que he tratado muy mal. Para mí, Andreas no es más que un criminal al que hay que llevar ante un tribunal para que rinda cuentas ante la justicia del rey. No puedo darle la espalda a este asunto sin más, Tess. No puedo. Hay cuentas que es necesario saldar, y esta es una de ellas.

Ella le alisó con nerviosismo el pañuelo que llevaba al cuello. Fue un gesto posesivo y protector, ridículamente protector, como si estuviera en sus manos poder mantenerle a salvo.

–Lo sé. A veces tenemos que zanjar el pasado antes de poder mirar hacia el futuro. Creo que eso es algo que he sabido siempre, incluso cuando estaba cometiendo la estupidez de fingir que podíamos limitarnos a olvidar sin más.

–Hay otra razón, una más egoísta por mi parte. Si consigo... cuando consiga entregar al cíngaro a las autoridades, Liverpool sabrá que se ha cerrado por fin un ciclo. Sinjon ha sido eliminado, el cíngaro será ejecutado en la horca por sus crímenes. La guerra terminó y tiene multitud de esbirros a su servicio, ya no me necesita a mí. Puedo dejar de trabajar para él, Tess, con la esperanza de no tener que verme obligado a permanecer alerta a todas horas. Will estuvo a punto de convencerme de que podemos dejar este trabajo sin más, pero Henry no lo creía posible. El hecho de entregarle el cíngaro a Liverpool no me garantiza nada, lo más sensato sería desaparecer sin dejar rastro.

Tess se apartó un poco de él antes de preguntar:

–¿Es eso lo que piensas hacer cuando esto termine?, ¿desaparecer?

–No lo sabré hasta que hable con Liverpool. Si él me dice que la Corona valora mis servicios, me agradece el trabajo realizado y me desea que tenga éxito en lo que haga de ahora en adelante...

–¿Qué?, ¿te quedarás?

Él la miró con una sonrisa de oreja a oreja.

–¡Claro que no! ¡Sabré que está mintiéndome y echaré a correr como una liebre! –se puso serio antes de añadir–: Llevo muchos años viviendo gracias a mi astucia, pero eso no es vida para una mujer y un niño. Lo entiendes, ¿verdad? No puedo pediros semejante sacrificio a ninguno de los dos, no...

–Sí, sí, ya te he oído, no puedes. Otros sí que podrían, pero tú no. Sigues sin comprender que mereces la pena a pesar de todos los problemas que causas... y los causas, te lo aseguro. Eres arrogante, orgulloso y testarudo, pero te consideras un hombre sin valía porque tu padre es un ladrón, un asesino y puede que hasta un traidor, y tu madre es... la verdad, no sé lo que es. ¿Por qué no vamos a averiguarlo?

–Por el amor de Dios, Tess. Maldita sea, espera un momento. No lo entiendes, tenemos que hablar.

–No, no quiero hablar –le contestó, mientras agarraba su chal a toda prisa. Le dolía el corazón por la fuerza con la que le martilleaba en el pecho–. Ah, y cuando la sigas mañana, cuando te enfrentes al cíngaro, ni pienses que vas a ir solo. Yo también estoy luchando por mi futuro y por el de nuestro hijo, con o sin ti.

–Eres la mujer más terca que he conocido en toda mi vida.

–Al menos tengo una buena razón para serlo: lidiar contigo.

Salió de la habitación casi a la carrera, con lo que no le dejó más opción que seguirla. Tuvo la suerte de encontrarse en el rellano a Beau, el tercer hermano Blackthorn, que la saludó con una reverencia y se presentó antes de ofrecerle el brazo para ayudarla a descender la escalera; después de volverse a mirar a Jack una única vez, él le dio una palmadita en la mano como si quisiera tranquilizarla y decirle algo así como: «No te preocupes. Estamos acostumbrados a su mal humor, yo te protejo del ogro».

Tan atrapada estaba entre el enfado y la desesperación, aunque, de los dos sentimientos, el que iba ganando era el primero, que se le olvidó ponerse nerviosa cuando le presentaron al marqués. Él se disculpó por no ponerse en pie cuando la vio entrar en el salón, y señaló a modo de explicación el bastón que tenía a un lado.

Era un hombre bastante atractivo, pero algo... algún dolor, físico o de otro tipo... le había grabado unas profundas arrugas verticales en las comisuras de la boca. Aunque tenía el pelo blanco, resultaba fácil imaginárselo tan rubio como sus dos hijos, que se parecían mucho a él. Jack era tan distinto a ellos que habría que ser tonto para creer que era hijo del marqués, y Tess se preguntó si de joven se había mirado en el espejo, lleno de confusión y de ansiedad, intentando encontrar algún parecido con el hombre al que llamaba «papá».

Qué extraño... aunque seguía enfadada y tenía ganas de estrangularle, sintió que el corazón se le rompía por él.

Saludó con una reverencia al marqués, y él inclinó ligeramente la cabeza sobre su mano y le apretó los dedos.

—Tenéis un hijo que es un verdadero ángel, querida mía. Os agradezco sobremanera que me hayáis confiado su cuidado. Podéis dejarlo aquí todo el tiempo que deseéis, para mí es una alegría y un placer disfrutar de su compañía. Jack, ¿has ido ya a ver a tu madre? No me cabe duda de que estará ansiosa por conocer a esta joven.

—Sí, he hablado con ella esta tarde —Jack le dio a Tess una copa de vino y le indicó que se sentara junto al marqués antes de añadir—: Estoy convencido de que va a cenar con nosotros esta noche.

Tess no habría sabido decir si alguien más supo ver lo

que se escondía tras aquella respuesta. Aunque el tono de voz era suave y las palabras parecían inocuas, bastaba con prestar atención para darse cuenta de que su significado iba mucho más allá de lo que podía parecer en un principio.

En todo caso, el marqués se comportó como si no hubiera entendido nada más allá de aquellas meras palabras y siguió conversando con Puck acerca de alguien llamado Jethro Tull, que al parecer había publicado un libro sobre labranza por medio de tracción equina en el que se detallaban los beneficios de unos innovadores principios de la vegetación y la labranza.

Después de que el marqués diera su opinión al respecto, Puck la miró y le guiñó el ojo antes de contestar:

—Sí, pero el hombre usa la tracción equina para la siembra y la labranza desde hace más de un siglo, y lo que yo digo es que ya va siendo hora de introducir mejoras. Imagina lo que supondría usar una máquina a vapor en los campos, una parecida a esas que le han dado tanta fama a James Watt, pero se me ha ocurrido que se podría añadir un condensador por separado para...

No pudo continuar, porque Regina le tomó de la mano y le dijo con firmeza:

—No encuentro palabras para describir lo aburrido que me parece este tema, esposo mío. Ven a darle tu opinión a Chelsea sobre los nuevos lazos que quiere comprar para uno de sus sombreros, granjero Puck. No se decide entre el cordellate y el satén. Te acuerdas de cuando esos temas te interesaban más que la forma correcta de esparcir estiércol, ¿verdad?

Puck se volvió a mirar a Tess y le aseguró:

—Regina exagera. Nunca me interesaron demasiado los lazos de los sombreros, pero era capaz de pasar horas cantando las alabanzas del corte de un chaleco nuevo; de hecho, aún lo soy. Me avergüenzo de mí mismo.

Tess se echó a reír porque esa era la reacción que se

esperaba de ella, pero cualquiera diría que su mente y la de Jack estaban unidas; de hecho, esa era una posibilidad más que real, aunque en ese momento la entristecía un poco tener que admitirlo, porque al cabo de un instante se volvió a mirarlo en el momento justo en que él se tensó como si estuviera a punto de golpearle alguien.

–¡Qué escena de armonía doméstica tan maravillosa!, ¡todos mis seres queridos juntos de nuevo! ¡Mi corazón se llena de felicidad ante semejante imagen!

Tess se volvió a mirar a la persona que había dicho semejante sandez con una voz maravillosamente gutural, como si estuviera declamando ante el público en un teatro, y supo de inmediato quién era la mujer que estaba posando como una delicada diosa en la puerta.

Adelaide tenía una mano alzada justo debajo de su perfecta barbilla con los dedos extendidos y la palma mirando hacia su público; porque eso eran ellos, su público. Tenía la cabeza un poco ladeada, y su espectacular melena rubia con reflejos blancos estaba recogida en una serie de intrincados rizos entre los que relucían hileras de lo que podrían resultar ser diamantes.

Su vestido era del tono exacto del azul de la medianoche y tenía un escote peligrosamente bajo. Una de las mangas se le había bajado y había dejado al descubierto un hombro terso y nacarado... ¿por accidente, o a propósito? Eso tan solo sabría decirlo otra mujer. Tess tenía muy claro que había sido a propósito, y no pudo evitar sentirse terriblemente desaliñada y carente de atractivo.

Cuando tuvo la certeza de que todas las miradas estaban puestas en ella, Adelaide abrió el abanico de encaje y marfil que le colgaba de la muñeca y empezó a moverlo justo debajo de su ya mencionada barbilla perfecta, con lo que los delicados mechones que habían escapado como por arte de magia del peinado se agitaron bajo la pequeña corriente de aire.

Entró en el salón junto con su aroma mientras el marqués y sus hijos se ponían en pie. Puck se apresuró a inclinarse sobre su mano y la felicitó por conseguir una entrada tan bien ensayada, pero se lo dijo en francés y Tess supuso que la dama no entendía aquel idioma, porque, de ser así, habría abofeteado a su hijo en vez de sonreír como una niñita y alzar la mejilla para que se la besara.

No pudo por menos que admitir que a aquella mujer se le daba bien sonreír con afectación, pero con lo que había visto y oído hasta el momento le bastaba para decidir que no le caía nada, pero que nada bien.

Al ver que Cyril se había puesto en pie, Adelaide soltó una teatral exclamación de preocupación y se apresuró a acercarse a él; después de suplicarle que volviera a tomar asiento, se sentó a sus pies con gracilidad y posó la mejilla sobre sus rodillas.

–Cyril, mi querido y dulce bobito, ¿cuántas veces debo insistir en que no hagas esfuerzos inútiles por el mero hecho de verme entrar en la sala? ¿Vuelve a dolerte la pierna? Tendrías que haberle pegado un tiro al caballo que te tiró al suelo –alzó la mirada con unos ojos bien abiertos que destilaban inocencia, parpadeó fingiendo sorpresa, y añadió–: Hola, ni siquiera me había percatado de vuestra presencia. Cielos, ese vestido tiene un color muy similar al del sofá, ¿verdad? Supongo que sois Tess, qué... dulzura.

–Adelaide –la amonestó el marqués, con voz suave pero firme.

Ella se puso de pie y contestó, mohína:

–¿Qué pasa? Por Dios bendito, ¿qué es lo que he dicho? No he dicho nada malo, ¿verdad? Cyril, querido mío, dime que no te has ofendido –parpadeó varias veces como si estuviera intentando contener las lágrimas antes de añadir–: Yo sería incapaz de ofender a alguien de forma deliberada, jamás lo haría. Lo que pasa es que hablo antes de pensar, querido, eso es algo que tú mismo me recuerdas con frecuencia. Además, debes admitir que el color de su vestido es muy parecido al del sofá... aunque es un sofá muy bonito, de eso no hay duda.

—¿Una copa de vino, madre? —le dijo Jack, antes de ponerle la copa en cuestión casi delante de las narices.

Adelaide no tuvo más remedio que aceptarla, aunque solo fuera por pura autodefensa. Su sonrisa no se desvaneció en ningún momento; al contrario, dio la impresión de que se le quedaba congelada en el rostro.

—Aquí está mi gallardo granujilla. Gracias, Jack. Ya veo que has aprendido modales, nunca perdí la esperanza.

Mientras madre e hijo se sostenían la mirada, el marqués comentó:

—Jack me ha dicho que habéis hablado esta tarde.

La marfileña complexión de Adelaide adquirió una palidez alarmante.

—Sí, ha pasado a verme. No sabes la felicidad que ha inundado el corazón de esta madre al ver de nuevo al hijo pródigo —le dio un pellizquito a Jack en la barbilla antes de añadir con actitud magnánima—: Pero te perdono que nos abandonaras con tanta crueldad, siempre fuiste un niño difícil.

Beau optó por intervenir en ese momento; mientras ayudaba a su esposa a levantarse, comentó con una naturalidad exagerada:

—Ah, ya ha sonado el gong, la cena está lista. Hemos sacrificado un cerdo bien hermoso para ti, Jack, ya que no teníamos ningún ternero a punto. Tess, creo que mi padre deseará reservarse el honor de escoltarte hasta el comedor. Jack, ¿puedes encargarte tú de mamá?

—Sí, sin ningún problema —le ofreció el brazo mientras ambos seguían sosteniéndose la mirada—. Nuestra primera y última cena juntos en diez largos años. ¿Sigues decidida a marcharte mañana, madre?

—Sí, me temo que mi partida es inevitable —le contestó ella.

Esperaron a que el marqués se pusiera de pie con ayuda del bastón, y, mientras se dirigían hacia el comedor, Adelaide miró por encima del hombro y añadió:

–Cyril, querido, ya sé que te prometí que me quedaría un par de días más y no sabes cuánto me ha complacido estar presente para darle la bienvenida a Jack, tal y como tú me pediste, pero él me ha advertido que Stoke-on-Trent está demasiado lejos como para poder llegar en un solo día de trayecto, y lo cierto es que actuamos allí el viernes por la tarde. Espero un gran éxito gracias al vestuario que nos has proporcionado con tanta generosidad, vamos a interpretar la obra *Mucho ruido y pocas nueces*... ¡Qué coincidencia, Jack! Tu nombre lo escogí en honor a Don John.

Don John, el bastardo... Tess se puso rígida al oírla hablar así, aquella mujer era una arpía.

–No te preocupes, Adelaide. Lo entiendo –le aseguró el marqués, antes de mirar sonriente a Tess–. Adelaide siente predilección por Shakespeare; de hecho, solo interpretas sus obras, ¿verdad?

–Somos un grupo teatral shakesperiano, querido –lo espetó con bastante sequedad, pero suavizó el tono de voz al añadir–: No hay nadie que pueda compararse al bardo.

Tess fue incapaz de morderse la lengua y, mientras un lacayo se apresuraba a sostenerle la silla para que se sentara a la mesa, comentó con toda naturalidad:

–¿Ah, no? A mí nunca me han gustado sus obras, ya que el lenguaje que emplea me parece de una complejidad innecesaria. Me resultan mucho más cautivadoras las obras de Cervantes y las de nuestros dramaturgos franceses, *naturellement*. Molière. Por no hablar de Voltaire, que siempre ha sido mi preferido tanto por sus obras teatrales como por sus cartas. Qué hombre tan brillante, en cierta ocasión escribió que: «*L'homme est libre au moment où il souhaite être*» –miró a Adelaide, a la que se le habían teñido las mejillas de un rubor muy poco favorecedor al oírla insultar a Shakespeare, y le dijo con inocencia fingida–: Disculpadme, señora. En vista de que no habláis francés, permitid que os lo traduzca. Escribió: «El hombre es libre en el momento en que desea serlo». Jack, supongo que le das la razón en eso, ¿verdad?

Él estaba sentado justo enfrente de ella. Inclinó un poco la cabeza para indicar que había captado las dos indirectas, la primera dirigida a su madre y la segunda a él.

–Siempre has sido una mujer muy instruida, querida. Y también es pintora –añadió, con una sonrisa de lo más dulce–. Teniendo en cuenta tu reciente interés por todo lo relacionado con la agricultura, Puck, creo que te sorprenderían sus obras. Son realmente singulares.

Tess se echó a reír.

–*Touché, monsieur.*

–Intuyo que se me escapa algo –comentó Puck–, pero, como me parece un crimen guardar silencio cuando puedo decir alguna tontería, voy a aportar a la conversación otra cita de Voltaire. A ver, ¿cómo era...? Ah, sí, ya me acuerdo. Y ten en cuenta que solo estoy citando sus palabras, mi querida Regina. No estoy afirmándolo. «*Le mariage est la seule aventure ouverte de lâche*».

–¿El matrimonio es la única aventura accesible a los cobardes? Tienes mucha suerte de que tu esposa sepa que tan solo dices ese tipo de cosas para ser gracioso, Robin Goodfellow. Y ya que estamos, deja que te diga que no tienes ni pizca de gracia, sobre todo teniendo en cuenta que paso buena parte del día con la cabeza metida en... bueno, dejemos el tema –después de lanzar una mirada llena de pánico a Adelaide, que reinaba como anfitriona en una de las cabeceras de la mesa, Regina fijó los ojos en su plato y se limitó a juguetear con la comida sin probar bocado.

Fue Beau el que se encargó de romper el silencio.

–Yo tengo otra frase. La leí cuando estaba destinado en España, y admito que afectó a mi percepción de la supuesta gloria de la guerra. No la diré en francés, ya que solo he leído la traducción. «Está prohibido matar; por lo tanto, todos los asesinos son castigados a menos que maten a un gran número de gente y al son de las trompetas».

–Eso es bastante mórbido, Beau –protestó Puck–, pero para redimirme ante mi mujer voy a intentar otra de mis frases favoritas del mismo autor. «Le he rezado una única plegaria a Dios, una muy corta: ¡Dios mío, pon en ridículo a mis enemigos! Y me lo ha concedido».

–A mí me parece el colmo de la ridiculez, Puck. ¿Qué es lo que significa? –le preguntó Adelaide.

Chelsea alzó la mano con cierta timidez, como si fuera reacia a dar su opinión.

–Creo que significa que un enemigo estúpido es el mayor regalo que puede darnos Dios, Adelaide.

Jack alzó su copa.

–Brindo por ello, que todos nuestros enemigos queden en ridículo.

–¿Tienes enemigos, Jack? –le preguntó el marqués con preocupación.

–Nunca por mucho tiempo.

Tess hizo una mueca, pero al mirar hacia la cabecera de la mesa se dio cuenta de que, con aquel comentario supuestamente ridículo, Jack había logrado que su madre volviera a enrojecer de furia.

Tess dejó a un lado el chal antes de volverse hacia Jack, que había entrado tras ella en el dormitorio.

–Admito que en este lugar hay una cantidad enorme de habitaciones, pero habría sido capaz de encontrar sola el camino de regreso hasta aquí. Ya puedes marcharte... no, permite que reformule la frase: Márchate. Ya.

Él cruzó la estancia y se apoyó en la cama mientras se quitaba un zapato.

–Y yo que pensaba que la velada había ido de maravilla.

–La velada sí. Lo único que la ha empañado ha sido la presencia de tu madre, y creo que para ella no ha sido una experiencia demasiado agradable. Eres un hombre cruel, Jack. Es consciente de que la odias.

Él se quitó el otro zapato antes de contestar.

–No la odio, no se lo merece; de hecho, me parece bastante patética. Está envejeciendo, y yo creo que no sabe cómo lidiar con esa realidad porque jamás imaginó siquiera que pudiera sucederle algo así.

–Todos acabamos por envejecer, si es que tenemos suerte. ¿Por qué te has quitado los zapatos? No eres bienvenido aquí, Jack.

–No, no entiendes el dilema al que se enfrenta Adelaide. Ella no puede envejecer. Su belleza y su juventud han sido siempre sus armas, sus únicos encantos. Repite las frases de su adorado bardo como un loro, sin entender lo que está diciendo. Por el amor de Dios, si yo no debía de tener más de unos doce años cuando tuve que explicarle lo del bosque de Birnam de *Macbeth*.

–Ya sé que es de *Macbeth* –le espetó, antes de recoger sus zapatos del suelo y de acercárselos para que volviera a ponérselos.

Él hizo caso omiso del gesto y se quitó la chaqueta.

–Creía que no te gustaba Shakespeare –agarró los zapatos al ver que ella le empujaba en la barriga con ellos, pero los dejó encima de la cama.

–¿A quién no le gusta Shakespeare, Jack? Por el amor de Dios, sabes bien que tan solo estaba devolviéndole el insulto a tu madre. ¡Mi vestido no tiene el mismo color que el sofá! Ah, y después se disculpó con mucha dulzura mientras aprovechaba para volver a insultarme. Adelaide es una mujer horrible, realmente horrible, y no sabes cuánto lamento que sea tu madre. Lamento que sea madre, porque no se lo merece y nadie merece el castigo de ser hijo suyo –agarró de nuevo los zapatos y le ordenó–: Fuera de mi dormitorio.

Él los aceptó sin decir palabra, y sintió una profunda satisfacción al oírlos golpear contra la puerta del vestidor.

–Un gesto muy dramático a la par que estúpido, porque ahora vas a tener que ir a buscarlos –le dijo ella–. Estoy hablando en serio, vamos a tener una discusión monumental si crees que tienes derecho a venir aquí para... para intentar hacer lo que, por lo que veo en tus ojos, crees que estás intentando. ¡Me parece increíble! Debo ir solo, Tess, ¡debo desaparecer! ¡Pobre Jack Blackthorn! No puede pedirles a una mujer y a un niño que... ¡Deja de sonreír!, ¿estás loco? ¿Qué te hace tanta gracia?, ¡pareces el idiota del pueblo!

–Dios, cuánto te amo –lo dijo dejando una distancia prudencial entre los dos, porque el idiota del pueblo sería el único en no darse cuenta de lo furiosa que estaba–. Hablas demasiado, pero te amo. Te lo habría confesado antes, pero tú no me dejaste y Beau me lanzó una mirada que dejaba claro que se había asignado la tarea de protegerte del ogro de su hermano.

Guardó silencio mientras ella movía aquellos preciosos ojos a derecha e izquierda, como si quisiera cazar la conversación que habían mantenido antes de la cena y diseccionarla; al cabo de unos segundos, lo miró de nuevo y le preguntó:

–¿No habías dado por terminada esa conversación?

–No, en absoluto. ¿Quieres que la retome donde la dejamos?, ¿prefieres gritarme un poco más?

–Pues... no sé, supongo que... podrías retomar la conversación.

–Gracias –después de hacer una reverencia, hizo acopio de valor y la agarró de la cintura–. Si recapitulamos, creo que te expliqué la peligrosa situación en la que puedo verme metido cuando deje atrás mi trabajo actual. También mencioné que he vivido gracias a mi astucia durante cerca de una década y que, por muy poco apetecible que me resulte, la posibilidad de tener que hacerlo de nuevo es muy real; es más, te dije que eso no es vida para una mujer y un niño... niños.

–No dijiste «niños» en plural. Dijiste «niño», en singular, deduzco que refiriéndote al único que tenemos.

–El único por ahora, no sabemos si gracias a nuestras recientes... actividades ya viene otro de camino. Y entonces, antes de que me interrumpieras para afirmar que sabías lo que yo estaba diciendo, te expliqué que no puedo pediros a ninguno de los dos que compartáis conmigo una vida como la que podría esperarme en breve.

Tess inclinó la cabeza hacia delante al verle vacilar, como si así pudiera ayudarle a sacar las palabras.

–Ahora viene un «pero», ¿verdad?

Jack no se sentía tan confiado como quería aparentar.

–Pero, a pesar de todo, sí que voy a pedíroslo. Porque te amo, porque amo a mi hijo, porque para mí no hay vida sin vosotros dos. Sé que estoy siendo egoísta, que podría ser peligroso, pero voy a pedirlo. No sé a dónde iremos ni lo que haremos cuando estemos allí, lo único que sé es que estoy dispuesto a suplicarte de rodillas que me ames, que te cases conmigo, que unamos nuestras vidas ahora y para siempre. He renunciado a muchas cosas, Tess, y en cada ocasión pensé que estaba haciendo lo correcto. No sé si ahora estoy obrando bien o mal, pero no puedo renunciar a ti. No puedo volver a hacerlo, jamás lo haré. No me pidas que lo haga, por favor.

Al ver que ella abría la boca pero no le salía ni una sola palabra, Jack intentó sonreír y comentó:

–No vas a ponérmelo fácil, ¿verdad? Supongo que me lo merezco. De acuerdo –se arrodilló ante ella, la tomó de las manos y la miró con el corazón en los ojos–. Haré todo lo que me pidas, seré quienquiera que tú necesites que sea, iré a donde sea, haré lo que sea. No soy una persona de trato fácil, pero debes admitir que tú tampoco lo eres; aun así, no tengo la más mínima duda de que somos mejores personas juntos. En lo bueno y en lo malo, en la riqueza y en la pobreza... mientras nos tengamos el uno al otro, nada ni nadie podrá derrotarnos.

Tess sintió que el labio inferior empezaba a temblarle, y soltó un suspiro que se convirtió en un pequeño sollozo.

–Somos invencibles, porque... porque me amas, porque yo te amo a ti. Te amo con todo mi corazón, aunque seas un hombre estúpido y testarudo y...

Él se puso en pie y la abrazó.

–Tess, eso es lo más bonito que me has dicho en toda tu vida, pero aún no me has dicho que sí. ¿Me permites que comparta tu vida contigo?

Ella se mordió el labio y asintió mientras las lágrimas que le inundaban los ojos empezaban a bajarle por las mejillas.

–Sí. ¡Sí!

Él esbozó una sonrisa enorme, una sonrisa casi diabólica.

–¿Estás segura?, porque no me importaría oírtelo decir otra vez.

–Oh, Jack...

Él se adueñó de su boca con un beso que dejaba claro que ya habían hablado lo suficiente, que había llegado el momento de la parte de los votos matrimoniales que decía algo así como: «Con mi cuerpo te honro», no estaba demasiado seguro de las palabras exactas, pero ya se enteraría cuando se celebrara la boda.

La alzó en brazos sin despegar los labios de los suyos, y la cubrió con su cuerpo al tumbarla en la cama. Tenían toda la noche, y estaba decidido a aprovechar todos y cada uno de los minutos que tenía por delante para amarla lentamente, a conciencia. Iba a besar hasta el último centímetro de su cuerpo, iba a adorarla con la boca y las manos mientras le decía todas las palabras de amor que se le pasaran por la cabeza. Porque era algo que ya le resultaba lo más fácil del mundo... encontrar las palabras adecuadas, entregarse por completo sin miedo a que hubiera un final que volviera a dejarle solo de nuevo, arrinconado por indigno.

Tess le amaba y, tal y como ella afirmaba, eso le hacía invencible; más aún: era un hombre humilde y dispuesto a ceder, a dar, a perdonar. Lo de menos era cómo había llegado a ser así, si había sido por amor o por pasión, en secreto o por las traiciones sufridas; lo que importaba era que había llegado hasta allí, que iba a ser el hombre que él mismo había forjado. No iba a ser el granuja desvergonzado que su madre había intentado crear, ni el asesino a sueldo que el Gobierno pensaba que era, ni el títere que Sinjon había usado en beneficio propio. No. Iba a ser el hombre merecedor del amor que Tess le profesaba, merecedor del hijo que ella le había dado.

Estaba dispuesto a matar por ella, a morir por ella, pero lo que quería, lo que necesitaba, era que tuvieran un futuro juntos, uno completamente al margen de la vida que los dos habían tenido hasta el momento. Un mundo nuevo que iban a construir juntos y en el que no habría ninguna sombra del pasado.

Esa noche iba a volver a nacer entre los brazos de la mujer a la que amaba, iba a nacer en ese mundo nuevo tan limpio, luminoso y lleno de esperanza. Si eso le convertía en un ser vulnerable, que así fuera. Ya era hora de liberarse, de destruir todas las defensas que había construido con tanto esmero. Ya no las necesitaba, tenía todo lo que necesitaba.

—Te amo, Tess —lo dijo mientras se hundía entre sus piernas, y sintió como si estuviera entrando en su hogar—. Te amo con todo mi ser, ahora y para siempre.

Ella le acarició la mejilla, que estaba tan húmeda de lágrimas como sus propios ojos, y le miró con una sonrisa que rompía el corazón.

—Ya lo sé, y con eso me basta. Es lo único que he querido siempre, tenerte por completo...

La poseyó con pasión, con reverencia, se entregó por

completo y saboreó lleno de felicidad todo lo que ella le dio a su vez.

Aún no había acabado todo, había cabos sueltos del viejo mundo de los que aún tenían que encargarse, pero habían pasado a ser meras sombras que ya no eran el centro de su existencia. Nadie iba a volver a tener de nuevo el poder de destruirles.

—Llevo toda la vida esperando esto, Tess —le susurró al oído, mientras yacían abrazados—. No sabía qué era lo que estaba buscando, y no hay duda de que no lo reconocí cuando llegó al fin. No sé, puede que... que tuviera miedo de no ser digno de ello, de no merecerlo. Pero ahora... ahora sí que lo comprendo. Para poder recibir hay que estar dispuesto a dar, ¿verdad?

Tess se acurrucó más contra su cuerpo antes de contestar:

—Yo te he entregado mi corazón, y tú me has entregado el tuyo. Da un poco de miedo, ¿verdad? Aun así, no pienso devolvértelo.

—Yo no lo aceptaría. Tendrías que tirarlo al suelo y dejarlo ahí, roto en mil pedazos mientras tú lo pisoteas con tu delicado piececito —se irguió un poco y la instó a que se tumbara de espaldas—. Dios, ahora estoy hablando como Puck, diciendo ese tipo de bobadas que hacen suspirar a las damas. ¿Qué es lo que me has hecho, mujer?

—Algunos dirían que he obrado un milagro —le dijo ella, en tono de broma, mientras le rodeaba el cuello con los brazos—, pero yo te conozco bien y sé que preferirías hacerme el amor a ponerte poético, Jack Blackthorn.

Él deslizó los dedos por su vientre; al ver que se arqueaba hacia arriba, sonrió y susurró:

—¿Sabes una cosa?, creo que tienes toda la razón...

Capítulo 20

Tess apartó las finas cortinas de verano y se asomó a la ventana. Desde su dormitorio se veían el prado oeste, un grupo de árboles cuya perfecta disposición indicaba que habían sido plantados por la mano del hombre, y en la distancia alcanzaba a verse también una parte de la cabaña de Adelaide.

–Hay un par de caravanas delante de la cabaña –le dijo a Jack, que aún seguía ocupado con el desayuno que les habían subido a la habitación. Se volvió a mirarle antes de añadir–: Se va, tenemos que seguirla.

Él se comió un último trozo de tostada antes de contestar.

–Vamos a hacerlo, pero no hace falta apresurarse. Sabemos a dónde se dirige.

–¿Ah, sí? ¿Puede saberse cómo lo sabemos? –le preguntó, mientras buscaba la camisa y los pantalones en el guardarropa.

–Ella misma nos lo dijo mientras tú buscabas nuevas formas de insultarla. Stoke-on-Trent, su grupo teatral actúa allí este viernes. Andreas debe de estar enterado de ello, si es que van a encontrarse allí; de no ser así, se verán en el próximo pueblo donde ella actúe y, si tampoco es ahí, en el siguiente después de ese.

Tess se enfadó al verle tan calmado.

–Eso suponiendo que vayan a verse, ¿por qué estás tan seguro de que siguen siendo amantes?

–Porque tiene que ser así; si no lo fueran, ¿por qué estaba tan empeñada en hacerme creer que él estaba muerto? Estaba protegiéndole. Por mucho que me cueste creerlo, es posible que mi madre sea capaz de sentir verdadero afecto por alguien, más allá de sí misma y sus propias ambiciones.

Ella regresó a su silla antes de comentar:

–Sí, admito que eso es difícil de creer, pero si es cierto debió de quedarse devastada cuando él desapareció... cuando estuvo apresado en España gracias a Sinjon –le miró y se le ocurrió otra posibilidad–. ¿Crees que estaba enterada de que él había regresado a Inglaterra?, ¿que lo sabía antes de que tú se lo dijeras? No tenemos ni idea de cuándo escapó él exactamente, podrían haber sido semanas, meses o incluso días antes de que cometiera el robo que alertó a Sinjon de su regreso. No sabemos si la dejaste conmocionada con la noticia o si le diste una gran alegría.

Al ver que él se ponía en pie, Tess se apresuró a imitarle creyendo que quizás se había replanteado lo de no seguir a Adelaide de inmediato.

–¿Es posible que le haya dado una gran alegría a Adelaide?, eso es algo que no se me había ocurrido. Ella lleva varias semanas en Blackthorn... Dios, puede que él haya ido a verla de noche a esa condenada cabaña para disfrutar a escondidas de un reencuentro a lo grande. La cuestión es si va a atreverse a ir a verla a Stoke-on-Trent sabiendo que aún tengo intención de darle caza.

–No hables así, estás llevando a cabo una búsqueda legítima en nombre de la Corona y tu objetivo no es ejecutarle, sino capturarle. ¿Estamos de acuerdo? Porque tú eres mejor persona que él y civilizado. No se trata de llevar a cabo una venganza, sino de que se haga justicia.

–Lo que usted diga, mi señora –le dijo él, antes de besarla en la mejilla–. Explícale eso a mi madre cuando intente arrancarme los ojos.

–No te preocupes por eso, Jack Blackthorn. Soy más que capaz de encargarme de tu madre.

–Y estás deseando hacerlo, ¿verdad? Mi guardiana y protectora.

–¿Tienes alguna objeción?

Lo preguntó con cierta inseguridad, pero sus miedos se disiparon al verle sonreír.

–La verdad es que me gusta, debo de ser un hombre muy malo.

Ella se cobijó entre sus brazos y alzó el rostro para besarlo. Si no tenían que salir a toda prisa tras Adelaide, había otras formas mucho más placenteras de pasar el tiempo.

–Pero eres muy bueno en muchas, muchísimas cosas. En este momento estoy pensando en una en concreto, pero los dos llevamos puesta demasiada ropa.

Él le agarró las manos para evitar que siguiera despojándole del pañuelo que llevaba al cuello, y le besó los dedos antes de decir:

–No puedo creer que esté diciendo esto, pero ahora no, Tess. En la bandeja del desayuno había una nota de Cyril, desea vernos a todos en la sala de música a las once. Parece ser que la conversación que he estado eludiendo durante tanto tiempo es inminente, lo interesante es que quiere que también estéis presentes Chelsea, Regina y tú.

–Ellas me comentaron que el marqués va a ofrecerte una finca, pero eso ya lo sabías; al fin y al cabo, a lo largo de este año ya le ha entregado una a Beau y otra a Puck mientras tú seguías eludiéndole –le puso bien el pañuelo antes de añadir con dulzura–: No vas a cometer la necedad de rechazar su ofrecimiento, ¿verdad? Ya es bastante con que siempre hayas rechazado la mensualidad que él estaba dispuesto a darte.

–¿Hay algo de lo que no hablarais vosotras tres ayer?

–Creo que no... pero, si no estoy enterada de algún

tema, no tengo forma de saber si no hablamos de él, ¿verdad? –le contestó, mientras el reloj que había sobre la repisa de la chimenea empezaba a dar la hora–. Aunque no estaba enterada de lo de la lesión del marqués, ¿sufrió una caída del caballo?

–Sí. Sucedió hace un par de semanas, un día en que salió a montar con Adelaide. Le pregunté a Beau al respecto, y me dijo que les sorprendió un jinete que surgió de improviso de entre los árboles y cruzó el camino. El caballo de Cyril se encabritó y le tiró al suelo. Nunca ha sido demasiado bueno como jinete... a diferencia de Adelaide; por sorprendente que parezca, ella siempre ha sido una excelente amazona.

Tess le miró al oír aquello y se preguntó si él estaba poniéndola a prueba.

–¿No ves nada raro en lo que acabas de contarme?

–La verdad es que no quería verlo. Cyril fue categórico al afirmar que había sido un accidente, pero Adelaide tan solo está aquí porque él la mandó llamar cuando Puck le dijo que yo había prometido venir a... a casa. Cada vez me cuesta menos decirlo... venir a casa, a mi hogar. Opté por el camino más largo, ¿verdad? En cualquier caso, no me apetece demasiado oír lo que Cyril desea decirnos a todos, pero, aunque no sé si la caída del caballo fue un mero accidente o parte de un plan, lo que tengo claro es que Adelaide preferiría que él siguiera guardando silencio. Sea lo que sea lo que Cyril quiere decirnos, él considera que sus tres hijos debemos escucharlo al mismo tiempo, y eso es algo que yo he impedido durante estos diez años; además, ahora también os ha incluido a Chelsea, a Regina y a ti, así que admito que siento curiosidad.

Mientras hablaban salieron de la habitación y bajaron a la primera planta. El mayordomo estaba a los pies de la escalera y les miró con cierta desaprobación, como reprochándoles una gran tardanza.

–La familia les espera en la sala de música.

Tess se tensó al oír aquellas palabras; dicho así, «la familia», daba la impresión de que tanto aquel tipo como el mundo entero sabían que, en realidad, Jack no formaba parte de la familia Blackthorn. Agarró a Jack de la mano y le pidió con voz suave:

—¿Vas a dejar que hable sin interrumpirle? No te marcharás si lo que te dice no te gusta, ¿verdad?

—No, no pienso seguir dándole la espalda a las verdades desagradables. Siempre acaban por atraparte tarde o temprano.

—Te amo.

Él le apretó la mano segundos antes de que entraran en la sala de música, donde ya estaban todos los demás. Dos lacayos cerraron la puerta tras ellos.

—Eso es lo único que me importa, Tess. ¿Ves ese retrato que hay encima de la chimenea? Es Abigail, la esposa de Cyril.

Ella no pudo evitar contener la respiración al ver el enorme retrato a tamaño real en el que la marquesa aparecía como un hada de delicadas alas, ataviada con un vaporoso vestido. La inocente felicidad que se reflejaba en su precioso rostro resultaba cautivadora. Su larga melena era tan clara que parecía casi blanca, tenía un rostro pequeño y ovalado en el que imperaban unos ojos enormes y llenos de dulzura. Era muy delicada, incluso etérea. Hermosa por siempre, por siempre joven.

Beau estaba de pie debajo del retrato, pero se acercó a ellos al verles llegar. Tess sentía una gran admiración hacia él. Era un hombre que exudaba responsabilidad y honestidad, que inspiraba confianza de inmediato. Era un verdadero ejemplo como hijo primogénito.

—No me gusta nada todo esto, Jack —dijo Beau en voz baja—. Cyril se comporta como si fuera de camino a la horca, ni siquiera Puck ha podido arrancarle una sonrisa. No sé si es aconsejable que las mujeres estén presentes, pero él ha insistido en que así sea.

–No soy quién para inmiscuirme –le contestó Tess, en voz igualmente baja–, pero su señoría debe de saber lo que quiere decir y quién desea que le oiga. Podrías alterarle aún más si le sugieres lo contrario.

Jack miró a Cyril, que estaba sentado en un sillón con el cuerpo muy rígido y la tez macilenta.

–Estoy de acuerdo con ella, Beau. Bueno, será mejor que empecemos ya para acabar con esto cuanto antes. Deberíamos dar gracias de que no haya incluido también a Adelaide en la reunión, aunque puede que ella se haya negado a asistir. Yo creía que Cyril quería contar con su presencia.

Beau miró por encima del hombro a su padre, que en ese momento estaba aceptando una copa de vino de manos de Puck.

–¿Va a tomar vino antes del mediodía? Otro detalle inquietante. En cualquier caso, él pasó varias horas en la cabaña anoche, y apuesto a que tuvieron una discusión. Sí, será mejor que acabemos con esto cuanto antes.

Jack asintió y, sin soltar la mano de Tess en ningún momento, se acercó a su padre e inclinó la cabeza ante él de forma respetuosa.

–Buenos días, me disculpo por ser el último en llegar.

–Sí, se ha retrasado una década más o menos.

Puck hizo el comentario en tono de broma, pero no se salvó de la severa advertencia que Regina le hizo en voz baja.

Después de saludar al marqués con una reverencia y una sonrisa alentadora, Tess se sentó entre Jack y él por indicación del primero. Puck, Regina y Chelsea se acomodaron frente a ellos en otro sofá, y Beau volvió a quedarse de pie frente a la chimenea.

Al ver que todas las miradas se centraban en el marqués, Tess sintió cierto instinto de protección hacia él y tuvo que contener las ganas de tomarle de la mano para darle valor.

–En primer lugar, me gustaría disculparme ante las damas presentes –empezó a decir él, con voz un poco trémula–. Lo que voy a contar, lo que tengo la obligación de revelar, no es apto para oídos femeninos, pero debe salir a la luz. No puedo negar que Adelaide estaba en lo cierto en una cosa: mis tres hijos han tenido la fortuna de saber que el amor de sus damas es sincero, ya que el amor verdadero es la única razón que llevaría a una mujer a unir su vida a un bastardo que carece de expectativas de futuro. Las tres son dignas de elogio, y merecen ser amadas por el resto de su vida.

–¡Brindo por ello! –Puck alzó su copa de vino, con lo que se ganó un codazo de su mujer en las costillas–. Regina, querida mía, si vas a seguir así, creo que voy a ir a colocarme junto a Beau.

–No, quédate aquí por si es necesario que te recuerde que no estás aquí para hablar, sino para escuchar. Os ruego que le disculpéis, milord. Mi marido parece tener muy arraigada la costumbre de intentar aligerar los ánimos en todo momento. Se trata de una cualidad que suele resultar agradable –miró a Puck con reprobación al añadir–: Pero no en este momento, querido.

–Sí, claro, pero Beau puede quedarse ahí de pie como si estuviera al mando de la situación, y Black Jack puede permanecer ahí sentado con cara de pocos amigos, ¿verdad?

Chelsea se inclinó hacia delante para mirar a Puck, y le dijo sonriente:

–Cada cuál debe ceñirse a sus propios talentos.

Tess se mordió el labio para intentar contener una sonrisa; al oír que el marqués soltaba una pequeña carcajada, supo que Puck había conseguido su propósito. La incómoda tensión que reinaba en el ambiente se aligeró un poco. Sus ojos se desviaron hacia el retrato, bastaba con mirarlo para relajarse. Abigail se parecía mucho a su hermana, pero tenía una pureza que Adelaide no podía emular porque carecía por completo de ella. Sí, no había duda de que toda la pureza había ido a parar a Abigail.

—Lo que debo deciros no es nada fácil, contároslo podría ser lo más difícil que he hecho en toda mi vida —les dijo el marqués, con voz suave—. Vuestra madre se opone a que lo haga... porque la deja en mal lugar y, según ella, porque me deja a mí en mal lugar; en cualquier caso, se ha negado categóricamente a estar aquí esta mañana, y va a partir en breve. Ha prometido no regresar jamás, pero, como lleva años amenazando con lo mismo, yo dudo mucho que lo cumpla. Aunque sus visitas a la finca son mucho menos frecuentes que antes, siempre regresa.

Hizo una pequeña pausa y respiró hondo antes de proseguir.

—En cualquier caso, ella y yo estamos en desacuerdo respecto a los detalles, a las razones, así que permitidme que os advierta desde este mismo momento que es posible que sintáis que lo que estáis oyendo no es más que lo que yo deseo haceros creer. Espero que no sea así, ya que en el fondo soy yo quien tiene la culpa de todo. He esperado demasiado, incluso décadas, pero me han dicho que aún estoy a tiempo de poner las cosas en su sitio; aun así, voy a necesitar... mejor dicho, vamos a necesitar que Adelaide coopere, y hasta el momento he sido incapaz de conseguirlo.

Los miró uno a uno y comentó:

—Ya veo que lo único que he logrado de momento es confundiros a todos. Quizás sería mejor que os contara una historia que os sonará en parte, ya que Adelaide solía contárosla cuando erais pequeños. Dicen que, a fuerza de repetir las cosas, uno puede llegar a creérselas, y ella puede ser muy convincente. Vosotros la adorabais.

Fue Puck quien contestó:

—Creo que hablo en nombre de los tres si admito que sí, sí que la adorábamos. Ella entraba y salía de nuestras vidas como un ángel, papá, pero los niños crecen y lo que le parece lógico a un crío le resulta menos creíble a un hombre. Cuéntanos tu historia.

El marqués estuvo hablando durante cerca de una hora; al menos, esa fue la impresión que les dio. Nadie le interrumpió, ya que no podía haber más palabras que las suyas hasta que terminara de contar su historia.

Les dijo algo que ellos ya sabían, que había tenido que detenerse en una cabaña situada a unos kilómetros de la finca un día en que había salido a montar y su caballo había empezado a cojear, y que había sido allí donde había conocido a Adelaide y a su hermana Abigail. Él acababa de cumplir veintiún años y había heredado el título unos meses antes, cuando su madre y su padre le habían sido cruelmente arrebatados en un accidente de carruaje. Aún seguía llorando su pérdida y estaba confinado en el campo hasta que terminara el año de luto. La pesada carga de la responsabilidad que debía asumir le daba miedo, no estaba preparado para ella, pero de repente ocurrió una especie de milagro: se encontró ante el ser más hermoso que había visto en su vida, y se enamoró a primera vista... de Abigail, no de Adelaide.

Se enamoró de la dulce e inocente Abigail a pesar de que era del todo inapropiado que se enamorara de ella, y en ese punto fue cuando empezó a desvanecerse cualquier parecido que la historia hubiera tenido hasta el momento con el romántico cuento de hadas que Adelaide les había contado multitud de veces a sus hijos.

El amor que Cyril sentía por Abigail era puro, y él sabía que el sentimiento era mutuo. Sí, ella le adoraba de igual forma que adoraba sus flores, el encaje de sus guantes, las coloridas hojas de árbol que ella metía entre las hojas de su libro de cuentos... y los castos besos que él le daba sin atreverse a ir más allá. A pesar de lo joven que era, de lo enamorado que estaba, era consciente de que un verdadero matrimonio entre ellos sería imposible, inadmisible, pero a pesar de todo había sido incapaz de renunciar a ella. Abigail era la personificación de la pureza y la ternura, ella había sanado su corazón. Quería que formara parte de su vida, necesitaba que así fuera, y ansiaba darle a cambio una vida maravillosa.

–Y lo conseguiste –le dijo Puck–. Nunca he conocido a nadie tan completamente feliz. Todos los que conocían a Abigail la adoraban, yo siempre la echaré de menos.

Regina se inclinó un poco para besar la mejilla de su marido.

–Gracias por tus palabras, Puck. Supongo que esa es la parte positiva que se puede sacar de todo esto –le dijo el marqués, antes de continuar con el relato.

Él había fingido que estaba cortejando a Adelaide con el único propósito de estar cerca de Abigail, pero la primera había acabado por descubrir su treta y la había indignado la idea de que alguien prefiriera a su «hermana medio boba» antes que a ella. Abigail era una muñeca bonita, pero irreal; Adelaide, en cambio, era fuego y excitación, era una mujer vibrante y llena de vida, era más bonita, más inteligente, se merecía mucho más el afecto de un marqués... y se había empeñado en demostrárselo a él.

Había aprovechado su parecido físico con Abigail para salirse con la suya, y había logrado captar su atención durante un tiempo. Él podía besarla y fingir que en realidad se trataba de Abigail; podía hacer algo más que soñar con ella; podía tocarla, poseerla, saciar en cierta medida aquella necesidad aberrante con ella, y mentirse a sí mismo. Podía creer que se había equivocado, que en realidad era a Adelaide a quien amaba.

Esa situación duró un tiempo, pero al final despertó de la locura que estaba viviendo y tomó por sorpresa a Adelaide al pedir y conseguir la mano de Abigail en matrimonio; aunque ella solo podía ser su esposa de nombre, nada más, necesitaba tenerla cerca, verla cada día, saber que ella era feliz.

Adelaide había ido a hablar con él enfurecida sobre lo

que, según ella, era una «perversión del alma» que le llevaba a casarse con una hermana mientras se acostaba con la otra. Le había amenazado con contarle la verdad a todo el mundo para que no pudiera casarse con su amada, le había asegurado que ella misma se encargaría de que no pudiera volver a ver nunca más a Abigail... pero entonces le había propuesto un trato.

Estaba dispuesta a guardar silencio a cambio de que él financiara su necesidad de ser actriz, de vivir libre y sin ataduras, y también iba a seguir «atendiéndole» cuando el deseo carnal se adueñara de él; al fin y al cabo, no pensaba casarse y le hacía falta un protector. Su cuerpo, cuando él lo deseara y como fuera que lo deseara; su silencio a cambio de dinero.

Él se había debatido entre el amor hacia una mujer que nunca podría ser suya por completo y la baja y retorcida obsesión por una mujer peligrosa y única a la que podía desear, pero no amar.

Avergonzado y temeroso de perder a Abigail, había aceptado el trato.

Pero el día de la boda, cuando había alzado el pesado velo blanco del rostro de la mujer con la que acababa de casarse justo después de que ambos firmaran en el registro como marido y mujer, la que le miró con ojos llenos de diversión tras convertirse en marquesa de Blackthorn no fue otra sino Adelaide; al parecer, había llevado a Abigail a su cuarto y la había convencido de que se quedara en casa. Su padre no se había percatado de nada, y le había explicado a los invitados que su hija Adelaide se sentía indispuesta y no iba a asistir a la ceremonia; el marqués, por su parte, estaba tan nervioso esperando en el altar que ni siquiera se había dado cuenta de que ella no estaba presente.

Adelaide había escrito su propio nombre en el registro matrimonial; según ella, le había engañado para salvarle de sí mismo. La idea de ocupar el lugar de su hermana se le había ocurrido aquella misma mañana y le parecía muy divertida, le había preguntado sonriente si no le parecía una broma exquisita y le había prometido que nadie sabría jamás la verdad. No, nadie la sabría excepto él, así que iba a tener que cuidarla por el resto de su vida, iba a concederle todos sus deseos si no quería que el mundo se enterara de sus antinaturales deseos.

Lo cierto era que nadie más se había enterado. El párroco había sido silenciado gracias a una buena suma de dinero, y el padre de Adelaide no se había puesto demasiado difícil. Le bastaba con haberse deshecho de sus dos hijas, ya que la mujer con la que se había casado recientemente; que, por cierto, no era demasiado agraciada, odiaba a las dos hermosas jóvenes.

Adelaide tenía lo que siempre había querido, una vida sin ataduras y alguien que se la financiaba. Abigail estaba a salvo, vivía mimada a más no poder y rodeada de amor; en lo referente a sí mismo, el marqués tuvo que admitir avergonzado que también había conseguido lo que quería: tenía a Abigail para él solo, podía amarla y dejar que ella nutriera su alma... y tenía a Adelaide para saciar su frustración física.

Pero Beau había nacido mientras Adelaide estaba de gira en Escocia con su grupo teatral, y todo había vuelto a cambiar. Al ver a su hijo, el marqués había despertado al fin de lo que él denominaba su «sueño terrible», y había tomado plena conciencia de las consecuencias que tenía el engaño que estaban perpetrando. Había querido revelar la verdad de inmediato, reconocer a su legítimo heredero, pero Adelaide le había amenazado con pregonar a los cuatro vientos que la había violado en presencia de su hermana; según ella, así todo el mundo sabría lo enfermo y retorcido que era, y quizás llegaran a meterle en prisión.

Ella le había recordado que la sociedad ya había empezado a darle la espalda, había dicho cosas muy desagradables acerca de las razones que habría podido tener él para tomar por esposa a una mujer hermosa pero que no estaba bien de la cabeza. ¿Qué iba a ser de Abigail si la verdad salía a la luz?, ¿se la llevarían de Blackthorn para ponerla a salvo de él, de su perversidad? ¿La internarían en un manicomio?, ¿era ese el destino que él deseaba para la mujer a la que decía amar? Adelaide había pasado demasiados años aguantando la carga de tener que cuidar a su hermana, por fin había conseguido ser libre y no estaba dispuesta a permitir que volvieran a encadenarla de nuevo a alguien que, según ella, era una retrasada mental.

Entonces había vuelto a marcharse, pero había dejado a Beau con él. Había tardado más de dos años en regresar, y en esa ocasión lo había hecho con un niño de pelo oscuro al que le había puesto el nombre de Don John.

Aunque Jack no era hijo suyo, el marqués le había acogido en su hogar y había vuelto a doblegarse ante los deseos de Adelaide, ante sus exigencias... y, por mucho que le avergonzara admitirlo, ante el malsano deseo que sentía por ella. Se había llevado a cabo la construcción de la cabaña, y ella se había comportado como si quisiera quedarse en Blackthorn. Estaba muy pendiente de su hermana, interpretaba el papel de madre amantísima con sus hijos, que la adoraban, y consiguió meterse de nuevo en la cama del marqués. Puck era el resultado de aquel largo y extraño verano, y para entonces ya era demasiado tarde para volver atrás e intentar cambiar en algo las cosas.

Él seguía amando a Abigail, pero con el amor de un hermano. Adelaide era a la que no podía quitarse de la cabeza, la que le atormentaba el alma. Antes creía que lo que deseaba era pureza, pero la que realmente lo mantenía cautivo de su propia locura era Adelaide... Adelaide, con su carácter cambiante, sus jueguecitos y su pasión desenfrenada. Ella era su enfermedad incurable.

Adelaide le aseguraba que arreglarían toda aquella situación en un año, cuando fuera demasiado mayor para pisar un escenario; según ella, cuando Abigail mejorara de salud, cuando se repusiera del todo, podrían corregir los errores que habían cometido, ya que la vida de su hermana podría peligrar si desvelaban la verdad antes de tiempo. En más de una ocasión había argumentado que estaba convencida de que iban a invitarla a actuar en Covent Garden, le había asegurado que entonces no le pediría nada más a la vida y le obedecería en todo, y le había suplicado que le concediera un año más.

Excusa tras excusa, año tras año. Él sabía que no podía poner las cosas en su sitio sin su cooperación, así que cedía y le financiaba una gira de verano por la campiña... y después otra, y otra más.

Adelaide siempre parecía saber cuándo había llegado el momento de marcharse. Llegaba de improviso a Blackthorn y después, justo cuando Cyril se disponía a hablar de asuntos serios, se marchaba de nuevo. Si la presionaba demasiado, tardaba un año en regresar y él enloquecía de ganas de volver a verla, así que no tardó en darse cuenta de que era preferible no presionarla.

Estaba atrapado, todos ellos estaban atrapados en una maraña de mentiras. Y así habían seguido las cosas hasta que los niños habían crecido y estaban en camino de convertirse en unos hombrecitos. Con cada año que pasaba, la idea de revelar la verdad iba haciéndose más y más difícil. El marqués sabía que había esperado demasiado, se sentía incapaz de contarles la verdad a sus hijos. Los tres eran jóvenes instruidos que recibían una generosa mensualidad, lo único que no les había dado era su apellido. El hecho de saber que estaba mintiéndose tanto a sí mismo como a sus hijos cada vez que Adelaide se dignaba a regresar a Blackthorn le había llevado a odiarla aún más... porque aún seguía deseándola con todas sus fuerzas.

Hasta que un día, de repente, dejó de desearla. Ella sonrió, y él no sucumbió; ella coqueteó juguetona, y él se sintió hastiado; ella intentó meterse en su cama, y a él le causó repugnancia; ella le amenazó... y él descubrió que ya no le importaban sus amenazas.

De hecho, el marqués podía especificar el momento exacto en el que había despertado al fin de su sueño y se había dado cuenta de que había sido una pesadilla: había sido cuando ella había hecho que Jack se marchara, cuando había sacrificado a su propio hijo en una especie de retorcido intento de aferrarse al marqués.

Abigail había ido encerrándose más y más en un pequeño mundo propio y apenas le reconocía, así que no iba a salir lastimada si la verdad salía a la luz, si él revelaba que no era con ella con quien estaba casado y reconocía a sus hijos. Y esos hijos la protegerían, ya que habían dejado de ser unos niños indefensos. Sí, habría un escándalo, sí, algunos no quedarían convencidos y seguirían dándoles la espalda a los tres creyendo que eran bastardos, pero podrían heredar los títulos. Blackthorn tendría en Beau a un administrador sólido y capacitado, que era algo de lo que carecía desde la muerte de su abuelo. El título, la dinastía, iban a perdurar.

Nunca era tarde para enmendar un error.

Por fin, con años de retraso, el marqués había encontrado el valor necesario, pero antes de nada tenía que hablar con Jack. Tenía que hacerle entender que no solo lo quería como a un hijo, sino que, cuando se demostrara que en realidad estaba casado con Adelaide, él también sería considerado por ley un miembro legítimo de la familia. Había que ver cuántos aristócratas eran fruto de las relaciones extramatrimoniales de sus madres, la publicación conocida como *Miscelánea de Harley* no era más que un ejemplo de ello. Tenía que hacérselo entender a Jack, pero este se negaba a hacer acto de presencia. Después había estallado la guerra, y sus hijos habían tomado distintos caminos.

La primavera anterior les había mandado llamar a los tres para contarles por fin la verdad, pero Abigail había fallecido, Adelaide había regresado a Blackthorn para asistir al funeral, y había aprovechado mientras él lloraba su pérdida para volver a incorporarse a su vida. Había estado a punto de convencerle de que revelar la verdad a aquellas alturas solo serviría para ensombrecer la memoria de Abigail. Le había asegurado que nadie iba a creerle ni aunque ella admitiera la verdad, ya que tanto su padre como su madrastra y el párroco estaban muertos. Era posible falsificar un acta de matrimonio, y parecería demasiado conveniente que revelaran la verdad justo después de la muerte de Abigail.

A pesar de todo, él había redactado una explicación de todo lo sucedido y se la había entregado junto con el acta de matrimonio a su abogado, que llevaba más de un año solicitándoles tanto al Gobierno como a la Iglesia que Oliver LeBeau, Don John y Robin Goodfellow Blackthorn fueran declarados sus legítimos herederos; en cuanto fuera así, Beau recibiría el título de vizconde de Oakley, Jack sería lord Don John Woodeword, y Puck lord Robin Goodfellow Woodeword.

Tess estaba convencida de que todos eran conscientes de algo que el marqués no mencionó: si Beau fallecía sin dejar hijos varones, quien heredaría el título sería Jack, el verdadero bastardo, y no Puck. Ella sabía que Jack jamás permitiría algo así y esperó con el aliento contenido a ver cómo reaccionaba, si protestaba y salía de la sala hecho una furia. Ni siquiera se atrevió a mirarle, pero él guardó silencio y el marqués continuó con el relato.

–Por desgracia, las cosas aún no están solucionadas ni mucho menos –admitió, apesadumbrado–. Mi abogado me ha dicho que vamos a necesitar la declaración jurada de vuestra madre admitiendo su participación en el engaño, pero anoche aún seguía negándose a dármela.

«Y vos sufristeis hace poco un accidente que podría haberos costado la vida, milord». Pensó Tess para sus adentros. «¿Por qué?, ¿por qué se niega Adelaide a permitir que la verdad salga a la luz? Su actitud resultaba comprensible cuando era joven y quería conservar su libertad, pero a estas alturas no tiene sentido. Podría ser la marquesa, con todo lo que eso conlleva. Sería el papel de su vida. No lo entiendo».

El marqués se levantó del sofá con dificultad y se acercó a Beau, que había permanecido de pie durante el largo relato y tenía los labios tan apretados que la piel de alrededor de la boca estaba blanquecina.

—Recuerdo el día en que te dieron aquella horrible paliza por mi culpa, Beau, por culpa de mi debilidad. No puedo pedir tu perdón, y no puedo prometerte que algún día llegarás a recibir el título que está claro que ostentarías con más dignidad que yo.

Beau asintió antes de contestar.

—Estoy en paz conmigo mismo desde hace mucho, papá. De no haber sido un bastardo, ahora no tendría la dicha de tener a mi lado a mi esposa, que vale más que diez títulos nobiliarios. No hay nada que perdonar.

—Bien dicho, hermano, y yo secundo tus palabras —dijo Puck, antes de acercarse a ellos—; al parecer, nuestra madre tenía razón en una cosa. De no ser por mi condición de bastardo, no sé si habría estado junto a Regina cuando ella me necesitaba. No cambiaría ni uno solo de los días que pasé siendo *le beau bâtard anglais*... bueno, quizás me arrepienta de algunos de los más alocados ahora que soy un hombre felizmente casado, pero los disfruté bastante en su momento. Para mí sería un placer ser lord Robin y me haría muy feliz que se reconociera oficialmente que soy hijo tuyo, pero la legitimidad a ojos del mundo carece de importancia en comparación con lo que ya tengo.

Tess sacó un pañuelo del bolsillo y se secó los ojos. Las palabras de Beau y Puck eran conmovedoras y totalmente sinceras. El hecho de ser bastardos les había ayudado a convertirse en hombres fuertes y sensatos, y la embargó una profunda emoción al ver que sus esposas, unas mujeres encantadoras y bondadosas que merecían aquel inesperado golpe de suerte, se acercaban a ellos.

Jack, por su parte, permaneció donde estaba sin decir palabra.

Después de abrazar a sus hijos, el marqués se acercó al que era el hijo de su corazón; al ver que Jack se ponía en pie, ella se apresuró a hacerlo también y le apretó la mano con fuerza en un gesto de apoyo.

–Señor –dijo él, con voz suave.

–No sabes cuánto lamento todo lo sucedido, hijo mío. Siempre me he sentido orgulloso de ti por ser la persona que eres, por el hombre en que te has convertido. Posees una fortaleza, un fuego y un valor que yo envidio y que no he tenido en toda mi vida. Jamás llegaré a saber qué fue lo que te dijo tu madre para lograr que te marcharas de aquí, ni cuánto te ha costado regresar. Ver a tu hijo, a ese muchachito maravilloso que me confiaste, ha llenado mi corazón de una felicidad que hacía mucho que no sentía. Por él, por esta mujer que está a tu lado con actitud tan protectora, te ruego que me permitas intentar compensarte en cierta medida por todo el dolor que tu madre y yo te hemos causado. Por favor.

Tess contuvo el aliento hasta que Jack contestó:

–No tienes que compensarme por nada. Le abriste las puertas de tu casa al hijo de otro hombre, me recibiste con los brazos abiertos y me diste cabida en tu corazón a pesar de que tenías todo el derecho a darme la espalda. Debo darte las gracias por todo lo que me has dado. Estoy en deuda contigo y pensaba que la forma de pagarte esa deuda era regalarte mi ausencia, pero estaba muy equivocado. Y tú te equivocas ahora, no tengo derecho a que se me legitime por el mero hecho de que Adelaide fuera marquesa cuando yo nací. No estoy dispuesto a aceptarlo.

Puck soltó un suspiro de resignación antes de comentar:

–Ya empezamos otra vez, qué afortunados somos al poder ver a Jack comportándose como un botarate. La ley es la ley, hermanito; además, a mí me parece una idea espléndida, y Beau no está objetando nada. ¿Alguien tiene alguna objeción?, ¿la tienes tú? Por el amor de Dios, Jack, cede un poco, aunque ya sé que eso es algo con lo que no estás nada familiarizado.

Tess se atrevió al fin a mirar a Jack, y no pudo seguir callada al ver su rostro. Era increíble que nadie más se diera cuenta del dolor que se reflejaba en sus ojos oscuros.

–Creo que carece de sentido iniciar una discusión sobre algo que no sabemos si va a suceder. Si Adelaide ha conseguido evitar que se sepa la verdad durante todos estos años, me resulta difícil de creer que vaya a cambiar de opinión a estas alturas.

–En eso te equivocas, Tess, aunque te agradezco que salgas de nuevo en mi defensa –le dijo Jack–. Adelaide va a atestiguar que el acta matrimonial es legítima, de eso me encargo yo.

Beau le pasó un brazo por los hombros.

–No, no vas a hacerlo tú solo. Es una tarea de la que debemos encargarnos los tres juntos, conseguiremos hacerla entrar en razón.

–¿Crees que va a servir de algo intentar razonar con ella? Algún día llegarás a ser un gran marqués, hermano mío, ya que eres un caballero de pies a cabeza. Pero son mis talentos especiales los que hacen falta en este momento.

El marqués suspiró antes de afirmar:

–Él tiene razón, Beau. Siempre he tenido la impresión de que tu madre se siente intimidada por Jack, incluso me atrevería a decir que le tiene miedo. ¿Tienes algún plan en mente, hijo?

–Aún está a medias, pero acabaré... Tess y yo acabaremos de pulirlo cuando partamos en busca de Adelaide.

Beau le dio vueltas al asunto antes de asentir.

–En ese caso, te aconsejo que completes el plan cuanto antes, porque alcanzaba a ver el camino desde donde estaba y las caravanas ya se han ido. No hace mucho, así que dudo que te resulte difícil alcanzarlas, pero que me aspen si sé cómo crees que vas a poder convencerla de que regrese a la finca.

–No, Tess y yo vamos a encontrarnos con ella en otro sitio –le contestó Jack, con un tono de voz duro e inflexible–. Adelaide no regresará jamás a este lugar.

Tess entendió de inmediato lo que quería decir: estaba protegiendo al marqués. Si algo tenía claro acerca del hombre al que amaba, era que estaba dispuesto a acabar con cualquier dragón que amenazara a sus seres queridos y que para ello emplearía cualquier arma que tuviera en su arsenal, justa o injusta. Estaba deseando ayudarle a planear la derrota de Adelaide; de hecho, prefería pensar en eso que en la captura del cíngaro. Los puñales de Adelaide estaban en su boca y las palabras no podían matar a nadie, aunque bien sabía Dios que podían causar un gran daño.

–¿Por qué dices que no regresará jamás? –le preguntó Beau–. No, supongo que tampoco debo preguntarte acerca de eso, ¿verdad? En cualquier caso, ¿sabemos al menos a dónde se dirige?

–A donde va siempre cuando no está conmigo, a reunirse con su amante –le contestó el marqués con voz apagada–. Con tu padre, Jack. Él fue siempre el hombre de su vida y le conoció incluso antes que a mí, ese dato es un pequeño dardo envenenado que ella me lanzó una noche en que quería herirme. Adelaide adora a ese hombre y la vida libre y sin ataduras que tienen juntos, necesita esa excitación como el resto de mortales necesitamos el aire que respiramos. Debo admitir que, en cierto modo, le admiro. La toma y la deja según su propia conveniencia, a veces pasa meses alejado de ella. Esta última separación duró unos tres años. Pobre Adelaide, cuánto sufrió. Pero él ya está de vuelta, de eso no me cabe ninguna duda. Siempre noto la diferencia en ella cuando él regresa. Yo me comporté como un necio por dejarme encandilar por Adelaide, pero a ella le pasa lo mismo con él. La maneja a su antojo. Sí, no hay duda de que su amante es un tipo listo. Ha demostrado ser más sensato que yo.

Beau carraspeó un poco antes de decir:

–En ese caso, y aunque me cuesta decir estas palabras... ¿Estás preparado para conocer a tu progenitor, Jack?

–Ya nos conocemos, aunque nuestro encuentro fue breve –le contestó él con rigidez–. Y lo único que voy a añadir al respecto es que no hay duda de que nuestra madre es una necia.

Capítulo 21

—Se llaman hornos tipo botella —dijo Jack, mientras Tess y él contemplaban la ciudad de Stoke-on-Trent desde la cima de una pequeña colina—. Huelga decir que tienen ese nombre porque parecen la parte superior de unas enormes botellas de ladrillo, aunque en este caso se trata de unas botellas que sueltan un espeso humo negro. Cuando todos los hornos están encendidos, puede resultar difícil ver el sol.

—Fascinante, ¡son enormes! Debe de haber un centenar como mínimo, crean una especie de paisaje propio. ¿Ya habías estado antes aquí?

—Sí, he venido una o dos veces en nombre de la Corona, pero no recuerdo que hubiera ningún teatro; a menos que hayan construido uno, Adelaide tendrá que actuar en la plaza del pueblo, en algún escenario improvisado y rodeada del humo de los hornos. Sus sueños de grandeza no parecen haberse cumplido.

—Admito que es difícil de comprender, pero está claro que su vida es la interpretación; al fin y al cabo, es la legítima marquesa de Blackthorn a pesar de sus mentiras. Puede que sus hijos no le importen lo suficiente como para permitir que se esclarezcan las cosas, pero lo lógico sería que lo hiciera en beneficio propio. Aquí hay algo que no alcanzamos a ver, Jack. Tiene que haberlo. ¿Crees que es posible que Adelaide...? No, no puede ser.

–Si lo que estás pensando es que ella podría haber participado en las andanzas de Andreas de vez en cuando, ya me lo había planteado. Lo que dijo Cyril el otro día era cierto, en ocasiones Adelaide tardaba más de un año en regresar a Blackthorn. Puede que se marchara junto con su grupo teatral, pero no sabemos a dónde iba después. Podría estar en cualquier sitio, haciendo quién sabe qué. Las emociones intensas le dan vida, son su sustento.

–Tú mismo me dijiste que es muy buena amazona. No sé por qué, pero eso es algo que me sorprendió.

–Y tiene mucho arrojo. Interpreta el papel de damisela indefensa, pero posee una voluntad férrea. Es un compendio de muchas mujeres distintas, todas ellas fascinantes. Yo creo que ni ella misma sabe quién es en realidad, ya que se ha pasado la vida interpretando un papel tras otro. Supongo que nos tenía hechizados a todos, en especial a Cyril.

–Según el marqués, el cíngaro la tenía hechizada a ella. Imagínate el regocijo de Sinjon cuando conoció a tu padre y se enteró de su historia. Tal y como cabía esperar, buscó la forma de usar lo que sabía para poder mantener al cíngaro bajo su control, y acabó por encontrarla: te encontró a ti.

–Exacto. Sinjon podría haber utilizado esa información de muchas formas, pero al final optó por la que le convenía a él. Mientras él disfrutaba con el enfrentamiento entre padre e hijo, yo no tenía ni idea de lo que sucedía.

Se pusieron en marcha de nuevo, pero con los caballos al paso.

–Él siempre tenía algún plan de reserva, y al final de todo siempre añadía algún anzuelo. Imagina cuánto habría disfrutado al felicitarte por deshacerte de un peligroso enemigo y añadir algo así como: «Ah, por cierto, acabas de asesinar a tu padre. Ese es el precio que has tenido que pagar por dejar de trabajar para mí».

–Dios. Qué extraño, ¿verdad? Henry, Will, Dickie y yo nos considerábamos unos granujas. Creíamos que éramos unos tipos muy malos, pero siempre por una buena razón, por una buena causa. Porque veíamos multitud de muestras de maldad y éramos lo bastante necios como para creer que conocíamos el juego y que sabíamos jugar mejor que nadie. Fuimos testigos de la maldad que hay en el hecho de buscar el poder en nombre de la codicia, pero jamás vimos algo así. Nunca encontramos un caso en que se empleara la maldad por pura maldad, por ser mejor que tu adversario. Y solo Dios sabe los motivos de mi madre, porque yo soy incapaz de entenderla. Lo más probable es que nos diga que todo lo hizo por amor. Maldita sea, Tess, quiero que esto acabe cuanto antes.

–Yo me conformaría en este momento con tener la certeza de que el cíngaro y ella están aquí. Ya es cerca del mediodía, vamos –espoleó a la yegua y se adelantó a medio galope.

Jack se quedó mirándola por un momento. Iba ataviada con el vestido de los domingos de una de las doncellas de Blackthorn, y él llevaba la vestimenta de un peón: blusón, unos toscos pantalones, y un viejo sombrero de fieltro. Vaya par. Había más de una docena de razones por las que tendría que haber insistido en que ella se quedara en Blackthorn, pero solo había hecho falta una para convencerle de que debía llevarla con él: Que así al menos sabría dónde estaba, porque, a menos que la atara a la cabecera de la cama, y ni siquiera con eso bastaría, ella se las ingeniaría para seguirle como fuera.

El hecho de que estuviera convencida de que él necesitaba su protección le hizo sonreír, y espoleó al caballo para alcanzarla.

Diez minutos después, Jack estaba maldiciendo su suerte al darse cuenta de que debía de ser día de mercado en Stoke-on-Trent. El centro de la ciudad estaba repleto hasta los topes de carros, carretas y puestos de comida, y no iba a ser fácil encontrar a Andreas si este se encontraba entre el gentío reunido delante del escenario improvisado que había justo en el centro de la plaza. Había unas veinte hileras de bancos como mínimo y la gente estaba sentada muy junta, no quedaba ni un solo espacio libre. Distaba mucho de ser Covent Garden, pero seguro que Adelaide estaba en la gloria.

Después de dejar los caballos en unas caballerizas, siguieron a pie. Procuraron ceñirse a callejuelas poco transitadas mientras rodeaban poco a poco la plaza, aunque era improbable que Andreas estuviera al descubierto, sobre todo si se había visto con Adelaide y esta le había contado lo que había sucedido en Blackthorn.

Si Cyril tenía razón al pensar que ella le tenía cierto temor a Jack, a sus habilidades, estaría ansiosa por advertirle a su amante que su hijo estaba buscándole. El tipo había evitado una confrontación en casa de Sinjon, pero no sabían si en esa ocasión iba a hacer lo mismo. A lo mejor ya había huido a caballo y estaba a kilómetros de allí. Era posible que Jack se viera obligado a dejar para otro día su objetivo de darle caza, y tuviera que contentarse de momento con convencer a Adelaide de que le convenía contar la verdad de lo que había sucedido años atrás en el altar.

Aunque también era posible que, al igual que él, Andreas hubiera decidido que ya era hora de dejar de huir y que había que ponerle fin a lo que había empezado tantos años atrás.

Jack se metió la mano en el chaleco y tocó el cuchillo que llevaba allí guardado. ¿Sería capaz de usarlo, si llegaban a un punto en que tuviera que elegir entre su vida o la de su padre? ¿Por eso había querido estar presente Tess?, ¿para quitarle esa decisión de las manos? ¿Sería capaz ella de tomar la iniciativa?, ¿se atrevería a hacerlo?

Era probable que, en caso de verse acorralado, Andreas fuera capaz de atacar a su propio hijo. Había sido él quien había asesinado al hermano de Tess, así que... sí, ella sería capaz de matarle, y esa era la única razón por la que Jack sabía que él también sería capaz de hacerlo. Había matado innumerables veces, y no estaba dispuesto a permitir que ella acarreara un recuerdo así por el resto de su vida.

–Maldición, han empezado antes de tiempo –masculló en voz baja, cuando el rodeo que habían dado a la plaza les acercó lo suficiente al escenario–. Ya van por más de la mitad del último acto.

Tess estaba leyendo un cartel que estaba clavado en la puerta de una taberna, pero al oír su comentario se volvió a mirarle y le dijo en tono tranquilizador:

–No te preocupes, esperaremos a que Adelaide baje del escenario. Está aquí, ¿verdad?

Él se alzó el sombrero, que le había servido para ocultar su rostro hasta el momento, y alzó la mirada hacia los actores.

–Sí, interpreta el papel de Beatrice. Está... hermosa. Demonios, no hay duda de cuánto adora actuar, ¿verdad?

Tess le puso una mano en el brazo y le dio un pequeño apretón.

–Ya sé que esto es difícil para ti.

–¿Difícil? Sí, podríamos llamarlo así. Ven, tenemos que acercarnos al lateral del escenario.

–Espera, antes quiero preguntarte algo. A los cíngaros también se les conoce como «nómadas», ¿verdad? Creo haberlo leído en algún sitio.

Él apenas le prestó atención, ya que acababa de percatarse de que había varios espacios libres en la primera hilera de bancos. En ellos solo había cuatro personas sentadas, dos parejas mucho más elegantemente vestidas que el resto del público. Pudo ver con claridad el rostro de uno de los hombres cuando el tipo echó la cabeza hacia atrás al reír por algo que se había dicho en el escenario, y vio que se trataba de sir Edward Starkley. Su presencia allí resultaba de lo más interesante. La dama que estaba sentada junto a él debía de ser su señora esposa, y... sí, los otros dos eran la encantadora hija de la pareja, una rubia de ojos azules, y su flamante esposo, con el que se había casado recientemente de forma muy apresurada.

Debían de haber decidido pasar una temporadita en el campo y estaban disfrutando de la representación ofrecida por un grupo teatral ambulante. Qué delicia... y qué interesante.

—Vamos —le dijo a Tess, mientras distintas teorías le pasaban por la mente.

Ella le tiró del brazo para impedir que echara a andar, e insistió con firmeza:

—Te he preguntado si a los cíngaros también se les conoce como «nómadas»; según este cartel, el papel de Benedick lo interpreta alguien llamado John el Nómada. ¿No te parece curioso?

—¡Que me aspen! —Jack leyó el cartel antes de mirar hacia el escenario. Masculló una imprecación al ver que Benedick no estaba presente en aquella escena, aunque sí que iba a salir en la siguiente.

Tomó a Tess de la mano y la hizo entrar en la callejuela.

—¿Crees que es él?, ¿crees que...? Piensa en ello por un momento, Jack. Así podría viajar por todo el país, por cualquier país, y pasar desapercibido. Es un grupo de teatro ambulante como cualquier otro, nadie le prestaría atención.

—¡Que me aspen! Adelaide viajaba con él, seguro que sí. Ella sabía lo que pasaba y seguro que le encantaba, puede que incluso participara. Y, mientras tanto, Cyril ha estado financiándoles sus andanzas sin saberlo todos estos años. Dios, tantos años...

—Tienes que mantener el control, no puedes enfadarte —le advirtió ella, cuando lograron acercarse un poco más a la parte posterior del escenario ocultos entre el gentío—. El cíngaro está aquí, debes centrarte en eso. En cuanto a... a

Adelaide, yo me encargo de mantenerla apartada de tu camino. Ni siquiera pienses en ella, céntrate en Andreas. ¿Está claro?

Él apenas podía pensar, la furia le había empañado los ojos de una neblina roja que le cegaba casi por completo. Adelaide utilizaba a todos los que tenía a su alrededor, todo lo que ella tocaba quedaba dañado... Abigail, Beau, Puck, incluso Cyril. ¡Era una maldita pestilencia!

–No te preocupes –le dijo a Tess con voz tranquilizadora. Al ver a sir Edward y a su hija había empezado a urdir un plan, un plan que podía funcionar; mejor dicho: iba a funcionar, él iba a asegurarse de que así fuera. Le puso las manos sobre los hombros y añadió–: La obra está a punto de acabar, cielo, no tengo tiempo para explicaciones. Tú limítate a estar preparada para atraparla si intenta huir.

–De acuerdo. Haré lo que sea para detenerla, hasta sentarme encima de ella si hace falta –le contestó ella con vehemencia.

Él sonrió al verla tan decidida y la besó. Su mundo entero se estabilizó mientras la abrazaba, y al cabo de unos segundos la soltó para que fuera a colocarse al otro lado del escenario.

Él fue a la caravana más cercana a la parte posterior del escenario, ya que era probable que los actores que no estaban en escena se congregaran allí, y se escondió a toda prisa detrás de un orondo granjero que iba cargado con una caja de pollos al ver que Andreas salía de la caravana. El tipo se detuvo en el escalón superior mientras se colocaba bien la recargada capa de brocado que le cubría los hombros, y le dijo al granjero:

–Ah, habéis traído unos buenos ejemplares, señor mío. Retorcedles el pescuezo y entregádselos al propietario de la posada The Fox, decidle que mi señora y yo llegaremos dentro de una hora y necesitaremos un comedor privado.

Jack se apresuró a encorvarse para no parecer tan alto,

y dio media vuelta cuando el granjero corrió a recoger las monedas que Andreas le lanzó antes de agitar su capa y dirigirse con paso enérgico a los escalones de madera que subían al escenario.

Al cabo de un momento, Jack le oyó interpretando su papel. Vaya tipo tan teatrero. Daba hasta vergüenza verle, aunque a lo mejor era pasable como Benedick.

Mucho ruido y pocas nueces era una comedia de Shakespeare en la que había amantes despechados, equívocos, confusión de identidades y un villano: Don John, el bastardo, que al final salía derrotado y acababa en prisión mientras el amor de Beatrice y Benedick salía victorioso.

Era una obra que a Jack no le había gustado nunca por obvias razones, su propia madre le había puesto el nombre del villano bastardo. Pero no era solo por eso. Tal y como él mismo le había comentado en alguna ocasión cuando ella le había convencido de que la ayudara a aprenderse el guion, el final no acababa de convencerle, ya que el hecho de que la captura de Don John se llevara a cabo fuera de escena no saciaba su sed de violencia.

En cualquier caso, eso resultaba irrelevante en ese momento, porque él estaba a punto de cambiar el final.

Le puso la mano en el hombro a un actor que acababa de bajar de la caravana y se disponía a subir al escenario, y le dijo con firmeza:

—Vos sois el mensajero, ¿verdad?

El tipo contestó en voz baja para que no le oyera el público.

—Soltadme, rata inmunda.

Jack le apretó el hombro con más fuerza.

—Os he hecho una pregunta, buen hombre. ¿Interpretáis el papel de mensajero?

—Sí, junto con el resto de papelitos irrelevantes. ¿Y qué? Debería ser yo quien interpretara a Claudio, pero Jeremy, ese actorcillo de tres al cuarto, consiguió el papel cuando regresó John.

–Sí, es obvio que no os valoran como deberían –le aseguró, mientras se sacaba una moneda del bolsillo–. Una corona a cambio de vuestro sombrero, vuestra capa y vuestro silencio. ¿Trato hecho?

El actor miró la moneda y después a Jack, que no tenía la pinta de alguien que hubiera visto una moneda de oro en su vida.

–¿Estáis loco?

Se oían las voces procedentes del escenario, el tiempo apremiaba.

–Sí, es muy probable que así sea. Lo que pasa es que deseo gastarle una bromita a mi buen amigo John. Eso no tiene nada de malo, ¿verdad? Y vos habréis ganado una corona.

Mientras él se quitaba el sombrero y lo echaba a un lado, el tipo deshizo el lazo que le sujetaba la capa al cuello y le preguntó:

–¿Queréis también la espada?

Jack le echó una mirada a la espada de madera y negó con la cabeza.

–Gracias, pero no la necesito –le quitó de la cabeza el sombrero con pluma y se lo puso antes de cubrirse los hombros con la capa–. Y ahora, si me disculpáis, creo que me toca salir a escena en breve.

Lo único que decía el personaje del mensajero en la obra era: «Milord, vuestro hermano John ha sido detenido mientras huía y una escolta armada le trae de regreso a Mesina». Jack lo recordaba con bastante precisión porque de niño, mientras oía a su madre ensayar su papel, había esperado expectante a que llegara la lucha con espadas que culminaría con la captura de Don John... aunque, para ser sinceros, en aquel entonces debía de tener unos doce años y los derramamientos de sangre le parecían muy interesantes.

Fue a ocupar su puesto al borde del escenario, justo detrás del telón. El público no podía verle, pero él veía con claridad a los actores. Beatrice y Benedick estaban el uno frente al otro y con las manos unidas mientras se declaraban su amor mutuo. Sintió que se le revolvía el estómago al ver la adoración desnuda que brillaba en los ojos de Adelaide mientras interpretaba su papel, era doloroso presenciar aquello.

—¡Silencio! Voy a cerraros la boca —la interrumpió Andreas, antes de besarla.

Jack apartó la mirada.

Después de un breve intercambio de palabras entre varios personajes y Benedick y de que este diera su discurso final, Andreas dijo al fin:

—¡Antes, por mi palabra! ¡De consiguiente, que toquen los músicos! Príncipe, estás triste. ¡Búscate mujer!, ¡búscatela! ¡No hay bastón más respetable que el que termina en cuerno!

Ese era el momento en que debía entrar el mensajero, pero Jack esperó hasta que el silencio empezó a hacerse incómodo y los actores miraron hacia el lateral del escenario como preguntándose dónde demonios estaba el mensajero.

—¡Ah!, ¿ha anunciado alguien la llegada de un mensajero? ¡Que entre!, ¡que entre el mensajero! —exclamó con nerviosismo el actor que interpretaba al príncipe.

Jack permaneció donde estaba. Tanto los actores como el público, que hasta el momento parecía un poco aburrido con la obra, estaban mirando hacia el lateral del escenario. Todos los ojos estaban abiertos y pendientes de lo que pasaba, todos los oídos se aguzaban para oír las siguientes palabras... entre ellos los de sir Edward Starkley.

Jack salió al fin a escena, y mantuvo la cabeza gacha al hacer una reverencia ante el actor que interpretaba al príncipe.

—Mi señor, vengo a arrestar a este hombre, Benedick, por crímenes contra la Corona. Y también a su ramera.

El príncipe, un hombre bastante rollizo de rostro rubicundo, susurró horrorizado:

–*¿Qué?* ¡Eso no es lo que tienes que decir, Chester! ¡Un momento! ¿Quién...? ¿Quién sois vos?

Jack se quitó el sombrero con una floritura y se inclinó ante su padre, pero cuando se enderezó lo hizo con su cuchillo en la mano.

–Estás rodeado, Andreas. No tienes escapatoria ni vas a recibir clemencia alguna, esta vez no. ¿Entendido?

Adelaide se puso delante de su amante con los brazos extendidos, como si estuviera dispuesta a protegerle con su propio cuerpo, y exclamó:

–¡Jack! ¿Qué estás haciendo? ¡Has perdido el juicio!, ¡no puedes...!

–¡Cállate, Adelaide! –le advirtió el cíngaro, antes de agarrarla a toda velocidad para usarla como escudo. Le puso un afilado estilete al cuello y añadió–: ¡Me aseguraste que no habías abierto la boca!, ¡que él no sospechaba nada! ¡Estúpida zorra! ¡Mírale, aquí está! Que Dios me ayude, no hay duda de que ha salido más a mí que a ti. Ruega para que no esté tan hastiado de tu molesta presencia como yo. Tú eliges, Jack. Me voy con esta ramera y después te la dejo en algún lugar donde puedas encontrarla, o me obligas a cometer un acto impulsivo que seguro que acabará en tragedia.

–Suéltala, matarla no te serviría de nada –le dijo Jack con voz serena.

–Eso no es verdad, te lo aseguro. Dile a tus hombres que bajen las armas y dejen que me vaya. Apuesto a que necesitas que ella te cuente la verdad... sí, claro que lo necesitas.

El público soltó una exclamación de horror generalizada al ver que un hilillo de sangre bajaba por el blanco cuello de Adelaide.

–Qué dilema tan interesante, ¿podrías darme un momento para que piense en ello? –Jack fingía estar calmado, pero el corazón le martilleaba en el pecho. Dejó que la tensión fuera acrecentándose, y al final negó con la cabeza–. No, lo principal es capturarte a ti. Haz lo que quieras con ella.

Adelaide puso los ojos en blanco y se desmayó, con lo que se convirtió en un peso muerto que hizo trastabillar ligeramente al cíngaro. Jack aprovechó para abalanzarse hacia su padre, y le agarró la mano con la que sujetaba el estilete mientras ambos caían al suelo.

Tess se limitó a observar en silencio mientras Jack y un tal sir Edward hablaban en voz baja en una esquina de uno de los comedores privados de la posada The Fox. El tembleque que le había entrado gracias a Jack y a su ridícula bravuconada había parado por fin y, a decir verdad, estaba disfrutando al ver al cíngaro bien atado a una silla con un enorme chichón encima del ojo izquierdo. Jack y él se habían caído del escenario mientras luchaban por adueñarse del estilete y habían ido a parar justo delante de sir Edward, que había usado la empuñadura de oro de su bastón para propinarle un golpe en la cabeza que le había dejado sin sentido.

El público había empezado a aplaudir entusiasmado, aunque cabía preguntarse cuántos de los presentes no habían visto nunca una obra de Shakespeare y creían que aquel final formaba parte del espectáculo.

Se volvió a mirar a Adelaide, que estaba sentada y se cubría el rostro con un pañuelo mientras lloraba sin parar. Le habían vendado el cuello, y Jack le había dado una copa de vino que ella había aceptado con cortesía antes de levantarse, acercarse a su amante y lanzarle el contenido a la cara.

Si Tess no la despreciara tanto, hasta habría aplaudido; en cualquier caso, en ese momento lo que quería era saber de qué estaban hablando con tanta cordialidad Jack y sir Edward, y se sorprendió aún más al ver que se estrechaban la mano y que el primero se acercaba a ella y le guiñaba el ojo antes de sentarse a su lado.

—¿He mencionado alguna vez que me disgusta que te comportes con petulancia? —le preguntó, exasperada—. Casi tanto como me disgusta tener que presenciar impotente cómo arriesgas tu vida. Ha sido lo más ridículo que he visto en toda mi vida. Mira que decirle que hiciera con ella lo que quisiera, como si no te importara lo más mínimo...

—A mí me ha parecido una frase muy lograda, Shakespeare habría hecho bien en usarla. Me ha parecido un final mucho mejor para toda esta trama; por cierto, ¿te mencionó Regina la pequeña aventura que vivió hace unos meses cuando tuviste esa entretenida charla con Chelsea y con ella?

—¿Te refieres a que unos tratantes de blancas secuestraron a su prima? Sí, fue algo terrible, pero no entiendo lo que tiene que ver eso con el asunto que nos ocupa.

—Vírgenes rubias y de ojos azules, jóvenes damas de buena cuna como la prima de Regina, eran secuestradas para ser vendidas en el extranjero, y tiene mucho que ver con el asunto que nos ocupa. Has visto a la hija de sir Edward antes de que su madre y su marido se la llevaran, ¿verdad?

—¿Ella fue...? ¿Fue una de las mujeres afectadas? —le preguntó, horrorizada.

—Yo jamás diría algo así, y tú no vas a oírlo de mis labios. La han casado con un primo segundo y es feliz; al menos, eso es lo que dice su padre. Sir Edward quedó muy agradecido conmigo cuando recuperó a su hija sana y salva, y está dispuesto a prestarme toda la ayuda que necesite... a modo de agradecimiento, tú ya me entiendes.

—Sí, claro —dijo ella, antes de mirar con disimulo hacia sir Edward—. Y supongo que tú le has sugerido cómo puede hacerlo, ¿verdad?

—Sí, hemos ideado entre los dos una forma bastante efectiva.

Tess se debatió entre el deseo de abrazarle y las ganas de darle un sopapo por lo encantado que estaba con la situación. Él también se volvió a mirar a sir Edward, que estaba de pie entre Adelaide y Andreas, y añadió:

—Ya empieza, recemos para que esto funcione.

Plantado sobre las toscas tablas del suelo de la posada, con los pies separados y las manos a la espalda, sir Edward parecía una especie de palomo buchón.

—Permitan que me presente, soy sir Edward Starkley —lo dijo con gravedad, con una voz profunda que no acababa de estar a la altura de su estatura pero que sonaba contundente y autoritaria—. No me cabe duda de que eso es algo que a ustedes les trae sin cuidado, pero permitan que añada que en el colegio fui muy amigo de su alteza real el duque de Norfolk. Es una amistad que aún perdura hoy en día; de hecho, su alteza real le concedió a mi familia el gran honor de ser el padrino de mi única hija. En otras palabras, y por no ahondar demasiado en el tema: poseo cierta influencia en ciertas altas esferas.

Tess se tapó la boca con el puño y tosió con delicadeza. Estaba convencida de saber a dónde conducía aquel discursito, y sir Edward no la decepcionó.

—Este joven bribonzuelo acaba de contarme una historia, y tengo muy buenas razones para creerle. Vos, señor mío, vais a ser trasladado a Londres para que respondáis por vuestros crímenes, y lo más seguro es que acabéis en el patíbulo o ante un pelotón de fusilamiento. Si la mitad de lo que el muchacho me ha contado es cierto, no hay duda de que lo tendréis bien merecido. Como mínimo habréis de pagar por el asesinato de René Fonteneau, vizconde de Vaucluse.

Andreas se limitó a fulminarle con la mirada en silencio, y sir Edward desvió su mirada y su atención hacia Adelaide.

—No puedo afirmar conocer al detalle la legislación actual, señora mía, pero es posible que podáis salvaros de la horca si cooperáis con las autoridades, cosa que os aconsejo encarecidamente.

Adelaide se puso en pie de golpe.

–¿La horca?, ¿cómo que la horca?

Sir Edward carraspeó antes de contestar:

–Este caballero, agente de la Corona, afirma que vos... eh... actuasteis en connivencia con el prisionero aquí presente para cometer serios crímenes contra la mentada Corona. Crímenes de gravedad diversa, y cometidos a lo largo de un extenso período de tiempo. Es por ello que, con todo mi pesar, debo ordenar que seáis arrestada y que os trasladen a Londres junto con él, al menos hasta que se aclare todo. No veo ninguna otra opción.

Adelaide se volvió hacia su hijo como una exhalación.

–¡Jack! ¿Cómo has podido hacer algo así?

–¿Niegas haber viajado con este hombre? Antes de contestar, recuerda que soy... es decir, que tengo pruebas irrefutables de ello.

Ella miró al cíngaro y exclamó, suplicante:

–¡Díselo, Andreas! ¡Por el amor de Dios, diles que soy inocente de cualquier delito!

El padre de Jack la miró y sonrió.

–Todo lo contrario, Adelaide. Tú nunca has sido inocente de nada, de lo único que no se te puede culpar es de tener inteligencia. ¿Te das cuenta de que no me encontraría en este entuerto de no ser por ti? Recuerda que me juraste que Jack no iba a seguirte, mi único pecado es haberte creído.

–¡Pero...! ¡Pero si tú me amas!

–Cree que la amo –le dijo Andreas a Jack–. Siempre se lo advertí... Bien sabe Dios que tiene cualidades y talentos interesantes, pero le advertí que jamás intentara pensar que ese era su punto fuerte.

Alguien llamó a la puerta en ese momento, y el posadero entró con una cuerda.

–Es todo lo que he podido encontrar, sir Edward. Es para atar a la mujer, ¿verdad?

–¡No! –Adelaide corrió hacia Jack y empezó a toquetearle frenética el pecho–. ¡No puedes hacerme esto!, ¡no puedes permitirlo! Este hombre dice que es influyente, tú mismo le has oído. ¡Cuéntaselo! ¡Cuéntaselo!

Él le agarró las manos para obligarla a que las apartara de su pecho y le preguntó con frialdad:

–¿Qué quieres que le cuente?

–¡Quién soy! –exclamó, sollozante–. ¡No pueden arrestarme!, ¡no pueden ahorcarme! Dile que soy inocente, ¡dile quién soy!

La posibilidad de que Jack fuera demasiado lejos hizo que Tess contuviera el aliento, pero se dio cuenta de inmediato de que era necesario que la misma Adelaide pronunciara las palabras. Sir Edward tenía que oír la admisión de su propia boca.

–No –dijo Jack con firmeza–. Si quieres que sir Edward testifique a tu favor, debes contarle la verdad tú misma.

Hasta ese mismo momento, Adelaide había sido una hermosa mujer incluso estando sometida a una fuerte tensión, pero, por alguna extraña razón, de repente se volvió horrorosa.

–Soy consciente de lo que estás haciendo –masculló, en un áspero susurro–. Quieres que ese hombre de ahí sirva de testigo para beneficiarles a ellos, estás dispuesto a sacrificarme a mí, a tu propia madre, por ellos. Yo le atrapé, lo atrapé durante todos estos años al negarme a darle lo que quería. Me habría dejado a un lado de nuevo, al igual que me había dejado por mi hermana. ¡Es inadmisible que la prefiriera a ella antes que a mí!, ¿de verdad creía que estaría dispuesta a darle algo que él deseara? Le detesto, siempre le he detestado. Que sus hijos sean unos bastardos, que sufra, que vaya a la tumba sabiendo cuánto les ha fallado.

–¡Sois una mujer terrible y odiosa!, ¡también son hijos vuestros! –exclamó Tess.

Adelaide la miró ceñuda, como si no entendiera la razón de tanta vehemencia, y al cabo de un momento se volvió de nuevo hacia Jack. Saltaba a la vista lo desesperada que estaba.

–¿Les dirás la verdad si te doy lo que quieres? Te juro que todo lo que he hecho junto a Andreas no ha sido más que un inocente juego. Viajamos por toda Europa y jamás le hicimos daño a nadie, solo nos interesaba el dinero. A esos ricachones no les hacía falta tener tantas joyas, ¿verdad? Vi a Napoleón, Jack. Y al zar, incluso llegué a bailar con él y me dijo que era muy bella. ¿Te lo imaginas? No sabía que las cosas podían terminar así, jamás he matado a nadie. No era más que un juego muy emocionante. Es algo que Cyril jamás me habría dado, pero que yo necesitaba con desesperación. Tú me comprendes, ¿verdad? Tenía que sentirme viva, ¡no puedes permitir que me ahorquen!

–Voy a ayudarte, madre –accedió él, con un pequeño tic en la mejilla–. Cuéntale la verdad a sir Edward.

Adelaide se irguió, se alisó el vestido y se atusó el cabello; cuando se volvió a mirar sonriente a sir Edward, volvía a ser bella de nuevo.

–Mi buen señor, os ruego que tengáis a bien contactar con mi marido. Seguro que su señoría confirmará mi inocencia y pondrá fin a este absurdo malentendido.

–¿Cómo que «su señoría»? No os entiendo, señora. Sois actriz, ¿verdad?

Adelaide miró ansiosa a Jack por encima del hombro; al ver que este se limitaba a asentir, se volvió de nuevo hacia sir Edward y le contestó:

–No, os equivocáis –hizo una elegante reverencia antes de confesar–: Mi buen señor, tenéis el placer de estar en presencia de la marquesa de Blackthorn.

Epílogo

—Gracias, Roberts —dijo Jack, cuando el mayordomo le entregó la saca del correo—. Vaya, sí que pesa.

Roberts se inclinó ante él antes de contestar.

—Sí, señor. Algunas de las cartas proceden de Inglaterra, señor Blackthorn. ¿Creéis que pueden traer buenas noticias?

—Es posible.

Jack no quería hacerse ilusiones. Las noticias que habían ido llegando últimamente de Inglaterra eran esperanzadoras, pero ya lo habían sido antes y al final no había habido resultado alguno. Echó la silla hacia atrás y se acercó con la saca a las puertas acristaladas con vistas al río James.

Al salir a la terraza, se tomó unos segundos para disfrutar del paisaje que tenía ante sus ojos y del que nunca se cansaba, fuera cual fuese la estación del año. Se sentía agradecido por poder disfrutar de él y por el hogar que había construido junto a Tess en Virginia, pero aquello no era Inglaterra.

Seis años... una vida entera, un mero momento.

Eran felices en aquel lugar. Allí era donde habían nacido sus hijas, Lucie y Marianne. Tal y como Puck había pronosticado, ser un hacendado al cuidado de unas tierras le daba una profunda satisfacción y la finca generaba beneficios todos los años. Pero aquello no era Inglaterra.

Encontró a Tess arrodillada en el huerto, quitando las malas hierbas. Era una tirana en lo relativo a sus huertos y jardines, ella no era de las que posaban con un cesto mientras un criado le cortaba las flores. No, su Tess nunca había hecho nada a medias.

—Ha llegado el correo, hemos recibido algo de Inglaterra —sonrió al ver que se ponía en pie a toda prisa y alargaba la mano hacia la saca—. Te sugiero que antes te quites los guantes, querida. ¿Seguro que no quieres salir aquí fuera después de que llueva para que juguemos en el barro?

Ella se apresuró a quitarse los guantes, y en esa ocasión sí que logró arrebatarle de las manos la saca del correo.

—Ya te he dicho que me resulta mucho más fácil arrancar los hierbajos cuando la tierra está blanda y húmeda —sonrió al añadir—: Pero me gusta la idea de jugar en el barro contigo. Ven, vamos a sentarnos mientras revisamos esto. ¿Has echado ya un vistazo?

—¿Después de que me hicieras prometerte que jamás abriría ninguna carta procedente de Inglaterra si no estabas tú presente?, no soy tan osado —le contestó, mientras se sentaban en un banco.

—Es que no quiero que recibas malas noticias estando solo... ni buenas tampoco —sacó de la saca un paquete envuelto del tamaño de un libro y comentó—: Seguro que es otro interesante volumen sobre la aradura en curvas de nivel o alguna maravillosa técnica nueva para la cría de ganado que te envía Puck, para que en nuestra ausencia le permitas implementar todas esas innovaciones en nuestra finca —dejó a un lado el paquete sin abrirlo, y volvió a meter la mano en la saca—. Mira, una carta de Beau. No es demasiado gruesa, ¿verdad? Suele escribir unas dos hojas, y Chelsea otra más. Ten, ábrela tú.

–Antes quiero un beso, para que me dé buena suerte.

Ella olía a primavera, a sol, a tierra recién removida. Sabía a miel, y eso quería decir que había ido a la cabaña del colmenero para disfrutar de un poco de miel recién sacada del panal. Jack se preguntó si estaría embarazada de nuevo, porque siempre se le antojaban cosas dulces cuando estaba esperando un bebé.

Cuando el beso terminó, ella apoyó la frente en su hombro por unos segundos antes de alzar la cabeza para mirarle a los ojos.

–Te amo, Jack. Aquí tenemos una buena vida. Tenemos a nuestro hijo, a nuestras dos hijas, nos tenemos el uno al otro.

–No nos falta de nada –le dijo, mientras intentaba no pensar en la carta que tenía en la mano–, aunque en este momento la idea de ir a nuestro dormitorio me resulta bastante tentadora.

Ella se echó a reír.

–¿Y cuándo no? Bueno, me parece que no podemos seguir postergando esto, abre la carta de Beau. Regina ya debe de haber dado a luz, recuerda que en su última carta comentaba que me envidia por haber tenido hijas. Se siente en minoría rodeada de hombres, con Puck y los niños es como si tuviera tres hijos. Me encanta cómo esos dos bromean y juguetean.

–Ellos disfrutan así. A Beau y Chelsea lo que les gusta es discutir, y después el uno asegura que ha dejado que el otro gane la discusión.

–Lo que les gusta es lo que viene después, al hacer las paces –comentó ella, con una sonrisita picarona. Suspiró al mirar la carta y añadió–: Seis años, Jack. Es mucho tiempo.

Lord Liverpool se había sentido muy complacido con la captura del cíngaro, había felicitado a Jack por semejante logro y había accedido sonriente a permitir que dejara de trabajar para la Corona. Le había estrechado la mano, le había dado unas palmaditas en la espalda mientras le acompañaba a la puerta de su despacho y le había preguntado como de pasada por sus planes de futuro, por dónde iba a vivir y cómo pensaba ganarse la vida. Qué actitud tan amable la de aquel hombre que no era célebre por su amabilidad, sino por ser una persona interesada. Había necios que le consideraban un tipo torpe e ineficaz, pero Jack sabía que no era así ni mucho menos.

Se había casado con Tess tres días después, y ella había logrado convencerle de que aceptara la finca que deseaba regalarle el marqués. La propiedad estaba situada al este de Swanbourne, pero ellos no habían llegado a poner un pie allí. Habían zarpado de inmediato rumbo a Portsmouth con una carta que le daba potestad a Jack para hacerse cargo de la finca que el marqués tenía junto al río James.

Tess y él no estaban en Inglaterra el día en que habían ajusticiado en la horca al cíngaro. Beau les había contado por carta que el marqués le había asignado una paga a Adelaide a cambio de que prometiera marcharse del país y no regresar jamás, y no se habían enterado de que ella había fallecido hasta que Chelsea se lo había comunicado en otra carta. Se habían mantenido al margen de la lucha del marqués por lograr que se reconociera la legitimidad de sus hijos, una lucha que aún continuaba.

Estaban a un mundo de distancia de Inglaterra, construyendo juntos una vida en común, pero cuando llegaban las cartas en días como aquel...

—Sí, supongo que tienes razón y no podemos seguir postergándolo —contestó, antes de romper el sello. La carta constaba de una única hoja, y carecía de saludo inicial.

Chelsea dice que no te importará que sea tan conciso, ella insiste en que te envíe esta carta cuanto antes. En primer lugar, Regina dio a luz sin complicaciones un niño la semana pasada, un bebé sano y fuerte que lamento decir que se parece mucho a Puck. Vaya, disculpa por la mancha de tinta. La culpa la tiene mi señora esposa, lady Chelsea, que está mirando por encima de mi hombro haciéndome sugerencias y se ha sentido molesta al leer lo que acabo de escribir.

Y sí, has leído bien, «lady Chelsea». Ella aún se ríe al pensar en cómo va a reaccionar su familia al saber que algún día tendrán que hacerle la reverencia. Regina se lo ha tomado con mucha más calma, pero Puck compensa con creces esa reacción serena. Creo que él opina que la sociedad londinense lleva demasiado tiempo viéndose privada de su encantadora presencia, y está planeando pasar la temporada social en Grosvenor Square el año que viene. Él no tiene ni la más mínima duda de que va a ser aceptado por la alta sociedad, y yo tampoco.

En cualquier caso, a estas alturas ya sabrás que los esfuerzos de papá por fin han dado sus frutos; por difícil que sea de creer después de tanto tiempo y tantas decepciones, el último obstáculo ha sido superado. Como ya sabes, hace dos años que la Iglesia aceptó la petición de papá, pero hasta ahora no había conseguido presentar el asunto ante el Gobierno con éxito.

De modo que felicidades, tanto a ti como a todos nosotros. Milagrosamente, gracias a la firma que alguien ha plasmado en un documento oficial, hemos dejado de ser bastardos y hemos sido declarados miembros de la nobleza del reino. Liverpool ya no puede tocarte, sería un necio si lo intentara. No hay duda de que está más relajado, gracias a la reorganización de su gabinete conservador va a tener asegurado durante años su puesto de poder. Para serte sincero, ahora ya careces de importancia para él.

Mi querida esposa está empleando esa delicadeza que tanto la caracteriza para exigirme que concluya esta misiva. Papá os envía sus mejores deseos a Tess y a ti, junto con la esperanza de que sepas sin necesidad de palabras qué es lo que anhela.

Es lo que anhelamos todos nosotros, Jack.
Beau

Jack dejó la carta sobre su regazo y miró a Tess; al ver los lagrimones que le caían por las mejillas, la rodeó con un brazo y la apretó contra su cuerpo. Quería decirle tantas cosas...

Quería darle las gracias por darle su amor, por darle su confianza cuando él había sido incapaz de confiar en sí mismo, por haber accedido a unir su vida a la suya; quería darle las gracias por su hijo, por sus dos maravillosas hijas, por ayudarle a entender el verdadero significado de la palabra «familia».

Cuando logró recobrar al fin el habla lo dijo todo, todo lo que albergaba en su corazón, con cinco sencillas palabras:

—Vamos a regresar a casa.

ÚLTIMOS TÍTULOS PUBLICADOS EN HQN

Provócame de Victoria Dalh

Falsas cartas de amor de Nicola Cornick

Aquel verano de Susan Mallery

Cuatro días en Londres de Erika Fiorucci

Sin salida de Brenda Novak

La misteriosa dama de Julia Justiss

Solo un chico más de Kristan Higgins

Difícil perdón de Mercedes Santos

Promesas a medianoche de Sherryl Woods

Noches perversas de Gena Showalter

La caricia de un beso de Susan Mallery

Una sonata para ti de Erica Fiorucci

Después de la tormenta de Brenda Novak

Noche de amor furtivo de Nicola Cornick

Cálido amor de verano de Susan Andersen

El maestro y sus musas de Amanda McIntyre

www.ingramcontent.com/pod-product-compliance
Lightning Source LLC
Chambersburg PA
CBHW011923300726

48970CB00008B/2565